ullstein

Das Buch

Bayern 1516: Das Reinheitsgebot wird erlassen, und für die Bierbrauer im Land brechen neue Zeiten an. Die junge Wirtin Marlein braut ihr Bier allerdings weiterhin so, wie ihr verstorbener Mann es ihr einst beibrachte, auch wenn sie sich damit nun in Gefahr bringt. Denn schon lange ist sie mit ihrer florierenden Schenke ein Dorn im Auge des Brauers Jacob, und er tut alles, um sie zu sabotieren. Marleins Tochter Katherl leidet am meisten unter den Schikanen und wird schließlich sogar entführt. Denn das Kind trägt ein Feuermal und wird weggesperrt. Außerdem zeigt Jacob sie wegen ihres unreinen Bieres an. Marlein ist verzweifelt, bangt um ihr Kind und ihre Zukunft. Ausgerechnet Jacobs Sohn Linhart bietet Marlein seine Hilfe und Freundschaft an. Gegen alle Widerstände kämpfen die beiden für eine gemeinsame Zukunft, ihre Familie und eine scheinbar unmögliche Liebe.

Die Autorin

Gabriele Breuer, geboren 1970, lebt mit ihrem Mann und Sohn in Köln. Sie arbeitet in einem Seniorenheim und schreibt nur in ihrer Freizeit. Unter dem Namen Gabi Breuer veröffentlicht sie auch Unterhaltungsromane.

Von Gabriele Breuer sind in unserem Hause bereits erschienen:

Die Magd und das Teufelskind
Luzifers Töchter
Die Bernsteinbraut

Der Fluch der Seherin (E-Book)

GABRIELE BREUER

Die Bierbrauerin

HISTORISCHER ROMAN

Ullstein

Besuchen Sie uns im Internet:
www.ullstein-taschenbuch.de

MIX
Papier aus verantwortungsvollen Quellen
FSC® C083411

Originalausgabe im Ullstein Taschenbuch
1. Auflage März 2016

Umschlaggestaltung: ZERO Werbeagentur, München
Titelabbildung: © AKG Images/Bouguereau,
William Adolphe 1825–1905. »Moissoneuse, ou L'Italienne
à la fontaine«, 1868. Kunsthandel New York, Sotheby's
(Frauenkörper, Gemälde);
© AKG Images/Schroedter, Adolph 1805–1875.
»Triumphzug des Königs Wein«, 1872 (Bierumzug);
© Peter Horree/Alamy (Detail/Kopf); ©FinePic®, München (Fass)
Satz: LVD GmbH, Berlin
Gesetzt aus der Berkeley
Druck und Bindearbeiten: CPI books GmbH, Leck
Printed in Germany
ISBN 978-3-548-28766-9

Für
Josef und Marcel,
die mir unermüdlich zur Seite stehen

»Das Bier aber macht das Fleisch des Menschen fett und gibt seinem Antlitz eine schöne Farbe durch die Kraft und den guten Saft des Getreides …«

(Hildegard von Bingen, 1098–1179)

1

Marlein hatte das Gefühl, dass ihre Arme länger und länger wurden unter der Last der Eimer. Wie oft hatte sie dem Drang widerstehen müssen, das Wasser einfach aus der Schutter zu schöpfen, die unmittelbar an ihrem Birnbaumhäusle vorbeirauschte! Aber die Schanzer, wie sich die Ingolstädter gern nannten, wuschen nicht nur ihre Wäsche in dem kleinen Fluss, sondern kippten auch ihren Unrat hinein. Wenn Marlein recht darüber nachdachte, mochte sie nicht wissen, was noch alles darin herumschwamm. Da nahm sie doch lieber den Weg zum Marktplatz auf sich, um am Brunnen Wasser zu holen. Außerdem würde sich Hannes im Grabe herumdrehen, wenn sie mit dem Wasser der Schutter sein Stachusbier braute. In diesem Augenblick schien es ihr, als hörte sie die vorwurfsvolle Stimme ihres verstorbenen Mannes im Ohr. Wie oft hatte er sie für ihre Missgeschicke gerügt, für Kleinigkeiten, wie einen umgestoßenen Eimer oder verschüttetes Bier! Und wenn etwas zu Bruch gegangen war, hatte er sie für den Rest des Tages mit Verachtung gestraft.

Marlein seufzte, stellte kurz die Eimer zu ihren Füßen ab und zog sich die Schaube enger um die Schultern. Der Ostermonat im Jahr 1516 wollte nicht an Wärme gewinnen. Wenn auch der Schnee bereits geschmolzen war, pfiff immer noch ein eisiger Wind durch die engen Gassen, der des Nachts den Frost in den Boden trieb. Marlein blies sich kurz auf die steifen Finger und hob die Eimer wieder auf, denn der Weg würde nicht kürzer werden, wenn sie hier herumstand. Sie dachte an Brauer Jacob, der unmittelbar in ihrer Nachbarschaft wohnte. Anders als sie war er in der glücklichen Lage, einen eigenen Brunnen zu besitzen. Aber Jacob würde gewiss eher dem Teufel den Hintern küssen, als sie das Wasser daraus schöpfen zu lassen. Nun kam sie auch so zurecht, wie sie das letzte Jahr über bewiesen hatte. Bisher war es ihr nicht in den Sinn gekommen, sich einen neuen Mann ins Haus zu holen. Sie seufzte erneut. Wenn da nur nicht die Braustube und die Schenke wären, die sie bald nicht mehr allein führen durfte. So schrieb es ihr zumindest die Zunft vor.

Marlein setzte ihren Weg fort, und ihre Gedanken kehrten zurück zu Brauer Jacob und dessen Familie. Niemand von ihnen war ihr freundlich gesinnt. Selbst die Tochter Gundi nicht mehr, die im gleichen Alter wie sie selbst war. Als Kinder hatten sie zusammen gespielt, bis dies von einem auf den anderen Tag vorbei gewesen war. Den genauen Grund dafür wusste Marlein nicht, vermutete aber, dass Brauer Jacob den Umgang verboten hatte. Dann gab es noch Linhart, den Sohn des Brauers, der zwei Jahre jünger als Gundi war. Er hatte sie als Kind schon nicht leiden können und sie ihn auch nicht mehr, nachdem er sie einmal vor den Augen eines anderen Jungen in den Dreck gestoßen hatte.

Marlein schob die bitteren Gedanken daran beiseite, stieß die Tür zu ihrem Birnbaumhäusle auf und trat in den Schankraum. Gerade mal vier Tische passten in die kleine Stube, die an Tagen, an denen Marlein den Kranz aus Immergrün zur Gasse hinaushängte, vollbesetzt mit Weibern war. Nach Hannes' Tod schenkte sie nur noch an Frauen aus, deren Lachen meist bis auf die Gasse zu hören war. Auch wenn sich ihre Füße spät in der Nacht nur noch wund anfühlten, liebte Marlein diese Tage. Nur selten gab es eine Schlägerei in ihrer Weiberzeche, da kein Mann ihr oder den Frauen zu nahe auf den Leib rücken konnte. Auch heute war einer dieser Tage, an denen sie mit dem Kranz kundtat, dass sie am Abend die Pforte der Schenke öffnen würde.

Großmutter Alheyt und die kleine Katherl sahen von ihrem Spiel auf, bei dem sie Steine zu einem Muster legten. Die beiden saßen an einem der Tische nahe dem Tresen, auf dem sich bereits die sauberen Zinnkrüge aneinanderreihten.

»Hast du das Kälbchen gefüttert?«, krähte Alheyt.

Marlein stellte die Eimer zu ihren Füßen ab und sah ihre Großmutter kopfschüttelnd an. »Was für ein Kälbchen? Wir haben doch noch nicht einmal einen Esel.«

»Wie?« Die Alte hob eine Augenbraue und schnalzte mit der Zunge. »Natürlich haben wir eins. Das Sauviech schreit den lieben langen Tag. Hast du es etwa an den Ohren, dass du das nicht hörst?«

Neben ihr kicherte Katherl hinter vorgehaltener Hand. Mit ihren fünf Lenzen verstand das Mädchen mittlerweile jedes Wort.

Marlein ging auf Großmutters Geschwätz nicht weiter ein und entledigte sich ihrer Schaube, die sie an einen Haken hinter der Tür hängte.

»Was denn nun? Willst du es nicht endlich füttern, damit das Geschrei aufhört?«, hakte Alheyt nach. Sie rieb sich mit dem Fingerknöchel über das hängende Augenlid, das sie von jeher entstellte.

»Wenn ich das Wasser in die Backstube gebracht habe, kümmere ich mich darum.« Marlein strich ihrer Tochter über das dunkelblonde Haar. Dann zupfte sie an dem Tuch, das sie Katherl um den Hals gebunden hatte, damit niemand das feuerrote Mal sah. Als das Tuch an der rechten Stelle saß, hob Marlein die Eimer wieder auf und ging durch die Hintertür auf den Hof, an den die Backstube des Nachbarn grenzte.

Durch die kleinen Fenster sah sie Meister Edi, dessen Hände tief in einem Teigklumpen steckten. Marlein betrat die beheizte Stube, in der es herrlich nach frischem Brot duftete, und brachte die Wassereimer zum Maischbottich. Der Bäckermeister teilte das Backhäuschen mit ihr, damit sie dort ihr Bier brauen konnte. Dafür zahlte sie Edi einen geringen Obolus, den sie gut und gern entbehren konnte. Denn an den Tagen, an dem seine Frau Nyß das Backen übernahm, half Edi sogar beim Brauen.

Der Bäckermeister lachte sie an. Er war ein kleiner Mann mit kahlgeschorenem Kopf und einem guten Gemüt. »Ich hab dir heute Morgen schon mal die Wurzelkeime vom Braumalz entfernt. Geschrotet ist es auch. Du kannst also gleich die Maische ansetzen.«

Marlein trat zu dem Bottich, in den Edi bereits das Malzschrot geschüttet hatte, und gab das Wasser aus den Eimern dazu. »Wenn ich dich nicht hätte …« Sie schenkte Edi ein dankbares Lächeln, rührte die Maische um und entfachte das Feuer unter dem Bottich.

Edi schlug mit den flachen Händen auf den Teig. »Dein Katherl hat Nyß gestern so tatkräftig bei der Wäsche geholfen, dass ich mich doch erkenntlich zeigen muss.«

Marlein hob die Augenbrauen. Ihre Tochter war noch so

zierlich, dass sie kaum die nasse Bettwäsche getragen haben konnte. »Hat sie die Strümpfe sortiert?«

»Richtig. Keine schwere Arbeit, aber eine zeitraubende, wie mein Weib meint.« Edi schüttete Mehl auf den Holztisch und verschwand hinter einer weißen Wolke. »Wir helfen uns halt gegenseitig, so gut wir können.« Er lachte heiser und sah zu den beiden Holzfässchen, in denen das Bier für den Ausschank bereitstand. Der Holzbalken, der sie bedeckte, war an den Enden mit Salz bestreut. Außerdem lagen eine Schere und ein Kreuz darauf, um die Dämonen vom Bier fernzuhalten.

Marlein gab Johanniskrautöl, Wacholderbeeren sowie getrocknetes Wermutkraut in die Maische und sang dabei ein frommes Lied, das der Teufel gewiss verabscheute.

Während er geduldig wartete, bis sie es beendet hatte, formte Edi einen Laib Brot und schob ihn in den Ofen. »Nyß freut sich mächtig auf deine Weiberzeche heute Abend.«

»Wie schön. Die Abende sind wirklich eine Wohltat für die Frauen.« Marlein freute sich ebenso darauf, denn Nyß und sie waren von Kindesbeinen an gute Freundinnen. Ein wenig beschlich sie jedoch das schlechte Gewissen, Edi nicht in ihre Schankstube zu bitten, aber Nyß würde es gewiss nicht gutheißen, wenn er die Frauenrunde störte. Vielleicht sollte sie doch die Schenke bald mal wieder für die Männer öffnen. Dann jedoch musste sie einen Knecht einstellen, denn allein würde sie es nicht schaffen, die Mengen an Bier zu brauen, die sie dafür benötigte. Marlein maß mit dem Ellenbogen die Temperatur der Maische, die gerade so heiß war, dass sie sich nicht den Arm verbrühte. Sie löschte das Feuer unter dem Bottich und sah zu Edi. »Ich geh dann mal unser Kälbchen füttern.«

Der Bäckermeister hob die Augenbrauen. »Seit wann besitzt du ein Kalb?«

»Gesehen habe ich es bisher auch noch nicht, aber Alheyt ist fest davon überzeugt, dass es den ganzen Tag schreit.«

»Ach herrje. Na, dann.« Edi winkte mit der mehlweißen Hand ab. »Geh nur. Ich halte deine Maische im Auge.«

Als Marlein in den Schankraum zurückkehrte, stocherte Alheyt gerade mit der Spitze eines Messers auf Steinen herum. Katherl hatte die Arme auf den Tisch gelegt, ließ das Kinn darauf ruhen und beobachtete das Geschehen mit ihren großen grünen Augen.

Marlein stellte sich hinter ihre Tochter und ließ den geflochtenen Zopf des Mädchens durch ihre Hände gleiten. Das Haar ihrer Tochter war um einiges dunkler als ihr eigenes, eher wie das des verstorbenen Vaters. Aber die Augen waren von dem gleichen Moosgrün wie die ihren.

»Was machst du da?«, fragte sie Alheyt, die, in ihrer Arbeit versunken, die Zunge zwischen die Lippen geklemmt hielt.

»Sie bohrt Knopflöcher«, antwortete Katherl an Stelle der Großmutter.

Marlein setzte sich neben Alheyt an den Tisch. »Ich habe das Kalb gefüttert. Es ist nun still.«

Die Alte hielt inne und hob den Blick. »Seit wann haben wir ein Kalb?«

Marlein seufzte. »Seit du mir eben eins aufgeschwatzt hast.«

»Ich?« Entgeistert starrte sie Marlein an. »Ist dir in der Braustube die Bierhexe begegnet, oder was?« Sie schüttelte den Kopf und wandte sich wieder dem Stein zu.

Katherl krabbelte auf Marleins Schoß, von wo aus sie der

Großmutter mit dem Finger gegen den Arm tippte. »Du hast gesagt, es würde den ganzen Tag schreien.«

Die Spitze des Messers rutschte von dem glatten Stein und bohrte sich in die Handfläche der Alten. Augenblicklich quoll ein Rinnsal von Blut über die bleiche Haut und tropfte auf den Tisch. Katherl schrie auf. Alheyt hingegen starrte stumm ihre Hand an.

Rasch schob Marlein das Kind von ihrem Schoß, um ein Tuch zu holen. Warum nur hatte sie Alheyt das Messer nicht abgenommen? Sie hatte doch geahnt, was geschehen würde. Blödes Gerede vom Kalb! Als ob es das wert gewesen wäre.

Alheyt hielt sich die blutende Hand und begann zu jammern.

Katherl kroch unter den Tisch und hielt sich die Ohren zu. Marlein versuchte ruhig zu bleiben und tupfte das Blut von Alheyts Hand. Es wollte jedoch nicht versiegen und quoll weiterhin aus der klaffenden Wunde. Das Tuch, das Marlein auf die Wunde drückte, sog sich augenblicklich mit Blut voll. Gewiss musste die Wunde genäht werden. Besorgt sah Marlein unter den Tisch. »Hilfst du mir, Katherl?«

Marlein tippte ihre Tochter sanft mit dem Finger an. Als Katherl endlich die Hände von den Ohren nahm, wiederholte sie ihre Frage.

»Was denn?« Katherl biss sich auf die Unterlippe.

»Lauf hinüber zu Nyß und sag ihr, sie soll rasch zu mir kommen.«

Katherl nickte, verließ ihr Versteck und lief aus dem Schankraum.

Es dauerte nur wenige Atemzüge, bis sie mit Nyß zurückkam. Außer Atem legte sie die Hand auf ihre Brust. Eine kupferfarbene Haarsträhne hatte sich aus ihrer Haube verirrt und kringelte sich neben dem rechten Auge. »Himmel, was für ein Blutspiel«, keuchte sie.

Alheyt verzog das Gesicht, aus dem jegliche Farbe gewichen war, und winselte wie ein junger Hund.

»Die Wunde muss genäht werden. Das hast du doch einmal bei Edi gemacht«, sagte Marlein.

»Sicher.« Nyß ließ sich mit ihrem fülligen Leib auf einem Stuhl gegenüber am Tisch nieder.

»Katherl, hol Nadel und Faden aus der Wohnstube«, wies Marlein ihre Tochter an, obwohl sie nicht wusste, wie sie Alheyt ruhig bekommen sollte, wenn Nyß die Nadel durch ihr Fleisch stieß.

»Hast du noch etwas von dem Bier mit Bilsenkraut, das ein wenig zu stark geraten ist?«, fragte Nyß.

»Ja, hinter dem Tresen. Das Fässchen steht in dem kleinen Loch im Boden.« Marlein drückte das Tuch fester auf die Wunde.

Nachdem sie kurz darauf die Alte mit dem Bier betäubt und die Wunde genäht hatten, spürte Marlein die Erschöpfung schwer wie Blei durch ihren Leib kriechen. Dabei war es noch nicht einmal Mittag. Doch immerhin hatte sie die halbe Nacht damit zugebracht, den Rübeneintopf für heute Abend zu kochen und die Schenke vom Staub zu befreien. Sie sank auf einen Stuhl und starrte vor sich hin.

»Du siehst müde aus«, bemerkte Nyß und blickte sie besorgt an. »Geh in deine Kammer und ruh dich ein wenig aus.«

»Das kann ich nicht. Ich muss die Maische im Auge behalten. Wenn sich Edi darum auch noch kümmert, kommt er mit dem Backen nicht nach.«

»Dann lasse ich die Wäsche für heute ruhen und gehe

ihm zur Hand. Komm, leg dich etwas hin. Es nutzt niemandem etwas, wenn du umfällst.«

Marlein nickte und sah zu Katherl. »Achtest du auf Großmutter?«

Das Mädchen ging zu der Bank, auf der Alheyt lag, und setzte sich brav neben die Alte.

Als sich Marlein kurz darauf auf ihrem Bett niederließ, kreisten ihre Gedanken um Alheyt. Die Großmutter war ihr keine rechte Hilfe mehr, denn sie brachte alles durcheinander. Seit geraumer Zeit schon konnte Marlein sie nicht mehr an die Braukessel lassen, weil sie um die Würze bangte. Das letzte Mal, als die Alte in der Braustube ihr Unwesen getrieben hatte, war das Bier sauer geworden. Bedauernd seufzte Marlein auf. Alheyt hatte ihr Handwerk immer gut verstanden und war, nachdem ein Fieber Marleins Eltern dahingerafft hatte, eine große Stütze gewesen. Erst recht in der Zeit nach Hannes' Tod. Wegelagerer hatten ihn damals niedergestreckt, als er sein Stachusbräu im Herzogtum verkaufen wollte. Er war bereits auf dem Heimweg kurz vor Ingolstadt gewesen, als die Räuber ihn mit der Keule erschlugen. Marlein erinnerte sich mit Magenschmerzen daran, wie zwei Jäger seine Leiche mit dem zertrümmerten Schädel heimgebracht hatten.

Die Gedanken ließen sie nicht zur Ruhe kommen. Nach wenigen Minuten erhob sie sich von ihrem Bett und ging wieder hinunter in die Schankstube. Katherl spielte neben der schlafenden Großmutter mit ihren Lumpenpuppen, und Marlein vergewisserte sich, dass die Alte noch atmete. Als sie sah, wie sich ihre Brust hob und senkte, wandte sie sich an ihre Tochter. »Ich muss an den Maischbottich.«

»Bist du schon ausgeruht?«, fragte das Kind.

»Ja, Liebes.«

»Wann wacht Großmutter denn wieder auf?«

»Lass sie ruhig noch etwas schlafen«, sagte Marlein, strich ihrer Tochter über die rosigen Wangen und eilte in die Backstube.

Auf der Schwelle erstarrte sie. »Was machst du denn hier?«

Linhart kniete vor dem Maischbottich und blies in die Flammen, die darunter züngelten. Als er Marlein erblickte, sprang er auf. Seine Wangen röteten sich leicht, und er wollte wohl etwas sagen, bekam aber keinen Ton heraus.

Marlein sah zu Edi, der abermals einen Teigklumpen knetete. »Wie kannst du zulassen, dass er in meiner Maische herumpfuscht?«

Edi wischte sich mit einem Tuch das Mehl von den Händen und kam zu ihr herüber. »Er pfuscht nicht in der Maische herum. Er geht dir nur etwas zu Hand.«

Marlein sah wieder zu Linhart. Sein helles Haar lockte sich bis zu den Schultern, und seine blauen Augen wirkten so sanft wie die eines Engels. Manchmal konnte sie kaum glauben, dass er wirklich der Sohn von Brauer Jacob sein sollte. Bis auf den hohen Wuchs und die breiten Schultern unterschieden sich Vater und Sohn wie Tag und Nacht. Im Gegensatz zu seinem Vater weckte Linhart keine Furcht bei ihr. Jacob hingegen sah mit seinem dunklen Haar und dem dichten Bart, der ihm bis unter die Augen wuchs, wie ein grimmiger Bär aus. Dazu hatte er Pranken, die mit einem Schlag den Kopf eines Mannes vom Hals schleudern konnten.

Allmählich fand Linhart seine Stimme wieder. »Es

stimmt, Marlein. Ich will dir nur helfen. Edi ist zwar ein guter Bäcker, aber die Braukunst beherrscht er wahrlich nicht.«

»Wo er recht hat, hat er recht.« Edi schienen die Worte nicht zu kränken, denn er grinste breit.

»Aber …« Marlein stieß schwer den Atem aus und sah Edi fest in die Augen. »Das stimmt doch überhaupt nicht. Wenn du mir zur Hand gegangen bist, ist das Bier nie sauer geworden.«

»Ich bin dir nicht zur Hand gegangen. Wenn ich behauptet habe, in der Nacht geholfen zu haben, war in Wahrheit er es.« Er zeigte mit dem Finger auf Linhart, der sich sichtlich verlegen mit der Hand durch die hellen Locken fuhr. »Er hat auch das Braumalz in der Frühe hergebracht.«

Marlein glaubte, einen Schlag gegen den Kopf zu bekommen. Sie schüttelte sich kurz, stemmte die Hände in die Hüften und sah Linhart eindringlich an. »Dein Vater weiß davon aber nichts, oder?«

Er lächelte schief. »Natürlich nicht.« Obwohl er nur zwei Lenze weniger als sie mit ihren 25 zählte, wirkte er wie ein unbedarfter Lausejunge. Es musste an seinem Blick liegen, dass in diesem Augenblick etwas ihr Herz berührte. Doch Marlein konnte diese Gefühlsregung nicht zulassen und wischte den Gedanken beiseite. Linhart war Jacobs Sohn. Und Jacob hasste sie, wie er all die Jahre ihre Eltern und Großeltern gehasst hatte. Anders als heute war ihre Brauerei damals noch eine Konkurrenz für Jacob gewesen, besonders das Stachusbräu. Und Linhart trat seit frühester Jugend in die Fußstapfen seines Vaters. Sonst hätte er sie als Kind gewiss nicht in den Dreck gestoßen. Sie wandte den Blick von Linhart ab. Das, was hier des Nachts geschah, musste sie erst einmal verdauen. »Du gehst besser, bevor dein Vater Wind davon bekommt.«

Linhart trat einen Schritt auf sie zu. »Das ist mir egal, Marlein.«

Misstrauisch sah sie zu ihm auf. »Raus mit der Sprache! Was führst du im Schilde?«

»Nichts. Das musst du mir glauben«, sagte er mit sanfter Stimme.

Edi trat neben Linhart. »Er will wirklich nur helfen.«

»Ich möchte seine Hilfe aber nicht.« Marlein drehte sich um und verließ die Backstube. Auf dem Hof sah sie, wie Nyß die gewaschenen Laken auf die Leine zwischen den Birnbäumen hängte.

Als sie Marlein bemerkte, weitete sie die Augen. »Du bist schon wieder auf?«

»Wolltest du nicht Edi zur Hand gehen? Aber das hattest du wahrscheinlich gar nicht erst vor, oder?«

»Brauchte ich ja nicht, wo Linhart nun da ist«, sagte Nyß frei heraus.

»Es war nicht richtig, dass ihr ihn ohne mein Wissen an das Bier gelassen habt.«

»Ach, Marlein. Warum nimmst du seine Hilfe denn nicht an?«

»Hast du es vergessen? Sein Vater hat meiner Familie von jeher das Leben schwer gemacht. Besonders Großvater konnte keinen Tag in Frieden leben. Denk nur an die Gerüchte von der Bierhexe, die Jacobs Frau in Umlauf gebracht hat. Oder an die gestohlene Gerste.«

»Ja, aber Linhart ist nicht wie sein Vater. Merkst du denn nicht, dass er dich gern hat? Wenn er um deine Hand anhalten würde, wärst du alle Sorgen los.«

Marlein lachte verzweifelt auf. »Du meinst, dann fangen meine Sorgen erst an.«

»Du wirst dein Bier nicht mehr lange ausschenken dürfen, das weißt du.«

»Natürlich weiß ich das«, zischte Marlein. »Aber es gibt halt keinen Brauer in Ingolstadt, der mich zur Frau will. Und soll ich dir mal sagen, wer daran schuld ist?« Sie hob die Augenbrauen. »Niemand anderes als Jacob. Außerdem würde er mir den Hals umdrehen, wenn Linhart um meine Hand anhielte.« Auch wenn sie wusste, dass es wie bisher nicht weitergehen konnte, bereitete ihr allein der Gedanke an einen Mann im Birnbaumhäusle Unbehagen.

»Das weißt du nicht. In letzter Zeit ist Jacob doch recht friedlich.«

»Ja, ja.« Marlein winkte ab. »Bis zur nächsten Gemeinheit.« Sie ließ Nyß stehen und ging in die Schankstube, wobei ihr immer noch die Gedanken durch den Kopf wirbelten.

Alheyt saß inzwischen auf der Holzbank neben dem Herd und hielt sich jammernd die Hand.

Katherl sah auf, als Marlein näherkam. »Die Hand tut ihr arg weh.«

»Das geht vorbei.« Marlein nahm einen Humpen und füllte ihn mit Bier, dem sie Baldrian beigefügt hatte.

»Ich spiele nie mit einem Messer«, sagte Katherl.

»Recht so.« Marlein schenkte ihrer Tochter ein Lächeln und drückte Alheyt den Humpen in die unverletzte Hand. »Danach wird es dir besser gehen.«

Die Alte trank in gierigen Zügen und stellte den Humpen neben sich auf die Bank. Mit ihren wässrigen Augen sah sie Marlein fragend an. »Was gibt es heute zu essen?«

»Schwarze Bohnen.«

Alheyt schüttelte den Kopf. »Die mag Wölflin nicht.«

»Wölflin?« Marlein verdrehte die Augen. »Wer soll das denn sein?«

»Sie redet die ganze Zeit von ihm«, mischte sich Katherl ein. Das Tuch an ihrem Hals war verrutscht und gab das Feuermal frei.

Marlein wickelte das Linnen fester um den Hals des Mädchens. »Du musst immer darauf achten, dass dein Mal bedeckt ist.«

»Warum denn?« Katherl fasste an das Tuch.

»Weil es nicht schön anzusehen ist.« Die Worte schmerzten Marlein, doch was sollte sie ihrer Tochter erzählen? Dass sie gezeichnet war? Dass Jacob sie denunzieren würde, behaupten, eine Ausgeburt der Hölle zu sein – gar von Dämonen gezeugt? Nein, das Mädchen sollte nicht in Angst und Schrecken leben.

»Mir gefällt es aber.« Katherl schob die Lippe vor.

»Zeige es bloß niemandem!«, zischte Alheyt. »Du –«

»Gut jetzt.« Marlein schnitt der Alten das Wort ab, bevor sie etwas sagte, das der kleinen Katherl Angst einjagen würde.

»Ich mag auch keine schwarzen Bohnen«, maulte das Kind.

»Wie wäre es mit Erbsensuppe? Die mag der Wölflin doch so gerne.« Alheyt legte einen verträumten Gesichtsausdruck auf.

Marleins Unmut steigerte sich. Warum nur konnte Alheyt sich keinen Tag damit zufriedengeben, was sie auftischte? »Ich habe keine Erbsen eingeweicht. Und wer, zum Henker, ist Wölflin?«

Der Blick der Alten verfinsterte sich. Missbilligend schnalzte sie mit der Zunge. »Frag nicht so tumb. Wölflin ist mein Freund, das weißt du doch.«

Marlein begab sich an die Kochstelle, bevor Alheyt noch weitere Geister ins Leben rief. Gedankenverloren blickte sie aus dem Fenster auf die Gasse. In dem Moment hielt ein Wagen, der das Wappen der Grafschaft Neuburg trug, vor dem Birnbaumhäusle. Mit Hilfe eines Dieners entstieg ihm ein gutgekleideter Mann. Marlein wischte sich rasch die Hände an einem Tuch ab und öffnete ihm die Tür.

Der Mann rückte das Barett auf seinem Kopf zurecht und wünschte ihr einen guten Tag. Dann fragte er nach Hannes.

2

Am Georgitag des Jahres 1516 luden die Herzöge von Bayern zur Landratssitzung in die Neue Veste von Ingolstadt. Seine Mutter scharwenzelte um ihn herum und zupfte an den bauschigen Ärmeln seines Wamses, bis diese zu ihrer Zufriedenheit am rechten Platz saßen. Anschließend befeuchtete sie ihre Finger nacheinander mit Speichel. Als sie damit über sein Haar fahren wollte, wich Linhart ihr aus.

»Es reicht, Mutter. Ich bin kein Knabe mehr«, sagte er grimmig, wandte ihr den Rücken zu und verließ die Stube. Mutter folgte ihm bis auf die Gasse. Er hasste es, von ihr erdrückt zu werden, war er doch längst im heiratsfähigen Alter. Wie sehr sehnte er sich danach, eine Frau und Kinder um sich zu haben! Ein Heim sein Eigen zu nennen, und immer dafür zu sorgen, dass alle genügend Essen auf dem Tisch hatten. Aber es gab keine andere Frau, mit der er sein Leben teilen wollte, als Marlein. Und die wollte ihn nicht, bisher zumindest nicht. Tief sog er den Atem ein, um die Enge in seiner Brust zu vertreiben. Es war an der Zeit, diesen Umstand zu ändern.

»Denk nur, du wirst unserem Herzog entgegentreten. Da muss alles an dir akkurat sein.« Abermals stellte sich Mutter auf die Zehenspitzen und hob die Hand zu seinem Haar.

Linhart wehrte sie ab. »Lasst es bitte.«

Endlich trat auch Vater aus dem Haus. Ebenfalls in sein bestes Wams aus moosgrünem Brokat gekleidet, trug er einen gestreiften Schapel, den er sich schräg auf den Kopf gesetzt hatte. Aus gegebenem Anlass hatte er sich den Bart gestutzt, was ihn etwas menschlicher aussehen ließ.

»Himmel, Brid. Du machst noch eine Memme aus ihm, wenn du ihn weiterhin so bemutterst.«

»Ach, ich bin halt aufgeregt. Was der Herzog wohl verkünden wird? Ihr kommt sofort heim, wenn die Sitzung beendet ist. Nicht, dass ihr euch noch zu einem Bier zusammensetzt und ich die Neuigkeiten nicht erfahre.«

Sein Vater zog die buschigen Augenbrauen zusammen. »Weib, wir kommen heim, wann es uns beliebt. Und nun troll dich zurück an die Kochstelle. Du hast gewiss noch zu arbeiten.« Unwirsch stieß er sie von sich.

Mit beleidigter Miene schlich seine Mutter zurück ins Haus und schwenkte dabei übertrieben die ausladenden Hüften.

Vater legte den Arm um Linharts Schulter. »Wir sollten gehen, damit wir nicht zu spät kommen.«

Sie schritten die Straße entlang zum Liebfrauenmünster, dessen Dach sich fast so hoch wie die Türme der Kirche über der Stadt erhob. Dort bogen sie nach rechts in die breite Straße, die zu der Neuen Veste führte. Prächtige Wagen fuhren an ihnen vorbei. Die Herrscher der Ländereien sowie die Kleriker waren zur Sitzung der Landstände geladen worden. Als Schöffe von Ingolstadt hatte Jacob mit seinem Sohn ebenfalls das Privileg, daran teilzunehmen, wenn auch nur als Zuhörer.

Der Palas der Neuen Veste von Ingolstadt bestand aus einem dreistöckigen Bauwerk mit hohem Dach und vier Ecktürmen und strahlte weißgetüncht in der Sonne. Linhart und Jacob drängelten sich mit den anderen Geladenen in den Saal im untersten Geschoss. Es war die erste Sitzung, an der Linhart teilnahm. Für den Augenblick dachte er ausnahmsweise einmal nicht an Marlein und staunte über die edlen Pelze und Stoffe der Schauben, in die sich die Herren gekleidet hatten. An ihren Händen glänzten goldene Siegelringe im Licht der einfallenden Sonne. Linhart nahm mit seinem Vater auf einer der hintersten Bänke Platz. Die Luft in dem Saal mit den unzähligen kleinen Fenstern und den Steinfliesen war erfüllt von Stimmengemurmel, das erst verstummte, als der Herzog nebst seinem Bruder Ludwig eintrat. Die beiden ließen sich hinter dem wuchtigen Schreibpult auf dem Podest nieder und begrüßten die Anwesenden. Die Brüder trugen mit Pelz besetzte Schauben, unter denen die goldenen Fäden der Wämser hervorblitzten. Wilhelm, der schlankere von ihnen, war mit feinen Gesichtszügen gesegnet. Ludwigs Wangen hingegen neigten sich mit dem dichten dunklen Bart dem kurzen Hals entgegen. Beide trugen schräg sitzende Barette aus hochwertigem Brokat und blickten äußerst vornehm drein.

Wilhelm schlug seinen Stock auf den Boden, und die Beteiligten im Saal erhoben sich. Wie auch sein Vater straffte Linhart den Rücken, als der Herzog die Sitzung für eröffnet erklärte.

Wilhelms Blick wanderte durch die Reihen, während er sich auf seinem Stuhl niederließ. Er hob an: »Nun gut, mein Volk. Wie ich verkünden kann, haben sich die jüngsten Streitereien unter den Bauern dieses Landes zum Guten gewendet. Sie sind zu einer gütlichen Einigung gekommen und haben sich die Hände gereicht. So können wir diesen Punkt gleich abhaken.«

Die Anwesenden seufzten und nickten zufrieden mit den Köpfen. Linhart dachte wieder an Marlein und an das, was ihm so sehr auf der Seele brannte. Wenn Vater nach der Sitzung immer noch wohlgelaunt sein sollte, würde er ihn fragen. Linharts Herzschlag beschleunigte sich bei dem Gedanken an sein Vorhaben. Er atmete tief ein. Was sollte Vater schon dagegen haben, wo so viel dafür sprach? Linhart sah wieder zu dem Herzog, der just ein Pergament entrollte. In dem Saal war es jetzt ganz still.

Wilhelm holte tief Luft und begann: »Wir verordnen, setzen fest und wollen mit dem Rat unseres Landes, dass forthin überall im Fürstentum Bayern sowohl auf dem Lande wie auch in unseren Städten und Märkten, die keine besondere Ordnung dafür haben, von Michaeli bis Georgi ein Maß oder ein Kopf Bier für nicht mehr als einen Pfennig Münchener Währung, und von Georgi bis Michaeli die Maß für nicht mehr als zwei Pfennig derselben Währung, der Kopf für nicht mehr als drei Heller bei Androhung unten angeführter Strafe gegeben und ausgeschenkt werden soll. Wo aber einer nicht Märzen-, sondern anderes Bier brauen oder sonst wie haben würde, soll er es keineswegs höher als um einen Pfennig die Maß ausschenken und verkaufen.« Er hob den Blick und sah in die Runde.

Linhart betrachtete seinen Vater, der sich mit der Hand über den Bart fuhr. Jacob nickte und gab ein wohlwollendes Brummen von sich. Die Anwesenden begannen lauthals durcheinanderzureden, bis jemand auf den Fingern pfiff.

Der Herzog fuhr fort: »Ganz besonders wollen wir, dass forthin allenthalben in unseren Städten, Märkten und auf dem Lande zu keinem Bier mehr Stücke als allein Gersten, Hopfen und Wasser verwendet und gebraucht werden sollen. Wer diese unsere Anordnung wissentlich übertritt und nicht einhält, dem soll von seiner Gerichtsobrigkeit zur Strafe dieses Fass Bier, sooft es vorkommt, unnachsichtig weggenommen werden. Wo jedoch ein Gauwirt von einem Bierbräu in unseren Städten, Märkten oder auf dem Lande einen, zwei oder drei Eimer Bier kauft und wieder ausschenkt an das gemeine Bauernvolk, soll ihm allein und sonst niemandem erlaubt und unverboten sein, die Maß oder den Kopf Bier um einen Heller teurer, als oben vorgeschrieben ist, zu geben und auszuschenken.« Der Herzog ließ das Pergament sinken und sah zu seinem Bruder, der zustimmend nickte.

»Jawohl«, raunte auch Linharts Vater kaum hörbar und rieb sich dabei die Hände.

Abermals erfüllte Stimmengewirr den Saal. Irgendwer hinter ihnen gab ein mürrisches Knurren von sich.

»Wozu das?«, raunte ein Mann vor ihnen und fuhr sich fahrig mit der Hand durch das Haar. Er erntete den bösen Blick seines Sitznachbarn.

»Damit wir nicht mehr deinen gepanschten Dreck trinken müssen«, stieß dieser aus.

Ludwig schlug mit seinem Stock auf den Boden, erhob sich und erörterte die Abgaben der Brauer noch einmal. Linhart hörte nicht mehr zu und dachte an Marlein. Er hatte nicht gewollt, dass sie herausbekam, wer ihr in Wirklichkeit zur Hand ging. Es schmerzte ihn, dass es damit nun vielleicht vorbei war. Verstohlen blickte Linhart zu seinem Vater, der zufrieden grinste, und wartete auf das Ende der Sitzung.

Als sie die Neue Veste verlassen hatten, und die breite Straße entlang zurück zum Münster gingen, sammelte Linhart all seinen Mut. Gerade, als er sich den ersten Satz auf der Zunge zurechtgelegt hatte, platzte sein Vater schier vor Euphorie und stieß einen jubelnden Laut aus.

»Jetzt geht es der kleinen Bierhexe an den Kragen!« Er ballte die Fäuste. »Endlich ist Schluss mit der Panscherei. Nichts mehr außer Gerste, Hopfen und Wasser gehört ins Bier. Daran hat sich das Biest noch nie gehalten.«

In Linharts Ohren dröhnte es schmerzhaft. »Redet Ihr etwa von Marlein?«

»Ja, sicher. Was dachtest du denn?« Vater lachte heiser auf. »Der kleinen Kröte hetz ich als Erstes die Bierprüfer auf den Hals. Vielleicht stell ich mich auch dem Rat zur Verfügung und übernehme das Amt. Was meinst du? Auf jeden Fall wird sie die Strafe nicht zahlen können. Da bin ich mir sicher.«

Groll überkam Linhart. »Aber was habt Ihr denn davon? Könnt Ihr sie nicht einfach in Frieden lassen? Ihre kleine Brauerei ist keine Konkurrenz für uns.«

Vater hob die Brauen. »Sag nicht, du hast dich in das Weib verguckt.«

Linhart sog tief den Atem ein, ignorierte das Rauschen in seinen Ohren und straffte sich. »Angenommen, ich nähme sie zur Frau. Dann hätten wir eine tatkräftige Hilfe in unserer Brauerei, und Ihr bräuchtet sie nicht mehr zu fürchten.«

Vater kniff die Brauen zusammen. »Was sagst du da?« Er schnaufte wie ein alter Esel, und seine Augen wirkten wie schwarze Löcher. »Das meinst du nicht ernst.«

»Doch.« Linhart wusste nicht, woher er den Mut nahm, seinem Vater zu widersprechen. Vielleicht war es die Zuneigung zu Marlein, die ihn in den Leichtsinn trieb, oder aber der grauenhafte Gedanke, ihr nie in seinem Leben nahe sein zu können. Linhart kämpfte gegen den Druck in seiner Brust.

»Ich fürchte dieses Weib nicht«, spie sein Vater aus. »Sie schadet unserer Zunft, das ist alles. Ein Weib, das allein Bier braut und es dann ausschenkt – wo gibt es denn so etwas?«

»Sie schenkt nur an Frauen aus«, wandte Linhart ein.

»Noch!« Vater schüttelte den Kopf. »Und das mit Rauschmitteln, von denen die Weiber willig werden, sich mit dem Teufel einzulassen.«

»Was redet Ihr da für einen Unfug?«

»Warte nur ab, bald sitzt der Leibhaftige an ihrem Tisch. Dann ist unser Bier dem Untergang geweiht. Der Teufel wird jeden Sud in der Schanz sauer werden lassen. Dafür hat er ja seine Hexen.«

Linhart glaubte ernsthaft, sein Vater hätte den Verstand verloren. Sein Hals wurde trocken. In seinen Gedanken verschwand Marlein in einem undurchdringbaren Nebel. Nie würde er wissen, wie weich sich ihr helles Haar anfühlte. Würde sich nie in ihren grünen Augen verlieren, nie mit der Hand über ihre wohlgeformten Hüften streichen und nie ihre Lippen mit seinen berühren. Der Schmerz, der ihn in diesem Augenblick durchfuhr, ließ ihn schier wahnsinnig werden. Er dachte an seine Kindheit, als er ungefähr acht Lenze gewesen war und Marlein in den Dreck gestoßen hatte. Das schlechte Gewissen darüber hatte sich tief in sein Herz gebohrt, wo es ihn bis heute quälte. Linhart schüttelte den Gedanken an das Vergangene ab. Er hatte viel bei ihr gutzumachen und hoffte inständig, sie würde ihm irgendwann verzeihen. In diesem Augenblick klatschte Vaters Hand auf seine Wange.

»Hör auf zu träumen, du Nichtsnutz. Und wehe, ich höre dich noch einmal ihren Namen sagen.«

Als sie kurz darauf den Hof erreichten, stürmte ihnen Mutter schon entgegen. Doch statt sie nach den Neuigkeiten zu fragen, die sie von der Sitzung mitbrachten, hob sie nur die Hände und stieß ein Schnauben aus.

»Hat man Worte?« Sie schüttelte den Kopf. »Hat man dafür noch Worte?«

Vater sah sie mürrisch an. »Wofür?«

»Wie mir zu Ohren gekommen ist, war ein Gesandter des Grafen von Neuburg bei Marlein.«

»So?« Jacob mahlte mit dem Kiefer. »Was wollte er denn von der kleinen Hexe?«

»Wie sich die Leute erzählen, hat er wohl Interesse an ihrem Stachusbräu bekundet. Er hatte von einigen Schanzern gehört, das Bräu würde irgendwie …« Mutter presste kurz die Lippen aufeinander und runzelte die Stirn, als suche sie nach den richtigen Worten. »Ja, eine besondere Note im Geschmack haben. Ich glaube, sie redeten von Wacholder.«

Linhart horchte auf. War Vater nicht unlängst zum zweiten Mal bei dem Grafen gewesen, um sein Schäfferbräu anzupreisen?

»Dummes Geschwätz!«, schrie Vater, trat einen Schritt auf Mutter zu und schlug ihr mit der flachen Hand ins Gesicht.

3

Die Runde der Mitbrüder war eingekehrt, um das Bier mit dem neuen Kraut zu probieren, das Paulus der Grut beigegeben hatte. Außer dem Gagel, den er gern auch Bäckerhusch nannte, was eine liebevolle Bezeichnung des berauschenden Krautes war, hatte er ein wenig Stechapfel und Sumpfporst der Würze hinzugefügt. Aber wirklich nur ein wenig, und das nur, weil die ansonsten giftigen Kräuter die Seele beruhigten.

Die Mönche hatten sich im Sudhaus des Kölner Alexianerklosters eingefunden, wo es an dem großen Bohlentisch recht gemütlich war. Für eine wohlige Wärme sorgten die Feuer, die unter den Braukesseln brannten. Bruder Paulus wusste nur zu gut, wie ein schmackhaftes Klosterbier gebraut wurde, und er war stolz darauf.

Der erste Schluck, den Paulus probierte, schmeckte äußerst würzig und ein wenig nach Rosmarin. Das bestätigten ihm auch die anderen, die zustimmende Laute ausstießen. Mit den Ärmeln ihrer Kutten wischten sie sich die Tropfen von den Lippen.

Als die Runde immer geselliger wurde, öffnete sich die Tür, und Pater Stephan von Sankt Aposteln trat ein. Im Gegensatz zu Paulus war er ein junger Bursche mit dichtem braunen Haar und tiefliegenden Augen, in deren Blick stets die Sehnsucht nach der Liebe geschrieben stand. Paulus nahm an, dass das Keuschheitsgelübde Pater Stephan beileibe nicht die Fleischeslust vom Hals hielt.

Der Pater blickte auf die Krüge und wartete sichtlich auf eine Einladung. Doch Paulus fragte ihn lediglich nach seinem Begehr, denn der Pater trank öfter einen über den Durst, was nicht selten in tollkühnen Phantastereien endete. Er zählte dann oft auf, welche Frauen der Stadt die Ehe brachen. Er sprach von Zauberschen, die den bösen Blick hatten. Manchmal glaubte er sogar, Dämonen zu sehen. Damit ging er Paulus gehörig auf die Nerven. Und wahrlich nicht nur ihm, wie dem Seufzen der Mitbrüder bei seinem Eintreten zu entnehmen gewesen war. Es sollte ein fröhlicher Abend werden, denn der Winter wich allmählich dem Frühling. Aber mit der Anwesenheit des Paters von Sankt Aposteln wurde daraus wohl nichts.

Pater Stephan spielte mit dem Holzkreuz an der Kordel, die seine Soutane am Bauch zusammenhielt. »Es ist wieder einmal so weit.«

Paulus verdrehte die Augen. »Was denn nun?«

»In der Stadt gibt es eine weitere Zaubersche.« Stephan schielte zu dem Fass.

Der Prior hob die Brauen. »Eine Hexe?«

Pater Stephan nickte. »Kann man so sagen.« Er sah wieder zu Paulus. »Ach, Bruder, wärest du so freundlich, mir einen Krug zu füllen? Meine Kehle ist wie ausgedörrt von den ganzen Ungeheuerlichkeiten.«

Paulus blieb nichts anderes übrig, als dem Pater die Gastfreundschaft zu gewähren. Mit schmerzenden Knien schlurfte er zu dem Fass, goss einen Krug mit Bier voll und drückte ihn Stephan in die Hand.

Der Pater von Sankt Aposteln setzte sich an den Bohlentisch. »Die Frau des Gerbers Ekkehard ist es. Wie erzählt wird, hat sie das Schwein des Schusters verzaubert, so dass es elendig zugrunde gegangen ist.«

»Und wer behauptet das?«, fragte Paulus nach.

»Na, die Frau des Schusters.«

»Aha.« Paulus nahm einen großen Schluck Bier, um das Geschwätz besser ertragen zu können.

Im nächsten Augenblick versank Pater Stephan fast mit dem Kopf in dem Krug. Prior Christopherus schüttelte den Kopf, erhob sich von der Bank und wünschte eine gute Nacht. Mit schlurfenden Schritten verließ er die Braustube durch die Hintertür.

Paulus dachte an ihre kleine Kapelle inmitten des Klostergartens zwischen Rosenbüschen und Kräuterstauden. Der Bau schritt nur langsam voran, da dem Orden die finanziellen Mittel fehlten. Die Brüder selbst wohnten im Haus *Zum Leoparden* in den zwei oberen Stockwerken, unter denen sich das Sudhaus und die Klosterküche befanden. In den letzten Jahren hatten die Lungenbrüder in den Schlafsälen des Hauses *Zum Klüppel* die Leprosen gepflegt. Mittlerweile sahen die Ratsherren die Aussätzigen und ihre Pfründe jedoch lieber vor den Mauern der Stadt, so dass ihre letzte Bleibe meist das Siechenhaus auf Melaten war. Von daher war das zweite Haus nun unbewohnt.

Paulus strich sich über das Kinn und wandte den Blick vom Fenster ab. Sobald der Schankraum im Haus *Zum Klüppel* eingerichtet worden war, sollten die Betten in den darüberliegenden Schlafsälen Reisenden zur Verfügung gestellt werden. Mit diesen Einnahmen würden sich die Schatullen in geraumer Zeit schon füllen. In Gedanken hörte Paulus das helle Glockengeläut der kleinen Kapelle inmitten der Klostermauern.

Ein weiterer Bruder, der Brot, Käse und eine geräucherte Hartwurst brachte, holte Paulus aus den Träumereien. Kurz darauf klopfte es an der Tür, und die Tochter des Webers steckte den Kopf durch den Spalt. Ihre hellen Locken hatte sie an diesem Tag unter einem Tuch versteckt, aus dem sich jedoch hier und da eine freche Strähne befreite. Wohl berauscht von dem Bier, verspürte Paulus bei ihrem Anblick ein angenehmes Sehnen. Es schien ihm jedes Mal wie ein Wunder, Juliane vor sich zu sehen. Nie würde er den Tag vergessen, als er sie nach ihrer Geburt notgetauft hatte. Doch das Würmchen, das viel zu früh geboren worden war, hatte sich nicht unterkriegen lassen und dem Tod getrotzt. Inständig hatte Paulus zum Herrn gebetet, und seine Gebete waren erhört worden. Seit diesem denkwürdigen Ereignis glaubte Paulus, ein Vater könne nicht mehr Liebe für eine Tochter empfinden als er für Juliane.

Er erhob sich von der Bank und trat zu der jungen Frau.

»Hier steckt Ihr also«, sagte Juliane und schob die Tür ein wenig weiter auf.

»Was führt dich zu uns, mein Kind?«

»Vater schickt mich. Ich soll Euch das Tuch für die Kutten bringen. Sie sind draußen auf meinem Karren.« Sie zeigte mit dem Daumen hinter sich.

»Nun tritt erst einmal ein.« Paulus hielt weit die Tür auf und ließ mit der jungen Frau die kühle Luft des Abends ein. Sie war ein hübsches Ding mit einem feingeschnittenen Gesicht und vollen Lippen. Ihr Leib wies an den richtigen Stellen pralle Wölbungen auf, aber ihre Taille war schlank.

Juliane trank gern einen Krug Bier mit und ließ sich an

dem großen Tisch zwischen den Brüdern nieder. Aus den Augenwinkeln sah Paulus, wie Stephans Gesicht Farbe bekam. Als der Pater gegen einen Kloß im Hals schluckte, trat sein Kehlkopf spitz hervor.

Nach einem weiteren Krug Bier vergaß Paulus jedoch den Pater und auch das Tuch für die Kutten. Er stimmte eine Volksweise an, in der der Frühling besungen wurde. Bald fielen die Mitbrüder mit ein, und auch Juliane hob die Stimme. Abermals wurden die Krüge geleert. Es dauerte nicht lange, und Pater Stephan kletterte auf den Tisch, wo er den Saum seiner Soutane hob und ausgelassen zu tanzen begann. Das Letzte, woran Paulus sich erinnerte, war Julianes begeistertes Klatschen, mit dem sie Stephan wohl das Feuer im Hintern geschürt hatte.

»Ja, was denn?« Bruder Paulus sah den Prior mit verklärtem Blick an. In seinem Kopf summte es wie von einem Schwarm dicker Fliegen.

»Es kann nur an deinem Bier liegen. Verdammt.« Christopherus bekreuzigte sich, faltete die Hände vor der Brust und legte die Lippen auf seine Daumen. »Du hast Dollbier gebraut, gib es zu!«

Paulus stieß einen Seufzer aus und setzte sich auf den Hocker neben den Läuterbottich. »Nein, hab ich nicht.«

»Verkauft hast du es auch noch.« Der Blick des Priors aus den kleinen dunklen Augen durchbohrte ihn.

»Verkauft? Wer behauptet denn so etwas?«

»Na, die Frau des Webers. Hiltgen heißt sie, wenn ich mich recht erinnere.«

Paulus hob die Augenbrauen. »Was hat die denn mit meinem Bier zu schaffen?«

Christopherus fuhr sich mit der Hand über die Tonsur. »Sie selbst nicht. Aber ihre Tochter. Der Name fällt mir gerade nicht ein.«

»Oha – wo du doch sonst nichts vergisst.« Das Glockengeläut, das von Sankt Aposteln ausging, dröhnte in Paulus' Kopf und wandelte den dumpfen Schmerz in ein Hämmern. »Juliane heißt das Mädchen«, sagte er mit gedämpfter Stimme und schloss die Augen.

»Du verkennst den Ernst der Lage. Für die Zunft ist es ein gefundenes Fressen. Sie werden den Orden der Alexianer an den Pranger stellen.« Der Prior fuhr mit der Hand über den Bohlentisch. »Ich darf überhaupt nicht daran denken, was das für Folgen haben könnte.«

»Ach, hör auf. Nichts wird so heiß gegessen, wie es gekocht wird.« Paulus versuchte sich an den letzten Abend zu erinnern, an Stephans Tanz auf dem Tisch und Julianes Handgeklapper. Für die Zeit danach gab es nur noch ein schwarzes Loch, in das seine Erinnerung gefallen sein musste. Er musste doch irgendwie zu Bett gekommen sein!

»Pah, Hiltgen kocht heiß und isst auch heiß. Besonders, nachdem sie Pater Stephan und ihre Tochter beim Stelldichein im Schuppen erwischt hat.«

Paulus riss die Augen auf. »Nicht doch!«, stieß er entsetzt aus.

»Aber ja.« Schwer atmend ließ sich Christopherus an dem Bohlentisch nieder, auf dem noch die Krüge des Abendgelages standen. Er nahm einen von ihnen in die Hand und schnüffelte daran. Seine Augenbrauen hoben sich.

»Es ist gut. Du kannst mir nichts vorwerfen. Außerdem hast du selbst davon gekostet.«

»Gut? Aha. Und deshalb bist du heute auch weiß wie eine getünchte Wand.«

»Nun, in Maßen genossen ist es wirklich gut.«

»Das scheinst du gestern Abend vergessen zu haben. Und damit warst du offensichtlich nicht allein.« Der Prior erhob sich wieder, schob die Hände in die Ärmel seiner Kutte und umkreiste den Tisch mit gesenktem Haupt. Plötzlich blieb er stehen und holte tief Luft. »Ab sofort lässt du die Rauschmittel aus dem Sud. Ansonsten muss ich jemand anderen an die Sudkessel stellen.« Der Prior warf Paulus einen strengen Blick zu.

»Ach, herrje.« Paulus seufzte. »Na, das wird ja ein fades Bier.«

»Stell dir nur vor, das Mädchen geht mit einem Kind schwanger. Was dann?«

»Das Mädchen ist so oder so entehrt, wenn die Sache rauskommt. Kein angesehener Mann wird es noch ehelichen wollen.«

»Aber Pater Stephan wird nicht mehr predigen dürfen.« Christopherus trat an das Fenster.

»Woher weißt du überhaupt von dem Stelldichein? Von Hiltgen selbst?«

»Ja, sicher. Sie hat sich mir anvertraut und gleich nach einem passenden Kloster für ihre Tochter gefragt.«

»So eilig?«

Die Tür flog auf. Als hätten sie die Frau des Webers herbeigerufen, fegte diese mit einem kühlen Windzug in die Stube. Eine fleckige Haube verdeckte nur notdürftig das rote Haar, das ihr wie Unkraut auf dem Kopf wuchs. Als sie den Mund aufriss, sah Paulus, dass ihr die oberen Schneidezähne fehlten.

»Verdammter Bierpanscher!«, keifte sie. »Was für ein teuflisches Kraut hast du dem Trunk beigemischt? Sag es!«

Paulus verschränkte die Arme vor der Brust. »Braugeheimnis.«

»Ach ja, du Eselsgesicht?« Vor Wut schnaubend stemmte Hiltgen die Hände in die fülligen Hüften.

Der Prior trat hinter sie und legte ihr die Hände auf die Schultern. »Na, na, beruhige dich erst einmal. Vielleicht ist es ja nicht bis zum Äußersten gekommen.«

Die Frau des Webers wirbelte herum. »Und ob es das ist. Oder glaubt Ihr, ich wüsste nicht, wie es aussieht, wenn ein Mann mit einem Mädchen höckelt?«

Der Prior faltete die Hände vor der Brust und blickte zu den Deckenbalken. Röte stieg in seine Wangen. »Heilige Jungfrau Maria!«, stieß er aus.

»Ja, betet nur zur Jungfrau!«, spie Hiltgen aus. »Eine Jungfrau war mein Mädchen auch einmal.« Tränen sammelten sich in ihren wasserblauen Augen. »Der verhurte Pfaffe hat sie entehrt. Dafür drehe ihm den Hals um! Das könnt ihr mir glauben.« Sie wirbelte herum und stapfte mit langen Schritten aus der Tür.

Paulus stieß schwer den Atem aus und verzog die Lippen zu einem schiefen Strich. »Ich glaube, es ist zu spät, ihn zu warnen.«

Die Augen des Priors verengten sich zu Schlitzen. »Er wird das nicht auf sich sitzen lassen. Er wird die Schuld deinem Bier geben. Und dann gnade dir Gott, mein Lieber.«

Als ihr der säuerliche Geruch in die Nase stieg, wandte Marlein angewidert den Kopf ab. Die Würze, die sie vor einem Mond zum Gären angesetzt hatte, war umgeschlagen. Sie rückte das Fass zur Seite, nahm den Balken von dem nächsten ab und atmete das Aroma ein. »Gelungen!«, stieß sie erleichtert aus.

Edi klatschte mit den Händen auf den Teigklumpen vor sich. »Wunderbar! Dann steht deiner Weiberzeche heute Abend wohl nichts im Wege.«

Marlein dachte an den vorgestrigen Abend, an dem sie die Frauen wieder hatte wegschicken müssen, da Alheyt die ganze Zeit keine Ruhe gegeben hatte. Ihre verletzte Hand hatte sie in der Schutter baden wollen und sich gleich mit. Bevor sie jedoch in den Bach gestiegen war, hatte Marlein sie von der Gasse geholt, wo sie vollkommen entblößt hin und her gelaufen war. Danach war Alheyt zornig gewesen und hatte immer wieder versucht fortzulaufen, so dass es unmöglich gewesen war, sie aus den Augen zu lassen. Aber an diesem Tag war die Alte wieder friedlich, und auch der Schnitt in ihrer Hand heilte gut. Das war wichtiger als ein Fass mit umgeschlagenem Bier. Und bald schon würden die anderen Fässer auch fertig gegoren sein, so dass sie den Ausschank mit dem Märzenbier beibehalten konnte.

Edi trat zu ihr. »Hast du dir Gedanken über das Angebot des Grafen gemacht?«

»Ja, habe ich. Es ist undenkbar, Schloss Neuburg mit meinem Bier zu beliefern. Außerdem war der Gesandte ziemlich konsterniert, als er von Hannes' Tod erfuhr.«

»Aber es wäre im Sinne von Hannes. Schließlich hat er damals dem Grafen das Bier schmackhaft gemacht. Mit einem neuen Mann an deiner Seite würde die Brauerei florieren wie keine andere im Herzogtum.«

»So, wie es nun ist, ist es mir gut genug. Mehr will ich gar nicht.« Marlein setzte sich für einen Augenblick auf den

Schemel und streckte den Rücken, um den Schmerz darin zu vertreiben. In Anbetracht der Zeit, die sich der Graf mit seiner Antwort gelassen hatte, konnte ihm das Bier so wichtig nicht sein.

Plötzlich sah sie Linhart in der Tür stehen. Als sich ihre Blicke trafen, strich er sich verlegen das Haar aus der Stirn.

»Es ist alles bestens. Ich brauche deine Hilfe nicht«, raunte Marlein. »Mein Bier bekomme ich schon selbst gebraut.«

»Das ist es nicht. Ich bin hier, um dich zu warnen. Nachdem das Reinheitsgebot ausgesprochen wurde, sind die Bierprüfer in der Schanz unterwegs.«

Das hatte ihr gerade noch gefehlt. Unsicher sah sie zu dem Fass mit dem sauren Bier. »Mit meinem Bier ist alles in Ordnung. Ich nehme nur das Wasser aus den Brunnen. Gewiss entspricht es dem Reinheitsgebot.«

Linhart trat einen Schritt näher. »Das Wasser allein ist es nicht. Das Bier darf nur noch Hopfen und Malz enthalten, sonst nichts.«

»Kein weiteres Kraut mehr?« Marlein runzelte die Stirn.

»Nein, wie gesagt: nur Hopfen und Malz aus der Gerste.«

Sie versuchte, einen gelassenen Gesichtsausdruck zu zeigen. »Woher hast du deine Weisheit?«

Linhart erzählte ihr von der Sitzung der Landstände, und Marlein begriff nicht, dass die Verordnung noch nicht zu ihr durchgedrungen war.

Plötzlich hörte sie, dass Alheyt aus dem Schankraum ihren Namen brüllte. Erschrocken sprang sie von dem Schemel auf.

»Hoffentlich hat sie keinen Unfug angestellt!«, rief Edi ihr hinterher, als sie aus der Backstube eilte.

Drei Männer standen im Schankraum. Sie trugen kurze

Mäntel mit bauschigen Ärmeln, die sie als Amtsmänner auswiesen. Einer von ihnen hielt eine Sanduhr in den Händen.

»Da, die wollen dich sprechen«, krähte Alheyt von der Bank aus.

Marlein trat zu den Herren. »Mit wem habe ich die Ehre?«, fragte sie mit einem unguten Gefühl im Bauch.

Die Männer nahmen ihre schwarzen Hüte von den Köpfen. Der Größere von ihnen, der auch die Sanduhr in den Händen hielt, grüßte sie. »Wir halten das Amt der Bierprüfer inne und sind hier, um dein Stachusbräu in Augenschein zu nehmen.«

»Weshalb? Mit meinem Bier ist alles in bester Ordnung.«

»Das werden wir dann sehen.«

Marlein ging zum Tresen, griff nach einem Krug Bier und füllte drei Becher, die sie den Herren reichte. Doch statt das Bier zu trinken, schütteten die Prüfer es auf eine der Bänke und setzten sich mit dem Hosenboden darauf. Der Hochgewachsene drehte die Sanduhr um, stellte sie vor sich auf den Tisch und sah zufrieden zu den anderen.

Verständnislos schüttelte Marlein den Kopf.

»Was machen die da?«, rief Alheyt.

Neben ihr kicherte Katherl. »Sie machen sich die Hosen nass.«

Die Herren blieben unbeeindruckt. Mit ernstem Gesichtsausdruck verharrten sie still auf der Bank.

»Wie lange gedenken die Herren Prüfer so sitzen zu bleiben?«, fragte Marlein schließlich.

»Bis die Stundenuhr zwei Mal durchgelaufen ist«, sagte der Mittlere von ihnen.

Marlein betrachtete argwöhnisch den Sand, der in einem

dünnen Streifen durch das enge Loch rieselte. »Zwei Stunden?«

Der Mann nickte.

»Und danach?«

»Das wirst du dann sehen.« Der Prüfer gab sich wortkarg.

Marlein verdrehte die Augen, verließ die Schankstube und ging zurück an ihre Braukessel, wo sich Linhart mit Edi unterhielt.

»Deine Warnung kommt zu spät«, zischte sie.

»Sind sie schon da?«

»Richtig. Und sie sitzen die nächsten zwei Stunden auf meinem Bier. Weshalb auch immer.« Sie sah nach der Maische und regelte das Feuer unter dem Bottich.

Linhart trat zu ihr, rollte seinen Hemdärmel hoch und maß mit dem Ellenbogen die Temperatur der Maische. »Ein wenig mehr Hitze.«

»Ach, ja?« Sie stemmte die Hände die Hüften. »Ich braue nicht erst seit gestern, falls du das vergessen haben solltest. Und im Übrigen: Die Herren sitzen gewiss nicht aus reinem Zufall auf meinem Bier. Wenn mich da mal nicht jemand angeschwärzt hat.«

Linharts Wangen färbten sich zartrot. Sichtlich verlegen mied er ihren Blick.

Zorn kochte in Marlein auf, und sie hob die Augenbrauen. »Dein Vater. Richtig?«

Linhart nickte. »Es tut mir leid«, sagte er leise. »Ich wünschte, ich hätte ihn davon abbringen können.«

»Weshalb macht er das? Sag es mir. Ich bin doch wahrhaftig keine Konkurrenz für ihn.«

»Es ist die uralte Fehde zwischen unseren Familien.«

»Mein Großvater ist tot, genau wie mein Vater. Was ist mit dir? Wirst du die Tradition fortsetzen?«

Linharts Blick wurde sanft. Er hob die Hand, als wolle er ihre Schulter streicheln, ließ sie aber wieder sinken. »Nein, Marlein. Niemals.«

Sie glaubte ihm. Schließlich trug er keine Schuld am Verhalten seines Vaters. »Was werden die Prüfer feststellen, nachdem sie zwei Stunden in meinem Bier gesessen haben?«

Nun lächelte Linhart. »Wenn ihre Hosenböden an der Bank kleben bleiben, ist dein Bier rein.«

Marlein sah ihn an, als hätte er den Verstand verloren. »Bitte was?«

Verlegen zuckte Linhart mit den Schultern.

»Aber warum probieren sie nicht einfach von dem Bier? Wir wissen alle, dass darin noch mehr als nur Malz, Wasser und Hopfen ist.«

»Sie brauchen halt einen Beweis.«

Marlein gab einen unwirschen Laut von sich. Aber vielleicht war ihr das Glück hold, und ihr Bier klebte wie Baumharz an den Hosenböden der Prüfer. Sie hob den Maischkessel vom Feuer und schüttete den Inhalt in den Läuterbottich, um die Würze aufzufangen. Aus den Trebern, die zurückblieben, würde sie später ein Brot backen. Wie gewohnt griff sie nach dem Tiegel mit dem Johanniskrautöl, um es der Würze beizumischen.

Linharts Hand legte sich auf ihren Arm. »Gib das nicht in die Würze. Du weißt doch, nur Hopfen darf hinein.«

Marlein entzog sich seiner Hand. »Ich braue mein Bier, wie der Hannes es mir beigebracht hat.«

»Die Strafe wird hoch sein.«

Seufzend stellte Marlein den Tiegel zurück auf das Regal. »Und woher soll ich nun den Hopfen nehmen?«

»Warte, ich bin gleich zurück.«

Nachdem Linhart die Backstube verlassen hatte, sah sie zu Edi, der bis über beide Ohren grinste.

»Na, dem hast du es aber angetan.«

Marlein winkte ab. »Hör auf. Wer weiß, was er im Schilde führt.«

Edi ließ von seinem Teig und trat zu ihr. »Du musst wieder heiraten, wenn du weiter Bier brauen und es ausschenken willst.«

In Marleins Ohren rauschte das Blut. »Du meinst doch nicht, ich sollte ihn …?« Allein die Worte auszusprechen fiel ihr unendlich schwer.

»Genau das meine ich. Er ist ein netter Kerl, der dich gern hat.«

»Und sein Vater erst – was meinst du, wie gern der mich hat! Abgesehen davon, dass ich Linhart nicht will, würde Jacob nie einer Hochzeit zustimmen.«

»Vielleicht ja doch.«

»Niemals«, murmelte Marlein. Der Gedanke an den Bärbeißer Jacob bescherte ihr ein unangenehmes Ziehen im Magen. Sie verließ die Backstube, um nach den Prüfern zu sehen.

Als Linhart ins väterliche Sudhaus trat, spürte er immer noch ein Kribbeln in den Fingern, mit denen er Marleins Arm berührt hatte. Unentwegt musste er an sie denken. An ihre Augen, an ihren Duft nach wilden Kräutern, von dem er nicht genug bekommen konnte. In seine Gedanken an Marlein vertieft, zog er den Korb mit dem Hopfen aus dem Regal. Im Sudhaus herrschte eine friedliche Stille. Selbst der Lehrjunge Balthasar, der sonst ununterbrochen plapperte, mälzte seelenruhig die Gerste. Zu Linharts Glück fehlte von Vater jede Spur. Doch kurz darauf stürmte Gundi herein.

Sie legte die Hand auf die Brust und seufzte erleichtert. »Himmel, Linhart! Wo treibst du dich bloß die ganze Zeit herum?« Aus ihrem Zopf hatten sich Strähnen ihres feinen hellen Haars gelöst.

»Was ist denn los?« Linhart suchte nach einem Jutebeutel, in den er etwas Hopfen abzweigen konnte.

»Leibkrämpfe haben Vater befallen, nachdem er von dem Wasser im Brunnen gekostet hat. Er sieht schrecklich aus. Ganz grün ist er im Gesicht. Und das Bier wird auch hin sein. Was für ein Verlust!«

»Habt ihr den Arzt gerufen?«

»Mutter holt ihn gerade.«

»Wo ist Vater denn?«

»Auf dem Abort, von dem er gar nicht mehr herunterkommt.« Ihre blauen Augen verdunkelten sich. »Was hast du mit dem Hopfen vor?«

Verlegen sah sich Linhart um. »Ich borge Marlein etwas davon«, flüsterte er dann. Gundi würde ihn nicht verraten, das wusste er, denn auch sie mochte Marlein. Als sie noch klein gewesen waren, hatten die Mädchen heimlich miteinander gespielt, bis Vater dahintergekommen war und jeden Umgang verboten hatte.

Ungläubig schüttelte die Schwester den Kopf. »Bist du närrisch geworden? Leg sofort den Hopfen wieder zurück.«

»Vater wird es schon nicht merken. Außerdem hat er Marlein die Bierprüfer auf den Hals gehetzt. Ihr mit Hopfen auszuhelfen ist das Mindeste, was ich für sie tun kann.«

Gundi strich ihm über den Arm. »Ach, Brüderchen, mach dir doch nicht unnötig das Herz schwer. Du und Marlein, das wird nie etwas.«

»Das will ich nicht einmal denken.« Hastig stopfte er den Hopfen in den Beutel.

»Du solltest nicht zu ihr gehen. Erst recht nicht, da Vater krank ist. Du musst seine Aufgaben in der Braustube übernehmen.«

»Das kann ich am Abend immer noch. Aber nun braucht Marlein meine Hilfe.« Er ließ Gundi stehen und verließ die Braustube.

Auf dem Hof schwankte Vater gerade aus dem Abort. Wie Gundi gesagt hatte, war sein Gesicht blassgrün, und seine Augen waren rotgerändert. Noch bevor Linhart ihm aus dem Weg gehen konnte, hatte Vater ihn bereits entdeckt.

Jacob wischte sich mit der Pranke über den Mund und schnaufte. »Verdammte Bierhexe! Sie hat unseren Brunnen vergiftet.«

Linhart stockte der Atem. »Was redest du denn da?«

Sein Vater stützte sich mit der Hand an einem Mauervorsprung ab und hielt sich den Bauch, aus dem ein gurgelndes Geräusch zu hören war. Dann wandte er sich um und schwankte zurück zum Abort.

Linhart kroch die Hitze in den Nacken. Womöglich glaubte Vater, Marlein sei schuld an den Leibkrämpfen, die ihn befallen hatten! Doch wenn der Brunnen wirklich vergiftet worden wäre, hätte bestimmt nicht nur Vater darunter zu leiden. Aber wie er den alten Herrn kannte, würde dieser so schnell nicht von seinem Verdacht ablassen. Linhart eilte von dem elterlichen Hof.

Kurz darauf ließ Marlein es geschehen, dass er den Hopfen zu der Würze gab. Sie blickte ihm dabei über die Schulter, und Linhart vergaß seinen Vater, den angeblich vergifteten Brunnen, und genoss Marleins Nähe. Die Zeit floh wie ein reißender Fluss, bis sie Alheyt abermals aus dem Schankraum nach Marlein schreien hörten. Gerade noch rechtzeitig, bevor die letzten Sandkörner durch den Hals des Stundenglases rieselten, erreichten sie den Tisch, an dem die Bierprüfer saßen.

Auf Geheiß des mittleren Herrn erhoben sich die Amtmänner gleichzeitig von der Bank. Linhart schickte ein Stoßgebet gen Himmel. Aber es kam wohl nicht rechtzeitig an, denn die Bank blieb auf dem Boden. Marlein schüttelte den Kopf. »So ein Unsinn.«

»Das macht dann zwei Gulden Strafe, werte Frau«, sagte der hochgewachsene Bierprüfer.

Marlein streckte den Arm aus und zeigte ihm ihre Handinnenfläche. »Pflückt hier mal ein Haar, werter Herr«, giftete sie ihn an.

Der Mann hob die Augenbrauen und wich einen Schritt zurück. »Was soll das bedeuten?«

Marlein ballte die Faust. »Na, was wohl?«

»Sie hat die Gulden nicht«, warf Linhart ein. »Bitte seht es ihr nach. Bis zum heutigen Tag wusste sie nichts von der strengen Verordnung. Und eines will ich noch sagen …« Linharts Kiefer mahlten. »Die Strafe ist der reinste Wucher.«

Die Männer setzten ihre Hüte auf. »Hätte sie dem gestrigen Treffen der Zunft beigewohnt, wüsste sie davon.«

»Was redet Ihr denn da? Sie ist nicht befugt, daran teilzunehmen.«

»Das ist nicht unser Bier«, sagte der Herr mit dem Stundenglas und grinste hämisch. »Bis zum Pfingstfest hat sie

Zeit, die Strafe aufzubringen. Ansonsten droht ihr die Schließung der Schenke.« Er sah Marlein an. »Bis dahin ist dein Biervorrat beschlagnahmt.«

Als sich Tränen in Marleins Augen sammelten, hätte Linhart die Prüfer mit bloßen Händen erwürgen können. Es gab nur einen, der solch eine hohe Strafe für angemessen hielt, und wenn dahinter nicht sein Vater steckte, fraß er einen Besen.

Es waren lediglich drei kleine Fässer, die von den Prüfern hinausgetragen wurden, doch die hätten Marlein für den Abend gereicht. Linhart schmerzte es, sie so bedrückt zu sehen. Als er einen Schritt auf sie zutrat, wandte sie ihm den Rücken zu und verließ die Schenke.

»Saubande!«, schrie Alheyt von der Bank aus. »Wartet nur ab, bis der Wölflin zurück ist. Der wird euch den Garaus machen.«

Wer auch immer dieser Wölflin war, Linhart wollte nicht auf seine Rückkehr warten. Da nahm er es lieber selbst in die Hand, Marlein zu helfen.

4

Marlein atmete dreimal tief durch und wischte sich die Tränen von den Wangen. Hier zu stehen und Trübsal zu blasen half ihr auch nicht weiter. Selbst ohne das Bier und mit der Geldbuße am Hals musste das Leben weitergehen. Sie lehnte sich mit dem Rücken an einen der Birnbäume vor dem Haus und sah in den Himmel. Der Wind wehte den Geruch von Seife zu ihr herüber. Die Laken, die Nyß zwischen die Bäume gehängt hatte, wehten sanft an der Leine. Marlein seufzte. Wieder einmal musste sie den Frauen absagen. Wenn das so weiterging, konnte sie die Schenke tatsächlich bald schließen.

Sie richtete den Blick auf die Gasse, an der die Schutter vorbeirauschte. Dort sah sie Linhart, der mit einem Karren auf sie zukam, auf den ein Fass geladen war.

Als er vor ihr stand, zog sie die Nase kraus. »Was hast du vor?«

Linhart wischte sich den Schweiß von der Stirn. »Dir mit Bier aushelfen, damit deine Frauenzeche stattfinden kann.«

»Weshalb, Linhart? Du weißt, ich kann es nicht bezahlen.«

»Deshalb schenke ich es dir.« Er legte die Hand auf das Fass.

»Warum hilfst du mir? In den Augen deines Vaters sind wir Konkurrenten, hast du das vergessen?«

»Vaters Augen sind nicht die meinen.« Er wandte den Blick ab, sah auf das Fass und fuhr mit dem Finger die Rillen nach. »Nimmst du es nun?«

Marlein lächelte. »Ja, sicher. Du hilfst mir wirklich sehr damit.«

Sichtlich erleichtert über ihre Freude hob Linhart den Blick. Als er das Fass vom Karren lud, grinste er breit.

»Wird dein Vater es nicht vermissen?« Marlein hielt ihm weit die Tür zum Schankraum auf.

»Erst einmal nicht.« Er hievte das Fass auf seine Schulter.

Marlein folgte ihm in die Stube. »Was ist denn mit ihm?«

»Der Durchmarsch hat ihn befallen.«

»Aber dann musst du ihm an den Braukesseln helfen.«

»Das hat Zeit.« Linhart stellte das Fass auf den Tresen und rollte seine Hemdsärmel hinab. Sein Blick wurde ernst. »Ich will dich etwas fragen.«

Marleins Magen knotete sich zusammen. Hoffentlich war es nicht das, was sie dachte. Unfähig, auch nur ein Wort über die Lippen zu bekommen, nickte sie.

»Dürfte Gundi heute Abend zur Weiberzeche kommen? Weißt du, sie sitzt den ganzen Tag allein zu Hause. Mal mit anderen Frauen zu schwatzen wäre gewiss eine Abwechslung für sie.«

Marlein sah ihn entgeistert an. »Deine Schwester?«

»Ja, sicher.« Linhart presste die Lippen aufeinander.

»Na, da muss es deinen Vater aber ordentlich erwischt haben. Liegt er etwa im Sterben, dass sie sich hierhertraut?«

»Ach, Marlein, nun sei nicht so. Wir sind nicht wie Vater. Das müsstest du langsam wissen.«

»Von Gundi weiß ich überhaupt nichts mehr, seit wir

keine Zöpfe mehr tragen.« Auch nach all der Zeit schnitt es Marlein noch ins Herz, die Freundin damals verloren zu haben. Doch sie wischte den Gedanken zur Seite. Das war längst vorbei und sie beide keine kleinen Mädchen mehr. Woher sollte sie wissen, ob Gundi in die Kerbe des Vaters geschlagen oder sich einfach nur aus Angst von ihr ferngehalten hatte? Die Freundin hatte Marlein doch vom einen auf den anderen Tag nicht mehr angesehen.

»Gundi mag dich sehr«, sagte Linhart. »Es war Vaters Verbot, das sie von dir ferngehalten hat.«

»Und wenn er wieder genesen ist, wird sie erneut seinen Worten folgen.« Marlein winkte ab. »Hör zu, Linhart. Ich möchte nicht abermals vor den Kopf gestoßen werden. Verstehst du das?«

»Wenn es sein muss, werde ich mich gegen meinen Vater stellen und dabei auch Gundi auf meine Seite ziehen.«

Marlein konnte es sich nicht verkneifen, die Augenbrauen zu heben. »Wie all die Jahre? Ja?« Irgendetwas hatte Linharts Kopf vernebelt, dessen war sich Marlein ganz sicher. Wie sollte er sich gegen den Vater stellen? Genauso gut konnte er den Kampf mit einem Bären aufnehmen.

»All die Jahre sind vorbei, Marlein.« Sein Blick glich dem eines Kriegers, der kurz davor war, sein Ross zu besteigen. Nicht, dass sie je einem Krieger begegnet wäre, aber so in etwa sah dieser in ihrer Vorstellung aus.

Linhart holte sie aus ihren Gedanken. »Darf Gundi nun kommen oder nicht?«

Ein Lächeln huschte über ihre Lippen. »Ja, sicher.«

»Dann werde ich es ihr sagen.« Linhart sah durch das Fenster. Er band seine Geldkatze vom Gürtel und legte zwei Goldstücke auf den Tresen. »Ich muss nun gehen.«

Marlein nahm das Gold und lief ihm hinterher. »Das kann ich nicht annehmen!«

Linhart griff nach dem Stecken des Karrens. »Wenn du die Strafe nicht zahlst, kannst du deinen Betrieb dichtmachen. Wovon willst du dann leben? Und wovon willst du deine Tochter und Alheyt ernähren?«

Bis zum Abend hatte Marlein ein Brot aus den Trebern gebacken und einen Eintopf aus Linsen und Speck gekocht. Nachdem sie anschließend die kleine Katherl oben in der Kammer in den Schlaf gesungen hatte, setzte sie sich zu Alheyt an den Tisch in der Schenke, um für einen Augenblick zu verschnaufen.

Nyß betrat mit der rothaarigen Näherin Resi als Erstes den Schankraum. Kurz darauf folgten die Frau des Schusters, die des Zimmermanns und die hochgewachsene Etzel, das Weib des Baders. Mit lautem Geschnatter ließen sie sich an einem Tisch nieder. Während Marlein ihnen die Krüge füllte, blickte sie verstohlen zur Tür. Gundi kam gewiss nicht, dafür hätte sie die Hand ins Feuer gelegt. Aber sie täuschte sich, denn im nächsten Augenblick öffnete sich die Pforte, und die alte Freundin näherte sich. Zögernd blieb sie stehen und sah zu Marlein. Ihre Augen waren immer noch so blassblau wie damals. Die hellen Locken fielen über ihren Rücken und wurden nur auf dem Kopf von einer burgunderroten Haube bedeckt. Trotz ihrer mageren Gestalt sah sie recht gesund aus. Das weite Obergewand aus der gleichen Farbe wie ihre Kopfbedeckung ließ durch einen vorderen Schlitz ihr hellgrünes Unterkleid durchschimmern.

Als Gastwirtin war es Marleins Aufgabe, auf Gundi zuzugehen. Pflichtbewusst stellte sie den Humpen vor Etzel und trat zu der Tür. »Sei willkommen, Gundi. Schön, dass du da bist.« Sie strich über den Arm der ehemaligen Freundin. Der Brokat unter ihren Fingerkuppen fühlte sich weich wie das Fell eines jungen Kätzchens an.

In Gundis Lächeln lag Bedauern. »Linhart hat mir erzählt, wie enttäuscht du von mir warst. Aber du musst mir glauben, Vater hat mir all die Zeit mit Prügel gedroht, wenn ich mich weiter mit dir abgegeben hätte.«

»Und nun? Fürchtest du seine Schläge jetzt nicht mehr?«

»Doch, aber Linhart hat mir geschworen, sich vor mich zu stellen. Außerdem muss Vater ja nicht erfahren, dass ich hier gewesen bin.« Unsicher sah Gundi zu den anderen Frauen.

Marlein folgte ihrem Blick. »Sie werden reden. Das kannst du mir getrost glauben.«

Nyß und die Näherin Resi nahmen fast gleichzeitig einen Schluck aus ihren Humpen. Nachdem sie sich die Lippen mit den Ärmeln abgewischt hatten, verzogen sie missmutig die Gesichter.

»Das ist aber nicht dein Bier, oder?«, fragte Resi.

Neben ihr roch Etzel an dem Humpen und furchte die Stirn. »Riecht nur bitter. Sind da keine Kräuter drin?«

»Nein«, sagte Marlein. »Das ist ein Bier, wie es das neue Reinheitsgebot vorschreibt. Nur Hopfen, Wasser und Malz.«

»Kein Johanniskrautöl und kein Wermutkraut?«, fragte die Frau des Schusters sichtlich enttäuscht.

Marlein schüttelte den Kopf. »Und auch kein Wacholder.«

»Wie fad«, bemerkte Nyß und nahm einen weiteren Schluck, wohl um den ersten Eindruck zu bestätigen. Als sie den Humpen wieder abgesetzt hatte, schüttelte sie sich. »Eins kann ich dir sagen, dein Bier ist weitaus besser als das von Jacob.« Kurz sah sie zu Gundi und dann wieder zu Marlein. »Das Reinheitsgebot sollte wieder abgeschafft werden.«

Ehe Gundi wieder zur Tür hinauslaufen konnte, führte Marlein sie an den Tisch, an dem Alheyt ganz allein saß und das Geschehen in der Schankstube mit Argusaugen verfolgte.

»Ach, das ist überhaupt nicht dein Bier?« Resi starrte in den Humpen.

Marlein wischte mit einem Tuch über den Tisch. »Habt ihr es denn noch nicht gehört?«, fragte sie.

»Was denn?« Die Frau des Schusters sah sie aus großen Augen an.

Nyß setzte zu einem Redeschwall an und erzählte in allen Einzelheiten, was sich am Nachmittag zugetragen hatte. Sogar die Höhe der Strafe war ihr bekannt. Nach einem kurzen Seitenblick zu Gundi vermied sie jedoch zu erwähnen, dass Linhart dafür geradegestanden hatte. Marlein war sich allerdings sicher, dass sie auch das wusste.

»Das ist bedauerlich«, sagte Resi. »Ob Jacob dahintersteckt?«

»Gewiss nicht!«, dementierte Gundi entrüstet. Ihr Blick hatte sich verdunkelt.

Etzel stieß Resi den Ellenbogen in die Seite und schien ihre Worte überhört zu haben. »Wenn, dann hat er seine Strafe bereits bekommen. Die Bierhexen treiben sich wohl in der Schanz um. Sein Brunnen ist vergiftet.«

Die Frau des Schusters, die gerade einen Schluck genommen hatte, spie das Bier zurück in den Humpen. »Himmel!«, stieß sie aus. »Wie können wir dann sein Bier trinken?«

Marlein verdrehte die Augen. »Das ist doch alles Schmarrn.

Dann hätten die Bierhexen auch das Bier der anderen Brauer umgehen lassen. Oder meint ihr etwa nicht?«

»Man weiß nie. Vielleicht tun sie das noch.« Etzel schürzte die Lippen. »Der Nachtwächter hat mir erzählt, dass er einige geisterhafte Erscheinungen durch die Gassen huschen gesehen hat.«

Marlein schüttelte den Kopf. Auch wenn sie großen Respekt vor dem Zauber der Bierhexen hatte, wollte sie dies alles nicht so recht wahrhaben. Die Einbußen der Brauer würden enorm sein, wenn sich das Geschwätz in der Schanz ausweitete.

»Wir haben hier seit Jahren keine Bierhexen mehr gehabt. Der Nachtwächter sollte vom Schnaps lassen, wenn er die Gassen der Schanz bewacht«, sagte sie, um das Gerücht im Keim zu ersticken.

»Wisst ihr was?« Nyß erhob sich von ihrem Platz und warf Gundi einen bösen Blick zu. »Mein Edi hat noch eines von Marleins Fässern. Ich gehe und hole es.«

Im nächsten Augenblick verabschiedete sich Gundi. »Ich denke, ich lasse euch lieber allein. Wie es scheint, bin ich hier wohl nicht erwünscht.«

Marlein wollte nicht, dass sie ging, denn sie hätte zu gern ihre alte Freundschaft wiederaufleben lassen. Sie griff nach Gundis Händen. »Hältst du etwa das bisschen Gerede nicht aus?«

»Sie wollen mich nicht hierhaben. Das siehst du doch.«

»Ich aber.« Marlein wandte sich den anderen Frauen zu. »Gundi ist eine alte Freundin von mir, und ich verlange, dass ihr höflich zu ihr seid. Wenn ich es ihr nicht nachtrage, dass sie Jacobs Tochter ist, müsst ihr das auch nicht tun.«

Resi hob die Augenbrauen. »Und über wen sollen wir dann heute Abend herziehen?«

»Irgendeinen werden wir schon finden«, bemerkte die Frau des Schusters. »Was ist denn mit dem Schosch? Ich hab ihn heute in das Haus der Huren gehen gesehen. Ob seine Frau davon weiß?«

Als das Gerede kurz darauf endlich eine andere Wendung genommen hatte, setzte sich Gundi wieder auf ihren Platz – wenn auch mit einem niedergeschlagenen Gesichtsausdruck. Marleins letztes verbliebenes Fass Bier, das noch nicht nach dem neuen Gebot gebraut war, fand rasch Anklang und leerte sich an diesem Abend bis auf den letzten Tropfen.

Paulus sah Pater Stephan ungläubig an. »Du sagst, sie hat *was*?«

Mit hochroten Ohren setzte sich der Pater unaufgefordert an den Tisch im Sudhaus. »Du hast ganz recht gehört, Bruder. Ein Buhlteufel hat Besitz von ihrem Leib genommen.«

»Du meinst, Juliane ist von einem Dämon besessen?«

»Ganz genau.« Stephan rieb sich die Nase und blickte sehnsüchtig zu dem Fässchen neben der Würzpfanne. »Ist es schon ausgegoren?«

»Nein«, keifte Paulus. Es fiel ihm schwer zu glauben, was Stephan gerade gesagt hatte. Er setzte sich zu dem Pater an den Bohlentisch, krallte die Finger in Stephans Unterarm und verengte die Augen. »Sag das nie wieder, hörst du? Oder willst du, dass Juliane auf dem Scheiterhaufen landet?«

Der Pater befreite sich aus Paulus' Griff und beugte den Kopf vor. »Genau da gehört sie hin. Und soll ich dir mal was sagen? Der Inquisitor weiß Bescheid«, zischte er.

Paulus wich zurück. »Du hast sie denunziert?«

»Genau wie diese kleine Hexe es verdient hat.« Stephans Lippen wurden schmal.

»Das ist nicht dein Ernst.«

»Doch. Ihre Seele muss durch das Feuer gereinigt werden.«

Paulus stützte die Ellenbogen auf dem Tisch, legte sein Gesicht in die Hände und stöhnte auf. »Ich frage mich wirklich, wessen Seele hier gereinigt werden muss.« Er nahm die Hände wieder vom Gesicht und sah Stephan fest in die Augen. Vergangene Bilder holten ihn ein. Ein kleiner Daumen in einer Schraube, die ihn zerquetschte. Schreie hallten in seinen Ohren, und sein Magen krampfte sich zusammen. Paulus sog tief den Atem ein, um die Übelkeit zu vertreiben.

»Du hast dich an ihr vergangen. Glaubst du, ich habe dich nicht sabbern gesehen, als sie hier mit uns im Sudhaus gesessen hat?«, schrie er dem Pater ins Gesicht. »Du hast sie ins Stroh gezerrt und ihre Schwäche ausgenutzt. Du, der Gott geschworen hat, sich nie der Fleischeslust hinzugeben, hast sie missbraucht. Ihre Trunkenheit ausgenutzt.«

Pater Stephan hob eine Augenbraue. »Ich? Sie war es. Besser gesagt, der Buhlteufel in ihr. Er hat sie gezwungen, mir den Liebeszauber aufzuerlegen, damit ich schwach werde. Genau so war es.«

Paulus sprang von seinem Stuhl auf, packte den Pater am Kragen seiner Kutte und warf ihn aus dem Sudhaus. Nachdem er die Tür zugeworfen hatte, ließ er sich wieder an dem Tisch nieder und verbarg sein Gesicht in den Händen. In seinen Ohren rauschte das Blut. Lange hatte keine Frau mehr im Frankenturm gesessen, die als Hexe denunziert worden war. Und das war auch gut so. Er dachte an die vielen Männer, die zum Tode verurteilt dort verharrten, nachdem sie bei der Folter mehr oder weniger ihre Gräueltaten gestanden hatten. Paulus stand ihnen seit Jahren mit Gottes Hilfe bei, bis sie zum Henker geführt wurden. Betete mit ehemaligen Ketzern, Häretikern und Mördern, bis er glaubte, ihre Seelen dem Herrn übergeben zu können.

Paulus ballte die Faust, da er um Julianes Schicksal wusste, und blinzelte die Tränen fort. Als sie ein Neugeborenes gewesen war, hatte Gott ihren Tod nicht gewollt. Weshalb sollte sich das jetzt geändert haben? Schwerfällig erhob sich Paulus von seinem Stuhl, nahm den Umhang vom Haken an der Tür und verließ die Braustube.

Das Haus des Webers war eine armselige Hütte mit kleinen Fenstern und lag unweit der Gerbersiedlung am Duffelsbach. Auch hier wehte der Gestank von Urin durch die Gasse. Kinder lachten und bewarfen einen zotteligen Hund mit Knochen.

Paulus kam dazu, als gerade ein Geistlicher in Begleitung von zwei Schergen an die Tür des Webers klopfte. Er erkannte in dem Mann den Inquisitor Jakob van Hoogstraten, Prior der Dominikaner, verbitterter Hexenjäger und Feind der Judenschriften. Paulus' Magen verkrampfte sich.

»Was habt Ihr vor?«, fragte er den Prior, dessen graue Tonsur gerade mal zwei Daumen breit seinen Kopf umrundete.

Der Dominikaner musterte ihn schweigend. Er war ein dürrer Mann mit übergroßer Nase und stechend grauen Augen, die allein mit ihrem Blick einen Denunzierten zu foltern vermochten. Paulus hielt seinem Blick jedoch stand, auch wenn ihm dabei ein Schauder über den Rücken lief. Abermals tauchte ein Bild vor seinem inneren Auge auf. Nägel, die sich in milchige Haut bohrten, Blut, das in dickflüssigen Rinnsalen aus dem Fleisch quoll. Ein Schmerz fuhr wie ein greller Blitz durch seinen Kopf. Paulus atmete tief durch und schüttelte die Gedanken ab.

Die Tür öffnete sich, und die Frau des Webers steckte den Kopf durch den Spalt. Als sie die Männer sah, unterdrückte sie einen Schrei.

»Lass uns ein, Weib«, sagte der Inquisitor barsch.

»Wozu?«, greinte die Frau.

»Lass sie ein«, sagte Paulus, um zu vermeiden, dass sich der Dominikaner mit Hilfe der Schergen unter Gewalt Einlass verschaffte.

Die Frau des Webers sah ihn fassungslos an. »Gehörst du etwa auch zu der Bande?«

Er schüttelte den Kopf. »Nein, Hiltgen.«

»Was wollen sie?« Der Zorn in ihren Augen wich einem ängstlichen Blick.

»Wo ist deine Tochter?«, bellte Hoogstraten.

Hiltgen sah weiterhin Paulus an. »Was wollen sie von Juliane?«

Ehe Paulus ihr eine Antwort geben konnte, schob der Dominikaner die Frau zu Seite und trat in das Haus. Die Schergen folgten ihm.

»Der Herr steh ihr bei«, sagte Paulus leise und schloss für einen Atemzug die Augen.

Juliane saß am Webstuhl und schob mit einer Webnadel die Fäden durch die Schnüre. Als die Männer eintraten, weiteten sich ihre Augen.

Hoogstraten zeigte mit dem Finger auf Juliane. »Mitkommen.«

»Nein!«, schrie Hiltgen. »Sie hat nichts Unrechtes getan.«

»Du bist der Hexerei angeklagt.« Der Dominikaner hielt weiterhin den Zeigefinger auf Juliane gerichtet und nickte den Schergen zu.

Doch Paulus stellte sich schützend vor sie. »Sie ist keine Hexe. Pater Stephan hat sich seiner Lust hingegeben, ohne dass sie ihm einen Zauber auferlegt hat. Ich bin Zeuge.«

Hoogstraten zog die Augenbrauen in die Höhe. »Hast du ihnen etwa beim Akt zugesehen?«

Paulus senkte den Blick und wünschte, seine Erinnerung läge nicht in diesem verdammten Nebel. »Nein, nicht direkt. Aber ich habe das Begehren in seinen Augen bemerkt. Pater Stephan ist dafür bekannt, den Frauen auf den Hintern zu starren. Juliane hingegen ist ein rechtschaffendes Mädchen.«

»Sie trägt einen Buhlteufel in sich.« Hoogstraten beachtete ihn nicht weiter und sah wieder zu den Schergen. »Nehmt sie fest und werft sie in den Frankenturm.«

Juliane ließ die Webnadel fallen. Ihre Augen schwammen in Tränen. Fassungslos schüttelte sie den Kopf.

Hiltgen schlug sich die Hand vor den Mund und heulte auf. »Dieser verdammte Hurenbock!«

»Der Pater will sich nur selbst schützen«, fauchte Paulus nun. »Seid Ihr etwa mit Blindheit geschlagen, dass Ihr das nicht seht?«

Hoogstraten sah ihn scharf an. »Wenn du nicht aufpasst, sitzt du bald wegen übler Nachrede im Kerker. Im Übrigen werden wir die Wahrheit schon herausfinden.«

»Ja, das werdet Ihr. Eure Wahrheit, das ist gewiss.« Hilflos musste Paulus mit ansehen, wie die Schergen Juliane aus dem Haus führten. Dabei hielt er die schluchzende Hiltgen, deren Leib in seinen Armen bebte.

Als die Tür ins Schloss fiel, riss sich die Frau des Webers von ihm los und fuhr mit den Fingernägeln durch sein Gesicht. »Du elender Bierpanscher! An dem ganzen Unheil ist nur dein Gebräu schuld«, keifte sie mit schriller Stimme. Eine schallende Ohrfeige folgte, und dann trommelte sie mit den Fäusten auf seine Brust.

Paulus' Gesicht brannte, als sei siedendes Öl darübergegossen worden. Dennoch ließ er die Frau gewähren, bis sie schluchzend auf die Knie sank. »Ich werde dem Mädchen beistehen«, sagte er mit sanfter Stimme und verließ das Haus.

Marlein schmerzte der Kopf, als sie die Tische abwischte. Der Abend war lang gewesen und mit jedem geleerten Humpen immer ausgelassener geworden. Die Frauen hatten unflätige Lieder gesungen und gelacht, bis ihnen die Bäuche weh taten. Ihr Fässchen hatte längst nicht gereicht, so dass sie sich doch noch an Jacobs Bier gütlich getan hatten. Selbst Marlein hatte den einen oder anderen Becher geleert, was sich an diesem Tag rächte. Neben dem Hämmern in ihrem Kopf war ihr speiübel, und ihre Hände zitterten. Sie hielt einen Augenblick lang inne und blickte aus dem kleinen Fenster ihrer Schenke auf die Gasse. Alheyt verließ gerade das Birnbaumhäusle und schlich an der Schutter vorbei zielstrebig auf Jacobs Hof zu. Marlein versuchte zu erkennen, was sie in der Hand hielt. Als sie sah, was es war, warf sie ihr Wischtuch in den Spülstein und rannte aus dem Haus. Rasch hatte sie Alheyt eingeholt und riss ihr den Nachttopf aus den Händen.

»Was hast du damit vor?«, zischte Marlein der Alten zu.

»Ihn säubern.« Alheyt zog eine Augenbraue in die Höhe.

»Der Brunnen des Halunken dort drüben scheint mir gerade recht dazu.« Sie deutete mit dem Kinn auf Jacobs Sudhaus.

»Du bist von Sinnen, weißt du das?« Marlein schüttete den Inhalt des Nachttopfes rasch hinter einen Busch. Verstohlen sah sie sich um und stellte zu ihrer Erleichterung fest, dass die Gasse menschenleer war.

»Der hat es mehr als verdient.« Die Alte kniff die Augen zusammen.

»Du liebe Zeit, Großmutter. Halt bloß den Mund, bevor deine Worte noch in die falschen Ohren gelangen. Sie werden dich trotz deines hohen Alters an den nächsten Galgen knüpfen.«

Die Übelkeit in Marleins Leib drückte ihr jetzt bis hinauf in die Kehle. Um sich davon abzulenken, fasste sie Alheyt unter den Arm und brachte sie zurück ins Birnbaumhäusle. Dort suchte Alheyt beleidigt ihre Kammer auf und murmelte dabei unablässig etwas von diesem Wölflin vor sich hin.

Kopfschüttelnd begab sich Marlein wieder an den Spülstein im Schankraum. Im nächsten Augenblick trat Nyß ein. Die fahle Gesichtsfarbe der Bäckersfrau verriet, dass es ihr wohl nicht besser als Marlein erging. Sie stöhnte auf und ließ sich an einem der Tische nieder. »Hab ich einen Schädel«, brummte sie.

»Ich erst.« Marlein setzte sich neben sie. »Jacobs Bier hat es ganz schön in sich. Reinheitsgebot hin, Hopfen, Malz und Wasser her.«

Alheyt kam in die Stube geschlurft. An ihrem Rockzipfel hing Katherl. »Großmutter sagt, das Bier sei schlecht gewesen.«

»Nein, meine Kleine. War es nicht. Man darf nur nicht so

viel davon trinken«, belehrte Marlein ihre Tochter, bevor noch böse Gerüchte in die Welt gesetzt wurden.

»Mir schmerzt der Leib, und ich bin kaum vom Nachttopf gekommen«, knurrte Alheyt. »Das war gewiss Jacobs Absicht. Das meint Wölflin übrigens auch. Deswegen –«

»Er wusste nicht, dass Linhart uns das Bier gebracht hat. Wie kann es da Absicht gewesen sein?«, fiel Marlein ihr ins Wort, bevor die Alte noch ihren Nachttopf erwähnte.

»Wer zum Henker ist denn nun Wölflin?«, fragte Nyß.

»Großmutters Freund.« Katherl sah zu der Alten und nickte eifrig. »Ist doch so, oder?«

Linhart betrat die Stube und blickte Marlein besorgt an. »Unser Brunnen ist wirklich vergiftet worden. Gundi hat es nun auch erwischt.«

In Marleins Ohren rauschte das Blut. »Wer soll so etwas getan haben?«

»Mein Vater hat dich beim Rat angezeigt.«

Marleins Beine begannen zu zittern. »Mich? Aber weshalb glaubt er, ich hätte seinen Brunnen vergiftet?« Sie schlug die Handflächen vors Gesicht und stöhnte auf. »Wer soll sich denn um Alheyt und Katherl kümmern, wenn ich in den Kerker geworfen werde?« Verzweifelt sah sie zu Linhart.

Er setzte sich neben sie und legte den Arm um ihre Schultern. »Er hat keine Beweise. Und ich sorge dafür, dass du nicht weggesperrt wirst.«

»Wie will er überhaupt wissen, ob das Wasser im Brunnen vergiftet worden ist?«

»Zwei Mägde, ein Knecht und meine Mutter haben ebenfalls von dem Wasser getrunken. Sie alle leiden unter Krämpfen.«

»Er war es selbst«, krähte Alheyt. »Auch ich hatte Krämpfe

von seinem vermaledeitem Bier. Er kann einfach nicht brauen.« Sie schlug mit der Faust auf den Tisch.

Katherl begann zu weinen und krabbelte auf Marleins Schoß. »Du darfst nicht eingesperrt werden!«

Die Angst griff wie eine eisige Klaue nach Marleins Eingeweiden. Mit zittrigen Fingern strich sie der Kleinen über das Haar. »Keine Bange, ich lass dich nicht allein.«

Linhart erhob sich. »Ich gehe zum Rat, um seine Aussage zu widerlegen. Sorge dich nicht, Marlein. Alles wird gut.«

»Dein Vater ist Schöffe. Sein Wort wiegt mehr als deins«, bemerkte Nyß und nahm damit Marlein den letzten Schimmer einer Hoffnung.

»Alle wissen um den Zwist, der zwischen unseren Familien geherrscht hat.« Linhart setzte sich sein Schapel auf den Kopf, nickte noch einmal zum Abschied und ließ Marlein mit einem mulmigen Gefühl im Bauch zurück.

Kurz darauf klopfte es heftig an der Tür, und zwei Schergen traten ein. Katherl weitete angstvoll die Augen und drückte sich an Marlein.

»Na, die haben es aber eilig.« Alheyt schüttelte den Kopf und wackelte mit den Fingern an ihrem letzten verbliebenen Zahn.

Die Männer nahmen die Helme vom Kopf und sahen sich in dem Schankraum um.

Marlein eilte zu ihnen. »Seid ihr hier, um mich zu holen?«

Der Blonde schüttelte den Kopf. »Nein, wir überbringen dir lediglich die Nachricht, dass du dich morgen Mittag zur Befragung in das Haus des Rates zu begeben hast. Außerdem darfst du die Mauern der Schanz nicht mehr verlassen.« Sein Nebenmann kniff die Augen zusammen und betrachtete Katherls Hals.

Marlein kroch die Hitze vom Rücken hinauf bis zum Kopf. Sie griff nach dem Halstuch des Mädchens und zog daran. Doch es war zu spät, denn der Scherge hatte Katherls Mal längst entdeckt. Sein Mund stand offen, und sein Blick klebte an dem Hals des Mädchens.

Er stieß den anderen Schergen mit dem Ellenbogen an. »Sieh nur! Sie ist gezeichnet.«

Der Mann riss die Augen auf. »Wir … wir müssen das melden«, stotterte er.

»Nein, wir müssen sie mitnehmen. Eine Dämonenbrut darf nicht frei herumlaufen. Sie ist gewiss für den vergifteten Brunnen verantwortlich. Wer weiß, was sie noch anstellen wird.«

Marlein drückte Katherl fest an sich. »Schert euch fort aus meiner Schenke!«, schrie sie die Schergen an. »Ihr bekommt mein kleines Mädchen nicht.«

Katherl bebte am ganzen Leib und schluchzte.

Plötzlich warf Alheyt einen Humpen nach den Männern, der den Blonden nur knapp verfehlte.

»Halt dich zurück, Weib!«, schrie der andere. »Sonst sitzt du schneller im Turm, als du deine Winde lassen kannst.«

Die Alte sank in sich zusammen und heulte auf. »Nicht in den Turm! An diesen schrecklichen Ort will ich nie wieder!«, schrie sie.

Als der blonde Scherge die kleine Katherl aus Marleins Arm zerrte, glaubte sie, er risse ihr das Herz gleich mit aus der Brust.

Sie lief ihm hinterher bis auf die Gasse und klammerte sich an ihn. »Nein! Lasst sie hier! Verdammt noch mal, sie ist noch ein kleines Kind.«

Katherls Gesicht war tiefrot von ihrem Geschrei. Sie

schlug um sich, doch der Mann hielt sie mit eisernem Griff auf seinen Armen. Der andere griff nach Marlein und schleuderte sie in den Dreck. Sie schlug mit den Knien hart auf, doch Nyß half ihr wieder auf die Beine.

»Du kannst sie nicht aufhalten«, sagte die Bäckersfrau mitleidig.

»Und ob ich das kann.« Marlein raffte ihre Röcke, vergaß die schmerzenden Knie und rannte den Schergen hinterher. Zorn und Sorge vereinten sich zu einer schieren Kraft in ihr, die sie wild werden ließ. Sie griff dem Mann ins blonde Haar und riss daran. Im nächsten Augenblick traf seine Faust sie mit solch einer Wucht, dass sie zu Boden sank und die Gasse um sie herum schwarz wurde.

Als sie das Bewusstsein wiedererlangte, kühlte Nyß ihr die Wange mit einem feuchten Tuch. Obwohl ein stechender Schmerz durch Marleins Kopf wütete, sprang sie augenblicklich auf. Doch die Männer waren fort, und mit ihnen ihre geliebte Tochter. Marlein klammerte sich an Nyß. Ihre Augen brannten, als hätte ihr jemand eine Handvoll Staub ins Gesicht geworfen.

»Wo haben sie Katherl hingebracht?«, schrie sie.

»Beruhige dich.« Nyß hielt sie fest im Arm. »Wir werden heimgehen und überlegen, was zu tun ist. Oder willst du etwa auch noch im Turm landen?«

»Wenn ich so bei Katherl sein kann, dann ja!«

»Sei vernünftig. Was wollen sie dem Kind denn anhaben? Sie ist nur ein normales kleines Mädchen. Das werden die Gewaltrichter schnell herausfinden.«

»Wohin haben die Männer sie gebracht?« Marlein konnte keinen einzigen klaren Gedanken fassen. Grelle Blitze fuhren durch ihren Kopf und blendeten sie.

»Ich weiß es nicht. Komm bitte mit ins Haus. Dort warten wir auf Linhart. Er weiß gewiss, was zu tun ist.«

»Linhart?« Marlein sah Nyß an, als hätte sie den Verstand verloren. »Seine Familie ist an dem ganzen Unglück schuld. Ich will ihn nicht mehr in meinem Haus haben. Verstehst du?«

»Er kann nichts für seinen Vater. Die ganze Zeit reißt er sich ein Bein für dich aus. Warum siehst du das eigentlich nicht?«

»Stehst du etwa auf seiner Seite? Dann scher dich in dein eigenes Haus!« Marlein rauschte an ihr vorbei in die Schankstube.

Dicke Tränen quollen aus Alheyts Augen. Sie heulte wie ein Wolf bei Vollmond. »Sie werden das arme Kind foltern! Ich weiß es.«

Ihre Worte schlugen wie Steine auf Marlein ein. »Sag so etwas nicht. Weshalb sollten sie?«

Der Blick der Alten verfinsterte sich, und sie schien in eine andere Zeit zu sehen. »Sie werden ihr Schrauben anlegen und die Knochen brechen.« Sie hob die Hand und zeigte ihren verkrüppelten Daumen. »Dann werden sie die Kleine auspeitschen, bis sie gesteht, mit dem Teufel im Bunde zu stehen. Den Wölflin, den haben sie gestreckt, damals in Lemgo.«

Marlein schnürte sich der Hals zu, und sie glaubte zu ersticken. Um Luft ringend stürmte sie aus der Schenke. Sie konnten Katherl nur zum Henker auf den Taschenturm gebracht haben, wo die Ketzer und Teufelsbuhlen einsaßen. »Herr, steh uns bei!«, stieß sie atemlos aus und rannte die Gasse hinunter.

Der hohe Taschenturm lag unweit von ihrer Schenke, er

war in die Stadtmauer eingelassen. Sein Tor führte aus der Schanz ins südwestliche Herzogtum, und das Satteldach zwischen den Treppengiebeln ragte über die Stadt hinaus. Zwei Wächter stolzierten davor auf und ab. Sie trugen Helme, und die Spitzen ihrer Lanzen glänzten frischpoliert in der Sonne.

Marlein kannte die beiden von Kindesbeinen an. Ohne Furcht trat sie ihnen entgegen. »Haben sie meine Katherl hierher gebracht?«

Der Hochgewachsene wandte den Blick ab, in dem eindeutig Bedauern geschrieben stand. Das verriet ihr die Wahrheit.

»Bitte lasst mich ein! Meine Kleine braucht mich«, flehte Marlein den anderen Wächter an.

Dieser schüttelte betreten den Kopf. »Es ist nicht gestattet, das weißt du.«

Marlein warf sich vor ihm auf die Knie. »Bitte, sie ist doch noch so klein! Ihr könnt sie hier nicht gefangen halten. Sie hat nichts Böses getan.« Ihr Hals schmerzte von den Schluchzern, die sich nicht aufhalten ließen.

Die Männer wandten sich von ihr ab und sahen in den Himmel, als ginge sie Marleins Flehen nichts an. Weinend blieb sie vor ihnen auf den Knien, bis die Sonne sich gen Westen neigte. Als der Himmel sich verdunkelte, lösten zwei andere Männer die Wachen ab. Doch auch sie erhörten Marlein nicht.

5

Marlein ließ sich von Linhart nicht anfassen und schrie ihn an, er solle verschwinden. Nur Edi durfte sich ihr nähern, er hob sie vom Boden auf und stützte sie auf dem Weg nach Hause. Linhart wurde das Herz so schwer wie nie zuvor. Im Rat hatte er nichts erreichen können, hatte nur feststellen müssen, wie gewichtig das Wort seines Vaters wog. Und dann hatte er die Hiobsbotschaft von der kleinen Katherl erfahren. Er wünschte sich nichts mehr als ein scharfes Schwert, mit dem er die Wächter beseitigen und so das Mädchen aus dem Turm befreien könnte. Doch das einzige Schwert, das es in seinem elterlichen Haus gab, verwahrte Vater in einem Schrank auf, dessen Schlüssel er stets an einer Kette um den Hals trug.

Da Marlein ihm nicht erlaubte, das Birnbaumhäusle zu betreten, ging Linhart nach Hause, wo er mit seinem Vater sprechen wollte.

Dieser saß bei einem späten Mahl im Speisezimmer. Talglichter flackerten auf dem Tisch, und nach der Menge der Bratwürste auf dem Teller zu urteilen, ging es seinen Gedärmen wohl wieder besser. Linhart setzte sich zu ihm und goss sich einen Becher mit Bier voll. Als er gerade daraus trinken wollte, musste er an den Brunnen denken und stellte den Becher hastig wieder ab.

»Das Bier ist rein«, grollte sein Vater.

»Was ist mit dem Brunnen geschehen?«

»Ausscheidungen haben das Wasser verunreinigt.«

»Und du glaubst allen Ernstes, Marlein sei das gewesen?«

»Richtig.« Vater stopfte sich die nächste Bratwurst in den Mund.

»Aber weshalb sollte sie das tun?«

»Um uns zu schaden.«

»Das ergibt keinen Sinn, Vater. Das weißt du.« Linhart stand auf, ging zu der Anrichte und schenkte sich etwas Rotwein in einen Becher. »Ihre kleine Hausbrauerei wird nie an unsere heranreichen.«

»Doch, es gibt einen Grund für ihr Handeln, und der lautet Rache.«

»So ist Marlein nicht. Außerdem war unser Brunnen bereits verunreinigt, bevor du Marlein angezeigt hast.« Linhart nahm einen tiefen Schluck. Das trockene Aroma der Trauben stillte seinen Durst nur unmerklich.

Statt einer Antwort stierte Vater stumm in seinen Humpen mit dem Bier. Scheinbar ging ihm irgendetwas durch den Kopf, was er mit Linhart nicht teilen wollte.

»Ihr kleines Mädchen sitzt auf dem Turm. Sie ist erst fünf«, sagte Linhart mit erstickter Stimme. Der Gedanke daran riss ihm fast das Herz aus dem Leib.

Sein Vater stieß geräuschvoll auf. »Der Rat hat einstimmig beschlossen, sie morgen der peinlichen Befragung zu unterziehen. Das Mal an ihrem Hals ist ein eindeutiges Indiz dafür, dass sie mit dem Teufel im Bunde steht.«

Linhart stockte abermals der Atem. »Sie soll gefoltert werden?«

»Nenn es, wie du willst. Ich gehe jetzt zu Bett.« Schwerfällig erhob sich Vater von seinem Platz und schlurfte aus der Tür.

Durch Linharts Kopf wirbelten die Gedanken wie Herbstlaub im Wind. Marlein würde daran zugrunde gehen, wenn sie dem Mädchen Leid zufügten. Er schlug mit der Faust so kräftig auf den Tisch, dass Vaters Humpen umkippte. Das Gefäß rollte von der Kante und zerschellte klirrend auf dem Boden. Außer sich vor Zorn sprang Linhart hoch und rannte aus der Stube.

Im Hof hielt er kurz inne und dachte nach, wie er Katherl aus dem Turm befreien könnte. Dann schlich er in den Stall, legte dem Gaul das Geschirr an und spannte ihn vor das Fuhrwerk, mit dem sie ihre Fässer auslieferten. Linhart suchte anschließend nach dem Handkarren und verließ dann den Hof. Auf halben Weg zum Taschenturm kehrte er jedoch wieder um. Die Wachen würden ihn nicht einfach zu dem Kind lassen, auch wenn er sie noch so gut kannte. Aber einem Becher Bier würden sie gewiss nicht abgeneigt sein. Er schlich ins Sudhaus, ergriff zwei Becher sowie einen Krug Bier, dem er einen guten Schluck Mohnsaft hinzufügte.

Plötzlich hörte er die Stimme seiner Schwester und zuckte vor Schreck heftig zusammen. Fast wäre ihm der Krug Bier aus den Händen gerutscht.

»Was machst du da?«, fragte Gundi. Eine weiße Haube verdeckte ihr Haar, und über ihrem Schlafkleid trug sie einen wollenen Umhang. Ihr Gesicht war bleich wie das eines Geistes. Müde sah sie ihn an.

»Ich muss die kleine Katherl befreien, die auf dem Turm gefangen gehalten wird.« Mit zittrigen Fingern hielt Linhart den Krug umschlossen.

»Ich hab davon gehört.« Gundi seufzte und trat einen Schritt näher. »Was du vorhast, ist viel zu gefährlich. Wie willst du es überhaupt anstellen?«

»Hiermit.« Linhart deutete mit dem Blick auf den Krug. »Etwas Mohnsaft für die Wächter.«

»Wenn es schiefgeht, sitzt du selbst auf dem Turm.« Sie kam ins Schwanken und hielt sich an einem Regal fest. Die Vergiftung setzte ihr wohl doch noch zu.

Linhart stellte den Krug ab und eilte zu ihr, um sie zu stützen. »Du hättest nicht aufstehen sollen.«

»Ich musste auf den Abort, und da habe ich das schwache Licht hier gesehen«, keuchte sie.

»Komm, ich bringe dich in deine Kammer.« In diesem Augenblick wurde Linhart bewusst, dass er Gundi womöglich nie mehr wiedersehen würde. Es schien ihm, als legte sich ein Mühlstein auf sein Herz. Er schlich mit der Schwester zum Wohnhaus und brachte sie zu Bett. Bevor sie sich hinlegte, nahm er sie in die Arme und drückte sie fest an sich. »Wenn ich das Mädchen befreit habe, werde ich mit Marlein aus Ingolstadt fliehen müssen.«

Erschrocken sah Gundi zu ihm auf. »Du kannst nicht einfach fortgehen!«

»Ich muss, denn ein Leben ohne Marlein ist für mich unvorstellbar.«

»Aber ein Leben ohne uns schon?« Ihre Augen funkelten zornig.

»Ich bin längst alt genug, das Elternhaus zu verlassen.«

»Vater braucht dich doch in der Brauerei. Und wer soll überhaupt den Betrieb weiterführen, wenn Vater mal nicht mehr ist?«

»Dein Gemahl, Gundi.« Linhart legte ihr beschwichtigend die Hand auf die Schulter. »Es ist längst an der Zeit, dass Vater dich mit einem Braumeister verheiratet.«

Gundi wand sich aus seinen Armen. »Es gibt in ganz Ingolstadt keinen Brauer, an dem ich auch nur annähernd Gefallen finde«, zischte sie.

Linhart sah sie mitfühlend an. »Es wird sich gewiss jemand für dich finden, warte nur ab.«

»Pass auf dich auf, Bruder«, sagte sie ein wenig versöhnlicher und strich ihm über die Wange. »Schickst du mir eine Nachricht, wenn du in Sicherheit bist?«

»Gewiss.« Linhart nahm ihre Hand und drückte sie sanft.

»Wo wollt ihr überhaupt hin?«

»Darüber habe ich mir noch keine Gedanken gemacht. Vermutlich halten wir uns erst einmal gen Norden.«

»Was soll ich Vater sagen? Er wird nach dir suchen.«

»Sag ihm, ich hätte mich auf den Weg gemacht, um unser Bier den Fürstenhäusern anzubieten und das Reinheitsgebot zu verbreiten.«

»Mitten in der Nacht? Ohne ein Wort des Abschieds? Er ist nicht dumm und wird eins und eins zusammenzählen.«

»Darüber kann ich mir im Augenblick keine Gedanken machen. Vielleicht fällt dir ja etwas Besseres ein.« Er ließ ihre Hand los.

»Sehe ich dich je wieder?« Gundis Stimme klang gebrochen.

»Sobald ich Marlein in Sicherheit weiß, kehre ich zurück, um mir mein Erbe auszahlen zu lassen.«

»Deine Zuversicht hätte ich gern. Vater wird dich eher steinigen.«

»Vielleicht empfängt er mich ja als den verlorenen Sohn. Wer weiß das schon?«

Gundi mühte sich ein Lächeln ab und nahm ihn in die Arme. »Ich wünsche dir alles Glück der Welt, lieber Bruder. Und bleib nur ja unversehrt.«

Leise rollte Linhart einige Fässer Bier hinaus und lud sie auf das Fuhrwerk. Anschließend nahm er den Karren und machte sich erneut auf den Weg.

Das Satteldach des Taschenturms ragte bedrohlich in den nachtschwarzen Himmel. Vor dem Tor lungerten die Wächter mit halboffenen Augen herum. Als Linhart nähertrat, richteten sie sich auf und schoben die Helme aus der Stirn.

»Du schon wieder«, sagte Hartmut und lehnte stöhnend den Rücken gegen das Backsteingemäuer.

»Freunde, mein Vater schickt mich. Da ihr das Kind auf sein Geheiß so gut bewacht, lohnt er es euch mit einem Krug Bier.«

Hartmut kniff die Augen zusammen. »Hast du nicht heute Abend noch die Mutter von hier fortgeschafft? Es weiß doch jeder hier in der Schanz, dass du ein Auge auf sie geworfen hast. Und nun bringst du uns Bier? Na, wenn da nicht etwas faul ist.« Er rümpfte die knollige Nase.

»Was soll daran faul sein?« Linhart sah ihn bestürzt an. »Kennst doch meinen Vater. Wenn ich seinen Befehlen nicht Folge leiste, jagt er mich vom Hof.« Er zuckte mit den Schultern und wandte den Wächtern den Rücken zu. »Dann werde ich ihm sagen müssen, dass ihr sein Bier verschmäht. Was das für euch bedeutet, wisst ihr wohl.«

Ein kurzes Schweigen folgte. Als Linhart nach dem Stecken griff, legte sich eine Hand auf seine Schulter.

»Nun gib uns schon den Krug«, sagte Hartmut. »Wir wollen in der nächsten Zeit gewiss nicht auf das gute Schäffbräu verzichten müssen.«

Linhart holte Krug und Becher aus dem Karren und reichte sie ihm wortlos, als sei er auf das Tiefste beleidigt.

»Bring deinem Vater unseren Dank.«

Noch ehe Linhart sich zum Gehen abwandte, goss Hartmut die Becher voll.

Kurz darauf versteckte sich Linhart mit seinem Karren hinter einem Gebüsch und wartete so lange, bis die Wächter mit dem Kinn auf der Brust fest eingeschlafen waren. Er schlich zu ihnen zurück, schnitt Hartmut den Schlüsselbund vom Gürtel und huschte in den Taschenturm. Eine einzige Fackel brannte in dem Raum hinter der Pforte. Von hier aus führte eine Stiege zu den oberen Stockwerken. Im ersten lag die Wohnung des Henkers, und in den vieren darüber unter anderem die Folterkammer sowie die Kerker. Das wusste Linhart jedoch nur vom Hörensagen, da er selbst zum Glück noch nie auf dem Turm gewesen war.

Als er die erste Stiege hinaufgegangen war, zog er seinen Dolch aus dem Gürtel und schlich an der angelehnten Tür vorbei. Ein schwacher Lichtstrahl fiel auf die Treppe, die verräterisch unter seinen Sohlen knarrte. Aus der Kammer vernahm Linhart ein leises Schnarchen. Mit klammen Fingern griff er nach der Fackel an der Wand und stieg weiter den Turm hinauf. Im zweiten Stockwerk leuchtete er in die Dunkelheit und sah mehrere Türen, die alle eine Hand breit offenstanden. Die Stille, die ihn umgab, erzeugte ein Rauschen in seinem Kopf. Linhart vernahm seinen eigenen wilden Herzschlag. Unter seinen Füßen knarrten weiterhin die Holzplanken, und die Luft, die sich schwer auf seine Lunge legte, stank nach vermodertem Stroh und Ausscheidungen.

Er stieg weiter hinauf, aber auch im nächsten Stockwerk waren die Kammern leer. Er leuchtete in eine von ihnen hinein und wich entsetzt zurück. Ein mit Nägeln beschlagener Stuhl sowie ein Tisch mit ledernen Schnallen standen darin. An den Wänden hingen Kopfpressen, Daumenschrauben und noch andere Foltergeräte. Ein eisiger Schauer fuhr ihm über den Rücken. Rasch stieg Linhart die nächste Treppe hinauf, wo schwere Balken das Gemäuer stützten. Plötzlich flatterte etwas über seinen Kopf hinweg und hinterließ einen Windzug. Linhart fürchtete, ihm würde das Herz zum Hals hinausspringen. Der unterdrückte Schrei schmerzte in seiner Kehle, und seine weichen Knie drohten einzuknicken. Er atmete mehrmals tief durch und versuchte, sich zu beruhigen. Es war nur eine Fledermaus gewesen, die ihn erschrocken hatte. Allmählich ließ das Zittern in seinem Leib nach, und er stieg weiter die Treppe hinauf. Im obersten Stockwerk sah er weitere Türen, die jedoch alle verschlossen waren. Was, wenn noch mehr Gefangene hier einsaßen und er die falsche Tür öffnete? Er griff nach dem Schlüsselbund, den er sich an seinen Gürtel gebunden hatte. In diesem Augenblick verlosch die Fackel in seiner Hand, und der Geruch der Rauchfahne stieg ihm in die Nase. Linhart sah nur noch Schwärze vor seinen Augen. Er unterdrückte einen Fluch und tastete sich am Gemäuer entlang. Hinter der ersten Tür vernahm er ein Stöhnen, das von einem alten Mann stammen musste. Er schlich weiter. Hinter der Tür, an der er nun horchte, war nur Stille. Er nahm einen der Schlüssel von dem Bund und steckte ihn leise ins Schloss. Er passte nicht. Linhart probierte den nächsten. Sein Herzschlag machte ihn schier verrückt. Seine Hände begannen zu zittern, und der Schlüssel fiel ihm aus der Hand. Als er sich danach bückte, hörte er plötzlich Schritte auf der Stiege. Linhart drückte sich mit dem Rücken an das Gemäuer. Der rot-gelbe Schein einer Fackel erhellte schwach die Stufen. Dann tauchte die hünenhafte Gestalt des Henkers auf.

»Ist da wer?«, rief Meister Bert.

Linhart vergaß zu atmen und umklammerte mit feuchten Fingern den Griff seines Dolchs.

»Da ist doch jemand?« Der Henker kam näher und leuchtete Linhart mit der Fackel ins Gesicht. Doch bevor Meister Bert ein weiteres Wort von sich geben konnte, steckte bereits der Dolch in seiner Brust. Meister Bert riss die Augen auf. Die Fackel fiel zu Boden, und beim nächsten Atemzug krallten sich die Finger des Henkers um Linharts Hals. Augenblicklich rammte Linhart ihm das Knie in den Unterleib. Meister Bert keuchte auf, ließ von Linharts Hals ab und sank wie ein Sack Mehl zu Boden. Die Flamme der Fackel drohte zu erlöschen. Rasch hob Linhart sie auf und schürte sie mit leichtem Atem. Ohne dem Henker einen weiteren Blick zu schenken, eilte er zu der Tür, hinter der Stille geherrscht hatte. Nun vernahm er leises Weinen und steckte abermals den Schlüssel ins Schloss. Die Tür ließ sich öffnen. Als er mit der Fackel den Raum dahinter betrat, sah er die kleine Katherl, die mit dem Rücken am Mauerwerk kauerte. Ihre Lippen bebten, und die Augen waren weit aufgerissen.

Er näherte sich dem Mädchen vorsichtig und streckte ihm die offene Handfläche entgegen. »Ich bin es, Linhart. Deine Mutter schickt mich, um dich zu holen.«

»Linhart?« Das Mädchen erhob sich und griff nach seiner Hand.

Die kleinen Finger fühlten sich wie Eiszapfen an. »Komm, Katherl. Du darfst wieder heim.« Er hob die Kleine auf seinen Arm und verließ mit ihr den Kerker. Der Henker lag immer noch auf dem Boden und gab ein Stöhnen von sich. Rasch zwängte sich Linhart an seinem Leib vorbei und eilte mit Katherl die Stiegen hinab.

Marlein starrte in die Dunkelheit ihrer Kammer. Sie fühlte sich, als hätte ein Feuer ihr Inneres verbrannt und nur noch kalte Asche hinterlassen. Nyß hatte sie einen Met trinken lassen, von dem Marlein nicht wusste, was sie hineingemischt hatte. Sie war danach sehr schnell in den Schlaf gefallen, und nun hämmerte ein Schmerz in ihrem Kopf. Dennoch blieb die lähmende Kälte in ihrem Leib. Nur schemenhaft sah sie vor ihrem inneren Auge erneut die Geschehnisse der letzten Stunden. Allmählich wurden ihr wieder die Lider schwer, und plötzlich befand sie sich auf einer Blumenwiese vor der Stadtmauer. Katherls glockengleiches Lachen hallte durch die laue Frühlingsluft. Bienen surrten über den gelb-blauen Blumenteppich. Ihre Tochter drehte sich vor lauter Freude im Kreis, während Marlein das Gesicht in die Sonne hielt und die Wärme genoss. Da spürte sie eine Hand auf ihrer Schulter. Jemand sprach ihren Namen.

»Wach auf, Marlein.«

Benommen schüttelte sie den Kopf und schlug die Augen auf. Um sie herum drehte sich die Kammer, die von einer Fackel beleuchtet wurde. Dazwischen sah sie Linharts Gesicht. Sie fuhr hoch, zog die Decke bis über ihre Schulter und starrte ihn an. »Was machst du hier?«

»Bleib ruhig. Ich habe Katherl aus dem Kerker befreit. Wir müssen fort von hier, noch bevor der Tag anbricht.«

Marlein schlug die Decke zurück. »Wo ist sie?«

»Unten in der Stube.«

Als sie aus dem Bett sprang, verlor sie den Halt. Linhart fing sie auf, bevor sie zu Boden fallen konnte. Sie klammerte sich an ihn und spürte seinen warmen Leib in der nächtlichen Kälte der Kammer. »Ist das wirklich wahr?«, wisperte sie.

»Ja, komm, ich bring dich zu ihr.«

Sie sah an ihrem Unterkleid hinab, das nur spärlich ihre Blöße verbarg. »Ich muss mir etwas überziehen.«

»Mach das. Ich wecke derweil Alheyt.« Linhart gab ihr die Röcke sowie das Leibchen, das über dem Hocker lag.

»Sei aber auf der Hut. Nicht, dass sie dir vor Schreck den Nachttopf um die Ohren haut.« Marlein rang sich ein Lächeln ab, das ihr in den Wangen schmerzte. Als Linhart die Kammer verlassen hatte, zog sie sich rasch die Röcke und das Leibchen über. Anschließend stopfte sie noch etwas Wäsche zum Wechseln, ihr letztes Geld und Katherls Kleider in eine lederne Tasche. Dabei wurden ihr Kopf immer klarer und die Schritte immer fester. Marlein nahm zwei Stufen auf einmal, als sie die Stiege hinablief. In der Stube schloss sie Katherl so fest in die Arme, dass sie befürchtete, dem Mädchen die Rippen zu brechen. Tränen der Dankbarkeit rannen über ihre Wangen, als sie den kleinen Leib an ihren drückte. Sie konnte nicht anders, immer und immer wieder musste sie den Schopf ihrer kleinen Tochter küssen.

Katherl schlang ihre Arme um den Hals der Mutter. »Warum haben sie mich eingesperrt? Ich hab nichts Böses getan, oder?«

Marlein nahm ihr Gesicht in die Hände und blinzelte die Tränen fort. »Natürlich hast du nichts Böses getan, mein Kind. Aber die Menschen sind dumm.«

»Linhart ist aber nicht dumm. Er hat mich aus dem Turm befreit.«

Abermals drückte Marlein ihr einen Kuss ins Haar. »Nein, Linhart gehört nicht zu den Dummen.«

»Und Großmutter Alheyt auch nicht.«

»Nein, sie auch nicht. Alles wird gut, meine Kleine.«

»Also sind nicht alle Menschen böse.«

»Nicht alle. Aber die, die es sind, vor denen müssen wir uns hüten.« Marlein fasste Katherl an den Schultern und sah ihr erneut in die Augen. »Hier in der Schanz sind viele böse Menschen um uns herum, und deshalb müssen wir fort von hier.« Sie zupfte an Katherls Halstuch und bedeckte das Mal. »Lass es niemanden sehen, hörst du?«

Das Mädchen griff sich an den Hals. »Haben sie mich deshalb auf den Turm gesperrt?«

Marlein suchte nach Worten. Wie sollte sie einem kleinen Mädchen erklären, dass viele Menschen glaubten, der Leibhaftige zeichne so die Menschen, die er auserwählt hatte? Tief sog sie den Atem ein und schwieg.

Ihre Tochter wiederholte die Frage. Marlein zwang sich zu lächeln und drückte sanft ihre Schultern. »Ja, weil die Menschen dumm sind.« Die Erinnerung an Katherls Geburt kam ihr in den Sinn. Selbst Hannes hatte sie mit einem bösen Blick gestraft, als er das feuerrote Mal seiner Tochter gesehen hatte. Von da an hatte Marlein es Tag für Tag bedeckt und ihrem Mann geschworen, nie mit dem Teufel gebuhlt zu haben. Doch in Wahrheit hatte er ihr wohl nie geglaubt.

Marlein seufzte aus tiefstem Herzen. Dummer Hannes. Wie hatte er glauben können, dass ihre Tochter, dieses wunderbare Geschöpf Gottes, die Auserwählte des Teufels sei?

Linhart erschien mit Alheyt in der Stube und trug ein Bündel im Arm.

Die Alte machte ein mürrisches Gesicht, während sie sich

das Kopftuch unter dem Kinn zusammenband. »Was soll das Ganze? Ich will nicht auf Reisen gehen.«

Marlein erhob sich. »Sieh nur, Großmutter. Katherl ist wieder bei uns.«

Alheyts Blick wurde ein wenig heller. »War sie denn fort?«

Marlein konnte nicht glauben, dass die Alte das vergessen hatte. »Auf dem Turm war sie! Das weißt du doch.«

Großmutter stieß ein kurzes Geheul aus. Dann schritt sie zu der Kleinen. »Lass mich deine Hände sehen.« Tränen rannen über ihre faltigen Wangen. Sie nahm Katherls Daumen zwischen die Finger und betastete ihn. »Haben sie dir Schrauben angelegt?«

Das Kind sah sie mit großen Augen an. »Was meinst du?«

Ein Schluchzer bebte in Alheyts Brust. Sie umschlang das Kind und drückte es fest an sich.

Linhart sah zu Marlein. »Wir sollten keine Zeit mehr verlieren.«

»Großmutter ist alt. Sie kann sich nicht lange auf den Beinen halten.« Besorgt biss sich Marlein auf die Unterlippe. Noch vor Sonnenaufgang würden sie gewiss aufgegriffen werden.

»Sorge dich nicht. Ich habe bereits den Gaul vor unseren Wagen gespannt.«

»Du gehst mit? Aber …?« Keinen Lidschlag lang hatte Marlein dies in Erwägung gezogen. Plötzlich fiel ihr etwas ein. Sie nahm das Talglicht und lief über den Hof in die Backstube. Dort stapelte sie Kessel, den Maischbottich und die Sudpfanne auf einen Handkarren. Hastig legte sie noch die kleine Schrotmühle und verschiedene Tiegel mit Kräutern dazu. In diesem Augenblick konnte sie froh sein, nicht so große Gerätschaften wie Brauer Jacob zu besitzen. Aber von irgendetwas musste sie unterwegs leben, und Linharts Großmut wollte sie nicht ausnutzen. Lieber unterhielt sie eine Braustube auf Rädern. Marlein zog den Karren auf den Hof und wünschte, sie besäße einen Esel.

Linhart trat ihr entgegen. »Was hast du vor?«

»Ich will nicht ganz mittellos sein, wenn wir auf der Flucht sind. Ich könnte unterwegs mein Bier brauen und es verkaufen.«

Sichtlich besorgt griff Linhart an seine Geldkatze, die recht mager an seinem Gürtel hing. »Dann komm«, sagte er nur. »Die Nacht ist bald vorbei.«

Als sie kurz darauf nahe bei Brauer Jacobs Hof auf das Fuhrwerk geklettert waren, versteckten sie sich zwischen den Fässern auf der Ladefläche. Sogar Alheyt ließ es zu, dass Linhart eine Decke über sie legte.

Marlein hielt Katherl fest in ihrem Arm. »Was ist mit meinem Karren?«, fragte sie Linhart, als er ihr aufmunternd über den Arm strich.

»Ich binde ihn hinten an das Fuhrwerk.« Er legte die Decke über ihren Kopf. »Verhaltet euch ganz still, bis wir die Festungsmauer hinter uns gelassen haben.«

Marlein nickte kurz. In der Ferne krähte ein Hahn, und sie drückte ihre kleine Tochter fest an sich.

Sie hatten Paulus nicht in den Frankenturm gelassen, obwohl er geschworen hatte, Juliane lediglich die Beichte abzunehmen. Dabei musste er unbedingt einen Weg zu ihr finden, um ihr zur Seite stehen zu können. Das junge Mädchen verteidigen, wenn der Inquisitor sie der Zauberei anklagte.

Schließlich war er nicht unschuldig an dem gewesen, was geschehen war. Wenn er nur diesem verdammten Pfaffen nicht das Bier gegeben hätte!

»Was grübelst du, Bruder Paulus?« Der Prior schenkte ihm einen strengen Blick, bevor er sich an dem Tisch im Sudhaus niederließ. »Etwa über eine besonders delikate Grut, die alle wieder toll werden lässt?«

Paulus winkte ab. »Sicher nicht.«

»Das ist gut. Du solltest wissen, der Rat der Stadt Köln hat sich des neuen Reinheitsgebots angenommen, das in Ingolstadt ausgesprochen wurde. Sie beraten sich, es auch hier in Köln geltend zu machen. Die Strafen sind nicht gerade gering für diejenigen, die dagegen verstoßen.«

»Das ist gewiss nicht meine Sorge.« Paulus strich sich über den fülligen Bauch, in dem es schmerzhaft rumorte. Seit Juliane auf dem Frankenturm saß, plagte ihn das schlechte Gewissen in Form von Winden, die seine Gedärme aufblähten.

»Deine Sorge ist Juliane. Hab ich recht?«

Er nickte. »Verdammt, weshalb musste Pater Stephan ihr den Inquisitor auf den Hals hetzen?«

»Na, um seine Ehre zu retten. Was dachtest du denn?« Christopherus setzte sich zu ihm an den Tisch. Falten umkränzten seine dunklen Augen, die von Klugheit zeugten. Schwer stieß er den Atem aus.

»Er ist ein verdammter Bock, der seine Triebe nicht unter Kontrolle hat.«

»Bruder Paulus! Solche Worte aus dem Mund eines gottesfürchtigen Mönchs …« Christopherus schnalzte mit der Zunge und schüttelte den Kopf.

»Ist doch wahr. Er schickt das Mädchen gerade auf den Scheiterhaufen. Von Dämonen soll sie besessen sein. Ein

Buhlteufel, der seiner habhaft werden wollte, wohne in ihr, behauptet dieser Hund. Aber da er ja so gottvertraut ist, konnte dieser Dämon ihm natürlich nichts anhaben.« Paulus schüttelte vor Verzweiflung und Wut heftig den Kopf.

»Ich hab dich immer vor deinem Dollbier gewarnt, Bruder. Nun siehst du, wohin das geführt hat.«

»Ach was. Das lag nicht an meinem Bier. Pater Stephan braucht kein Bier, um toll im Kopf zu werden.« Paulus sah ihn missmutig an. »Das bisschen Bilsenkraut hat die anderen Brüder auch nicht rollig gemacht.«

Christopherus verzog den Mund zu einem Strich. »Den einen nicht, den anderen schon.«

»Stephan braucht dazu kein Kraut.« Da ihn die Sorge nicht ruhig sitzen ließ, erhob sich Paulus und schritt ans Fenster. Sein Blick glitt zu Sankt Aposteln. Der Westturm ragte über die zwei kleineren Treppentürme sowie dem Dreikonchenchor. Der einzige Satansbraten, den er kannte, predigte in diesem Gotteshaus, in dieser Heiligen Stadt und hatte von seinem Bier getrunken. Wie konnte der Herr da nur zusehen, wie er die arme Juliane der Inquisition übergab? Seit das Werk *Malleus Maleficarum* von diesem Institoris im Lande studiert wurde, gab es hier und da immer einen neuernannten Komissar im Reich. Und wer die Hexenjagd anzweifelte, sich ihm gar entgegenstellte, galt bald als Häretiker, als Ketzer, der die Lehren der katholischen Kirche in Frage stellte. Das wusste Paulus nur zu gut. Einigen von ihnen hatte er bereits die letzte Beichte abgenommen, wenn es bisher auch nicht viele gewesen waren.

Der Prior erhob sich ebenfalls und trat zu Paulus ans Fenster. »Soll ich mal bei Hoogstraten vorsprechen?«

»Hat der nicht genug mit dem Judenfreund Reuchlin und

dessen Dunkelmännerbriefen zu schaffen?« Der Groll stieg bitter in Paulus' Kehle.

Christopherus zuckte mit den Schultern. »Dafür hat er Johann Pfefferkorn. Er und Hoogstraten werden abermals die Schriften der Juden verbrennen, glaube mir. Aber das ist nicht richtig. Sie sollten Reuchlins Worte beherzigen: Verbrennt nicht, was ihr nicht kennt.«

»Im Augenblick interessiert es mich mehr, dass Juliane nicht verbrannt wird. Der Talmud wird immer wieder neu gedruckt werden. Juliane hingegen hat nur ein Leben auf Erden.«

Sichtlich besorgt presste der Prior die Lippen aufeinander und schüttelte den Kopf. »Du hast ja recht, aber du weißt auch, was mit denen geschieht, die sich auf die Seite der Denunzierten stellen. Ihnen wird ebenfalls Teufelsbuhle vorgeworfen. Hat es alles bereits gegeben. Ich sorge mich um dich.« Er sah zu den Fässern. »Was hältst du davon, wenn du stattdessen einmal das Bier nach dem neuen Reinheitsgebot braust? Nur mit Gerste, Hopfen und Wasser.«

Paulus wandte sich zu ihm um und kniff die Augen zusammen. »Vielleicht sollte ich diesem Hoogstraten mal ein ganz besonderes Bier brauen.«

»Und dabei den Bierzauber anwenden?« Christopherus' Mundwinkel zuckten spöttisch. »Dann kannst du dich erst recht bald zu Juliane auf den Turm gesellen.«

»Was denn für einen Bierzauber?« Verständnislos sah Paulus ihn an. »Was soll der Unsinn?«

Der Prior nahm seinen Umhang vom Haken an der Tür und legte sich ihn über die Schulter. »Pass auf, dass dir der Kragen nicht zu eng wird, den du um den Hals trägst.«

Unwillkürlich griff sich Paulus an die Kehle. »Was?«

»Er könnte platzen.« Wie eine Windböe rauschte der Prior aus dem Sudhaus.

Nachdem Paulus noch eine Weile gedankenverloren aus dem Fenster gesehen hatte, ging er in die Bibliothek des Klosters und suchte dort nach dem *Malleus Maleficarum*. Angewidert setzte er sich damit an den Tisch und begann darin zu blättern. Bald stieß er auf das vierte Kapitel des dritten Teils, in dem beschrieben wurde, dass zu einer Anklage zwei oder drei Zeugenaussagen benötigt wurden. Das war es! Die gab es in Julianes Fall nämlich nicht. Mit dieser Tatsache würde er Hoogstraten erst einmal an die Wand nageln – und Stephan unmittelbar daneben.

Plötzlich hörte Paulus den Türklopfer des Klosters. Er hob den Blick aus dem Fenster, das zum Hof zeigte. Ein Novize öffnete die Tür in der Mauer und ließ einen Mann hinein, der in das grüne Wams eines Würdenträgers gekleidet war. Seinen Kopf zierte ein viel zu großes Barett, das ihm tief ins Gesicht gerutscht war. Auf den zweiten Blick erkannte Paulus den Zunftmeister der Brauer. Wilhelm war sein Name, wenn Paulus sich recht erinnerte. Stöhnend verdrehte er die Augen. Hatte er nicht genug Sorgen? Er las die letzten Sätze des Kapitels, klappte das Buch zu und öffnete die Tür der Bibliothek, vor der bereits der Zunftmeister stand.

»Gott zum Gruße, Bruder Paulus. Ich habe ein Anliegen.«

»Hab ich mir fast gedacht«, knurrte Paulus. »Es geht wahrscheinlich um mein Bier. Hat Stephan Euch hergeschickt, um es zu prüfen?«

Wilhelm schüttelte den Kopf. »Nein, es geht um Brauer Peter vom Quatermarkt. Er liegt im Sterben und schickt mich, Euch zu holen, damit Ihr ihm die Beichte abnehmt.«

Paulus schalt sich selbst für seinen Verfolgungswahn und

rieb sich über den Arm. »Sicher, ich gehe mit Euch«, murmelte er.

»Ach, und wo ich einmal hier bin, bitte ich Euch, das Bier nur noch nach diesem Gebot zu brauen.« Der Zunftmeister übergab ihm eine Schriftrolle, die mit einem dünnen Faden zusammengebunden war.

»Ansonsten?« Missmutig kniff Paulus die Augen zusammen.

»Droht Euch die Strafe, wie sie hierin aufgeführt ist.«

Paulus entriss ihm die Rolle und warf sie auf das Schreibpult.

Als sich der Zunftmeister zum Gehen wandte, folgte Paulus ihm missmutig auf die Gasse. Was kümmerte ihn in diesem Augenblick das Reinheitsgebot aus dem Herzogtum Bayern? Den Buckel konnten sie ihm damit hinunterrutschen.

6

»Das ist nicht gut«, jammerte Alheyt. »Wölflin wird mich suchen, wenn er heimkehrt.«

Marlein verdrehte die Augen. »Es gibt keinen Wölflin.«

»Was weißt du denn schon?«, raunte Alheyt nun. »Außerdem schmerzt mir der Hintern.«

In Decken gehüllt saßen sie auf der Ladefläche des Fuhrwerks zwischen den Bierfässern. Obwohl der Ostermonat sich dem Ende neigte, hatte er immer noch nicht an Wärme gewonnen. Graue Wolken bedeckten den Himmel, und ein kalter Wind fegte über das Land nördlich von Ingolstadt. Aber es regnete nicht, wofür Marlein dem Herrn dankte. In ihrem Arm schwieg Katherl. Seit sie am frühen Morgen aufgebrochen waren, hatte das Mädchen kein Wort mehr gesprochen. Hin und wieder rannen stumme Tränen über ihre Wangen, die Marlein sanft fortstrich, während sie ihr beschwichtigende Worte zuflüsterte.

Linhart lenkte den Wagen weitab von der großen Straße, die nach Nürnberg führte, damit sie kein unnötiges Aufsehen erregten. Verstohlen blickte Marlein zu ihm hinüber. Sein blondes Haar fiel ihm in Locken auf die Schultern. Er trug ein einfaches Hemd von grauer Farbe, was wenig prächtig wirkte. Weshalb half er ihr bloß so selbstlos? Er hatte alles hinter sich gelassen, die Brauerei, die Familie, und sich für ein Leben auf der Flucht entschieden. Oder brachte er sie nur an einen sicheren Ort und ging dann zurück nach Ingolstadt? Aber dort wurde er gewiss gesucht, da er Katherl aus dem Turm befreit hatte. Marlein überfiel das schlechte Gewissen, da sie ihn mehr als einmal schroff behandelt hatte. Und sie hatte ihn nicht einmal gefragt, wie es ihm überhaupt gelungen war, Katherl aus dem Turm zu befreien. Genau genommen hatte sie überhaupt nicht mit ihm gesprochen. Marlein biss sich vor Scham auf die Unterlippe. Dann tippte sie Alheyt an.

»Kannst du für einen Augenblick Katherl in deine Arme nehmen?«

Die Alte hing offensichtlich ihren Gedanken nach und reagierte nicht. Marlein wiederholte ihre Frage, und Alheyt erwachte aus ihrer Starre.

»Was hast du vor?«

»Ich möchte Linhart etwas fragen«, flüsterte Marlein.

»Er ist ein guter Junge. Genau wie mein Wölflin.«

»Großvater hieß Lukas, nicht Wölflin.«

»Den Alten mein ich nicht. Der war ein Sauhund«, funkelte Alheyt.

Marlein ging nicht weiter auf das Gerede ein. »Nimmst du nun Katherl?«

»Ja, sicher.«

Marlein schob das Mädchen von sich und in Alheyts offene Arme. Augenblicklich krallten sich Katherls Hände in Marleins Röcke. »Keine Angst, meine Kleine, ich gehe nicht fort. Nur ein paar Worte mit Linhart will ich wechseln, dann bin ich wieder bei dir.«

Das Mädchen presste die Lippen aufeinander und nickte stumm. Als Alheyt es in ihren Armen wiegte, schälte sich

Marlein aus der Decke und kletterte zu Linhart auf den Bock. Er sah sie an und schenkte ihr ein zaghaftes Lächeln.

Durch Marleins Leib strömte ein wohliges Gefühl, das sie so noch nie gespürt hatte. »Ich weiß nicht, wie ich dir das alles hier danken soll«, sagte sie mit erstickter Stimme.

»Du bist mir nichts schuldig.« Linhart wandte den Blick wieder auf den Feldweg, an dem sich zu beiden Seiten karge Wälder erhoben. Immer noch ließ das erste Grün des Frühlings auf sich warten.

»Wie ist es dir gelungen, Katherl aus dem Turm zu befreien? Deinen Einfluss hast du gewiss nicht geltend machen können, sonst säßen wir nicht auf dem Wagen. Hast du dich in Gefahr gebracht?«

Linharts Kiefer zuckte. Starr hielt er den Blick geradeaus gerichtet. »Ich habe die Wächter betäubt und den Henker niedergestochen.«

In Marleins Kehle bildete sich ein Kloß. Sie versuchte ihn hinunterzuschlucken, aber es gelang ihr nicht. »Himmel«, wisperte sie und legte die Hand auf seinen Unterarm.

Linharts Finger krallten sich so fest um die Zügel, dass die Adern an seinem Arm anschwollen. Marlein strich sanft darüber.

»Lass nur. Du bist mir nichts schuldig«, sagte er.

»Was soll ich lassen?« Marlein zog die Hand fort.

»Mir nun Zuneigung vorgaukeln.«

Marlein sog tief den Atem ein. »Linhart …«

»Sei still. Ich will es nicht hören.«

»Du weißt doch überhaupt nicht, was ich sagen will.«

Linhart sah sie an. »Doch, das weiß ich. Aber ich kann nichts für das Verhalten meines Vaters. Wie oft soll ich das noch erwähnen? Und ich habe Katherl nicht befreit, um dich für mich zu gewinnen. Es war einfach meine Pflicht, das Mädchen dort aus dem Turm zu holen.« Er presste die Lippen aufeinander und wandte den Blick wieder auf den unebenen Pfad, der den Wagen rumpeln ließ.

Marlein schien es, als hätte er in den letzten Stunden seine Jugend verloren. Stattdessen saß nun ein Mann neben ihr, der seine Hände mit Blut besudelt hatte – der in die Abgründe des wahren Lebens gesehen hatte. Marlein fehlten die Worte. Unfähig, ihre Gefühle einzuordnen, kletterte sie zurück auf die Ladefläche, wo Alheyt die Kleine sanft in ihrem Arm hielt. Endlich hatte Katherl in den Schlaf gefunden.

»Er ist ein guter Junge«, sagte Großmutter.

»Das weiß ich.«

»Und?« Alheyt hob die Augenbrauen.

»Ich habe ihm unrecht getan.« Marlein wandte den Blick von der Großmutter ab und sah zu Linhart, dessen Rücken sich sichtlich verspannte.

»Und nun ist er beleidigt?« Alheyt sprach wohl absichtlich laut, um den aufkeimenden Zwist zu ersticken.

Marlein zuckte nur mit den Schultern, da sie ihm dies nicht einmal verdenken konnte.

»Dann musst du besonders lieb zu ihm sein.«

»Großmutter!«, zischte Marlein.

Linhart wandte sich zu ihnen um. »Nein, muss sie nicht.«

»Du magst wohl Kratzbürsten«, raunte Alheyt gerade so laut, dass Katherl nicht erwachte.

In diesem Augenblick hätte Marlein die Alte vom Wagen schubsen können. Warum hielt sie nicht einfach ihr loses Klatschmaul?

Doch Linhart lächelte und brachte damit ein wenig Helligkeit in den Tag, der einer der düstersten in Marleins Leben war. Der Wagen ruckelte weiter über den unebenen Pfad, und als sie den Blick hob, sah sie die ersten Mauersegler aus dem Süden zurückkehren. Tränen stiegen ihr in die Augen. Selbst wenn der Winter bald vorbei sein würde, blieb die Kälte gewiss für immer in ihrem Herzen. Sie strich ihrer Tochter über das Haar und schalt sich für ihre Gedanken. Sie hätte das Liebste, das sie besaß, fast verloren. Nein, das stimmte so nicht, denn sie hätte nie aufgegeben, ihre Tochter aus dem Turm zu holen. Und wenn sie dafür einen Mord begangen hätte. Wie Linhart es wohl auch getan hatte. Erneut blickte sie ihn verstohlen an. Er zügelte das Pferd, und als der Wagen stand, sprang er zu ihnen auf die Ladefläche.

»Wir sollten eine Rast einlegen.« Verlegen sah er Marlein an. »Möchtest du einen Humpen Bier? Etwas anderes kann ich dir leider nicht anbieten.«

Sie strich sich über die ausgedörrte Kehle. »Gern. Und Alheyt gewiss auch.«

»Jacobs Bier sauf ich nicht«, raunte die Alte. »Hast du nicht etwas von deinem dabei?«

Marlein schüttelte den Kopf. »Nein, natürlich nicht. Aber wenn du nicht willst, lässt du es halt.« Sie nahm den Humpen, den Linhart rasch gefüllt hatte, und trank einen kräftigen Schluck. Das Bier schmeckte herb, stillte aber mit seiner Kühle ihren Durst. Linhart setzte sich neben sie und lehnte den Rücken an die Holzumrandung der Ladefläche. Dabei berührten sich ihre Arme auf angenehme Weise. Seinen Humpen in der Hand haltend, blickte er nachdenklich in den Himmel.

»Was geht dir durch den Kopf?«, fragte Marlein ihn.

»So ziemlich alles.« Er strich sich das Haar aus der Stirn.

»Sie werden nach uns suchen.«

»Ja, sicher.«

»Glaubst du, der Henker ist tot?«, fragte Marlein.

Linhart zuckte mit den Schultern. »Ich weiß es nicht.« Seine Gesichtszüge verhärteten sich. »Hatte ich eine andere Wahl, als ihm den Dolch in die Brust zu rammen?«

»Natürlich nicht«, keifte Alheyt. »Gräm dich nicht. Dein Wams ist dir näher als die Hose.«

Marlein sah sie verständnislos an. »Was meinst du denn damit?«

»Na, dass sein Wams näher an seinem Herzen sitzt als die Hose. Sein Leben oder das Leben des Henkers. Was ist so schwer daran zu verstehen?« Alheyt hob die Brauen und blickte schlau drein.

Eine dunkle Wolke schien Linhart zu umgeben. »Ein ganzes Heer hätte ich getötet, um Katherl aus dem Turm zu befreien.« Er knirschte mit den Zähnen und nahm einen weiteren Schluck Bier.

»Dafür bin ich dir unendlich dankbar.« Marlein hob die Hand, ließ sie aber wieder sinken.

»Das brauchst du nicht.« Linhart erhob sich wieder und kletterte zurück auf den Bock. Unwirsch schlug er mit den Zügeln, woraufhin sich das Pferd in Bewegung setzte.

Marlein glaubte die Luft wie nach einem Blitzschlag knistern zu hören. Augenblicklich sprang sie auf und kletterte zu ihm auf die Bank. »Sag mir, was ich tun soll. Wie kann ich dir meine Dankbarkeit zeigen?«

Verdutzt sah er sie an. »Was meinst du damit?«

»Ich werde das Gefühl nicht los, dass du böse auf mich bist. Du denkst gewiss, ich danke es dir nicht genug, dass du Katherl befreit hast.« Sie seufzte schwer. »Ich sehe es ja selbst so. Aber ich weiß nicht, ob ich …« Ein flaues Gefühl breitete sich in ihrem Bauch aus.

»Es ist gut, Marlein. Keine Sorge. Alles ist gut, wirklich. Es schwirrt mir nur so viel im Kopf herum, dass ich keinen klaren Gedanken fassen kann.«

»Wen wundert es?« Marlein wusste nicht, wie sie ihre Gefühle einordnen sollte. Sie hatte nie etwas für Linhart empfunden. Wie sollte es nun anders sein? Gewiss war nur die Dankbarkeit der Grund dafür, dass sie sich zu ihm hingezogen fühlte. Aber wenn sie nun seine Nähe suchte, würde er denken, es geschähe aus Schuldgefühlen. Und das konnte sie ihm noch nicht einmal verübeln. Vielleicht begegnete sie ihm einfach nur höflich und zuvorkommend. Je länger sie darüber nachdachte, desto vernünftiger kam ihr der Gedanke vor. Nach allem, was geschehen war, stand ihm sicher nicht mehr der Sinn nach Tändeleien.

Still blieb sie neben ihm sitzen, und auch er sagte nichts mehr. Erst als Katherl zu weinen begann, kletterte sie zurück auf die Ladefläche und tröstete ihre Tochter.

Am späten Nachmittag verdunkelte sich der Himmel, und Nieselregen setzte ein. Marlein, Alheyt und Katherl krochen tief unter die Wolldecke, die bald schwer vor Nässe war. Katherl zitterte in Marleins Armen, und sie versuchte, dem Kind all ihre Wärme zu geben. Doch bald war auch ihr die Feuchtigkeit bis unter die Röcke gezogen. Linhart lenkte den Wagen auf einen festgefahrenen Pfad, damit die Räder nicht in der aufgeweichten Erde versanken. Kurz darauf sahen sie den Turm der Burg zu Hilpoltstein, der an einem Waldrand über dem kleinen Städtchen ragte. Marlein sehnte sich nach der Wärme einer Feuerstelle und nach einer kräftigen Mahlzeit für Katherl. Sie konnten nicht weiterreisen, ohne Proviant zu kaufen. Aber Linhart lenkte das Fuhrwerk stoisch weiter den Pfad entlang. Marlein schälte sich aus der Decke und legte ihm die Hand auf die Schulter. Regen troff von seinem Haar, und als er sich augenblicklich versteifte, sah sie das Spiel seiner Muskeln unter dem nassen Hemd.

»Katherl und Alheyt brauchen eine Mahlzeit. Und auch du solltest langsam etwas essen«, sagte sie nahe an seinem Ohr.

Er wandte sich zu ihr um. »Ich hab vergessen, Proviant einzupacken. Es tut mir leid, Marlein.«

»Das braucht es nicht. Aber glaubst du nicht, wir könnten in Hilpoltstein in ein Gasthaus einkehren?«

Er hob die Schultern. »Schneller als wir kann das Gerede eigentlich nicht vorangekommen sein.«

»Sie werden unsere Flucht längst bemerkt haben.«

»Aber sie wissen nicht, in welche Richtung wir gezogen sind.« Linhart gab sich zuversichtlich. »Du hast recht. Ihr müsst etwas essen. Von daher kehren wir in ein Gasthaus ein.«

»Nicht nur wir, auch du musst etwas essen.« Marlein schenkte ihm ein Lächeln, das er verhalten erwiderte. »Ich habe nicht mehr viel Geld, aber sobald ich mein Bier gebraut und verkauft habe, werde ich dir alles zurückzahlen.«

Er sah sie an und blinzelte. »Nein, Marlein. Auf dieser Reise gibt es kein Du und Ich. Jetzt gibt es nur ein Wir. Niemand bleibt dem anderen etwas schuldig.« Rasch wandte er den Blick wieder ab und lenkte das Fuhrwerk auf die Straße, die zur Burg Hilpoltstein führte.

Am Fuße des Kastells bewachte lediglich ein einziger Wächter das Tor in der Stadtmauer. Als Linhart ihm die Fässer zeigte, lupfte er nur seinen Helm und ließ sie passieren. Er hatte nicht einmal nachgefragt, weshalb Linhart eine menschliche Fracht in Gestalt von drei Weibsbildern verschiedener Generationen mit sich führte. Erleichtert stieß Marlein den Atem aus.

In der Stadt reihten sich marode Häuser mit winzigen Fenstern aneinander. Die Gassen waren so eng, dass ihr Fuhrwerk gerade hindurchpasste. Die Luft roch nach Rauch, Unrat und gebratenem Fleisch. In Marleins Bauch meldete sich der Hunger schmerzhaft grummelnd, doch sie dachte nur daran, dass Katherl unbedingt eine Mahlzeit brauchte. Das Kind hatte immer noch kein Wort von sich gegeben und starrte ins Leere.

Marlein neigte den Kopf und versuchte, den Blick des Mädchens einzufangen. »Gleich bekommst du etwas in den Bauch. Freust du dich?«

Als hätte sie jemand aus einer anderen Welt gerissen, wandte sich die Kleine ihrer Mutter zu, und ihre Augen füllten sich mit Tränen. »Nicht allein lassen«, wimmerte sie – es waren die ersten Worte auf der Reise – und krallte sich an Marleins Röcke.

Sie nahm ihre Tochter fest in den Arm. »Aber nein, mein Kind. Nie wieder lasse ich dich allein. Hörst du? Nie wieder!« In diesem Augenblick wusste sie, dass es lange dauern würde, bis sie das Vertrauen ihrer Tochter zurückerlangt hatte.

Vater war außer sich, als er den leeren Platz in der Scheune vorfand, an dem sonst das Fuhrwerk stand. Gundi sah aus dem Fenster der Kochstube auf den Hof, wo er mit langen Schritten und hochrotem Gesicht auf das Wohnhaus zueilte. Kurz darauf flog die Tür auf und krachte gegen die Wand. Vater schnaubte vor Wut.

»Hast du Linhart gefunden?« Mutter wischte sich mit einem Tuch die Tränen von den Wangen.

»Natürlich nicht. Der Erdboden hat ihn verschluckt, genau wie unser Fuhrwerk. Wahrscheinlich hängt sein Verschwinden mit dem Balg der Hexe zusammen.«

»Was interessiert mich das Kind? Mein Junge ist fort!« Erneut brach Mutter in Tränen aus.

Gundi legte den Arm auf ihre Schulter. »Er ist längst kein Junge mehr.« Sie hatte Linharts Version der Geschichte gar nicht erst erzählt, da sie ihr mehr als unglaubwürdig erschien. Nie wäre er kurzentschlossen und mitten in der Nacht losgereist, um das Schäffbräu den Fürstenhäusern feilzubieten. Das wusste auch Vater, dem sie nun fest in die Augen sah, obwohl ihre Beine vor Angst zitterten. »Linhart ist mit Marlein geflohen.«

Vater schnaubte. »Ich wusste es! Wohin? Los, raus mit der Sprache.«

Die Lippen zusammengepresst, schüttelte Gundi den Kopf und wandte sich dem Kessel zu, in dem Fleischbällchen in einer Brühe köchelten. Vaters Pranke legte sich auf ihre Schulter und riss sie herum. Gundis Herz polterte.

»Wohin?«, schrie er. »Rede!«

Gundi täuschte Erschrockenheit vor, und ihre Augen weiteten sich. »Das darf ich nicht sagen.« Die Angst vor Vater engte ihr die Brust ein, aber Linhart blühte viel Schlimmeres, wenn Vater ihn fand. Von Marlein und dem Kind ganz zu schweigen.

Die Pranke klatschte auf ihre Wangen, und Gundi wankte. Der Schmerz in ihrem Gesicht raubte ihr für einen Augenblick den Atem. Kurz blitzten Sterne vor ihren Augen auf, doch das verging wieder.

»Rede, oder soll ich die Worte aus dir herausprügeln?« Vater baute sich bedrohlich vor ihr auf.

Sie presste die Lippen aufeinander.

»Nein, Jacob!«, schrie die Mutter und eilte an seine Seite. Noch bevor sie ihn am Arm fassen konnte, wischte er sie mit einer ausholenden Bewegung zu Boden.

»Rede!«, schnauzte er erneut Gundi an. »Oder willst du, dass deine Mutter für dich die Prügel bezieht?«

Gundi holte tief Luft und keuchte. »In den Süden ist er geflohen. Über die Alpen wollte er das Reich verlassen. Lasst ihn ziehen, Vater. Bitte!«

Die Kiefermuskeln unter seinem Bart zuckten. Er kniff die Augen zusammen und knetete seine Faust. »Habt ihr Weibsbilder eigentlich eine Ahnung, wie ich nun im Rat dastehe? Mein Posten als Schöffe ist in Gefahr. Wisst ihr das überhaupt?«

Mutter, die sich am Tisch hochzog, gab wehklagende Laute von sich. »Mein Junge … Wie konnte er uns nur so enttäuschen?«

Vater sah sie mit zusammengekniffenen Augen an. »Das fragst du dich noch? Weil du ihn verweichlicht hast, du dummes Weibsbild.«

Das sah Gundi jedoch anders. Mutter hatte Linhart zu einem Mann mit Herz und Anstand erzogen. Trotz der brennenden Wange lächelte sie in sich hinein.

Donnernden Schrittes verließ Vater die Kochstube.

»Ich bete zu Gott, dass Linhart unversehrt ist.« Mutter legte die Hände auf die Brust. »Mein armer Junge.«

»Es geht ihm sicher gut«, sagte Gundi, griff nach der Kelle

und schöpfte mit zittriger Hand die Fleischbällchen aus der Brühe. »Wusstest du, dass sie die kleine Katherl einer peinlichen Befragung unterziehen wollten?«

»Wirklich? Ach, herrje.« Schwer atmend ließ sich Mutter auf den Schemel nieder.

»Nun tu nicht so, als würde dir das in der Seele weh tun.« Gundi dickte die Brühe mit Mehl an und gab Zimt hinein. »Du konntest Marlein noch nie ausstehen. Weshalb eigentlich?«

Pikiert hob Mutter eine Augenbraue und pflückte eine Fluse von ihrem Rock. »Weil es Vaters Wille war.«

»Hast du eigentlich einmal darüber nachgedacht, dass du ein eigenständiges Wesen bist?« Seufzend schüttelte Gundi den Kopf. Lieber würde sie ihr ganzes Leben allein bleiben, als den Speichel eines Mannes zu lecken. Aber abgesehen davon gab es in Ingolstadt mitnichten einen passenden Bräutigam. Dabei war sie eigentlich recht ansehnlich, wenn ein Mann eine Bohnenstange einem drallen Weib vorzog. Dies kam jedoch selten vor, da ein magerer Leib viel zu sehr an eine Hungersnot erinnerte. Aber ihr Fleisch wurde einfach nicht fett. Da konnte sie noch so oft die Weisheit der Hildegard von Bingen befolgen und Bier trinken. Nach ihrem Darmleiden der letzten Tage kam sie sich sogar noch ein wenig ausgemergelter vor. Und mit ihren 25 Jahren war sie bereits eine alte Jungfer, da brauchte sie sich nichts schönzureden.

Aber nun knurrte ihr Magen. Gundi holte die Sahne aus der Vorratskammer und schüttete etwas davon in die Tunke. Sie ließ Speck in einer Pfanne aus, röstete Brot und rief nach Mutter, die gewiss dem Vater hinterherlief. Gundi hoffte so sehr, er würde Linhart im Süden suchen. Sie schickte ein Gebet zum Heiligen Christophorus, er möge den Bruder auf seiner Reise beschützen. Vorsichtshalber hielt sie anschließend auch noch mit dem Heiligen Florian Zwiesprache. Der schützte zwar eher das Sudhaus vor einem Brand, aber schaden konnte es nicht, wenn er ebenfalls die Hand über Linhart hielt.

Die Tür öffnete sich, doch statt der Mutter trat der Fassbinder in die Stube. Er schnupperte den Duft, der dem Kessel entwich, leckte sich über die Lippen und sah zu Gundi. »Wo finde ich Jacob? Ich habe die Fässer bei mir, die er bestellt hat.«

»Was weiß ich? Wahrscheinlich sattelt er gerade sein Pferd. Vielleicht ist er auch schon fort. Aber du kannst die Fässer neben dem Sudhaus abladen.«

»Und meine Bezahlung?« Der Fassbinder stierte sie mit seinen hervorstehenden Augen an.

Wenn sich Gundi recht erinnerte, hieß er Peter – oder Bertram. Doch das war gleichgültig, denn er war hässlicher als die Nacht.

Der Fassbinder setzte ein schmieriges Lächeln auf, das sich bis zu seinen abstehenden Ohren zog. »Hat dein Vater immer noch keinen Bräutigam für dich gefunden?«

»Doch, doch, hat er. Bin nun leider vergeben.« Sie wischte sich die Hände an der Schürze ab und schenkte ihm einen gespielt mitleidigen Blick. »Vater wird dir das Geld geben, sobald er zurück ist.«

Dem Fassbinder fiel das Grinsen aus dem Gesicht. »Wer ist denn der Glückliche?«

»Das wollen wir noch nicht an die große Glocke hängen.« Sie nahm eines der Fleischbällchen und gab es ihm. »So, und nun troll dich aus meiner Küche, bevor mir wegen des Schwatzes noch das Essen anbrennt.«

Der Fassbinder ließ sich jedoch nicht so leicht hinauskomplimentieren. »Wusstest du, dass der Henker mehr tot als lebendig ist? Gott hab ihn selig.« Er bekreuzigte sich mit dem Fleischklops in der Hand. »Jemand hat ihn niedergestochen. Es muss der gewesen sein, der die kleine Katherl aus dem Turm befreit hat.«

Gundi glaubte, einen Schlag in den Nacken bekommen zu haben. Einen Lidschlag lang vergaß sie zu atmen.

Paulus dankte es dem Prior, dass er ihn zum Rathaus begleitete. Mit seiner aufbrausenden Art hatte er es sich bereits mehr als einmal mit dem einen oder anderen Würdenträger in Köln verscherzt. Zuletzt mit dem Erzbischof, aber da hatte es sich nur um eine Kleinigkeit gehandelt, bei der es auf Geheiß der Brauerzunft darum ging, die Biersteuer auf die Klöster zu erheben. Damit war der Erzbischof jedoch nicht durchgekommen.

Sie verließen das Alexianerkloster durch die Pforte an der Lungengasse, da eine Karawane von Bauern den Neumarkt verstopfte, und schlugen den Weg zur Schildergasse ein, vorbei an der Antoniterkirche, bei deren Anblick sich Paulus' Magen abermals verknotete. Doch heute würde er endlich mit dem Bürgermeister über Julianes Verhaftung reden können. Es wäre doch gelacht, wenn er den Phantastereien des Klerikers Glauben schenkte. Paulus schöpfte Zuversicht. Bisher waren in dieser Heiligen Stadt nur wenige Frauen als Hexe verbrannt worden. Die meisten Prozesse gegen angebliche Hexen und Hexenmeister waren im Sande verlaufen und die Betroffenen zum großen Teil der Stadt verwiesen worden. Damit könnte Juliane gewiss leben.

Wie Paulus jedoch kurz darauf von einem Schreiber im

Rathaus erfahren musste, befand sich der Bürgermeister in einer Audienz mit dem Erzbischof Hermann von Wied, bei der es um den Bau des Doms ging. Paulus schürzte die Lippen und dachte nach. Das Ganze kam ihm doch ganz recht. »Wo findet die Audienz statt?«

Der Schreiber sah ihn mit hochnäsigem Blick an. »Im großen Saal. Es ist eine Angelegenheit unter wenigen erlesenen Amtsträgern.«

»Erlesen sind wir auch«, sagte Paulus und schritt an dem Pult vorbei in den Säulengang, der zum großen Ratssaal führte. Der Prior folgte ihm mit langen Schritten. Paulus konnte gerade noch das Schnauben des Schreibers hören, als ihm schon zwei Wächter den Zugang durch die zweiflügelige Tür des Saals verwehrten. Breitbeinig und mit verschränkten Armen vor der Brust stellten sie sich ihm entgegen.

»Wir sind zu spät!« Er keuchte. »Lasst uns ein, denn der Erzbischof erwartet uns.«

»Wir haben Anweisung, niemanden in den Saal zu lassen.«

»Sagte ich nicht gerade, der Erzbischof erwartet uns?« Paulus reckte das Kinn vor.

Christopherus trat neben ihn. »Er hat recht. Wir warten mit wichtigen Neuigkeiten auf, die den Dombau betreffen.«

Der Wächter sah zu seinem Kumpan hinüber. »Glaubst du ihnen?«

Der andere zuckte mit den Schultern. »Ein Ordensbruder und ein Prior … Was sollen sie schon Böses im Schilde führen? Außerdem wissen sie, worum es bei der Sitzung geht. Sie lügen sicher nicht.« Er sah sie scheel an. »Oder?«

»Bestimmt nicht, mein Sohn«, bestätigte Paulus und faltete die Hände vor den Bauch.

Der zweite Wächter schob die Tür auf, deren Knarzen nicht zu überhören war. Die Köpfe der Männer im Saal fuhren zu ihnen herum. Der Erzbischof, Bürgermeister Johann von Aiche, der Dombaumeister und ein weiterer Herr, den Paulus nicht kannte, saßen sich an einem Bohlentisch gegenüber. Die hohen Fenster über den Bankreihen waren bunt verglast und sorgten für ein schummriges Licht.

Gespenstisch hallten ihre Schritte über dem Steinboden. Paulus verspürte ein Ziehen in den Därmen, als müsste er gleich die Latrine aufsuchen. Mit einem Mal kam ihm ein erhellender Gedanke. Der Dombau geriet immer mehr ins Stocken, da die Zahl der Pilger von Jahr zu Jahr weniger wurde. Die Schatullen waren so gut wie leer, das wusste Paulus. Eine neue Reliquie musste her, eine, die ganze Pilgerscharen nach Köln lockte. Paulus kniete vor den Erzbischof und küsste ihm den Siegelring. Der Prior tat es ihm gleich.

»Was wollt ihr hier?«, bellte der Bürgermeister unvermittelt.

Bruder Paulus verzichtete auf eine Einladung zur Teilnahme an der Sitzung und zog einen Stuhl vor, damit Christopherus Platz nehmen konnte. Er selbst blieb hinter ihm stehen und legte die Hände auf die Lehne. »Mir ist ein großartiger Gedanke gekommen. Ihr kennt doch die drei Heiligen Hostien?«

Der Erzbischof bekam große Augen. »Die drei Heiligen Hostien?«

»Ja, genau die. Also, es ist so …« Paulus deutete jetzt mit dem Blick auf den freien Stuhl neben dem Dombaumeister. »Ich darf doch, Eure Eminenz?«

»Sicher.« Erzbischof Hermann von Wied nickte. Sein Blick aus den dunkelblauen Augen wirkte ungeduldig. »Was ist mit den Hostien?« Das Haar sowie der Bart des Kurfürsten waren bereits mit weißen Fäden durchzogen, was ihm neben dem Umhang aus moosgrünem Samt eine gewisse Würde verlieh.

Paulus legte sich in Gedanken die Worte zurecht, die er an den Erzbischof richten wollte. Sein Plan war unüberlegt, konnte jedoch sehr wohl zu Julianes Freilassung führen.

Er räusperte sich und begann zu reden. »Wenn ich eine der Hostien, die mit blutigen Zeichen versehen sind, nach Köln bringen würde, kämen die Pilger wieder in Scharen. Das Geld für den Weiterbau der Kathedrale wäre somit gesichert. Meint ihr nicht auch?« Aus den Augenwinkeln sah Paulus, wie der Prior ihn ungläubig anblickte. »Ihr müsst mir nur versprechen, die Folter an Juliane so lange auszusetzen, bis ich wieder zurück bin.«

»Sicher«, nickte der Erzbischof. »Unser Inquisitor ist gerade mit den Dunkelmännern beschäftigt. Da wird er für eine kleine Hexe nicht viel Zeit haben.« Er grinste breit. »Ich wünsche dir viel Glück für dein Vorhaben.«

Paulus verschränkte die Hände ineinander. »Wenn es mir gelingt, eine der Hostien nach Köln zu bringen, würdet Ihr Juliane dann freilassen?«

»Sollte dir das wirklich gelingen, bekommst du sogar einen weiteren Obulus.« Wohlwollend nickte der Erzbischof ihm zu.

Linharts Laune hatte sich während der letzten Stunde etwas gehoben, wenn er auch immer noch nicht wusste, wie er sich Marlein gegenüber benehmen sollte. Dass sie sich ihm aus Dankbarkeit verpflichtet fühlte, konnte er nicht gut ertragen – obgleich er jeden Augenblick in ihrer Nähe als ein

Geschenk des Himmels empfand. Vielleicht würde sich eine echte Zuneigung mit der Zeit entwickeln. Aber dazu durfte er sich ihr gegenüber nicht länger so griesgrämig und wortkarg geben. Seufzend lenkte Linhart das Fuhrwerk zu der Pferdetränke neben dem Gasthaus und zog die Zügel an. Als das Gefährt stand, sah er nach hinten auf die Ladefläche. »Darf ich die Damen bitten, vom Wagen zu steigen?«

Marlein schälte sich aus der Decke, und Alheyt rieb sich mit dem Fingerknöchel das hängende Augenlid. Neben ihr lugte die kleine Katherl mit großen Augen über die Planke der Ladefläche. Das Mädchen war Linhart längst ans Herz gewachsen. Jederzeit würde er wieder sein Leben riskieren, um es zu retten. Er sprang vom Bock, ging um die Ladefläche herum und streckte die Arme aus, um Katherl von dem Fuhrwerk zu heben. Ohne sich umzusehen, kletterte sie über die Planken und legte die kleinen Arme um seinen Hals. Nachdem Linhart sie auf den Boden gestellt hatte, reichte er Alheyt die Hand. Trotz ihres hohen Alters klomm die Greisin behände von der Ladefläche. Bedauerlicherweise brauchte Marlein keine Hilfe. Zu gern hätte er die Gelegenheit genutzt, auch ihre Hand zu halten. Stattdessen klammerte sich nun die Alte mit ihrem knochigen Leib an ihn. Linhart nahm es lächelnd hin. Marlein würde fortan Tag und Nacht in seiner Nähe sein. Davon hatte er bisher kaum zu träumen gewagt. Er sollte dankbar sein, und das war er, wenn auch die Umstände weniger erfreulich waren. Er hatte womöglich ein Menschenleben auf dem Gewissen. Als er an den Henker dachte, sank seine Stimmung erneut, und das Band um seinen Magen zog sich zusammen.

»Wie ich bereits gesagt habe, zahle ich dir alles zurück.« Marlein holte ihn aus den Gedanken. »Ich schulde dir bereits viel zu viel.« Sie sah zu dem Gasthaus, dessen Dach mit Schindeln bedeckt war, von denen hier und da der Wind eine gebrochen hatte. Die Holzläden im oberen Geschoss waren geschlossen, und über der Eingangstür baumelte ein Messingschild, das einen Esel zeigte. Die Burg, die über ihnen auf einem Sandsteinfelsen thronte, warf ihren dunklen Schatten auf die verschlafene Gasse am Rande von Hilpoltstein.

Linhart roch den Duft von gebratener Schweinekruste und verspürte den Hunger noch heftiger als zuvor. Stimmengemurmel drang aus dem Gasthaus zu ihnen herüber.

Sichtlich besorgt blickte Marlein ihn an. »Glaubst du, wir können die Sachen unbeaufsichtigt hier draußen lassen?«

»Hast du denn etwas von Wert dabei?«

Sie stemmte die Hände in die Hüften. »Meine Braukessel natürlich.«

»Dann frage ich den Wirt, ob er Platz in seinem Schuppen hat.« Linhart wies auf einen mit Stroh gedeckten Holzverschlag. »Aber nun lasst uns erst einmal in die Gaststube einkehren.« Die Gelegenheit schien ihm günstig, Marleins Schulter zu berühren. Das Gefühl, das ihn dabei durchströmte, drang warm in sein Herz und vertrieb die Pein darin. Widerstandslos ließ sich Marlein von ihm durch die Tür führen. An der Hand hielt sie die kleine Katherl, die verlegen an ihrem Daumen lutschte.

In der Gaststube saßen vier Männer an dem Tisch nahe beim Tresen. Der Wirt goss gerade Bier in die Krüge, die vor ihm standen, und schenkte ihnen nur ein kurzes Nicken. Der älteste der Männer starrte Alheyt unverhohlen mit seinen eigefallenen Augen an. Dabei rutschten ihm die Würfel aus der Hand. Kurz tanzten sie auf dem Tisch, dann fielen sie zu Boden. Dem Alten selbst klappte die Kinnlade hinab, wobei ein letzter verbliebener Zahnstummel zum Vorschein kam. Einer der Männer erhob sich unbeeindruckt von den neuen Gästen von seinem Stuhl und hob die Würfel auf.

Linhart führte die Frauen zu einem Tisch, der ein wenig verdeckt hinter einem Stützbalken stand. Sein Blick aus den Augenwinkeln galt immer noch dem Alten, der sie weiterhin unverhohlen anstarrte. Der weißbärtige Wirt trat zu ihnen und nahm Linharts Bestellung von Braten und Bier auf. Nachdem der Mann wieder zu seinem Tresen zurückgekehrt war, stand Alheyt von der Bank auf und schlurfte zu dem Tisch mit den Würfelspielern.

»Hab ich Hörner, oder was starrst du mich so an?«, keifte sie den Alten an.

Nach mehreren Lidschlägen bekam der Mann endlich den Mund wieder zu. »Dich … dich kenne ich doch.«

Alheyt stützte sich mit beiden Händen auf der Tischplatte ab. »Ach, ja? Und woher?«

Nachdenklich kniff er die Augen zusammen. »Ich erinnere mich nicht recht. Es muss sehr lange her sein. Aber es war nichts Gutes, was damals geschehen ist, das kann ich dir versichern.«

»Ich denke eher, dir hat jemand ins Hirn gefurzt.« Alheyt funkelte ihn bösartig an.

Abrupt sprang der Alte auf. »Mit Sicherheit nicht, du Krähe!« Er schlug so fest mit der Faust auf den Tisch, dass sein Humpen umfiel. Die Bierlache breitete sich aus und tropfte seinem Gegenüber auf die Beinlinge. Dieser sprang ebenfalls auf. Seine Hand schnellte über den Tisch und griff nach dem Kragen des Alten.

»Sieh, was du angerichtet hast!«, stieß er mit hochrotem Gesicht hervor.

Der Alte riss die Augen auf. »Nun reg dich doch nicht über diesen Fleck so auf, Hens«, gab er sich kleinlaut.

»Ein Fleck? Der feine Stoff ist ruiniert!«

Bevor Alheyt noch in eine Prügelei geriet, trat Linhart zu ihr und zog sie sanft am Arm fort. »Komm zurück zu uns an den Tisch.«

Der Jüngere ließ vom Kragen des Alten, schenkte ihm noch einen zornigen Blick und wandte sich dann an Linhart. »Bring bloß das Hutzelweib von hier fort.«

»Wie nennst du mich?« Alheyt kniff die Augen zusammen und spie ihm ins Gesicht. Der Flatschen traf genau sein linkes Auge und tropfte kurz darauf zähflüssig von seinen Wimpern. Seine Hand schnellte vor und packte nach Alheyts spärlichem Haar. Er riss so arg daran, dass ihr Kopf bald auf der Tischplatte lag. Sie jaulte wie ein junger Hund an der Kette.

Linhart griff nach seinem Arm. »Wie erbärmlich bist du, dich an einer alten Frau zu vergreifen?«

»Und wer bist du?«, fauchte der Mann.

Alheyts Gejaule steigerte sich in Geschrei.

»Lass sie einfach nur los«, sagte Linhart.

Der Mann löste den Griff aus Alheyts Haar und packte Linhart an der Gurgel. »Verschwindet von hier, bevor ich mich vergesse.«

Linhart rang nach Atem, und in seiner Panik hob er die Faust und rammte sie seinem Gegenüber in den Magen. Augenblicklich sprangen die anderen Würfelspieler auf, packten ihn am Kragen und schleiften ihn vor die Tür, wo er noch einen heftigen Tritt in die Rippen verpasst bekam.

Linhart brauchte eine Zeit, bis er wieder zu sich kam. Kühle Finger strichen über seine Wange. Er sah in Marleins Augen. Wie Moos im Sonnenschein. Ihr Duft umfing ihn. Veilchen? Lavendel? Doch im nächsten Moment kehrte die Erinnerung an die jüngsten Geschehnisse zurück. »Was ist mit Alheyt?«, keuchte er.

»Zetert wie ein Fuhrmann. Aber ansonsten ist sie wohlauf und sitzt mit Katherl auf dem Wagen.«

Linhart atmete gegen den Schmerz in seinen Rippen. »Hat das Mädchen die Rauferei mitbekommen?«

»Leider ja.« Marlein seufzte. »Aber ich werde ihr kaum das ganze Leben lang den Anblick von Prügeleien ersparen können.«

»Gewiss hältst du mich nun für einen Schwächling.« Keuchend rappelte er sich auf.

»Nein, Linhart. Sicher nicht.« Marlein schüttelte den Kopf und reichte ihm die Hand, damit er zum Stehen kam. »Lass uns von hier verschwinden. Das ist ein unglückseliger Ort.«

Obwohl Marlein versuchte, ihm Mut zuzusprechen, kam er sich wie ein Versager vor. Sie hatten Hunger, und er konnte ihnen nicht einmal einen Kanten Brot bieten. »Der Bieresel ist gewiss nicht das einzige Gasthaus in diesem Ort. Wir sollten es in einem anderen versuchen.«

»Besser nicht. So wie der Mann Alheyt angestarrt hat, muss sie einst ihr Unwesen in Hilpoltstein getrieben haben.«

»Ich werde in einem anderen Gasthaus fragen, ob ich etwas Proviant kaufen kann. Die Kleine muss unbedingt etwas in den Bauch bekommen.« Er drückte Marleins Hand und hatte den Wunsch, sie nie wieder loszulassen.

Sie nahm ihm die Entscheidung jedoch ab und entzog

sich seinem Griff. »Gut, dann werden wir auf dem Fuhrwerk warten, bis du zurück bist.«

Linhart blickte nachdenklich in den Himmel, der sich im Osten bereits verdunkelte. »Nein, das kommt nicht in Frage.« Keinen Atemzug lang würde er sie in dieser gottlosen Gegend allein lassen. »Wir fahren einfach die Straße hinauf ins Innere des Ortes. Dort müsste es doch mehr Gasthäuser geben.«

»Bis uns der Nachtwächter aufgreift.«

»Dann lass uns keine Zeit verlieren«, sagte Linhart und hoffte, dass Gott – oder besser gesagt, irgendein Wirt – ihnen gnädig sein würde.

Tatsächlich fand er kurze Zeit später ein Gasthaus, das noch die Pforte geöffnet hatte und ihm die Reste des Tages verkaufte. Linhart erstand vier Kanten Brot, ein Stück Schinken und etwas Handkäse. Zufrieden klomm er auf den Bock des Fuhrwerks und lenkte es zu der Stadtmauer. Gewiss froh, die Fremden aus der Stadt zu wissen, ließen die Wächter sie ungehindert aus Hilpoltstein fortziehen, bevor sie das Tor zur Nacht schlossen.

7

Bewaldete Hügel erhoben sich hier und da zwischen Hilpoltstein und Nürnberg. Ansonsten lag die Landschaft eben und schwarz im fahlen Mondlicht. Das Hufgetrappel des Gauls, der das Fuhrwerk zog, war das einzige Geräusch, das in dieser gespenstischen Stille zu hören war. Der Hunger schmerzte in Marleins Bauch, doch Linhart hatte gemeint, er würde erst ein sicheres Plätzchen suchen, wo sie in Ruhe essen konnten. Die kleine Katherl sprach immer noch kein Wort und drückte sich fest an die schlafende Alheyt. Marlein fragte das Mädchen, ob es hungrig sei, aber Katherl schüttelte nur den Kopf und starrte weiterhin ihre Hände an.

»Wenn Linhart einen schönen Platz gefunden hat, werden wir es uns an einem Feuer gemütlich machen«, flüsterte Marlein. Es schmerzte sie ungemein zu spüren, wie Katherls unbeschwerter Frohsinn vergangen war. Alles würde sie daransetzen, ihre Tochter eines Tages wieder zum Lachen zu bringen. Ihre Augen füllten sich mit Tränen, die sie rasch fortblinzelte, damit Katherl sie nicht sah. Am Himmel verdeckten Wolken den Halbmond, und in der Ferne heulte ein Wolf.

Marlein erhob sich und legte Linhart eine Hand auf die Schulter. »Wir können hier kein Lager aufschlagen. In dieser Gegend gibt es Wölfe.«

»Du hast recht.« Linhart lenkte den Wagen zum Waldrand. »Wir werden auf der Ladefläche nächtigen müssen.«

»Ohne ein wärmendes Feuer.« Marlein seufzte.

Das Fuhrwerk kam zum Stehen, und Linhart wandte sich zu ihr um. »Ja, diese Nacht ohne Feuer.« Er kletterte zu ihnen auf die Ladefläche.

Alheyt regte sich und nuschelte etwas. Marlein verstand nur den Namen Wölflin. Sie strich der Alten sanft über die Schulter. »Wach auf, Großmutter. Du hast noch nichts gegessen.«

Träge schlug Alheyt die Augen auf und begann zu schluchzen. »Sie haben ihm den Eisenstiefel angezogen. Er blutet und kann nicht mehr laufen. Seine Stirn fühlt sich ganz heiß an.« Sie zog die Nase hoch und sah Marlein mit glasigem Blick an.

»Von wem sprichst du? Von Wölflin?«

Alheyt hob den Saum ihrer Röcke und schnäuzte sich damit die Nase. »Er hat gesagt, er habe auf dem Berg mit den Hexen getanzt. Die Nachbarin war auch dabei, ist sogar auf einem Besen durch die Lüfte geflogen. Das hat er aber nur gesagt, um ihr eins auszuwischen.«

Marlein versuchte sie zu beschwichtigen. »Du hast schlecht geträumt. Werde erst einmal richtig wach.«

Alheyt beachtete Marlein jedoch nicht und richtete den knochigen Finger auf Linhart. »Er war es!«

»Nun nimm dich aber zusammen. Erkennst du etwa Linhart nicht mehr?«

»Er hat uns auf den Turm gesperrt, weil er mit der Nachbarin unter einer Decke steckt.«

Besorgt sah Marlein ihn an. »Sie ist ganz wirr. Himmel, hoffentlich bleibt das nicht so.«

Katherl kroch zu Marlein und suchte Schutz in ihrem Arm.

Wohl selbst entsetzt, strich sich Linhart fahrig das Haar aus der Stirn. »Gewiss ist das nur der unruhige Schlaf. Lassen wir sie einfach erst einmal richtig wach werden. Dann wird auch die Irrnis vergehen.«

Aber er täuschte sich, denn Alheyt schlug die Decke fort und klomm hastig über die Ladefläche des Fuhrwerks. »Ich muss zum Hexenberg! Ihn dort fortholen.«

Marlein versuchte, nach ihrem Arm zu fassen, aber Alheyt ließ sich einfach zu Boden fallen. Gleich einem jungen Reh rappelte sich die Alte auf und eilte in den Wald. Mit einem Satz sprang Linhart ebenfalls von der Ladefläche und rannte ihr nach. Marlein begriff nicht, woher die Greisin diese Wendigkeit nahm. Es schien fast, als würden ihre Knochen nicht altern.

Katherls Leib bebte in Marleins Arm, und sie drückte das Mädchen an sich, versuchte, ihre Tochter zu beruhigen. »Großmutter hat schlecht geträumt und ist nun ein wenig verwirrt, aber Linhart fängt sie schon ein. Bald ist sie wieder zurück.«

Ein gellender Schrei hallte aus dem Wald. Nicht nur Katherl, auch Marlein zuckte unwillkürlich zusammen. Das Mädchen begann zu weinen.

Marlein drückte sie noch fester an sich. »Nicht, meine Kleine. Linhart hat ihr gewiss nicht weh getan.« Unsicher biss sich Marlein auf die Unterlippe. Dabei sorgte sie sich eher um Linhart als um Alheyt. Gewiss hatte die Alte mit einem Ast um sich geschlagen. Das traute Marlein ihr durchaus zu.

Die Zeit verstrich nur zäh. Lähmende Stille umgab sie.

Marleins Wunsch, nachzusehen, was vorgefallen war, wurde immer größer, doch sie konnte Katherl nicht allein auf dem Fuhrwerk lassen. Unruhig knetete Marlein das Linnen ihrer Röcke. Nach einer Weile hielt es sie schließlich kaum noch auf dem Fuhrwerk. Wenn Linhart oder Alheyt von einem Wolf angegriffen worden waren, musste sie ihnen zur Hilfe eilen. Vor ihrem inneren Auge sah Marlein einen grauen Wolf, der die Zähne in Linharts regungslosen Leib schlug und Fetzen von Fleisch herausriss. Daneben lag Alheyt mit durchgebissener Kehle, die toten Augen weit aufgerissen. Marlein wurde es übel. Zitternd drückte sie Katherl an sich. Unfähig, sich zu erheben, lauschte sie in die Stille. Kein einziger Laut war zu vernehmen. Oder doch? Hörte sie da nicht Alheyt keifen? Aber sicher war das ihre Stimme, die da schimpfte wie das Krächzen eines Spatzen. Sie lebte also noch!

Marlein erhob sich. »Komm, lass uns nachsehen, was Großmutter wieder für einen Unfug treibt.« Sie nahm Katherls Hand.

Widerstandslos ließ sich das Mädchen auf die Beine ziehen. Nachdem Marlein von dem Fuhrwerk geklettert war, hob sie Katherl hinab und trug sie auf ihrer Hüfte in den Wald hinein. Das Mädchen schlang fest die Arme um ihren Hals und vergrub das Gesicht an ihrer Schulter.

Im Wald herrschte wieder vollkommene Stille. Nicht einmal der Wind rauschte in den Bäumen. Nur das Knacken der Äste unter ihren Füßen war zu vernehmen, und Marlein fuhr zusammen. Sie bemerkte, dass sie in die falsche Richtung gelaufen war. Marlein kehrte um und lauschte, hörte ein Jammern und folgte der Stimme. Sie vernahm Linhart, der beschwichtigend auf Alheyt einredete. Das Licht des

Mondes stahl sich durch die immer noch kahlen Wipfel der Bäume und versilberte den Waldboden. Da sah Marlein endlich Linhart, der vor einem Bündel stand, das in der Luft zu hängen schien, sich aber stetig bewegte. Alheyt war in eine Falle geraten. Erleichtert stieß Marlein den Atem aus. Als sie nähertrat, sah sie die Großmutter in dem Netz hocken, das an einem Ast baumelte. Abermals gab die Alte derbe Flüche von sich und wand sich in den Schlingen.

»Du musst stillhalten, sonst kann ich dich nicht losschneiden«, raunte Linhart.

Alheyt würde unsanft fallen, wenn sie nicht stillhielt, das wusste Marlein. Aber was lief sie auch des Nachts wie ein ungezogenes Gör in den Wald?

Marlein trat neben Linhart. Auf ihrem Arm wagte Katherl einen vorsichtigen Blick zu der Alten und gab einen glucksenden Laut von sich. Kicherte sie etwa?

»Holt mich sofort hier raus!«, keifte Alheyt. »Dreckiges Gesindel! Hundsfresser!«

Marlein legte eine Hand auf Katherls Ohr. »Vielleicht hältst du mal still, damit Linhart dich aus dem Netz schneiden kann«, sagte sie.

»Was hast du denn zu sagen? Wer bist du überhaupt?«

Marlein presste die Lippen zusammen und fragte sich, ob Alheyt wohl mit dem Kopf gegen den Baumstamm geschlagen war. Aber vielleicht war es ja auch der Schreck gewesen, der ihr endgültig den Verstand geraubt hatte.

Alheyt wurde still und schluckte hörbar. »Wölflin? Bist du es?«

»Nein, ich bin Linhart. Nicht Wölflin und auch kein Turmwächter. Einzig der Sohn von Brauer Jacob. Und ich bin hier, um dich aus der Falle zu befreien. Hältst du nun endlich still?«

Alheyt schniefte. »Warum hältst du mich gefangen? Hast du Angst, ich würde euer Bier vergiften?«

»Du liebe Güte.« Linhart stöhnte auf. »Nun hör endlich mit diesem unseligen Gerede auf.«

»Sie ist nicht mehr bei Sinnen«, flüsterte Marlein. »Ich hoffe, das gibt sich wieder.«

»Das hoffe ich allerdings auch.«

Marlein sah die Klinge seines Dolches im Mondschein aufblitzen. Alheyt ebenfalls, denn sie riss die Augen auf und begann zu kreischen, als steckte sie auf einem Spieß. Katherl verbarg erneut das Gesicht an Marleins Schulter und schluchzte leise.

Marlein trat näher zu der Falle und tippte durch das Netz gegen Alheyts Schulter. »Nun nimm dich zusammen, er will dich lediglich aus deinem Gefängnis befreien. Vertrau uns doch endlich!«, schrie sie gegen das Gekeife der Alten an.

Da verstummte Alheyt und sah sie verdattert an. Die Stille war eine Wohltat in Marleins Ohren. »Bist du endlich zur Vernunft gekommen?«, fragte Marlein leise.

Alheyt nickte. Tränen schimmerten in ihren Augen. »Holst du mich hier raus?«

»Ich nicht, aber Linhart. Und nun halt still.«

Einige Augenblicke später hatte Linhart die Alte aus der Falle befreit. Sie landete etwas unsanft auf dem Waldboden, sprang aber sofort auf die Beine. Dem Anschein nach hatte sie sich nicht verletzt.

Linhart stieß schwer den Atem aus und steckte den Dolch zurück an seinen Gürtel. »Nun bin ich endgültig reif für den Schlaf.«

In Marleins Bauch rumorte wieder der Hunger. »Wir haben immer noch nichts gegessen.«

»Das holen wir jetzt nach.« Er legte die Hand auf ihren Arm und führte sie aus dem Wald hinaus.

Als sie sich dem Fuhrwerk näherten, bemerkten sie kleine Schatten, die von der Ladefläche huschten. Beim näheren Hinsehen stellte sich heraus, dass es Füchse waren, die gerade mit ihrem Proviant im Dickicht verschwanden. Marlein schwindelte es vor Hunger und Angst. Die Furcht vor der kommenden Zeit nagte mit spitzen Zähnen an ihr. Sie betrachtete ihre Tochter, unter deren Augen tiefe Schatten lagen. Wenn das Kind nicht bald etwas in den Magen bekam, würde es ihr unter den Händen verhungern.

Ein wenig tollkühn war es schon gewesen, dem Erzbischof von den drei Heiligen Hostien zu erzählen. Dabei hatte Paulus keine Ahnung, wie er an sie herankommen sollte. Doch wenn Gott ihm wohlgesinnt und genauso von Julianes Unschuld überzeugt war, würde er ihm schon beistehen. Paulus schnürte sein Bündel und sog tief den Atem ein. Dann ging er die Stiegen hinab, um im Hof auf den Prior zu warten, der ihn auf der Pilgerfahrt zum Kloster Andechs begleiten wollte.

Christopherus war beladen, als würde er über die Alpen reisen. Schwer schnaufend hievte er drei Bündel die Stiegen hinab.

Bruder Paulus eilte ihm zur Hilfe, nahm das Gepäck und schnallte es auf die Rücken der zwei Esel, die er kurz zuvor auf dem Neumarkt erstanden hatte. Als er damit fertig war, rieb er sich nachdenklich über die Nase. »Ich denke, der Rücken des Esels ist zu klein, um dich und das Gepäck zu tragen.«

»Warum hast du nicht drei Esel besorgt?«

Paulus sah zu seinem Bündel. »Ein weiteres Tier hätte zu viel Geld gekostet. Und wie du weißt, brauchen wir jeden Pfennig für die Kapelle.«

»Du meinst wohl eher für deine Schankstube.« Der Prior zog die Augenbrauen hoch.

»Für die auch.« Trotz seiner Worte wusste Paulus, dass die Eröffnung einer Schankstube ein frommer Wunsch war. Der Bau der Kapelle würde noch lange nicht beendet sein – wenn sie denn überhaupt in seinem Leben fertig wurde. Vielleicht aber erstand er auf der Pilgerfahrt eine weitere Reliquie, von der der Erzbischof nichts zu wissen brauchte.

»Was ist denn nun?«, riss Christopherus ihn aus den Gedanken.

»Dann werde ich halt laufen.«

Der Prior hob die Augenbrauen. »Du mit deinen Dornwarzen?«

»Der Bader hat sie mir vor einiger Zeit rausgeschnitten. Noch sind sie nicht nachgewachsen.«

»Das werden sie aber rasch, wenn du zu Fuß zum Heiligen Berg läufst.«

»Und wenn schon. Bis dahin ist einiges von unserem Proviant aufgebraucht, so dass ich Platz auf dem Esel finde.«

Als alles fest verschnürt und von den Brüdern Abschied genommen worden war, verließen Paulus und Christopherus durch das Bayentor die Stadt in Richtung Süden.

Vor dem Fenster der Küche graute der Morgen, und Gundi blies die Talglichter aus. Im Stillen bat sie Gott, Jacob auch heute nicht heimkehren zu lassen. Wenigstens einen friedvollen Tag wünschte sie sich noch. Und dann sollte Vater die

Suche nach Linhart endlich aufgeben. Warum ließ er seinen Sohn nicht ziehen? Wahrscheinlich begriff er nicht, dass es Menschen gab, die ihren eigenen Kopf hatten und nicht nur nach seiner Pfeife tanzten. Gundi fürchtete um Linharts Leben und betete zu Gott, dass Vater ihn nie finden würde. Die Angst davor schnürte ihr abermals die Kehle zu. Selbst wenn Vater nicht auf dem Hof war, konnte er Furcht und Schrecken verbreiten.

Mit zittrigen Händen formte Gundi aus dem Teig einen Brotlaib. Als er ihr nicht so recht gelingen wollte, hieb sie mit der Faust darauf.

Mutter, die gerade zur Tür hereingekommen war, trat hinter sie. »Ihm wird doch nichts zugestoßen sein?«

»Wem?«, knurrte Gundi.

»Jacob natürlich.« Mutters Stimme klang weinerlich.

»Das wäre wohl für alle das Beste.«

Mutter drehte sie an den Schultern zu sich hin. »Wie kannst du so etwas sagen?« Tränen rollten über ihre Wangen.

»Weil ich die ständige Angst vor ihm leid bin.«

»Aber … Du hast Angst vor ihm?«

»Du etwa nicht?«

Mutter schüttelte den Kopf.

Gundi sah sie entsetzt an. Die Schläge, die Mutter von Vater erhielt, hatten wohl längst ihren Schrecken verloren. »Vielleicht liegt es daran, dass Vater dir nicht nach dem Leben trachtet.«

Mutter runzelte die Stirn. »Was redest du denn da? Vater trachtet niemandem nach dem Leben.«

Gundi wandte sich ab und schwieg. Was wusste Mutter schon von den Drohungen, die Jacob jeden Tag aussprach!

Er würde Gundi ohne mit der Wimper zu zucken töten, wenn sie sein Geheimnis nicht still bewahrte.

Es schien, als hätte sich Marleins Bauch an den Hunger gewöhnt. Doch sie sorgte sich sehr um Katherl. Sie hatten ihr kleine Schlucke Bier gegeben, aber das Schäffbräu war stark gebraut. Auch wenn Linhart es mit Wasser aus einem Bach verdünnt hatte, schlief Katherl bis zum Nachmittag. Alheyt schien der Hunger nichts auszumachen, denn sie beklagte sich nicht und redete nur von ihrem Wölflin. Vielleicht hatte sie den Hunger aber auch einfach vergessen. Und Linhart litt schweigend wie ein Held. Nur seine bedrückte Miene zeugte davon, wie sehr ihn die Missstände sorgten. Marlein sah es ihm nach, schließlich hatte er unter der Obhut seiner Mutter nie gelernt, Verantwortung zu übernehmen. Umso höher rechnete sie es ihm an, dass er ohne lange zu überlegen sein Elternhaus verlassen hatte. Linhart schlug nicht in die gleiche Kerbe wie sein Vater, das wusste sie nun.

Als der Wagen über den Pfad zwischen zwei bewaldete Hügel ruckelte, sah Alheyt sie grimmig an. »Wie lange soll die Reise eigentlich gehen?«, brummte sie.

Das war eine Frage, die sich Marlein auch bereits gestellt hatte. Würden sie sich überhaupt irgendwo niederlassen können, um ein neues Leben zu beginnen? Und wenn, womit? Sie stand doch mittellos da, konnte sich kein Haus mieten, geschweige denn eins kaufen. Wenn sie nicht als fahrende Bierbrauerin enden wollte, und das wollte sie allein wegen Katherl und Alheyt nicht, musste sie sich Linhart erkenntlich zeigen. Etwas anderes hatte er nicht verdient. Noch besser wäre es natürlich, wenn sie ehrliche Zuneigung zu ihm verspürte. Gedankenverloren blickte sie zu dem

Kamm des Hügels, auf dem sich eine trutzige Burg erhob. Allmählich wurde das Wetter wärmer, und die Luft roch nach jungem Grün. Marlein liebte es normalerweise, wenn der Frühling kam und selbst die Nächte lau wurden. Aber im Augenblick sorgte sie sich nur, wie es mit ihnen weitergehen würde.

Der Weg gabelte sich, und Linhart lenkte das Fuhrwerk auf einen Pfad, der zu einem Hof führte. Der Gutsherr musste reich an Besitz sein, denn sein Wohnhaus war aus Fachwerk gebaut und mit einem Schindeldach versehen. Fast genauso groß waren die Ställe, die Scheune und das Wirtschaftsgebäude, die sich zu einem Quader gruppierten. Auf der Weide, die an den Hof grenzte, grasten braungescheckte Kühe. Dazwischen sprangen Lämmer blökend um die Muttertiere.

»Vielleicht kann ich auf dem Hof ein Fass Bier verkaufen!«, rief Linhart vom Bock aus.

Marlein sah zu ihm hinauf. »Hältst du das wirklich für ratsam?«

»Weshalb denn nicht?« Er zuckte mit den Schultern.

»Ingolstadt ist nicht weit genug entfernt. Stell dir nur vor, dem Hofbesitzer schmeckt das Bier so gut, dass er bei deinem Vater neue Fässer ordert. Dann ist Jacob uns rascher auf der Spur, als wir reisen können.«

»Ich habe Gundi aufgetragen, sie soll Vater sagen, dass ich unser Bier den Fürstenhäusern feilbiete.«

»Und dass du deshalb mitten in der Nacht ohne ein Wort des Abschieds aufgebrochen bist?« Marlein fragte sich ernsthaft, was Linhart sich dabei gedacht hatte. »Dein Vater ist nicht dumm.«

Linhart stieß schwer den Atem aus. »Ich glaube, ich bin

noch nie etwas so unüberlegt angegangen wie diese Flucht. Ich hoffe nur, Gundi war klüger als ich und hat sich einen anderen Grund für mein Verschwinden einfallen lassen.«

»Das hoffe ich auch.« Marlein strich Katherl sanft über die Wange und war froh, dass das Mädchen schlief. So spürte es wenigstens den Hunger nicht.

Alheyt begann wieder zu murren. »Warum haben wir Wölflin zurückgelassen?«

»Haben wir nicht. Er war nämlich nie bei uns«, gab Marlein ihr zu verstehen.

»Wie? Kannst du dich etwa nicht mehr erinnern? Sein Bein hat geblutet, von dem Stiefel. Das weißt du doch.«

Marlein sorgte sich. Immer seltener war Alheyt bei klarem Verstand.

»Nein, Alheyt. Bestimmt nicht.« Wenn sie nur wüsste, wer Wölflin gewesen war! Dann hätte sie Alheyts Gedanken vielleicht wieder in die rechte Richtung lenken können. Aber darüber schwieg sich Großmutter auch weiterhin beharrlich aus.

Das Fuhrwerk näherte sich dem Hof, und nachdem Linhart den Gaul gezügelt hatte, sprang er vom Bock.

»Willst du das Bier wirklich verkaufen?«, fragte Marlein ihn besorgt.

»Nein, nur tauschen. Ich werde sagen, dass ich es auf einem Markt in Hilpoltstein erstanden habe. Reichst du mir das kleine dort drüben?« Er zeigte auf eines der Fässer.

Als Marlein Katherl aus ihrem Arm schob, erwachte das Mädchen. Augenblicklich verzog es das Gesicht und drückte die Hand auf den Bauch.

»Gleich gibt es etwas zu essen, mein Kind.« Marlein nickte ihr zu.

»So? Was denn?«, krähte Alheyt. »Etwa wieder dieses trockene Brot, das man kaum den Hals hinabbekommt?«

Marlein nahm das Fass und hob es über die Planke. »Wann haben wir denn trockenes Brot gegessen? Das musst du geträumt haben.«

»Hab ich nicht.« Alheyt verschränkte die Arme vor der Brust.

Marlein ging nicht näher auf ihr Gerede ein, denn Linharts Blick verfing sich in ihrem. Wie zufällig streifte seine Hand die ihre, als er das Fass entgegennahm.

»Alles wird gut. Dafür sorge ich«, sagte er heiser und ließ den Blick umherschweifen. »Aber nun brauchen wir erst einmal ein anständiges Mahl.« Er schulterte das Fässchen und stapfte zum Wohnhaus.

Marlein sah ihm hinterher und spürte ein sonderbares Gefühl in ihrem Herzen aufkeimen. Ganz zart. Sollte sie etwa doch Zuneigung zu Linhart empfinden können? Sie mochte ihn, sein hilfsbereites Wesen, manchmal auch seine unbedarfte Art. Aber war dies wirklich echte Zuneigung? Sie wusste es nicht, und je länger sie darüber nachdachte, desto mehr verwirrte es sie.

Hühner liefen umher, scharrten in dem sandigen Boden und pickten hier und da nach etwas. In den Ställen grunzten Schweine, und über all dem lag der Geruch von Mist. Linhart klopfte an die Tür des Wohnhauses. Eine Frau öffnete ihm. Sie trug ein Kind auf ihrer Hüfte, das noch zu klein war, um laufen zu können. Ihr Haar bedeckte ein helles Tuch. Aus der Ferne konnte Marlein erkennen, dass sie ein freundliches Wesen war, denn sie lachte Linhart vertrauensselig an. Nun ließ sie ihn sogar ins Haus. Marlein hob die Augenbrauen. Sie kannte ihn doch überhaupt nicht! Aber vielleicht war ja auch ihr Mann zu Hause.

Alheyt erhob sich und schickte sich an, von dem Wagen zu klettern. »Ich muss mal.«

»Kann das nicht warten?« Marlein befürchtete, sie würde wieder verschwinden. Und so schnell wie Linhart konnte sie ihr nicht hinterher, ohne Katherl allein zu lassen.

»Nee, bestimmt nicht.« Die Alte warf ihr einen bösen Blick zu und hob das Bein über die Planke. Das zweite folgte, und bald stand sie auf dem Boden, als gerade ein junger Bursche daherkam. Er trug ein graues Hemd und eine ebensolche Hose, die unter den Knien ausfranste. Er musste gewiss ein Knecht von diesem Hof sein.

Verwundert sah er erst zu Alheyt, anschließend hoch auf die Ladefläche des Fuhrwerks und grüßte mit einem Kopfnicken in Marleins Richtung. »Seid ihr auf der Durchreise?«

Alheyt tippte ihn mit dem knochigen Zeigefinger an. »Wir suchen Wölflin. Hast du ihn gesehen?«

Der Knecht sah sie verdutzt an. »Sagtest du Wölflin?«

»Ja, richtig.« Alheyt nickte so heftig mit dem Kopf, dass Marlein befürchtete, ihr würde der letzte Zahn ausfallen.

»Ich kenne einen Wölflin. Der ist aber schon sehr alt.«

Großmutter presste die Lippen aufeinander, stemmte die Hände in die Hüften und schüttelte den Kopf. »Na, das kann nicht mein Wölflin sein. Der ist noch recht jung.«

»Hör nicht auf sie«, sagte Marlein. »Sie lebt in der Vergangenheit. Liegt wohl am Alter, wenn du verstehst.«

Abermals warf die Alte ihr einen bösen Blick zu. »Halt die Goschn. Was weißt du junger Hüpfer denn?«

»Nicht viel. Du erzählst ja nichts.« Marlein verdrehte die Augen. »Wolltest du nicht mal kurz austreten?«

»Ich? Gewiss nicht.«

»Herrje«, schimpfte Marlein. »Wo soll das bloß mit dir hinführen?« Sie erhob sich und nahm Katherls Hand. »Komm, wir begleiten Großmutter hinter den Busch. Musst du nicht auch mal?«

Das Mädchen biss sich auf die Unterlippe und deutete ein Nicken an. Marlein half ihr von der Ladeplanke.

»Ihr habt mir immer noch nicht verraten, wer ihr seid.« Der Bursche schenkte Marlein ein Lächeln. Er war genauso hochgewachsen wie Linhart, hatte jedoch schmächtigere Schultern und dünne Arme. Zwischen seinem braunen schulterlangen Haar lugten die Ohren hervor, und seine Nase war mit Sommersprossen übersät.

Alheyt kniff die Augen zusammen, und Marlein hoffte, sie würde den Mund halten. Tat sie aber nicht.

»Was geht das dich an?«, keifte sie stattdessen.

Beschwichtigend hob der Knecht die Hände. »Seht es mir nach. Ich wollte nur höflich sein.«

»Dann troll dich nun mal höflich davon, damit ich mich hinhocken kann.« Alheyt hob die Röcke und gab die Sicht auf ihren faltigen Hintern frei.

Der Knecht wandte sich abrupt ab und ging zu den Ställen. Als er durch das Tor verschwunden war, hielt Marlein auch Katherl an, sich zu erleichtern. Während sich das Mädchen hinter einen großen Busch hockte, sah Marlein Alheyt ins Gesicht.

»Du darfst niemandem sagen, woher wir kommen. Verstehst du?«

Die Alte erhob sich und streifte mit den Händen ihre Röcke

glatt. »Als ob ich das nicht wüsste. Hab ich ihm etwa gesagt, wo wir herkommen?« Mahnend hob sie die Augenbrauen.

»Nein. Das hast du nicht.«

»Na also. Und nun behandele mich nicht, als hätte mein Verstand bereits das Zeitliche gesegnet.« Sie ging davon, doch anstatt wieder auf die Ladefläche zu klettern, strebte sie mit strammen Schritten den Hof an.

Marlein sah zu Katherl, die immer noch auf dem Boden hockte. »Bist du fertig?«

Das Mädchen schüttelte den Kopf, und Marlein blieb nahe bei ihr stehen. Alheyt würde sich schon nicht verirren. Außerdem war der Hof recht überschaubar. Da sah sie Linhart mit leeren Händen aus dem Haus treten. Augenblicklich lief er in die Richtung, die Alheyt eingeschlagen hatte. Sie war schon fast bei den Ställen, als er sie einholte. Als er sie an den Schultern festhielt, wandte sie sich um und schlug ihm mit der flachen Hand gegen die Brust. Marlein schüttelte den Kopf. Was hatte sich Linhart mit der Flucht bloß angetan? Wild redete er auf Alheyt ein und schaffte es irgendwie, sie wieder zum Fuhrwerk zu bringen. Mittlerweile war auch Katherl fertig, und Marlein ging mit ihr hinüber zu Linhart.

»Sie wollte eine Ziege melken, damit Katherl Milch bekommt«, sagte Linhart und verkniff sich dabei das Lachen.

Marlein sah auf seine leeren Hände. »Recht hat sie. Das Kind braucht etwas Anständiges in den Bauch.« Sie sah zu Alheyt. »Dennoch kannst du dem Bauern nicht einfach die Milch stehlen.«

Die Alte schob die Unterlippe vor und wandte den Blick ab, als ginge sie das nichts an.

»Braucht sie auch nicht mehr.« Linhart griff nach Marleins Hand. »Die Frau des Gutsbesitzers lädt uns zu einem Mahl ein.«

»Ist das die Bezahlung für das Fass Bier?« Marlein ließ ihre Hand in seiner und spürte die Wärme, die in ihre Finger strömte.

»Nicht nur.« Er klopfte auf die Geldkatze an seinem Gürtel. »Einige Pfennige habe ich noch dazubekommen.«

Marlein roch plötzlich den Duft von gebratenem Speck, der zu ihnen herüberwehte. Genüsslich schloss sie die Augen, sog ihn auf und gab einen verzückten Laut von sich. »Wie das riecht! Mich schwindelt es schon richtig.«

»Es gibt einen Eintopf aus Linsen mit ordentlich Speck drin.«

Marlein stöhnte auf. »Für eine Schale davon würde ich töten.«

»Brauchst du nicht. Die Gutsbesitzerin hat einen riesigen Kessel gekocht. Davon wird der gesamte Hof satt.«

»Wölflin mag keinen Linseneintopf«, knurrte Alheyt.

»Er braucht ihn ja nicht zu essen«, erwiderte Marlein.

»Aber er wird Hunger haben, wenn er zurückkehrt.«

»Von woher zurückkehrt?«, fragte Marlein unwirsch.

»Vom Markt natürlich, wo er das Bier verkauft.« Alheyt sprach die Worte so ruhig aus, als sei dies eine alltägliche Begebenheit. Sie nahm Katherls Hand, spielte mit den Fingern und gab jedem einzelnen einen Namen.

Marlein sah zu Linhart, der amüsiert die Augenbrauen hob. »Lass sie doch«, sagte er leise. »Vielleicht war Wölflin ihr Geliebter.«

»Das muss aber schon lange Zeit her sein. Bevor Großvater und sie geheiratet haben.«

»Woher willst du das wissen? Sie könnten sich heimlich getroffen haben. So ungewöhnlich ist das nicht.«

»Du meinst, es ist nicht ungewöhnlich, die Ehe zu brechen? Das sehe ich aber anders.«

Linharts Wangen überzogen sich mit einer leichten Röte. »Ich meinte damit nur, dass es vorkommt. Nicht, dass ich es für rechtens halte. Das auf keinen Fall.« Er zog an ihrer Hand. »Aber nun komm, die Gutsherrin wartet auf uns.«

Die Küche des Gutshauses war fast so groß wie das Birnbaumhäusle mit dem Gastraum. In der Mitte stand ein langer Bohlentisch, an dem mit schmutzigen Gesichtern die Mägde und Knechte saßen. Die Gutsbesitzerin rührte in einem kupfernen Kessel, der so groß war, dass ein ganzes Ferkel hineingepasst hätte. Zu ihren Füßen spielte das Kind mit Holzklötzen und brabbelte dabei unverständliche Worte. Katherl ließ von Marleins Röcken ab und näherte sich vorsichtig dem kleinen Blondschopf. Erleichtert stieß Marlein den Atem aus, als die Frau ihr ein aufmunterndes Lächeln schenkte. Das Kind hatte sie wohl spät bekommen, denn es bildeten sich bereits Falten um ihre Augen, und aus der Haube ergoss sich ein grauer Zopf über ihren Rücken.

»Setzt euch«, sagte sie und deutete mit dem tropfenden Kochlöffel auf die freien Stühle.

Linhart führte Alheyt zu dem freien Platz neben dem Knecht, der sie am Fuhrwerk angesprochen hatte. Höflich rückte der Bursche den Stuhl ein wenig vom Tisch ab, damit sich Alheyt setzen konnte. Marlein ließ sich mit Linhart ihr gegenüber nieder.

Mürrisch sah Alheyt den Knecht neben sich an. »Wenn du deine Schale geleert hast, machst du Wölflin Platz. Hast du mich verstanden?«

»Großmutter!«, raunte Marlein und spürte, wie ihr die Röte in die Wangen stieg. Sie schämte sich fürchterlich für das schlechte Benehmen der Alten.

»Ja, was denn?« Alheyt sah sie an, als könnte sie kein Wässerchen trüben.

Die Gutsherrin lächelte beschwichtigend und füllte zuerst die Schalen der Gäste, dann die ihres Gesindes. Marlein fragte sich, ob sie verwitwet war, denn an dem Tisch fehlte offensichtlich der Herr des Hofes.

»Mein Gemahl heißt auch Wölflin. Vielleicht kennen sich die beiden ja«, sagte sie augenzwinkernd.

Marlein kroch die Hitze vom Nacken in die Ohren. Sie dachte an Linharts Worte. Hoffentlich behielt er nicht recht mit seiner Vermutung. »Arbeitet Euer Gemahl noch?«, fragte sie vorsichtig und hoffte, er möge auf Reisen sein.

»Ja, er ist in der Mühle unten am Bach und verhandelt mit dem Müller die Preise für das Korn. Immerzu vergisst er die Mahlzeiten.«

Dieser Tag schien jedoch eine Ausnahme zu sein, denn kurz darauf öffnete sich die Tür, und ein hochgewachsener Mann trat ein. Er nahm den braunen Filzhut vom Kopf, schenkte seiner Frau ein Lächeln und begrüßte die Runde am Tisch mit einem Kopfnicken. Sein Haar war so grau wie das Fell einer Maus, die freundlichen braunen Augen von Falten umkränzt. Er musste noch um einige Jahre älter als die Frau sein.

»Schön, dass wir wieder Gäste haben.« Er setzte sich an das Kopfende des Bohlentischs und rieb sich die Hände.

Marlein warf einen kurzen Blick zu Alheyt, die gedankenverloren in ihre dampfende Schale sah. Der Mann schien also nicht ihr Wölflin zu sein.

Er richtete das Wort an Linhart und fragte ihn nach dem Grund ihrer Reise.

Linhart lächelte freundlich. »Wir sind auf dem Weg nach München, wo wir ansässig werden wollen.«

Wölflin hob die Augenbrauen. »Musstet ihr flüchten?«

»Nein.« Linhart lachte auf. »Es sind die Gesellenjahre, die mich wandern lassen.«

Marlein bewunderte, wie kühn er log. Nicht einmal rote Ohren bekam er dabei.

»Und deine Familie begleitet dich dabei?«

»Ja, weil ich sie nicht einen Tag missen möchte.« Nun röteten sich doch seine Wangen. Er blickte kurz zu Marlein und lächelte verlegen.

Die Frau des Gutsbesitzers seufzte. »Was für ein Glück du hast«, sagte sie zu Marlein und wandte sich an ihren Gemahl. »Sie haben uns ein Fass Bier verkauft, das nach dem neuen Reinheitsgebot gebraut wurde.«

Katherl ließ von ihrem Spiel ab, krabbelte auf Marleins Schoß und schnupperte an der Schale. Wölflin erhob sich und sprach ein Gebet. Nachdem er es beendet hatte und wieder Platz nahm, gab Alheyt ein Knurren von sich.

»Stimmt etwas nicht?«, fragte Wölflin sie.

Die Alte hob den Kopf und sah ihn böse an.

Dem Mann fiel das Lächeln aus dem Gesicht, und im nächsten Moment wurde er zornesrot. Er sprang auf und zeigte mit dem Finger auf sie. »Dich kenne ich doch von irgendwoher. Macht sofort, dass ihr aus meinem Haus fortkommt!«, brüllte er über den Tisch hinweg.

Marlein zuckte zusammen, und Katherl verbarg das Gesicht an ihrer Schulter. Ihr kleiner Leib begann zu beben.

»Aber, Herr Wölflin.« Linhart wandte sich mit ruhiger

Stimme an ihn. »Sie ist ein altes Weib, das sich nichts hat zuschulden kommen lassen.«

Wenn Linhart sich da mal nicht irrte. Die kleine Katherl auf dem Arm erhob sich Marlein von ihrem Stuhl.

»Wölflin?«, kreischte Alheyt und riss irr die Augen auf.

»Herr, steh uns bei«, flehte Marlein, den Blick zu den Deckenbalken gerichtet. Sie eilte um den Tisch herum zu der Alten, griff nach ihrem Arm und zog sie von dem Stuhl.

»Verlasst sofort mein Haus, bevor ich mich vergesse!« Unwirsch stieß der Gutsbesitzer seinen Stuhl zurück.

Mit Alheyt an der Hand ergriff Marlein die Flucht, ohne sich noch einmal umzusehen. Erst am Fuhrwerk bemerkte sie, dass Linhart ihr auf dem Fuß gefolgt war.

Er fuhr sich mit der zittrigen Hand durch das Haar. »Du liebe Güte, Alheyt. Was hast du früher bloß getrieben?«

»Was soll ich denn getrieben haben?«, keifte die Alte. »Was will dieser Holzkopf eigentlich?«

»Ist das nicht dein Wölflin?«

»Pah.« Alheyt spie auf den Boden. »Der soll mein Wölflin sein? Ein Hundeschläger ist das, sonst nichts.«

Linhart half ihr auf die Ladefläche des Fuhrwerks. »Du musst die Leute früher in Angst und Schrecken versetzt haben.«

»Red kein dummes Zeug«, knurrte Alheyt.

Marlein hob Katherl auf den Wagen und kletterte ebenfalls hinauf. Nun hatten sie wieder nichts in den Bauch bekommen. Wenn das so weiterging, würden sie bald des Hungers sterben. Und an alldem war Alheyt schuld. Die Leute erkannten sie an ihrem hängenden Augenlid, das stand außer Zweifel. Aber vielleicht gab es ja noch ein altes Weib, das den gleichen Makel an sich hatte.

Ächzend ließ sich Alheyt auf der Decke nieder. Marlein hörte ihre Knie knacken.

»Warst du eigentlich noch sehr jung, als du Großvater kennengelernt hast?«, fragte Marlein sie.

»Eine alte Jungfer war ich, aber von unbeschreiblicher Schönheit. Was glaubst du, weshalb dein Großvater mich zur Braut genommen hat? Mit Reichtum war ich nämlich nicht gesegnet.«

In Betracht des hängenden Augenlids konnte sich Marlein diese Schönheit nur schwer vorstellen. Außerdem stach Alheyts Nase viel zu lang aus dem hageren Gesicht heraus und verlieh ihr die Ähnlichkeit mit einer Krähe.

»Was hast du gemacht, bevor du Großvater kennengelernt hast?«

Die Alte konzentrierte sich auf einen Faden, der sich aus der Decke gelöst hatte, und wickelte ihn um ihren Finger. »Weiß nicht mehr.«

Marlein war nur bekannt, dass sie in Lemgo geboren war. »Wie bist du denn nach Ingolstadt gekommen?«

»Zu Fuß«, erwiderte Alheyt knapp.

»Allein?«

Die Alte schüttelte den Kopf. »Nee, erst nicht. Erst bin ich mit Wölflin durch die Lande gezogen.« Ihr Blick schweifte in eine andere Zeit.

»Und wer war dieser Wölflin?«

»Mein Gefährte.« Alheyts Augen füllten sich mit Tränen.

Linhart trieb den Gaul an, und das Fuhrwerk setzte sich in Bewegung. Er lenkte den Wagen über den holprigen Pfad zwischen den Weiden.

»Was ist geschehen?«, fragte er nach einem kurzen Blick über seine Schulter.

»In Lemgo war dieser Turm. Es war einfach nur schrecklich.«

Katherl zuckte in Marleins Arm zusammen und begann zu schluchzen. »Ist schon gut. Dir geschieht nichts.« Marlein drückte sie fest an sich. Ihre eigene Seele litt in diesem Augenblick unerträgliche Qualen, da sie nicht in der Lage war, ihrer Tochter die Angst zu nehmen. »Und danach?«, munterte sie die Großmutter auf weiterzusprechen.

»Ich bin müde.« Alheyts Blick trübte sich. Träge rollte sie sich auf der Decke zusammen. »Frag einfach Wölflin, wenn er kommt«, sagte sie mit schläfriger Stimme und schloss die Augen.

Marlein wandte sich an Linhart. »Wir müssen unbedingt etwas essen, sonst halten wir nicht mehr lange durch.«

»Ich weiß«, sagte Linhart. »In der nächsten Siedlung werde ich Brot kaufen.«

»Wie lange sind wir bis dahin unterwegs?«

Linhart hob die Schultern. »Wenn mich nicht alles täuscht, müssten wir bald die Kaiserburg von Nürnberg sehen können. Aber vorher kommen wir gewiss noch an der einen oder anderen Ortschaft vorbei.«

»Schmerzt dir nicht der Hunger im Bauch?«

»Ja, sicher«, gab er zu. »Aber was kann ich dafür, dass Alheyt verschrien ist?«

»Das habe ich nicht behauptet. Es scheint nur so, als würde dir der Hunger überhaupt nichts ausmachen.«

»Mein eigener Bauch schmerzt mich nicht. Eher der Gedanke, dass ihr Hunger leiden müsst«, sagte er mit dünner Stimme.

Marlein hob die Augenbrauen. »Hör endlich auf, den Märtyrer zu spielen. Das hast du nicht nötig, Linhart Schäffer.« Von seinen schönen Worten wurden sie nicht satt. Anderseits konnte er wirklich nichts dafür, dass sie wieder einmal mit Schimpf und Schande vertrieben worden waren. »Verzeih meine harschen Worte«, fügte sie kleinlaut hinzu.

Katherl blickte zu ihr auf. »Bist du böse auf Linhart?«, fragte sie.

Es waren die ersten Worte, die Katherl auf ihrer Reise sprach. Ein Schwall aus Glücksgefühlen schwappte in Marleins Herz. Dankbar strich sie ihrer Tochter über das Haar. »Nein, bin ich nicht.«

»Das darfst du auch nicht. Ich mag Linhart, weißt du. Er hat mich aus dem schrecklichen Turm geholt.«

Marlein hatte befürchtet, ihre Tochter würde nie wieder ein Wort sprechen. Aber nun würde alles gut werden, das spürte sie. Gewiss würde Katherl bald wieder das unbeschwerte Kind von damals sein. Das war wichtiger als der Hunger, den sie in den nächsten Stunden gewiss stillen konnten.

Doch Marlein täuschte sich, was den Hunger betraf. Noch bevor sie eine Siedlung erreichten, brach die Dunkelheit über sie ein. Es war sinnlos, an irgendeine Tür zu klopfen, denn auf dem Land gingen die Leute noch vor den Hühnern schlafen. Niemand würde aus dem warmen Bett steigen, wenn nicht gerade die Feuerglocke schlug. Dies hatte Vater oft genug erzählt, wenn er damals von seinen Reisen zurückgekommen war.

Linhart lenkte den Wagen in eine Schneise, die in den Wald führte, und zügelte den Gaul. »Wir sollten hier die Nacht verbringen und uns zur Ruhe begeben.«

Sie könnten das Pferd essen, fuhr es Marlein durch den Kopf. Die Augen waren ihr zugefallen, und die Luft roch nach Speck. Sie schnupperte in den Wind. Aber es war nur ein kurzer, trügerischer Traum gewesen, denn der Duft war verschwunden, und sie roch nur noch Erde und Wald. Natürlich konnten sie das Pferd nicht essen. Was für schreckliche Gedanken einem der Hunger doch in den Kopf trieb! Beeren, Pilze oder Nüsse würden sie in dieser Jahreszeit auch nicht finden. Mit Wurzeln kannte sich Marlein nicht aus und befürchtete, sie könnten eine Vergiftung davontragen, wenn sie diese aßen. Wie sollte sie sich in der Finsternis auch im Wald zurechtfinden? Der Gedanke war abwegig.

Linhart füllte die Becher mit Bier und reichte sie weiter.

»Könntest du nicht versuchen, einen Hasen zu fangen?«, fragte Marlein ihn.

»Mit bloßen Händen? Das ist schwer. Zumal in der Nacht, wenn die Viecher sich in ihren Bau zurückgezogen haben.« Er setzte sich neben Marlein und zog ihr die Decke über die Schulter.

»Gleich in der Frühe werdet ihr euren Hunger stillen können«, versprach er.

»Wenn ich bis dahin noch durchhalte«, stöhnte Marlein.

Alheyt leerte in gierigen Zügen den Becher. Sie tat es ihr gleich, verdünnte den Rest mit Wasser und weckte Katherl, um ihr etwas Bier einzuflößen. Das Mädchen nahm träge ein paar Schlucke und kuschelte sich wieder in Marleins Schoß. Die Müdigkeit übermannte Marlein. Sie lehnte den Kopf an Linharts Schulter und schlief auf der Stelle ein.

8

Die ganze Nacht hatte Linhart kein Auge zugetan. Auch hatte er es nicht gewagt, sich zu regen, da er Marlein nicht wecken wollte, die mit ihrem Kopf auf seinem Oberschenkel ruhte. Nie hatte er sich je so beherrschen müssen, damit seine Gefühle nicht überhandnahmen. Blut und Wasser hatte er geschwitzt, aus Furcht, sie hätte die Augen öffnen und seine Erregung sehen können. Aber nun graute der Morgen, und der Tag versprach sonnig und mild zu werden, wie es sich für einen Tag im Frühjahr gehörte. Wenn er richtig gezählt hatte, müsste die erste Maiennacht nahen. Wären sie zu Hause gewesen, hätte er Marlein einen Baum aufgestellt, der bunt geschmückt mit Bändern war. Vorsichtig schob er Marleins Kopf von seinem Schoß und bettete ihn auf eine Decke. Sie blinzelte kurz in die Dämmerung des Morgens und schlief weiter. Linhart sprang von der Ladefläche. Er ging ein paar Schritte in den Wald, bis zu einem Bach. Dort füllte er den Lederschlauch mit Wasser und sah sich um. In diesem Augenblick überfiel ihn ein aberwitziger Gedanke, von dem er nicht wusste, ob es in dieser Situation klug war, ihn umzusetzen. Doch in seinen Adern kribbelte es unwiderstehlich. Ohne länger über die möglichen Folgen nachzudenken, nahm er seinen Dolch vom Gürtel und sägte damit das Stämmchen einer jungen Birke durch. Das Bäumchen war nur halb so hoch gewachsen wie er, aber in diesem Augenblick erfüllte es seinen Zweck.

Auf dem Weg zurück zum Fuhrwerk überfielen ihn abermals Zweifel. Marlein stand bestimmt nicht der Sinn nach seinem Schabernack. Und in erster Linie brauchten sie etwas zu essen. Es war seine Aufgabe, dafür zu sorgen, und nicht, das Brauchtum zu pflegen. Reumütig legte er das Bäumchen auf den Waldboden. Als er wieder aufsah, erspähte er einen Fuchs, der um einen Hasenbau schlich. Linhart erinnerte sich der Steinschleuder, die er bei sich trug, und legte sich auf die Lauer, gespannt, wer von ihnen dreien schneller war. Geräuschlos spannte er einen Stein in die Handwaffe.

Das Glück war ihm an diesem Tag hold, denn wenige Augenblicke später schulterte er den erlegten Hasen, nahm das Bäumchen auf und kehrte zum Fuhrwerk zurück.

Als er kurz darauf etwas Reisig für ein Feuer auftürmte, lugte Marlein verschlafen über die Planke. Das blonde Haar zerzaust, blinzelte sie in die Sonne.

Linhart trat zu ihr. »In der Nähe gibt es einen Bach.«

»Wozu machst du ein Feuer?«

»Für unser Frühmahl.« Linhart konnte sich ein Grinsen nicht verkneifen.

Marleins Gesichtszüge wirkten nach dem Schlaf ganz weich. Sie rieb sich mit den Fingerknöcheln über die Augen. »Was soll das für ein Mahl sein?«

»Ich habe einen Hasen gefangen.« Er spürte sein Herz vor Freude poltern.

»Wirklich?« Marlein sah zu der Feuerstelle. »Wie hast du das angestellt?«

»Mit meiner Schleuder.« Linhart reichte ihr die Hand und half ihr von dem Fuhrwerk.

Sie sah kurz zu Katherl, die neben Alheyt noch in tiefem Schlaf lag. »Wir müssen ihn sofort ausnehmen.« Sie ließ Linharts Hand los und hob das Tier vom Boden auf. »Gibst du mir deinen Dolch?«

Linhart nickte. Mit einem mulmigen Gefühl im Bauch hob er das Birkenbäumchen vom Boden auf und hielt es aufrecht vor sie hin. »Das hier wollte ich dir zum baldigen Maifest schenken. Bunte Bänder habe ich leider nicht.«

Marlein ließ den Hasen in ihrer Hand sinken und seufzte. »Ach, Linhart. Weißt du denn nicht, was der Brauch bedeutet?«

Er spürte die Hitze in seine Ohren kriechen. Verlegen senkte er den Blick.

»Gibt's was zu essen?«, schrie in diesem Augenblick Alheyt von der Ladefläche des Fuhrwerks.

Linhart dankte ihr still für diese Unterbrechung, ansonsten wäre sein Gesicht gewiss rot wie Mohn geworden.

Marlein wandte sich um und erzählte Alheyt freudig von dem Hasen. Linhart war heilfroh, dass er nicht nur den Baum angeschleppt hatte. Sicher hätte Marlein ihn danach als einen tumben Burschen gescholten, der noch grün hinter den Ohren war. Er musste lernen, die wesentlichen Dinge zu sehen. Nicht ein junger Baum, der seine Liebe beschrieb, sondern ein fetter Hase, der ihre Bäuche füllte, war wichtig.

Marlein traten Tränen in die Augen, als Katherl sich ein Stück des Bratens in den Mund schob und genüsslich darauf kaute. Erst als das Kind satt war, langte auch Marlein zu. Sie hatte befürchtet, das Fleisch würde nicht reichen, aber am Ende des Mahls waren sie alle satt geworden. So machten sie sich wieder auf den Weg nach Nürnberg, wo Linhart auf der Kaiserburg abermals sein Glück mit dem Verkauf von Bier versuchen wollte. Das junge Birkenstämmchen hatte sie bewusst zurückgelassen, da sie ihm keine Hoffnung machen wollte. Zu ihrer Erleichterung schien Linhart jedoch keineswegs darüber verletzt zu sein, denn er pfiff eine fröhliche Melodie.

Der Wagen ruckelte zügig über die Straße, und bald sahen sie die Türme der Kaiserburg über der Stadt aufragen. Dicht an dicht hatten sich die Städter mit ihren Häusern den Hang hinauf angesiedelt. Zwischen den Gebäuden erstreckten sich Kirchtürme, auf deren Spitzen Wimpel im Wind flatterten. Bald schon waren die Mauern der Stadt zu erkennen. Die Befestigung bestand aus zwei Reihen mit einem Graben dazwischen. Das Tor inmitten eines dickbäuchigen Turms mit rotem Schindeldach wurde von bewaffneten Söldnern bewacht, und bei näherem Hinsehen erkannte Marlein, dass es Zöllner waren, die jedes Fuhrwerk anhielten, um abzukassieren.

Marlein tippte Linhart von hinten auf die Schulter. »Wir können mit dem Bier nicht in die Stadt. Sie werden dir Zoll abverlangen.«

»Das weiß ich. Aber den werde ich beim Verkauf wieder draufschlagen.«

»Woher willst du ihn nehmen? Von den paar Pfennigen, die du von der Gutsbesitzerin bekommen hast?«

»Ach was. Dafür habe ich meine eiserne Reserve.« Er hob den Blick hinauf zur Kaiserburg, deren Spitztürme fast den Himmel zu berühren schienen. »Ich denke, der Burgvogt wird von unserem Bier nicht genug bekommen können.«

»Mir ist nicht wohl bei dem Gedanken. Die Nürnberger

brauen doch ihr eigenes Bier. Und so ein Reinheitsgebot haben sie bestimmt auch.«

»Darüber sorge ich mich nicht. Ich hoffe nur, Alheyt erregt nicht wieder Aufsehen.« Linhart lenkte den Gaul über eine hölzerne Brücke, die über einen Graben führte.

Marlein sah zu Alheyt, die gedankenverloren Katherls Haar zu einem Zopf flocht. »Warst du schon einmal in Nürnberg?«, fragte sie die Großmutter.

Die Alte hob den Blick. »Redest du mit mir?«

»Ja, sicher.« Marlein wiederholte ihre Frage.

»Nein, war ich nicht.«

»Dann stehen die Sterne ja gut, dass wir nicht wieder vertrieben werden.«

Kurz darauf standen sie vor dem Zöllner. Er blickte über die Planke und begutachtete die vier verbliebenen Fässer. »Bier?«

Linhart nickte, und der Mann nannte einen Preis, der Linhart die Farbe ins Gesicht trieb. »Ich hoffe, es ist rein«, sagte der Zöllner, nachdem er kassiert hatte.

»Ja, das ist es.« Linhart schnaubte leise.

Kurz darauf winkte der Zöllner sie durch das Tor auf eine gepflasterte Straße, die geradewegs in die Mitte der Stadt führte. Zu ihren Seiten lagen verwinkelte Gassen mit den Fachwerkbauten. Überall stakten Hühner über Miststätten, deren Gestank sich wie eine Glocke über die spitzen Dächer legte. Drei keifende Weiber liefen einem angetrunkenen Burschen hinterher und warfen ihm ihr Schuhwerk nach.

Je mehr sich das Fuhrwerk dem Marktplatz näherte, desto intensiver stieg der faulige Geruch eines Flusses auf, der sich Pegnitz nannte. Sie folgten der Straße, die daran vorbeiführte. Im Gegensatz zu diesem Fluss war die Schutter in Ingolstadt ein reiner Bergbach. Tierkadaver und undefinierbarer Unrat trieben in der grünbraunen Brühe, die an der Oberfläche bereits schleimige Blasen warf.

Der Marktplatz grenzte an eine Mauer, in die ein Tor eingelassen war. Der Weg dahinter führte zur Burg hinauf. Lauthals boten die Händler ihre Waren feil, priesen Fisch, Käse, Korbwaren und sogar Fleischabfälle auf der Kotzbank an. Bier- und Weinfässer türmten sich. Dazwischen schnüffelten Hunde mit struppigem Fell, jagten hin und wieder eine entkommene Gans, bis der Hundeschläger dem Ganzen ein Ende setzte. Von irgendwoher war Flötenspiel zu vernehmen. Die Huren, deren Gewänder mit gelben Bändern gekennzeichnet waren, zeigten ihre Waden und ließen die Männer in ihre tiefen Ausschnitte blicken.

In Marleins Magen rumorte es. Der ungewohnt üppige Hasenbraten vom Morgen drückte mit einem Mal schwer in ihrem Bauch. Auch in Ingolstadt herrschte reges Treiben, besonders an Markttagen oder wenn die Landräte einberufen wurden. Aber solch einen Gestank und diese Unmengen von Menschen, die schrien, feilschten und keiften, kannte sie von ihrer Heimatstadt nicht. Dort ging es eher gemächlicher, wenn nicht sogar gesitteter zu.

Alheyt schien all dies nicht zu beeindrucken, denn sie schnarchte seelenruhig vor sich hin. Neben ihr hielt sich Katherl mit beiden Händen an den Planken des Fuhrwerks fest und sah gebannt auf das Geschehen um sie herum. Ein Bär, der auf glühenden Kohlen tanzte, brüllte markerschütternd. Um ihn herum johlten die Menschen, klatschten in die Hände und feuerten das braune Pelztier mit Pfiffen an.

Marlein konnte das nicht mit ansehen. Sie kletterte zu Linhart auf den Bock und legte die Hände vor das Gesicht. »Lass uns Nürnberg den Rücken kehren«, bat sie ihn.

»Aber mein Bier … Ich habe den Zoll bezahlt.«

»Glaubst du wirklich, du kannst es hier loswerden? Sieh nur all die Fässer, die hier auf dem Marktplatz feilgeboten werden.«

»Keines davon ist das gute Schäffbräu.«

»Willst du es wirklich wagen, es hier unter deinem Namen zu verkaufen?«

»Ja. Sollte davon je einer in Ingolstadt nachordern, sind wir längst über alle Felder. Wir verwischen unsere Spuren, und alles ist gut.«

»Dein Vater wird dann aber wissen, in welche Richtung wir geflohen sind.«

»Ach, Marlein. Bis dahin sind wir vielleicht längst an der nördlichen See. Wie will er uns finden? Das Land ist groß.« Er strich mit der Hand über ihre Wange. »Sorge dich nicht immerzu.«

Marlein wandte das Gesicht ab und verschränkte die Arme vor der Brust. »Das Leben hat es bisher nicht gerade gut mit mir gemeint. Das weißt du.«

»Bisher ja, da hast du recht. Aber nun bin ich bei dir. Vertrau mir endlich.«

Marlein sah zu den Marktweibern, die sich gegenseitig irgendwelche Fleischlappen um die Ohren schlugen. »Du hast bisher noch nie auf eigenen Füßen stehen müssen. Warst von deiner Mutter immer gut behütet.« Bei diesen Worten verspürte Marlein einen Stich in ihrem Herzen. War sie das nicht auch gewesen, bis das Schicksal erbarmungslos zugeschlagen hatte? Sie sollte nicht so hart mit ihm ins

Gericht gehen. Das war nicht gerecht. Aber sie bekam ihre Bissigkeit nur schwer in den Griff.

»Verzeih«, sagte sie und legte ihre Hand auf seine. »Es ist wohl die Angst, die mich so unleidlich werden lässt.«

»Du brauchst dich nicht zu fürchten. Alles wird gut.« Er lächelte, wenn auch etwas gekränkt.

»Ich fürchte nicht um mein Leben. Ich habe Angst wegen Katherl und Alheyt. Allein werde ich sie gewiss nicht über den Sommer bringen können.«

Linhart zog die Augenbrauen zusammen. Bisher hatte Marlein nicht geahnt, dass sich seine Gesichtszüge dermaßen verhärten konnten. »Wie oft soll ich dir noch versichern, dass ich für euch sorgen werde? Es tut mir leid, wenn ihr die letzten Tage hungern musstet. Ich verspreche dir hoch und heilig, das dies nie wieder vorkommen wird.« Er presste die Lippen aufeinander und lenkte den Gaul vom Marktplatz weg in eine kleine Gasse. Sie führte den Berg hinauf und endete an einer Sandsteinmauer am Fuße der Burg. Vor einem halbrunden Tor marschierten zwei Wächter mit geschulterten Lanzen auf und ab. Zu ihren Füßen lehnte ein Greis mit dem Rücken am Mauerwerk. Er kaute auf einem langen Halm, und Marlein vermutete, dass er ein Bettler war, mit dem die Wachen Mitleid hegten. Linhart zügelte den Gaul und sprang von dem Fuhrwerk.

Währenddessen kämpfte Marlein gegen die Tränen, die ihr in den Augen brannten. Linhart hatte es nicht verdient, so behandelt zu werden. Und sie mit ihrem Gram ihm gegenüber hatte seine Liebe nicht verdient. Sie sah, wie Linhart mit den Wachen verhandelte, die Hände vor der Brust faltete, da er womöglich um Einlass flehte. Aber die Wachen schüttelten den Kopf.

Marlein kletterte vom Fuhrwerk und trat neben ihn. »Was ist los?«

»An diesem Tag lassen sie keine Fremden in die Burg ein.« Er machte ein paar Schritte auf ihr Fuhrwerk zu.

Marlein folgte ihm und griff nach seinem Arm, damit er stehen blieb. »Weshalb? Ist etwa der Kaiser anwesend?«

»Nein, das nicht. Einmal in der Woche wird in dem großen Burghof Markt gehalten, bei dem die Händler der umliegenden Städte die Gelegenheit haben, ihre Köstlichkeiten feilzubieten. Das war gestern. An den anderen Tagen möchte der Burgvogt nicht belästigt werden.« Sein Blick schweifte zu einem Turm in der Mauer, an dem Efeu hinaufwucherte. Darüber ragte der Palas mit seinen unzähligen Stockwerken auf.

Marlein hätte gern die Burg von innen gesehen, wo doch die mächtigsten Männer des Landes hier ab und an residierten. Doch die Fässer mit dem einfachen Bier, die sie bei sich führten, weckten dort gewiss keine Aufmerksamkeit.

Mit einem Mal kam sich Marlein in ihren grauen Röcken und dem fleckigen Hemd schäbig vor. Das hier war kein Platz, an den sie passte. Gewiss würden die feinen Burgfrauen sie nur mitleidig betrachten. »Warum bietest du dein Bier nicht einfach einem Gastwirt an?«

»Weil ich einen Traum habe«, sagte Linhart leise.

Marlein sah ihn verdattert an. »Und der wäre?«

Sein Blick erhellte sich. »Das Schäffbräu im ganzen Land bekannt zu machen.«

»Weshalb? Das ist doch Jacobs Bier. Du wirst kaum etwas davon haben, wenn du mit mir durch die Lande ziehst.«

Linhart wollte etwas sagen, biss sich aber auf die Unterlippe und wandte den Blick zu Boden. Seine Wangen hatten wieder diese zartrote Farbe angenommen, die an halbreife Walderdbeeren erinnerte.

»Oder willst du damit wiedergutmachen, dass du ihn mit seiner Brauerei allein gelassen hast, um einer Teufelsbuhle zu helfen?«

Linhart ballte die Fäuste. »Nein, Marlein! Und nun sei einfach nur still.« Er wandte sich ab und kletterte auf das Fuhrwerk.

Wortlos stieg sie auf die Ladefläche.

»Was ist denn?«, fragte Alheyt.

»Sie lassen uns nicht in die Burg.«

»Soll ich mal fragen gehen?« Die Alte schälte sich aus der Decke.

»Nein, nicht nötig. Wir können das Bier auch woanders verkaufen.«

Marleins Worte verhallten ungehört im Wind, denn Alheyt stieg bereits über die Planke.

Linhart, der gerade dem Gaul die Gerte auf den Hintern klatschen wollte, hielt inne und wandte sich um. »Was hat sie vor?«

»Um Einlass bitten.«

Er hob die Augenbrauen. »Hoffentlich ist sie hier nicht bekannt.«

»Wie sie gesagt hat, war sie noch nie in Nürnberg.« Marlein sah hinüber zum Tor.

Der Greis, der neben den Wächtern auf dem Boden saß, blickte Alheyt mit zusammengekniffenen Augen an. Und dann ging auf einmal alles ganz schnell. Er rappelte sich auf, stürmte auf Alheyt los und prügelte mit der flachen Hand auf ihren Kopf ein. Die Alte schrie wie eine kalbende Kuh und ließ sich zu Boden fallen. Im nächsten Augenblick stand

Linhart vor dem Greis und zerrte ihn an den Armen zurück. Die Wächter eilten hinzu und hielten Linhart die Lanze unter die Nase. Auch Marlein sprang von dem Wagen.

»Ihr Bier ist vergiftet!«, schrie der Greis.

»Ist es das?« Der Wächter blickte Linhart eindringlich an.

»Natürlich nicht.« Linhart stieß den Greis von sich. »Mein Bier ist rein. Das müsst Ihr mir glauben.«

Marlein half Alheyt auf die Beine. »Das ist wahr. Ich weiß nicht, wie der Alte das behaupten kann.«

»Dieser miese Hund hat doch nicht mehr seinen Kopf beisammen«, greinte Alheyt.

Der Wächter hob die Augenbrauen. »Dittrich wird das wohl nicht ohne Grund behauptet haben.«

»Richtig! Die Alte hat vor Jahren ihr Unwesen in Nürnberg getrieben.« Der Greis spie Alheyt vor die Füße.

»Was redest du da? Ich war noch nie hier.« Großmutter bleckte den letzten verbliebenen Zahn. Marlein hielt sie am Arm zurück, ehe sie auf den Greis losgehen konnte.

»Ach ja? Du und Wölflin seid also noch nie hier gewesen? Willst du das allen Ernstes behaupten? Ich hoffe, irgendeine widerliche Krankheit hat ihn hinweggerafft.«

Ehe der Greis weiterreden konnte, trat der Wächter zwischen sie. Er sah zu Linhart. »Du hast die Wahl, Bursche. Entweder lässt du eine ausgiebige Untersuchung über dich ergehen oder kostest von deinem eigenen Bier.«

Erleichtert stieß Marlein den Atem aus. Auch wenn sie gern erfahren hätte, was der Alte über Wölfin wusste, war sie nur zu froh, so rasch wie möglich diese Stadt verlassen zu können.

»Ich werde Euch beweisen, dass mein Bier rein ist«, sagte

Linhart mit fester Stimme. Er ging zum Fuhrwerk, stieg auf die Ladefläche und schulterte eines der Fässer.

Der Wächter war ihm gefolgt. »Nicht das eine. Du kostest von allen.«

Linhart nickte, nahm von allen Fässern den Deckel ab, tauchte den Humpen in das erste und nahm einen Schluck. So verfuhr er auch bei den anderen Fässern.

Der zweite Wächter kam dazu und kratzte sich am Kinn. »Was, wenn das Gift nur schleichend wirkt?«

Marlein zog Alheyt zu dem Fuhrwerk und stellte sich neben die Wächter. Linhart reichte ihr den Becher, und sie trank in kräftigen Zügen.

»Und was soll das nun?«, fragte der Wächter.

»Glaubt Ihr etwa, ich würde meinem Weib das Bier geben, wenn es vergiftet wäre?«

»Also, mir würde das bei meiner Alten nicht schwerfallen«, sagte der zweite Wächter und schlug sich lachend auf den Schenkel.

Linhart nickte. »Verstehe.« Er wandte sich um und füllte einen zweiten Humpen bis zur Hälfte, den er Katherl an die Lippen setzte. »Trink, Mädchen«, befahl er ihr.

Katherl gehorchte und nahm einen kleinen Schluck.

Als Linhart den Humpen wieder von ihrem Mund nahm, sah Marlein zu den Wächtern. »Glaubt Ihr ihm nun? Oder würdet Ihr auch Euer eigen Fleisch und Blut in die Ewigkeit schicken?«

Die Männer schüttelten im Einklang die Köpfe. »Macht, dass ihr aus der Stadt kommt«, sagte der Ältere von ihnen.

»Nein, halt!«, raunte der andere.

Er erntete den finsteren Blick des Älteren. »Was willst du denn noch?«

»Na, das Bier in die Pegnitz schütten. Das machen wir doch immer so.«

Marlein glaubte sich verhört zu haben. Bis sie neues Bier gebraut hatten, würden Wochen vergehen. Wovon sollten sie dann leben?

Linhart baute sich vor den Männern auf. »Treibt Eure Scherze mit jemand anderem, aber nicht mit mir.« Er kletterte auf den Bock des Fuhrwerks.

»Das war kein Scherz«, sagte der Wächter und richtete die Lanze auf den Gaul, der ein unwirsches Schnauben von sich gab. »Halt die Zügel still, oder ich spieße dein Pferd auf.«

Der andere deutete auf den Fluss, der sich unweit unterhalb der Burg in einen kleinen See ergoss. »Die Fässer vom Wagen.«

Marlein erhob sich und stemmte die Hände in die Hüften. »Wollt Ihr etwa schuld sein, wenn meine Tochter Hunger leiden muss? Die Fässer sind das einzige Gut, das wir mit uns führen.«

»Ihr seid selbst schuld. Was wagt ihr euch auch damit in die Stadt …« Er schüttelte den Kopf.

»Das Bier ist streng nach dem Reinheitsgebot gebraut. Dessen seid versichert. Mein Vater würde Euch den Hals umdrehen, wenn er das hier hören könnte.« Linhart hob die Zügel an.

Die Spitze der Lanze bohrte sich in das Fell des Gauls, der die Augen weitete und mit dem Huf scharrte. Plötzlich traf den Wächter ein Humpen am Kopf. Alheyt keifte Flüche hinterher. Die Lanze fiel zu Boden, und ehe der andere Wächter begriff, was hier vor sich ging, flog ein weiterer Humpen. Zielsicher landete er an der Nase des Mannes, der daraufhin ins Taumeln geriet. Linhart zögerte nicht und trieb den Gaul mit der Gerte an.

Marlein sah verdattert zu Alheyt, die sich freudig die Hände rieb. »Wieder getroffen.«

Neben ihr kicherte Katherl. »Großmutter kann ganz schön weit werfen.«

Das Fuhrwerk setzte sich ruckartig in Bewegung, und der Gaul trabte den Pfad hinab. Marlein warf einen Blick über die Schulter und sah, wie der eine Wächter dem anderen auf die Beine half. Benommen schüttelten sie die Köpfe, kamen dabei ins Schwanken und setzten sich gleichzeitig wieder auf den Boden.

9

Die Wächter waren ihnen nicht gefolgt, und so hatten sie ohne weitere Zwischenfälle Nürnberg verlassen können. Linhart hielt sich auf der Straße, die nach Würzburg führte, wo sie erneut ihr Glück versuchen wollten. Doch der Weg dahin war noch weit und der Hunger in ihren Bäuchen erneut übermächtig.

Dazu kam, dass die karge Kost aus Bier und Baumrinde Alheyts Därme durcheinanderbrachte. Die alte Frau verbrachte viel Zeit hinter den Büschen und verlor dabei ihre Kräfte. Öfter, als ihnen lieb war, mussten sie deshalb längere Pausen einlegen, damit Alheyt sich erholen konnte. Fast sieben Tage war es nun schon her, dass sie Ingolstadt verlassen hatten. Mehr, als Marlein lieb war, denn die Furcht vor Jacob und den Schergen reiste immer noch in ihrem Herzen mit.

Marlein dachte an das Birnbaumhäusle, und Tränen traten in ihre Augen. Nie wieder würde sie nach Ingolstadt zurückkehren können. Das Häuschen mit dem Hof, in dem sie aufgewachsen war und auch Katherl zur Welt gebracht hatte, würde nur noch in ihrer Erinnerung bestehen. Aber war sie nicht überall daheim, wenn nur Katherl bei ihr war? Die Liebe zu ihrem Kind festigte ihren Mut. Sie drückte Katherl an sich und küsste das Haar des Mädchens.

»Bist du traurig?«, fragte die Kleine.

»Wozu sollte sie?«, greinte Alheyt. »Sieh, die Sonne scheint. Dies ist kein Tag, um traurig zu sein.«

»Die Sonne kann aber nicht unseren Hunger stillen.« Marlein legte die Hand auf ihren Bauch, in dem das Loch immer größer wurde.

Die Alte hob den Finger. »Sieh, die Vögel unter dem Himmelszelt: Sie säen und ernten nicht. Dennoch werden sie satt.«

»Ja, von Würmern«, entgegnete Marlein unwirsch. Wie es schien, hatte Alheyt ihre Beschwerden der letzten Tage schon wieder vergessen.

Katherl kicherte. »Würmer schmecken ganz gut. Hab schon mal so einen dicken gegessen, der aus der Erde gekrochen war.«

Angewidert verzog Marlein das Gesicht. »Einen Regenwurm etwa? Aber Kind, weshalb das denn?«

»Der dicke Hans hat gemeint, wenn ich keine Würmer esse, spielt er nicht mit mir.«

»Na, der kann froh sein, dass er mir nicht mehr über den Weg läuft. Das ist ja furchtbar«, sagte Marlein.

Alheyt winkte ab. »Ach, nun hab dich nicht so. Du hast als Kind auch die eine oder andere Hand Dreck gegessen. Einmal musste ich dich sogar aus dem Misthaufen holen.«

Daran konnte sich Marlein beim besten Willen nicht erinnern. Gewiss war dies wieder eine von Alheyts Spinnereien.

Katherl blickte traurig in die Ferne. »Kehren wir nie wieder heim?«

»Erst einmal nicht. Aber das ist nicht schlimm, weißt du. Bald finden wir ein neues Birnbaumhäusle, in dem wir wohnen können.« Aufmunternd drückte Marlein die Hand ihrer Tochter.

»Aber meine Puppe ist noch dort.«

»Du bekommst eine neue, das verspreche ich dir.«

Alheyt schnaufte wie ein alter Ochse. »Eine? Viele, viele Puppen bekommst du. Wart nur ab.« Sie grinste breit. »Und ein schönes Bettchen, in dem du schlafen kannst.«

»Wo denn?« Katherl bekam große Augen.

»Da, wo der Wölflin auf uns wartet. Er hat ein riesengroßes Haus aus Stein mit vielen Kammern. Fast ein Schloss.«

»Ist Wölflin ein König?«

»Ja, mein König.« Alheyt strich dem Mädchen versonnen über das Haar.

»Dann werde ich bald eine Prinzessin sein.«

Die Vorstellung ließ Marlein lächeln. Sie schob Katherl zu Alheyt. »Großmutter wird dir gewiss noch viele schöne Sachen erzählen. Da kann ich mich ein wenig zu Linhart setzen.« Sie sehnte sich nach einem Gespräch mit ihm, nach einem Wort der Hoffnung, das ihr in Aussicht stellte, so etwas wie eine neue Heimat finden zu können.

»Wie geht es dir?«, fragte Linhart.

»Hungrig bin ich.«

»Ich weiß, Marlein.« Er richtete den Blick wieder auf die ausgetretene Straße, der er folgte. Zu beiden Seiten überzog ein sattes Grün die Felder. Hier und da waren Baumgruppen zu sehen, in denen Gehöfte lagen.

Linhart presste die Lippen aufeinander. Er deutete mit einem Kopfnicken auf eine dünne Rauchsäule. »Siehst du die Mühle dort drüben? Ich werde versuchen, eines der Fässer in Brot und Speck umzutauschen.«

Marlein lehnte den Kopf an seinen Oberarm und spürte die Wärme, die durch den dünnen Hemdstoff an ihre Wange drang. Er verspannte sich, und als sie seinen tiefen Atem bemerkte, richtete sie den Kopf wieder auf. »Meinst du, der Müller würde uns etwas Schrot abgeben?«

»Ich werde ihn fragen.«

»Es muss keine Gerste sein. Ein anderes Korn nehme ich auch. Hauptsache, ich kann wieder Bier brauen.«

Linhart lächelte mit schmalen Lippen. »Zum Teufel mit dem Reinheitsgebot. Bisher hat es uns nichts als Unheil gebracht.«

»O ja, das stimmt.« Marlein lehnte sich erneut an seinen Arm. Seine Wärme zu spüren gab ihr mehr Mut als jeder hoffnungsvolle Gedanke.

Als sie sich der Mühle näherten, reckte Alheyt den Kopf über die Planken. »Was wollen wir denn hier?«

»Vielleicht kauft der Müller Linhart ein Fass Bier ab«, sagte Marlein.

Alheyt rieb sich über die Nase. »Ich glaube, die Gegend hier kenne ich. Wo sind wir?«

»Nein, bitte nicht.« Linhart stöhnte auf und zog die Zügel an. Er sah nach hinten. »Dann wartet ihr hier in sicherer Entfernung.« Zischend sog er den Atem ein. »Alheyt, ich bitte dich inbrünstig, rühr dich nicht von der Stelle, bis ich wieder zurück bin.« Erneut wandte er sich an Marlein. »Halte sie bitte im Auge.«

Marlein nickte. »Warte einen Augenblick.« Sie wandte den Blick zur Ladefläche.

»Musst du mal, Großmutter?«

»Ich? Nö.«

»Du, Katherl?«, fragte Marlein.

»Ein wenig schon, glaube ich.«

»Dann komm.«

Linhart wartete, bis sie wieder hinter dem Busch hervortraten und auf die Ladefläche kletterten.

»Nun kannst du gehen.« Marlein drückte ihm die Schulter. »Bring uns was Gutes mit, hörst du?«

»Muss ich wohl.« Er grinste. »Ansonsten brauche ich mich bei euch nicht mehr blicken zu lassen, oder?«

Nun musste Marlein lachen. »Du bist verrückt, Linhart.«

Er grinste noch breiter. »Ich werde auf Knien vor dem Müller rutschen. Mich in seine Beinkleider krallen und nicht mehr loslassen, bis er mir zum Tausch gegen das Bier ein gutes Stück Speck gibt.«

Alheyt prustete verächtlich. »Hau ihm doch einfach eine runter. So behältst du wenigstens deinen Stolz.«

»Oder so.« Linhart schulterte das Fässchen. »Auf jeden Fall rührt ihr euch nicht von hier fort. Das müsst ihr mir versprechen.«

Als Linhart das Fass zur Mühle trug, spürte er immer noch das Kribbeln in seinem Oberarm, an der Stelle, wo Marleins Wange gelegen hatte. Der Drang, den Arm um ihre Schulter zu legen, war übermächtig gewesen.

Um sich von seinen Gedanken abzubringen, pfiff er eine fröhliche Melodie. Neben dem Weg rauschte der Bach an ihm vorbei hin zu dem großen Rad, das von seiner Kraft angetrieben wurde. Als Linhart vor der Mühle stand, nahm er das Fässchen von seiner Schulter, stellte es auf den Boden und klopfte an.

Der Müller öffnete die Tür und bedachte Linhart mit einem finsteren Blick.

»Was willst du?«, knurrte er. Er war hochgewachsen, hager und trug einen grauen Haarkranz.

Linhart spürte ob der Mühlsteine, die ihre Arbeit verrichteten, den Boden unter seinen Füßen zittern. Der Duft von Korn wehte ihm entgegen, und sein Magen gab ein Knurren von sich.

»Gott zum Gruße«, sagte Linhart. »Ich vertreibe das Bier meines Vaters, das streng nach dem Reinheitsgebot gebraut wurde. Möchtest du es kosten?«

Der Müller blickte zu dem Fässchen. »Was versprichst du dir davon? Glaubst du, ich nehme dir das Bier in rohen Mengen ab?«

»Nein, guter Mann. Ich beabsichtige lediglich, das Schäffbräu im ganzen Land bekannt zu machen. Es reicht mir schon, wenn du die Reinheit bei den anderen Leuten lobst, ihnen vielleicht die Zungen lang machst.«

Der finstere Blick des Müllers erhellte sich ein wenig. »Schäffbräu? Woher?«

Linhart dachte einen Augenblick darüber nach, ob er seine Herkunft wirklich preisgeben sollte. Aber sie würden ja tatsächlich längst über alle Berge sein, wenn die Rede von dem reisenden Sohn bis nach Ingolstadt gelangte.

»Aus Ingolstadt, wo auch das Reinheitsgebot erlassen wurde. Du hast doch davon gehört?«

Der Mann kratzte sich die kahle Stelle über der Stirn. »Nein, hab ich nicht. Muss mich als Müller ja auch nicht interessieren.«

»Das Bier hier ist nur mit Gerste, Hopfen und Wasser gebraut. Keine Grut und keine Rauschmittel sind darin enthalten.«

Der Müller verzog das Gesicht. »Es hat keine berauschende Wirkung? Dann will ich es nicht.« Er zuckte mit den Schultern und wandte sich ab.

»Warte!«, rief Linhart. »Das ist so nicht ganz richtig. Auch das reine Bier hat eine beruhigende Wirkung, die oft das Herz leicht und den Sinn fröhlich macht. Das liegt am Hopfen, musst du wissen. Dieser bringt dich jedoch nicht um, wie das Bilsenkraut oder die Tollkirsche. Und wenn du denkst, es sei kostspielig, irrst du dich. Ich gebe dir das Fass hier für drei Pfennige, zwei Laibe Brot und ein Stück Speck. Was sagst du dazu?« Er holte Luft.

»Na, besonders günstig ist das aber nicht. Ich gebe dir zwei Pfennige. Aber nur, wenn ich es vorher kosten darf.«

»Natürlich darfst du das. Mit zwei Pfennigen bin ich einverstanden. Aber das Brot und den Speck gibst du dazu.«

Der Müller hielt die Tür weit auf. »Komm rein, guter Mann.« Er schlurfte zu dem Wohnraum der Mühle, in dem wohl auch gekocht wurde, und nahm einen Krug vom Regal.

Linhart zog den Deckel von dem Fass und füllte den Humpen.

Gemächlich setzte der Mann sich an den kleinen Tisch und nippte in kleinen Schlucken.

Linhart wurde immer ungeduldiger. Es bereitete ihm Unbehagen, die Frauen so lange allein auf dem Wagen zu lassen. Alheyt war nicht zu trauen, und festzuhalten erst recht nicht. Der Müller nahm einen weiteren Schluck und sah versonnen in den Humpen.

»Wie ich sehe, mundet es dir.« Linhart trat von einem Fuß auf den anderen.

»Doch, ja. Es schmeckt sehr wohl.«

»Dann kommen wir ins Geschäft?«

»Sicher.« Endlich erhob sich der Müller.

Linhart sah zu, wie er aus einem kleinen Lederbeutel zwei Pfennige nahm. Anschließend schlurfte er zur Vorratskammer und verschwand darin. Linhart glaubte, die Ewigkeit könnte nicht länger dauern als die Zeit, die der Müller fort war. Seine Gedanken begaben sich auf die Reise nach Ingolstadt. Ob es Gundi gutging? Er vermisste die Schwester ein wenig, aber Marleins Nähe wog dies tausendfach auf.

Endlich hörte er die Schritte des Müllers, der aus der Vorratskammer kam. Er hatte sich zwei Brotlaibe unter den Arm geklemmt, und in der Hand hielt er ein ordentliches Stück Speck. In diesem Augenblick fiel Linhart das Malzschrot wieder ein. Er fragte den Müller danach, doch dieser schüttelte nur den Kopf.

»So etwas stelle ich nicht her. Dafür haben wir unseren Mälzer unten im Dorf. Einen Sack Gerste, ja, den kannst du haben.«

Linhart wägte ab. Für die zwei Pfennige konnte er das Schrot beim Mälzer bekommen. Jedoch blieb ihnen dann nichts mehr. Also stimmte er zu und kaufte dem Müller ein kleines Säckchen Gerste für einen Pfennig ab.

Kurz darauf verließ er mit sich selbst zufrieden die Mühle und kehrte zum Fuhrwerk zurück. Sicher, es dauerte noch etwas, bis die Gerste als Braumalz gemahlen werden konnte. Aber wenn er im Augenblick eines im Überfluss hatte, dann war dies Zeit. Ein Lied vom Lenzen kam ihm in den Sinn, und er pfiff die Melodie. Marlein blickte ihm bereits entgegen, und er glaubte, ein Strahlen in ihren Augen zu sehen.

Sie erhob sich von der Ladefläche und streckte die Arme aus, um die Köstlichkeiten entgegenzunehmen. »Diesmal war uns das Glück wohl hold.«

»Das vielleicht auch, aber ich wusste schon, wie ich dem Müller das Bier schmackhaft machen konnte.«

»Ja, das glaube ich.« Marlein sog tief den Duft ein, den der Speck verströmte. Sie band sich ihr Messer vom Gürtel und schnitt den Speck in vier Stücke, wobei eins größer als die anderen war. Anschließend brach sie das Brot und teilte es unter ihnen auf.

Linhart nahm das Brot und den Speck entgegen. Dabei berührten seinen Finger wie zufällig die ihren. Zum ersten Mal sah er sie verschämt den Blick abwenden. Sogar eine zarte Röte färbte ihre Wangen. Vor Freude hüpfte ihm das Herz in der Brust.

Noch nie hatte er mit so viel Appetit gegessen. Alle waren sie vergnügt, sogar Alheyt, die ihren Hunger kaum erwähnt hatte. Die Alte war wirklich zäh, wie er festgestellt hatte.

»Schmeckt gut«, sagte Katherl und knabberte an dem Kanten Brot.

Marlein strich dem Kind über den Kopf, wobei sich ein versonnenes Lächeln auf ihre Lippen legte. Sie so zu sehen, war für Linhart das größte Geschenk.

Sie deutete auf das Säckchen. »Was ist darin?«

Linhart griff danach und hielt es wie eine Trophäe hoch. »Gerste. Wenn du möchtest, können wir sie gleich ansetzen.«

Marlein seufzte. »Dann wird es wohl noch einige Tage länger dauern, bis ich wieder mein gebrautes Bier anbieten kann.«

Da musste Linhart ihr recht geben. Allein das Grünmalz benötigte acht Tage, bis es gedarrt werden konnte. Hätte er vor seiner Flucht doch bloß mehr von Vaters Fässern aufgeladen! Doch es war nicht mehr zu ändern, also musste er das

Beste daraus machen. Außerdem hatte er bewiesen, dass er einen Hasen fangen konnte. Warum nicht auch ein Wildschwein? Davon würden sie eine ganze Weile satt werden.

»Wir kommen schon über die Zeit, keine Sorge.« Seine Stimme klang belegt, da er wusste, dass Marlein das Heft nur zu gern selbst in der Hand hielt. Er schenkte ihr ein gequältes Lächeln und stieg auf den Bock des Fuhrwerks.

Als die Schatten der Bäume länger wurden, fielen der kleinen Katherl endlich die Augen zu. Marlein hatte die ganze Zeit erwogen, sich neben Linhart zu setzen, um mit ihm zu besprechen, wie es nun weitergehen sollte. Katherl hatte sich jedoch an sie gedrückt und wich ihr nicht von der Seite. Marlein hatte es nicht übers Herz gebracht, das Mädchen von sich zu stoßen, und ihr still über das Haar gestreichelt, bis es nun endlich schlief.

Leise kletterte Marlein zu Linhart. »Wohin führt uns der Weg?«

»Die nächstgelegene Stadt ist endlich Würzburg. Aber ich halte es nicht für klug, dort die Mauer zu passieren.«

»Wegen Alheyt?«

»Ja, wer weiß, ob sie da nicht auch bekannt ist.«

Marlein nickte. »Gut möglich. Sie selbst erinnert sich ja leider nicht, wo sie damals überall ihr Unwesen getrieben hat. Vielleicht suchst du besser ein kleines Gut außerhalb der Stadt auf, um dein Bier feilzubieten.«

Linhart warf einen Blick über seine Schulter. »Ich denke, die Fässer halten wir erst einmal für uns. Sie nähren uns wohl in der kargen Zeit.«

»Aber das Bier hält nicht so lange vor wie ein Stück Brot, Käse oder Speck.«

»Lass die nächste Zeit doch einfach auf dich zukommen. Bisher haben wir doch auch alles überstanden.« Linhart lenkte den Wagen von der Straße ab und folgte einem Feldweg, der an einem Waldstück vorbeiführte.

»Willst du hier übernachten?«, fragte Marlein.

»Richtig.« Er presste die Lippen aufeinander. Seine Finger hielten fest die Zügel umfasst, bis die Knöchel weiß hervortraten.

»Aber der Tag neigt sich noch nicht dem Ende zu. Wir könnten noch ein gutes Stück weiterreisen.« Marlein fragte sich, was Linhart vorhatte. Wollte er sie etwa loswerden, weil sie zur Last geworden waren? Sie betrachtete ihn von der Seite, studierte seine weichen Gesichtszüge, die von so viel Sanftmut zeugten. Nein, sie konnte nicht glauben, dass er ihnen etwas Böses antun wollte.

Linhart schien darüber nachzudenken, was sie gesagt hatte, und schüttelte den Kopf. »Ich denke, eine Rast ist ganz gut. Siehst du den Verschlag dort drüben? Der kommt wie gerufen.« Er zeigte mit dem Finger auf eine verfallene Hütte, die hinter blühenden Himbeerbüschen zum Vorschein kam. Die Tür hing windschief in den Angeln, und das mit Stroh gedeckte Dach war zur Hälfte eingefallen. Efeu rankte wie Unkraut an den Holzplanken hinauf. Lediglich ein Fenster war frei geblieben.

Marlein schauderte es. »Vielleicht wohnt darin noch jemand. Ein Kräuterweib oder gar ein Wilderer.« Sie rieb sich über die Arme.

Der Wagen kam zum Stehen, und Linhart sprang hinab. »Ich sehe nach, ob die Hütte unbewohnt ist. Wartet hier.«

»Sei vorsichtig«, rief Marlein Linhart hinterher.

Er schlug sich durch die Himbeerbüsche, zog die Tür ein

wenig weiter auf und verschwand in der Hütte. Marlein kam es wie eine kleine Ewigkeit vor, bis er wieder heraustrat. Lachend winkte er ihnen zu und deutete an, dass sie zu ihm kommen sollten. Sie weckte Katherl und kletterte vom Wagen. Ihre Tochter versteckte sich ängstlich hinter Marleins Röcken, und Alheyt knurrte unwirsch.

»Was hast du?«, fragte Marlein die Alte.

»Sag bloß, wir sollen die Nacht in diesem stinkigen Verschlag verbringen!«

»Dort haben wir wenigstens ein Dach über dem Kopf. Na ja, ein halbes zumindest. Woher willst du überhaupt wissen, ob es darin stinkt?«

»Ich kenne die Hütte. Eine alte Metze bewohnt sie. Ihr Name ist mir leider entfallen. Aber sie ist ein widerliches Weibsbild mit faulen Zahnstumpen und schlohweißem Haar. Ihre Ziege hat übrigens nur drei Beine und gibt saure Milch.«

Marlein zog eine Augenbraue in die Höhe. »So? Wann warst du denn hier?«

»Na, mit Wölflin. Aber warte nur ab, du wirst schon sehen, dass ich recht habe.«

»Großmutter, wenn du mit Wölflin hier warst, ist das mehr als eine Ewigkeit her. Da kann die Alte gar nicht mehr leben.«

Die Runzeln auf Alheyts Stirn vertieften sich. »Das ist aber keine Ewigkeit her. Im Gegenteil, vor kurzer Zeit ist es gewesen. Ich glaube, im Winter.«

»Den ganzen letzten Winter hast du neben dem Ofen gesessen, weil deine Knochen die Kälte nicht mehr vertragen. Ganz sicher bringst du da etwas durcheinander.«

»Nun kommt doch endlich herüber!«, rief Linhart ihnen von der Hütte aus zu.

Alheyt grub ihren letzten verbliebenen Zahn in die Unterlippe. »Du wirst schon sehen.«

»Ich hab Angst, Mutter.« Katherl krallte die Hände in Marleins Röcke. Tränen sammelten sich in ihren Augen.

»Brauchst du nicht. Ich passe auf dich auf.« Marlein ging in die Knie und drückte die Kleine an sich. »Und Linhart ist ein starker Mann. Das weißt du doch«, fügte sie hinzu.

Katherl zog die Nase hoch. »Er hat mich aus dem Turm geholt.« Tapfer setzte sie einen Fuß vor den anderen. »Was ist eine Metze?«, fragte sie.

Marlein biss sich auf die Zunge und feilte in Gedanken an einer Antwort. »Eine Frau, die es mit dem Anstand nicht so ernst nimmt.«

»Ein verlottertes Weibsbild, eine Hure«, keifte Alheyt.

»Es ist gut, Großmutter!« Marlein zog Katherl an der Hand zu den Büschen.

Linhart trat die langen Zweige zu Boden, damit sie ungehindert zu der Hütte gelangen konnten.

»Eine Dirne, eine Ehebrecherin, ein Freudenmädchen, eine Buhle«, spie Alheyt hinter ihnen aus.

»Wen meint sie?«, fragte Linhart.

»Niemanden. Ist die Hütte unbewohnt?« Marlein spähte an ihm vorbei in das Innere. Der Wind frischte auf und riss die Tür endgültig aus den Angeln. Laut krachend schlug sie auf den Boden. Marlein klopfte das Herz bis zum Hals.

Katherl machte große Augen. »Das war bestimmt die Metze.« Mit einem Satz hing sie an Linharts Beinkleidern.

»Das war nur der Wind. Vor dem brauchst du dich nicht zu fürchten«, sagte er und hob sie auf den Arm. »Die Hütte muss seit Jahren schon unbewohnt sein. Darin gibt es nichts als die Reste einer Feuerstelle.«

Marlein blickte zu Alheyt. »Siehst du?«

Abermals gab die Alte ein Knurren von sich. »Habe ich je etwas anderes behauptet?«

Marlein krempelte die Ärmel hoch. »Sammeln wir erst einmal Brennholz, solange es noch hell ist.«

»Dann gehe ich in den Wald. Vielleicht hab ich Glück und kann uns ein Abendmahl jagen.« Linhart tastete nach der Steinschleuder an seinem Gürtel.

Nachdem er im Gehölz verschwunden war, sammelten die Frauen Reisig und trugen es in die Hütte. Dann hob Marlein die Braukessel vom Wagen und suchte den Bach, den sie ganz in der Nähe zwischen Ginstersträuchern vor sich hin gurgeln hörte. Kurze Zeit später weichte sie schon die Gerste in dem Wasser ein. Katherl wich ihr nicht von der Seite.

Als die Gerste angesetzt war, sammelte Marlein einige Zweige, mit denen sie die Hütte ausfegte. Allmählich setzte die Dämmerung ein, und sie sah besorgt zum Waldrand. Linhart müsste bald zurückkehren, wenn er nicht von der Dunkelheit überrascht werden wollte.

Mit müden Schritten schlurfte Alheyt zu ihr. »Wo bleibt er denn?«, fragte die Alte.

»Ich weiß es nicht.« Mittlerweile verspürte Marlein ein rechtes Unbehagen.

»Wilderer sind hier nicht gern gesehen. Wahrscheinlich haben die Schergen ihn geschnappt«, sagte Alheyt.

»Die Gegend ist doch gottverlassen. Glaubst du wirklich, hier suchen sie nach Wilderern?«

»Dann ist er vielleicht von einem Wolf angefallen worden.«

Marleins Herz zog sich vor Angst zusammen. »Nun male nicht den Teufel an die Wand.« In der Hütte war es mittlerweile finster geworden, und Marlein schürte das Feuer unter dem verfallenen Dach. »Sicher ist er noch auf der Suche nach Jagdwild.«

»Im Dunkeln wird er wohl kaum fündig werden.« Alheyt starrte in die Flammen, die ein wenig die Kälte in der Hütte vertrieben. »Wenn Wölflin kommt, kann er nach ihm suchen.«

»Nun hör doch mal mit diesem Wölflin auf!« Marlein warf den Ast, mit dem sie das Feuer geschürt hatte, in die Flammen. »Ich gehe Linhart suchen.«

Katherl zupfte an ihren Röcken und sah sie mit geweiteten Augen an. »Du musst hierbleiben und mich vor der Metze beschützen!«

Marlein warf Alheyt einen bösen Blick zu. »Da hast du dem Kind ja schöne Flöhe ins Ohr gesetzt.«

»Flöhe?« Die Alte hob die weißen Augenbrauen.

Unmittelbar puhlte Katherl mit dem Finger in ihrem Ohr. »Da sind keine Flöhe drin.«

Marlein überlegte, ob sie Katherl mitnehmen oder bei Alheyt lassen sollte.

»Geh nicht, Mutter.« Das Mädchen riss abermals an ihren Röcken.

Wenn sie Katherl mitnahm, würde Alheyt in der Zwischenzeit bestimmt Dummheiten machen, vielleicht sogar fortlaufen. Ratlos sah sich Marlein in der Hütte um. »Wir gehen gemeinsam in den Wald, um Linhart zu suchen.«

»Wozu soll das gut sein?«, fragte Alheyt.

»Er könnte sich verletzt haben.«

»Oder das Weite gesucht haben.« Die Alte machte keine Anstalten, sich zu erheben.

»Dann hätte er gewiss das Fuhrwerk mitgenommen. Außerdem traue ich das Linhart nicht zu.«

Alheyt schüttelte heftig den Kopf. »Ohne Fackel sehen wir im Wald die Hand vor Augen nicht. Wir werden uns verirren.«

Katherl begann wieder zu weinen. »Nicht in den Wald gehen!« Sie schluchzte laut.

Marlein kniete sich vor sie und umfasste ihre Schultern. »Es könnte doch sein, dass Linhart unsere Hilfe braucht. So, wie wir seine Hilfe gebraucht haben. Er hat auch nicht gezögert, dich aus dem Turm zu befreien.«

Die Lippen des Mädchens bebten. »Aber er ist stark und wir nicht.«

»Doch, mein Schatz. Das sind wir!«

Alheyt verschränkte die Arme vor der Brust. »Also, ich gehe nicht in den Wald. Bin doch nicht verrückt.«

»Bitte, Alheyt«, flehte Marlein. »Ich will dich nicht alleine in der Hütte lassen.«

»Hast du etwa Angst, die Metze könnte mich holen?«

»Nein, aber du könntest Dummheiten machen.«

Die Alte riss die Augen auf. »Ich? Wie kommst du denn darauf?«

»Dann bleib halt hier.« Resigniert winkte Marlein ab, nahm Katherls Hand und verließ mit dem Mädchen die Hütte. Es blieb ihr nicht viel Zeit, da der Abend bald tintenschwarz sein würde. Katherl weinte, und Marlein hob sie auf ihre Arme. »Ruhig, mein Kind. Wir wollen doch nicht die schlafenden Tiere wecken, oder?«

Katherl zog die Nase hoch und schüttelte tapfer den Kopf. Äste knackten unter ihren Sohlen, ein Käuzchen schrie, und zwischen den Bäumen legte sich die Feuchtigkeit der Nacht auf Moos und Büsche. Marlein schlug das Herz bis zum Hals, als sie tiefer in den Wald drang. Von Linhart fehlte jede Spur.

Sie rief nach ihm, doch es blieb still. Nur hier und da war ein Rascheln zu hören. Dazu wurde ihr Katherl auf dem Arm immer schwerer. Es war besser, die Suche abzubrechen, bevor sie den Weg zurück nicht mehr fand.

»Gehen wir zur Hütte?«, fragte Katherl.

Als Marlein zur Antwort nickte, atmete das Mädchen erleichtert auf.

Das Feuer in der Hütte war erloschen. Marlein rief nach Alheyt, doch es blieb still. Sie schürte erneut ein Feuer und musste feststellen, dass sich ihre Befürchtungen bewahrheitet hatten, denn die Alte war nicht mehr da. Marlein rannte nach draußen und kam gerade noch rechtzeitig dazu, wie Alheyt dem Pferd das Geschirr anlegte.

»Was machst du da?«, schrie Marlein und riss ihr das Zaumzeug aus den Händen.

Die Alte wischte sich mit dem Ärmel über die Wangen. »Ich will heim zu Wölflin.«

»Wölflin ist tot!«, schleuderte Marlein ihr ins Gesicht. Sie war mit den Kräften am Ende und hätte am liebsten Rotz und Wasser geheult.

»Was sagst du da?« Alheyt glotzte sie an.

»Nichts. Es tut mir leid. Nun komm, und lass uns in die Hütte gehen. Du kannst nicht mitten in der Nacht aufbrechen.«

»Nee, Wölflin ist nicht tot.« Die Alte folgte ihr brav in den Verschlag. »Hast du Linhart gefunden?« Anscheinend kehrte ihr Verstand zurück.

»Nein, habe ich nicht, sonst wäre er ja bei mir«, antwortete Marlein immer noch gereizt. Die Bilder, wie Linhart verletzt im Wald liegen könnte, wollten ihr nicht aus dem Sinn gehen. Verzweifelt knetete sie die Hände.

Katherl gähnte herzhaft, und als sich Alheyt mit den Decken auf den Boden legte, gesellte sie sich zu ihr. Keine drei Lidschläge später fiel das Mädchen in den Schlaf, und auch Großmutter schloss die Augen. Marlein überlegte, ob sie noch einmal in den Wald gehen sollte. Doch ohne eine Fackel war dies sinnlos. Sie setzte sich auf den Boden, lehnte den Rücken an die Holzplanken und wartete auf den nächsten Tag. Die Stunden schienen ihr wie eine Ewigkeit, und die dunklen Gedanken quälten sie unermüdlich.

Als endlich der Morgen graute, erhob sie sich und streckte den schmerzenden Rücken. Leise verließ sie die Hütte und trat ins Freie. Der Himmel war wolkenverhangen, und die Baumwipfel bogen sich im Wind. Fröstelnd strich sich Marlein über die Arme und ging in den Wald, um erneut nach Linhart zu suchen. Die ersten Vögel erhoben ihre Stimmen. Alles um sie herum wirkte friedlich, aber die Sorge hatte sich tief in ihr Herz gegraben. Mittlerweile war ihre Kehle wie ausgedörrt.

Sie lief tiefer in den Wald, stolperte über hinabgefallene Äste und verirrte sich bald darauf, da ihr die Sonne zur Orientierung fehlte. Ihr Herzschlag raste. Sie ging den Weg zurück, den sie gekommen war, so glaubte sie es zumindest, bis sie einen Bach erreichte. Rasch schöpfte sie mit den Händen Wasser und schluckte es gierig. Kurz darauf schrie sie verzweifelt nach Linhart, doch bis auf die Vogelstimmen blieb es weiterhin still. Zitternd sank Marlein auf die Knie. Tränen brannten in ihren Augen und rannen ihr über die Wangen. Sie musste zurück zu Katherl und Alheyt! Gewiss waren die beiden bereits erwacht. Das Mädchen würde zu Tode erschrocken sein, wenn sie nicht da war. Erneut schrie Marlein nach Linhart. Im nächsten Moment lösten sich erste Tropfen aus den Wolken und trafen ihr Gesicht. Marlein lief weiter und versuchte sich an dem Moos der Bäume zu orientieren. Leider wusste sie nicht einmal, in welcher Himmelsrichtung sich die Hütte befand, da sie so planlos losgelaufen war. Sie überlegte, wo gestern Abend die Sonne gestanden hatte, als sie die Hütte erreicht hatten. Es wollte ihr jedoch nicht mehr einfallen.

Plötzlich stieg ihr der Geruch von Feuer in die Nase. Sie drehte sich im Kreis und versuchte die Richtung auszumachen, aus der er kam. Das musste Linhart sein, der versuchte, damit auf sich aufmerksam zu machen. Der Regen wurde stärker und wusch die Luft vom Geruch des Feuers rein. Aber Marlein hatte mittlerweile erkannt, woher der Rauch gekommen war. Sie schlug sich durch das Unterholz, ihre Röcke zerrissen an den Dornen der Brombeerbüsche, und sie verbrannte sich die Waden an den Nesseln. Da sah sie endlich eine dünne Rauchfahne zwischen den Bäumen. Sie rannte zu der Stelle und fand Linhart. Er lag neben der erloschenen Feuerstelle. Sein Hemd war am Rücken mit Blut getränkt. Marlein rüttelte sanft an seiner Schulter, bis er die Augen aufschlug.

»Was ist geschehen?«, fragte sie bang und zugleich erleichtert, ihn gefunden zu haben.

»Eine Wildsau hat mich angegriffen.« Linhart keuchte.

Marlein sah, dass auch seine Hosenbeine zerrissen und blutig waren. »So ein Mistviech!«

»Ich kann nicht aufstehen. Sie hat mir das Fleisch von den Knochen gerissen.«

Marlein kniete sich neben ihn und strich ihm über die Schulter. »Wie soll ich dich bloß von hier fortbekommen?«

»Allein schaffst du das nicht. Du musst Hilfe holen.«

»Ich habe die Orientierung verloren und finde nicht mehr aus dem Wald.« Der Regen wurde stärker. Marlein fing ihn mit den hohlen Handflächen auf und gab ihn Linhart zu trinken. »Alheyt und Katherl haben noch geschlafen, als ich aufgebrochen bin.«

»Ich habe eine Fährte gelegt und an jedem zweiten Baum einen Ast abgebrochen.« Er verzog das Gesicht und keuchte auf.

»Lass mich erst die Blutungen stillen.« Marlein riss einen Streifen von ihrem Rocksaum. Sie rollte Linharts rechtes Hosenbein auf und schluckte gegen die Übelkeit, die sie augenblicklich überfiel. Die Fleischwunde war tief und blutete. Sie presste das Linnen darauf und riss ein weiteres Stück Stoff aus ihren Röcken, womit sie ihm das Bein verband. Dann schob sie das andere Hosenbein hoch. Und entdeckte, dass unter dem Knie ebenfalls eine Wunde klaffte. Linhart musste Unmengen an Blut verloren haben. Sie stieß einen Fluch aus und besah sich seinen Rücken. Auch hier lief das Blut aus den Bisswunden, die ihm die Sau zugefügt hatte.

»Ich dachte, das Vieh frisst mich auf.« Er stöhnte und sog zischend den Atem durch die Zähne.

Marlein verband ihm notdürftig die anderen Wunden und erhob sich von den Knien. »An jedem zweiten Baum, sagtest du?«

»Ja, bevor ich die Flucht ergriffen habe. Aber weit bin ich nicht gekommen, nachdem die Sau zum Angriff angesetzt hatte.« Er zeigte mit dem Finger auf eine knorrige Eiche. »Dort drüben musst du hergehen.«

Marlein strich ihm zum Abschied über die Wange und folgte dem Fingerzeig. Bald darauf fand sie die abgebrochenen Äste, die ihr den Weg aus dem Wald zeigten. Wie sie feststellen musste, hatte sich Linhart gar nicht so weit von ihnen entfernt. Sie hatte am Abend zuvor nur in der falschen Richtung nach ihm gesucht.

Marlein eilte zur Hütte, wo sie Katherl in Tränen aufgelöst vorfand. Auch die Alte schluchzte erbärmlich. Marlein drückte beide fest an sich und erzählte ihnen von Linhart.

»Bleibt, wo ihr seid. Ich hole Hilfe.« Sie verließ die Hütte und eilte zu dem Gaul. Mühsam kletterte sie auf seinen Rücken, krallte die Hände in die Mähne und drückte dem Tier die Fersen in den Bauch, wie es Vater ihr damals gezeigt hatte. Der Regen peitschte ihr ins Gesicht und durchweichte ihre Röcke. Sie versuchte, die Kälte in ihren Knochen zu ignorieren und die Orientierung zu behalten. Ununterbrochen drehten sich ihre Gedanken um Linhart.

Endlich sah sie in der Ferne ein Gehöft und preschte im Galopp darauf zu. Bald darauf stand sie vor der Tür des Wohnhauses, die ziemlich windschief, jedoch verschlossen war. Heftig klopfte Marlein gegen das Holz, bis sie drinnen endlich Schritte hörte. Als sich die Tür quietschend öffnete, blickte sie in das von Falten durchzogene Gesicht eines Greises.

»Ist der Bauer da? Ich brauche unbedingt seine Hilfe.«

Der Alte schüttelte den Kopf. Seine Augen füllten sich mit Tränen. »Ist gestern gestorben. Du störst uns bei der Totenwache.«

Marlein zog sich der Bauch zusammen. »Verzeiht. Gott sei mit seiner Seele«, sagte sie und ging zurück zu ihrem Pferd. Als sie wieder aufgestiegen war, blickte sie sich um. Doch es gab wohl weit und breit kein weiteres Haus. Tränen der Hilflosigkeit liefen ihr über die Wangen und vermischten sich mit dem Regen, der wie Nadeln in ihr Gesicht stach. Der Herr konnte doch nicht zulassen, dass solch ein selbstloser Mensch wie Linhart starb!

Plötzlich sah Marlein zwei Gestalten, die ihre Esel zu einer Baumgruppe führten, wohl um Schutz vor dem Niederschlag zu suchen. Bei näherem Hinsehen erkannte sie, dass es zwei Mönche waren. Marlein trieb den Gaul an und ritt auf sie zu. Verdutzt sahen die beiden zu ihr auf. Auch ihre Gewänder waren vom Regen durchweicht. Der beleibtere Mönch blickte sie jedoch aus freundlichen braunen Augen unter der Kapuze an. Auch sein Mitbruder hatte bereits ein fortgeschrittenes Alter erreicht. Marlein stieg ab und begrüßte sie mit einem leichten Knicks.

»Ehrwürdige Brüder, ich brauche Hilfe. Mein Gemahl liegt schwer verwundet im Wald, und ich kann ihn nicht von der Stelle bewegen. Er hat viel Blut verloren, und ich befürchte, er wird die nächste Nacht nicht überleben, wenn er nicht ins Trockene kommt.«

Der ältere der Mönche sah sie besorgt an. »Was ist geschehen?«

»Eine Wildsau hat ihn angefallen und ihm große Fleischwunden zugefügt.« Abermals spürte sie Tränen in ihren Augen brennen.

»Dann müssen wir helfen, Bruder Paulus«, sagte der Jüngere.

Angesichts des Alters der beiden Mönche hegte Marlein jedoch Zweifel, dass sie Linhart aus dem Wald schaffen könnten.

»Ja, sicher.« Verkniffen sah der andere in die Ferne. »Ist es weit von hier?«

Marlein überlegte, wie lange sie bereits unterwegs war,

doch sie hatte jegliches Gefühl für die Zeit verloren. »Nicht ganz eine Stunde mit dem Pferd«, mutmaßte sie.

»Leider sind unsere Esel nicht so flott wie dein Gaul«, sagte der ältere Mönch.

Der andere nickte zur Bestätigung. »Aber wenn wir weiterhin hier herumstehen, kommen wir auch nicht an.« Trotz seines Alters schien er noch recht fidel zu sein. Er stieg auf den Rücken des Esels, und der zweite Bruder tat es ihm gleich. Bald darauf trabten die kleinen Grautiere neben Marleins Gaul. Es kam ihr wie eine Ewigkeit vor, bis sie endlich den Wald erreichten. Als sie ihre Reittiere an einem Baum festbanden, betete sie zu Gott, Linhart lebend vorzufinden. Die Angst um ihn wütete wie eine stählerne Faust durch ihr Inneres.

Kurz darauf fanden sie Linhart regungslos auf dem Waldboden liegend. Marleins Hoffnung sank. Doch dann hörte sie, wie Bruder Paulus sagte, dass Linharts Herz noch schlug. Er hatte das Bewusstsein verloren, war jedoch am Leben. Gemeinsam trugen sie ihn aus dem Dickicht und hievten seinen Leib auf den Rücken des Esels. Der Regen hatte das Blut in Linharts Hemd verwaschen, so dass es sich durch den ganzen Stoff zog. Er gab keinen Laut von sich und hing wie ein Sack bäuchlings über dem Tier. Vielleicht war es ein Segen, dass er nicht bei Bewusstsein war. Wie hätte er sonst die Schmerzen ertragen können?

Marlein sah zu Bruder Paulus, der besorgt dreinblickte, was ihr beinahe den letzten Mut nahm. Sie hätte schreien können vor Verzweiflung.

Der jüngere Mönch faltete die Hände vor seiner Brust und senkte den Blick. Dann bekreuzigte er sich. »Wenn der Herr ihn zu sich holen wollte, hätte er das längst getan.«

»Wir bekommen ihn schon wieder hin«, knurrte Bruder Paulus. Das Wasser tropfte von der Kapuze seiner durchweichten Kutte.

10

Erst als sie die Hütte erreichten, ließ der Regen ein wenig nach. Vorsichtig hob Marlein Linhart mit Hilfe der Mönche vom Rücken des Esels. All ihre Kraft musste sie dazu aufbringen, denn er wog so schwer wie ein Baumstamm. Sie schleppten ihn in den halbwegs trockenen Verschlag, wo Alheyt und Katherl sofort aufsprangen. Das Mädchen krallten sich an Marleins Röcke. Nachdem sie Linhart auf den blanken Boden gelegt hatten, holte Marlein erst einmal Luft und schloss ihre Tochter in die Arme. »Ist ja gut. Ich bin zurück und bleibe fortan immer bei dir«, sagte sie, um das schluchzende Mädchen zu beruhigen.

Plötzlich gellte Alheyts Schrei durch die Hütte. »Wölflin!«, kreischte die Alte und sprang von einem Bein auf das andere. Die Mönche drehten sich erschrocken zu ihr um. Dann verwandelte sich die Miene des einen in ungläubiges Erstaunen.

»Alheyt? Bist du es wirklich?« Bruder Paulus breitete die Arme aus. »Natürlich bist du es!« Er fing die Alte auf, die sich ihm an die Brust warf.

Marlein hatte jedoch kein Auge für die beiden. Sie kniete sich neben Linhart und strich ihm das nasse Haar aus dem Gesicht. Immer noch war er ohne Bewusstsein.

»Wir müssen ein Feuer entzünden«, sagte der Ordensbruder. »Mein Name ist übrigens Christopherus. Ist die Alte deine Großmutter?«

Marlein nickte. »Ja, ist sie.«

»Ich mache ein Feuer, und dann versorge ich seine Wunden.« Der Mönch sah sich in der Hütte um.

Marlein sprang auf. »Ich übernehme das Feuer.« Sie eilte zu dem wenigen Reisig, das noch von der letzten Nacht übrig war.

Christopherus öffnete seine lederne Tasche und holte Verbandstuch sowie Nadeln und Fäden hinaus. Er reichte Marlein einen hölzernen Becher. »Hol ihm etwas Wasser. Er muss viel trinken, damit sich das Blut erneuert.«

Kurz darauf gab Marlein ihm bang den Becher zurück, den sie am Bach gefüllt hatte. »Er wird doch wieder gesund?«

Der Mönch senkte die Lider. »Sicher, mein Kind.« Er hatte Linharts Hosenbeine hochgerollt und tupfte über die Wunden. »Die Hauptader ist verschont geblieben.«

»Aber dann muss er doch bald wieder zu Bewusstsein kommen.«

»Das wird er auch.« Christopherus fädelte den Faden in die Nadel. »Lass mich nur erst die große Wunde zunähen, damit er den Schmerz nicht spürt.«

Marlein verstand nicht ganz. »Wie kann es in Eurer Hand liegen, ob er erwacht?«

»Als du eben fort warst, ist er zu Bewusstsein gekommen. Doch ich habe ihm ein wenig Laudanum verabreicht, um die Wunden in Ruhe nähen zu können.«

Erleichtert stieß Marlein den Atem aus. Der Herr im Himmel hatte die beiden geschickt, dessen war sie sich ganz sicher. Sie sah zu Bruder Paulus, der Alheyt immer noch in seinen Armen hielt. Tränen rollten ihm über die feisten Wangen. Marlein griff nach Linharts Hand, die sich kühl und trocken anfühlte, und rieb sanft darüber. Seine Lider flackerten leicht.

Katherl nahm Linharts andere Hand und rieb sie ebenfalls. »Er merkt nicht, wie die Nadeln in seine Haut stechen. Wie Alheyt, weißt du noch?«

»Ja, mein Schatz, er spürt es nicht.«

Der Mönch verknotete den Faden. »Wir müssen ihn nun auf den Bauch drehen, damit ich mir seinen Rücken besehen kann.«

»Dort sind die Wunden nicht so tief«, sagte Marlein.

Christopherus holte einen Tiegel aus der ledernen Tasche und rieb Linharts Beine mit der Salbe ein. Dann drehte er ihn auf den Bauch und schob das Hemd hoch. Katherl biss sich auf die Unterlippe und wandte den Blick ab. Währenddessen ergriff Marlein den Tiegel und schnupperte daran. Die Salbe roch nach Ringelblumen und Efeu.

»Verteile sie ruhig großzügig auf den Wunden. Ich habe noch einen Tiegel davon.« Der Mönch nickte wohlwollend.

Marlein war froh, Linhart mit der Salbe Linderung verschaffen zu können. Als sie den Tiegel wieder verschloss, gab er ein Keuchen von sich und hob den Kopf.

»Gib ihm das Wasser zu trinken«, sagte der Mönch.

»Dazu müssen wir ihn wieder auf den Rücken drehen.«

»Nein, besser nicht. Warte, ich hebe sein Kinn an.« Christopherus rutschte mit den Knien über den Boden und half ihr, Linhart das Wasser einzuflößen.

Er trank in gierigen Schlucken. Sein Gesicht war bleich und vom Schmerz verzerrt. »Wo bin ich?« Er rollte sich auf die Seite und legte die Wange auf den Boden.

Marlein strich ihm das Haar aus der Stirn. »In der Hütte, die wir gefunden haben. Bruder Paulus und Bruder Christopherus sind uns zur Hilfe gekommen. Der Himmel hat sie geschickt.« Sie quälte sich ein Lächeln ab.

»Ich schätze, ich bin kein guter Jäger«, sagte Linhart leise und schloss die Augen.

»Na, es muss ja auch keine Wildsau sein. Bleib besser bei den Hasen.« Abermals nahm sie seine Hand und spürte, wie er sanft ihre Finger drückte. In diesem Augenblick wusste sie, er würde die Verletzungen überleben. Bei dem Gedanken daran stiegen ihr vor Erleichterung Tränen in die Augen. Hatte dies wirklich geschehen müssen, damit sie ihre Gefühle für ihn zulassen konnte? Sie schalt sich selbst und sah zu Bruder Paulus, der Alheyt immer noch in seinen Armen hielt. Wo hatte dieser Mann bloß all die Jahre gesteckt? Und weshalb hatte Alheyt in früheren Zeiten nie seinen Namen erwähnt?

Bruder Christopherus kramte in seinem Beutel, holte einen weiteren Tiegel hervor und rührte mit dem Finger ein Pulver in den Holzbecher, der noch halbvoll mit Wasser war. Er reichte ihn Marlein. »Das Mittel wird ihm die Schmerzen nehmen.«

Linhart leerte den Becher, den Marlein ihm an die Lippen hielt, und legte matt den Kopf auf den Boden.

»Versuch, ein wenig zu schlafen.« Marlein zog ihren Umhang aus und deckte ihn damit bis zu den Schultern zu.

»Ich werde bald wieder auf den Beinen sein«, murmelte Linhart, ehe ihm die Augen zufielen.

Als sich sein Atem beruhigte, erhob sich Marlein und gesellte sich zu Alheyt und Bruder Paulus, die jetzt in stiller Zweisamkeit nebeneinander auf dem Boden saßen und sich erschöpft an die Wand lehnten. Auch Bruder Christopherus und Katherl traten näher. Neugierig sahen sie die beiden Alten an.

»Ihr seid also wirklich Wölflin?«, fragte Marlein den Mönch.

»Ja, sicher«, antwortete Alheyt. »Das ist mein Wölflin. Hast mir ja nicht glauben wollen, dass er kommt.«

Bruder Paulus nickte. »Bevor ich in den Orden der Alexianer eingetreten bin, war mein weltlicher Name Wölflin.«

»Und woher kennt ihr euch?« Marlein hoffte, dass sein Gedächtnis besser war als das von Alheyt.

»Wir kennen uns von Kindesbeinen an.« Der Mönch legte den Arm um die Schulter der Alten. »Wir haben nebeneinander in einer Gasse gewohnt. Damals in Lemgo.«

»Habt Ihr dort wirklich auf dem Turm gesessen?«, fragte Marlein und spürte, wie Katherl in ihrem Arm zu zittern begann. Sie schüttelte den Kopf, bevor der Mönch zu einer Antwort ausholen konnte. »Später. Erzählt mir später davon«, flüsterte sie.

Bruder Paulus kniff die Augenbrauen zusammen und nickte verständnisvoll. Dann wurde sein Blick wieder weich, und es schien, als schwelge er in süßer Erinnerung. »Alheyt und ich wären fast vor den Traualtar getreten.« Er seufzte.

»Was?« Die Alte sah ihn entsetzt an. »Dich Halunken hätte ich niemals geheiratet.«

Marlein musste an die Begegnung mit dem Bauern und mit den Männern in der Schenke denken. Ganz zu schweigen von der mit dem Bettler. »Wie es scheint, hast aber auch du eine bleibende Erinnerung bei der Landbevölkerung hinterlassen.«

»Ich?« Sie bohrte sich den Zeigefinger in die Brust und hob die Brauen in die Höhe.

»Was ist denn geschehen?«, fragte der Mönch neugierig.

Katherl hob den Kopf aus Marleins Schoß. »Überall jagen sie uns davon«, sagte das Mädchen mit schläfriger Stimme.

In der Hoffnung, sie würde bald einschlafen, strich Marlein Katherl über das Haar. »Wir wissen nicht, was geschehen ist. Vielleicht klärt Ihr uns auf.«

Bruder Paulus spitzte die Lippen, als wollte er ein Lied flöten. »Unser Bier, das wir gebraut haben, ist nicht jedermann wohl bekommen.«

»Ist es wohl«, keifte Alheyt. »Zumindest, wenn ich es allein gebraut habe.«

»Ach ja?« Er schob sie von sich. »Und was war mit dem Mann, der den Teufel gesehen hat, nachdem du dieses merkwürdige Kraut dem Bier zugefügt hast?«

»Merkwürdiges Kraut?« Alheyt verschränkte die Arme vor der Brust. »Kann mich nicht daran erinnern.«

Marlein deutete dem Mönch mit einer Handbewegung vor der Stirn an, dass Alheyts Erinnerung nicht mehr die beste war.

Bruder Paulus verstand wohl, denn er legte versöhnlich den Arm um Großmutters Schultern. »Lass uns nach all den Jahren nicht mehr streiten. Das haben wir zur Genüge getan.«

»Ich nicht.« Die Alte schmiegte sich in seine Armbeuge und schob die Unterlippe vor.

»Haben sich deshalb eure Wege getrennt?«, fragte Marlein.

Bruder Paulus nickte. »Ja, irgendwann war Alheyt damals von einem auf den anderen Tag verschwunden. Ich habe sie lange Zeit gesucht. Als ich dann durch Zufall erfuhr, dass sie einen Braumeister geheiratet hat, bin ich nach Köln gewandert, wo ich dann in den Orden eintrat.«

Mittlerweile wurde Katherls Kopf in Marleins Schoß immer schwerer. Als sie zu ihrer Tochter hinabblickte, sah sie, dass das Mädchen in den Schlaf gefunden hatte. Sie hob wieder den Blick. »Und Lemgo? Was ist dort passiert, als ihr Kinder gewesen seid?«

Der Mönch blickte betreten drein. »Ein harmloser Streich hat uns auf den Turm gebracht. Als schmächtiger Knabe wusste ich doch nicht, was meine Worte anrichten würden.«

Marlein sah ihn erwartungsvoll an. Alheyt hatte ihr nie von dem Turm erzählt, bis Katherl gefangen genommen worden war. »Was habt ihr denn angestellt?«

Der Mönch kratzte sich den kahlen Kopf. »Die Nachbarin aus dem Haus gegenüber hat uns die Rute über den Rücken gezogen, weil wir beim Spiel zu laut gewesen waren. Am Abend bekamen wir dann von unseren Müttern erneut Schläge, da sich die Frau Nachbarin obendrein noch beschwert hatte.« Er rieb sich unwillkürlich über die Wange, als spüre er die Schläge immer noch. »So ging das Tag für Tag. Selbst wenn wir uns leise verhielten.«

Alheyt jaulte auf. »Wölflins Rücken war oft ganz blutig.«

In Marleins Schoß regte sich Katherl und blinzelte erschrocken. Das Kind setze sich auf und sah Alheyt mit großen Augen an. »Wer hat geblutet?«

Marlein strich ihr über das Haar. »Niemand, mein Schatz. Schlaf ruhig weiter.« Sanft schob sie das Kind zurück in ihren Schoß. Doch Katherl dachte nicht daran, die Augen zu schließen.

Marlein lenkte das Gespräch in eine andere Richtung und fragte Paulus, wohin ihn sein Weg führte. Bereitwillig erzählte er von seiner Pilgerreise zum Kloster Andechs.

Katherl hob den Kopf. »Was ist denn in dem Kloster?«

Als Paulus ihr von den Heiligen Hostien berichtete, bekam sie große Augen.

Marlein spürte, wie ihr die Anstrengung der letzten Tage zusetzte, und gähnte herzhaft. Als Paulus seine Erzählung beendet hatte, wickelte sie sich in ihre Decken und wünschte den anderen einen geruhsamen Schlaf.

Während sich am nächsten Morgen das erste Licht durch das verfallene Dach der Hütte stahl, schob Marlein den Kopf des Mädchens aus ihrem Arm und erhob sich leise. Sie sah zu Linhart, der in gleichmäßigen Zügen atmete. Das Laudanum, das Bruder Christopherus ihm verabreicht hatte, hatte gute Dienste geleistet. Sie zog ihren Umhang über seinen Schultern zurecht und sah dann zu den anderen. Alheyt drückte im Schlaf ihren Hintern an den des Mönches. Christopherus hatte sich in eine Ecke gekauert, wo auch er noch in einem tiefen Schlaf lag.

Leise rührte Marlein in der Maische und goss das Wasser ab, damit die Gerste der Luft ausgesetzt war. Dann ging sie zum Bach, um frisches Wasser zu holen.

Als sie zurückkehrte, hörte sie Alheyt laut zetern. Jämmerliches Geheul untermalte dabei die Flüche der Alten. Marlein eilte in die Hütte. Dort sah sie, wie Bruder Paulus seelenruhig sein Bündel schnürte.

Alheyt fluchte jetzt wie ein Fuhrmann und stampfte fest mit den Füßen auf den Boden. »Du kannst dich nicht einfach aus dem Staub machen, du elender Hahnenhintern!«

Bruder Christopherus hielt der kleinen Katherl die Ohren zu, und vom Boden aus beobachtete Linhart blinzelnd das Geschehen.

Alheyt riss dem Mönch das Bündel aus den Händen und trat mit den Füßen darauf herum.

Flehend blickte Christopherus zu Marlein. »So hilf uns doch, die Alte schnappt über.«

Marlein ging zu Alheyt, griff nach ihrem Arm und zerrte sie aus der Hütte. Draußen im Sonnenlicht schien sich die Alte ein wenig zu beruhigen.

»Was ist denn los?«, fragte Marlein sie.

Schniefend zog Alheyt die Nase hoch und wischte sich mit dem Ärmel den Rotz ab. »Er will fortgehen. Dieser miese Hund.«

»Aber das ist doch sein gutes Recht.«

»Ist es nicht!«, schrie Alheyt. »Wölflin gehört zu mir und nicht in dieses scheinheilige Kloster.«

»Bist du etwa immer noch verliebt in ihn?«

»Ja, bin ich. Und?« Alheyt verschränkte die Arme vor der Brust und reckte das Kinn vor.

»Aber ihr wart nie Mann und Frau.«

»Was weißt du denn schon?« Die Alte kniff die Augen zusammen. »Er war doch nur kurz fort.«

»Großmutter, es waren fünf Jahrzehnte! Bist du wirklich so weit von deinem jetzigen Leben entfernt?«

Alheyt schien sie nicht zu verstehen. Ihr Blick irrte umher, und über ihre faltigen Wangen rannen Tränen. Marlein strich sie mit dem Daumen fort. »Komm, verabschiede dich von ihm. Wir sollten ihm und Christopherus für die Hilfe danken.«

Alheyt schüttelte den Kopf. »Nein. Nein, das will ich nicht. Ich gehe mit ihm. Du wirst sehen, er wird mich so rasch nicht los.«

Bruder Paulus, der aus der Hütte getreten war, holte tief

Luft, wobei sich sein Bauch wölbte. »Meine liebe Alheyt, du gehörst zu deiner Familie. Was soll ich denn mit dir anfangen, wenn wir wieder in Köln sind? Willst du etwa auch dem Kloster beitreten?«

»Gewiss nicht«, knurrte Alheyt. »Aber du wirst dein verdammtes Mönchsgewand ablegen und mich endlich heiraten.«

Bruder Paulus wich die Farbe aus dem Gesicht. »Das ist nicht dein Ernst.« Er rang nach Luft und hob die Hände. »Sieh uns an! Wir sind zwei alte Knochen. Uns bleibt nicht mehr viel Zeit auf Erden. Was wollen wir da noch vor den Traualtar treten?«

»Drück dich bloß wieder.« Beleidigt schob Alheyt die Unterlippe vor.

Marlein legte ihr die Hand auf die Schulter und führte sie zurück in die Hütte. »Er hat recht, Alheyt. Seine Bestimmung ist, dem Herrn zu dienen.« Bruder Paulus war ihnen gefolgt. Gewiss hatte er längst gemerkt, wie verwirrt Alheyt mittlerweile geworden war. Er würde sie nicht mitnehmen wollen, sosehr er sie auch einst geliebt haben mochte.

Als Linhart sie sah, richtete er sich stöhnend auf. »Seid Ihr auf dem Weg nach Köln?«

Der Mönch schüttelte den Kopf. »Nein, wir pilgern zum Kloster Andechs.«

»Zum Heiligen Berg? Was zieht Euch da hin?«, fragte Linhart.

»Die drei Heiligen Hostien.«

Marlein dachte nach. Der Heilige Berg lag nahe bei den Alpen und ganz und gar nicht auf ihrem Weg. Immer noch war sie sich nicht im Klaren, wohin sie überhaupt gehen wollten. Irgendwo in den Norden, hatte Linhart gesagt. Es bestand also keine Möglichkeit, die beiden Mönche zu begleiten. Damit musste Alheyt sich wohl oder übel abfinden.

»Dann gehe ich halt mit zu den Heiligen Hostien.« Alheyt klaubte die Habseligkeiten des Mönches vom Boden auf und drückte sie an ihre Brust.

Flehend sah Marlein die Großmutter an. »Das geht nicht. Dein Platz ist hier bei uns. Wir brauchen dich.«

Alheyt kniff die Augen zusammen. »Wie?«

»Du hast schon richtig gehört. Wir brauchen dich. Wer soll auf Katherl achten, wenn ich das Bier braue?« Sie zeigte auf die Maische, die sie angesetzt hatte.

Damit hatte sie wohl die Aufmerksamkeit von Bruder Paulus geweckt. Er sah zu der Schale. »Braut ihr nach dem neuen Reinheitsgebot?«

»Sicher. Müssen wir ja«, sagte Linhart.

Bruder Paulus verdrehte die Augen. »Müssen. Wenn ich das schon höre! Ich braue mein Bier immer noch, wie es mir gefällt. Ein Hauch Bäckerhusch, etwas Bilsenkraut.« Genüsslich leckte er sich über die Lippen.

»Ihr wisst aber, was Euch blüht, wenn Ihr erwischt werdet?«, warf Linhart ein.

Der Mönch winkte ab. »Ich scheue die Strafe nicht. Dafür steht mein Bräu außer Konkurrenz.« Seine Lippen verzogen sich zu einem breiten Grinsen.

»Keinen Deut besser geworden, was?« Alheyt verschnürte sein Bündel und drückte es wieder an ihre Brust. »Wann gehen wir?«

Bruder Paulus warf Marlein einen hilfesuchenden Blick zu.

Sie versuchte, Alheyt das Bündel aus dem Arm zu nehmen, woraufhin die Alte fauchte.

Marlein ließ es bei dem Versuch und sagte stattdessen: »Was hältst du davon, wenn wir weiter nach Köln reisen und dort auf Wölflin warten? Dann bist du bald wieder bei ihm.«

Alheyt schüttelte heftig den Kopf. »Nein. So lange will ich nicht warten.«

Nun ging Bruder Paulus dazwischen. »Sieh doch, Alheyt. Christopherus und ich haben nur zwei Esel bei uns. Willst du wirklich den ganzen Weg zu Fuß gehen? Mit Linhart hingegen kannst du gemächlich auf dem Fuhrwerk reisen.«

»Dann reite ich eben auf dem Esel und du gehst zu Fuß.« Alheyt rümpfte die Nase.

»Ach, herrje.« Der Mönch stöhnte auf. »Wenn du von meinen Dornwarzen in den Fersen wüsstest …«

Alheyts Blick wurde zugänglicher. »Wirklich?«

»Ja, drei Stück an der einen und vier an der anderen.«

»Armer Wölflin.« Alheyt gab ihm das Bündel zurück. »Da warte ich doch lieber in Köln auf dich.«

Erleichtert stieß Marlein den Atem aus. Dann fragte sie Bruder Christopherus nach seiner Salbe. Der Mönch überließ sie ihr gern.

Kurz darauf winkten Alheyt, Katherl und Marlein den beiden hinterher, wie sie auf ihren Eseln mit der Sonne im Rücken den Pfad entlangritten. Alheyt seufzte schwer.

»Spielen wir mit Steinen?«, fragte Katherl die Alte.

Alheyt wischte sich eine Träne aus dem Augenwinkel und rang sich ein Lächeln ab. »Sicher, mein Kind.« Sie tippte mit dem Zeh einen weißen Kiesel an. »Der hier ist schon einmal schön.«

Marlein ließ die beiden stehen und ging zurück zu Linhart in die Hütte. Er lag auf der Seite, den Kopf auf den angewinkelten Arm gestützt. Sein Anblick berührte Marlein tief. Er war der tapferste Mann, der ihr je begegnet war.

Sie setzte sich neben ihn und strich ihm das Haar aus der Stirn. Nie hätte sie gedacht, einmal so vertraut mit ihm zu sein. Marlein erinnerte sich an die Tage ihrer Kindheit und seufzte.

Linhart sah ihr tief in die Augen. »An was denkst du?«

»Weshalb hast du mir damals auf der Gasse einen Stoß versetzt? Erinnerst du dich?«

»Du meinst, als wir Kinder waren?«

»Ja, sicher.« All die Jahre hatte Marlein die Begebenheit auf die Feindschaft ihrer Familien geschoben.

Sichtlich verlegen biss er sich auf die Unterlippe. »Ich war einfach wütend.«

»Auf mich? Weshalb? Ich hatte dir doch gar nichts getan.«

»Dumme Jungengedanken. Kannst du mir das wohl endlich verzeihen?«

»Nur, wenn du mir die dummen Jungengedanken erzählst.« Sie lächelte versöhnlich.

»Es war eine Mutprobe, bei der ich mich vor den anderen Jungen beweisen wollte.« Er holte tief Luft, was ihm wohl Schmerzen bereitete, denn er kniff die Augen zusammen. »Ich sollte dir den Einkaufskorb abnehmen. Aber du hast dich mit Händen und Füßen gewehrt. Weißt du das noch?«

»Aber natürlich! Was hattest du gedacht? Ich ließe mir einfach den Korb klauen?« Sie erinnerte sich daran, wie sie ihm fast die Augen ausgekratzt und ihm gegen die Schienbeine getreten hatte. Lächelnd hob sie die Brauen. »Du hast es nicht geschafft, mir den Korb abzunehmen.«

»Ja, und die anderen Buben lachten hinter einem Busch über meine Schwäche.«

»Die habe ich gar nicht gesehen.«

»Ach, verdammt.« Er sah zu ihr auf. »Marlein, ich liebe dich schon mein ganzes Leben lang. Damals dachte ich, es wäre besser, dich zu hassen. Gab dir die Schuld daran, dass ich mich vor den anderen zum Narren gemacht habe. Ich wollte dir nicht weh tun, ich wollte nur, dass dieses dumpfe Gefühl in meinem Bauch verschwindet.« Er hielt einen Lidschlag lang inne. »Das ist es jedoch nie.«

Marleins Hals schnürte sich zusammen, und sie glaubte, nicht mehr atmen zu können. »Ach, Linhart«, sagte sie nur und strich ihm abermals das Haar aus der Stirn.

»Werde meine Frau«, stieß er atemlos aus.

»Das kann ich nicht. Noch nicht. Lass mir etwas Zeit.« Seine Worte rauschten in ihren Ohren. Benommen sah sie in seine matt schimmernden Augen.

»Ich werde wieder gesund. Bald werde ich wieder für euch sorgen können. Glaube mir.« Er stieß schwer den Atem aus.

Unfähig, auch nur einen klaren Gedanken zu fassen, erhob sich Marlein und holte die Salbe, die der Mönch ihr überlassen hatte. »Ich muss deine Wunden versorgen.« Ihre Stimme war nicht mehr als ein Krächzen. Sie schob sein Hemd hoch, und als sie die Wunden sah, glaubte sie, seine Schmerzen zu spüren. Tränen rannen ihr über die Wangen. Sanft fuhr sie mit den Fingerkuppen über die heile Haut auf seiner Schulter.

Linhart sog zischend den Atem durch die geschlossenen Zähne. Dann wandte er sich um. »Hör auf, mich zu quälen.« Als er ihre Tränen sah, verstummte er. Langsam hob er die

Hand, legte sie um ihren Hals und zog sie zu sich hinab. Ihre Lippen berührten sich.

Marlein schloss die Augen, hörte ihren Herzschlag hart in der Brust hämmern und verlor sich in dem Kuss. Linharts Lippen fühlten sich weich und warm auf ihren an und ließen sie für den Augenblick alle Sorgen vergessen.

»Marlein?« Alheyts Stimme riss sie aus diesem wunderbaren Gefühl.

Sie sprang auf und strich sich verlegen eine Haarsträhne hinters Ohr. »Ja?«

Die Alte kicherte wie eine alberne Gans. »Wusste ich es doch. Wann wird geheiratet?«

Marlein ging auf ihre Worte nicht ein. »Wo ist Katherl?« Sie sah an Alheyt vorbei.

»Draußen, wir haben eine kleine Stadt aus Steinen gebaut. Willst du sie sehen?«

»Ja, sicher.« Marleins Beine zitterten so sehr, dass ihr leicht schwindelte. Was hatte sie da bloß getan? Sie brachte es nicht über sich, Linhart anzublicken. Stattdessen fegte sie an Alheyt vorbei aus der Hütte und hockte sich neben Katherl, die graue Steine nebeneinanderreihte.

Das Mädchen blickte zu ihr auf. »Sieh mal, dies ist unsere Gasse in der Schanz. Und das hier …« Sie nahm einen Stein auf. »Das hier ist unser Birnbaumhäusle.«

Marleins Brustkorb verengte sich. Sie dachte an ihr Heim, an die Back- und Braustube, an Edi und Nyß. All dies schien ihr schon so weit weg zu sein, wie ein anderes Leben. Weg und für immer verloren. Sie rang um Fassung und bemühte sich zu lächeln. »Ja, nun erkenne ich es auch.« Sie malte eine geschlängelte Linie in den Staub. »Und das hier ist die Schutter.«

»Richtig.« Katherl strahlte und schlug sich mit der flachen Hand gegen die Stirn. »Die hatte ich vergessen.«

Alheyt trat hinter sie. »Er ist ein guter Junge. Und ich sehe, dass er es dir angetan hat.«

»Ach, nein. Das eben, das war …« Marlein winkte ab. »Das war ein Versehen. Ich weiß auch nicht, was in mich gefahren ist. Die ganze Reise, die Flucht aus Ingolstadt, die Ungewissheit … All dies bringt mich ganz durcheinander. Linhart ist nicht der Mann, den ich mir an meiner Seite wünsche.«

»Und weshalb nicht?«

Marlein erhob sich von den Knien und klopfte den Staub von ihren Röcken. »Zwischen unseren Familien ist viel zu viel vorgefallen. Es wird immer zwischen uns stehen.« Sie musste unbedingt einen klaren Kopf behalten. Doch wie sollte sie dies, wenn sie sich ihren Gefühlen hingab?

»Himmel.« Alheyt verdrehte die Augen. »Linhart ist nicht wie sein Großvater.«

»Du meinst, wie sein Vater.«

»Seinen Vater kenne ich nicht.« Alheyt hob eine Augenbraue in die Höhe.

Allmählich verspürte Marlein Mitleid mit der Großmutter. Sie strich ihr über das zerzauste Haar und ging zurück in die Hütte, wo sie sich neben Linhart niederließ. Mit traurigen Augen blickte er zu ihr hoch.

Marlein betrachtete ihre Hände und nestelte an einem Faden, der sich am Saum ihres Ärmels gelöst hatte. »Dieser Kuss … der hat nichts zu bedeuten.«

»Mir schon.« Linhart richtete sich auf. »Marlein, ich schaffe das nicht. Es reißt mir das Herz aus der Brust. Du kannst mich nicht küssen und anschließend wieder wegstoßen. Begreifst du nicht, wie ich mich fühle?« Er griff nach ihrer Hand. »Ich liebe dich so sehr, dass es schmerzt.«

Sie spürte seine Wärme an ihren Fingerspitzen. Ein Kribbeln fuhr ihr durch die Arme bis in ihre Brust, wo es sich zu einem warmen Gefühl der Geborgenheit ausbreitete. Marlein schloss die Augen.

»Ich bin dir nicht gleichgültig. Du hast auch Gefühle für mich. Weshalb sträubst du dich dagegen?« Seine Stimme klang heiser. Er strich über ihren Arm hinauf zu ihrem Hals, um sie erneut an sich zu ziehen.

Marlein fehlte die Kraft, sich gegen seinen Kuss zu wehren, und ließ ihn geschehen. Alles um sie herum geriet in Vergessenheit. Als er von ihren Lippen abließ, fühlte sie sich, als hätte sie Starkbier getrunken. Eine wohlige Wärme umfing sie, die ihr Zuversicht versprach und den Zwiespalt in ihrer Brust besiegte.

Linhart strich ihr mit den Fingerspitzen über die Wange. »Wir gehören zusammen. Spürst du das nicht?«

Mit vernebeltem Verstand nickte sie. Wie sollte sie in seiner Nähe je wieder einen klaren Gedanken fassen können?

Gundi seufzte, als sie die Staubwolke in der Ferne sah. Gewiss war es Vater, der zurückkehrte. Die Zeit ohne ihn war herrlich ruhig gewesen, auch wenn Knecht und Lehrling ordentlich an den Kesseln schuften mussten. Gundi hoffte nur, dass Linhart und Marlein davongekommen waren. Sie mochte sich nicht ausmalen, was geschehen würde, wenn Vater sie gefunden hatte.

In diesem Augenblick rauschte Mutter in die Küche, wo Gundi der kränklichen Küchenfrau zur Hand ging.

»Vater kommt zurück! Ich hoffe, er bringt meinen Jungen mit«, stieß sie atemlos aus und presste dabei ihre Hände an die Brust.

»Was versprichst du dir davon?« Gundi nahm den Mörser und zerstieß die Petersilie.

»Wir sollten ein Festmahl auftragen!«, fuhr Mutter fort, ohne auf die Worte ihrer Tochter einzugehen, und eilte in die Vorratskammer.

Verständnislos schüttelte Gundi den Kopf und starrte an die Deckenbalken. Wozu sollte sie ein Festmahl auftragen? Damit es heute keine Prügel hagelte?

Mutter schleppte einen Batzen Pökelfleisch herbei, dessen Duft im Nu die Küche erfüllte. Sie ließ das Stück auf die Arbeitsplatte fallen. »Dazu einen Eintopf aus Kraut mit ordentlich Speck, Käse und –«

Gundi schnitt ihr das Wort ab. »Und alles soll fertig sein, wenn die Stundenuhr zur Hälfte durch ist.«

»Richtig.« Mutter nickte und sah aus dem Fenster.

Gundi folgte ihrem Blick. Das Gatter zu ihrem Hof öffnete sich, und Vater führte seinen Gaul herein. Allein. Erleichtert stieß sie den Atem aus, während die Mutter neben ihr zu schluchzen begann. Bereits aus der Ferne war Vaters grimmiger Gesichtsausdruck zu erkennen. Während Mutter aus der Küche rauschte, um ihn zu begrüßen, krampfte sich Gundis Magen zusammen. Als Mutter zu ihm trat, stieß er sie zur Seite, ließ die Zügel seines Gauls fallen und kam mit langen Schritten auf die Küche zu. Gundi wünschte sich ein Loch, in dem sie sich hätte verstecken können. Die Tür flog auf und krachte gegen die Wand. Gundi zuckte zusammen und zog den Kopf ein.

Vater riss sie an der Schulter herum. »Du verlogenes Miststück!«, schrie er, holte aus und schlug ihr mit der flachen Hand ins Gesicht.

Taumelnd hielt sich Gundi die Wange, die augenblicklich brannte, als hätte ihr jemand heißes Fett ins Gesicht geschüttet.

»Linhart ist niemals gen Süden geflüchtet. Keiner will ihn dort gesehen haben.«

Gundi kämpfte mit den Tränen. »Ich habe Euch gesagt, was ich wusste. Nichts anderes.«

Mutter berührte zaghaft seinen Arm. »Bitte, schlag unser Mädchen nicht.«

»Unser Mädchen? Eine vertrocknete Jungfer ist sie.« Vater spie aus und wandte sich der Mutter zu. »Und du? Vielleicht führst du mich ja genauso hinters Licht wie Gundi, um deinen Sohn zu schützen.«

»Was redest du denn da?«, stieß Mutter aus. »Ich hatte gehofft, du bringst ihn mir heim.« Sie schluckte schwer.

Er sah über ihren Kopf hinweg zu den Kesseln. »Sollte ich herausfinden, dass ihr beide mich belogen habt, werfe ich euch vom Hof. Morgen breche ich nach Norden auf. Und nun habe ich Hunger.«

Linhart hatte es nicht länger als einen Tag auf seinem Krankenlager ausgehalten. Schon am nächsten Morgen legte er dem Gaul das Geschirr an. Abermals drückte der Hunger schwer in Marleins Bauch. Sie hatte einige junge Wurzeln gefunden, von denen sie eine Suppe gekocht hatte. Nun trug sie vorsichtig die Schale mit der eingeweichten Gerste zur Ladefläche des Fuhrwerks. Immer wenn Linhart glaubte, sie sähe nicht hin, atmete er stoßweise aus. Doch selbst aus den Augenwinkeln entging ihr nicht, dass er große Schmerzen hatte. Dabei schien es ihr, als fühlte sie selbst seine Pein. Aus der Hütte drang Alheyts Stimme, die der kleinen Katherl ein fröhliches Wanderlied vorsang. Am Tag zuvor hatte die Alte ihren Wölflin mit keinem Wort mehr erwähnt. Vielleicht hatte sie ihn ja für immer vergessen. Marlein hoffte es inständig. Als die Schale sicher auf der Ladefläche stand, kletterte sie von dem Fuhrwerk und stellte sich hinter Linhart. Sie legte beide Hände auf seine Schultern und strich darüber.

»Glaubst du wirklich, den Wagen lenken zu können?«

»Ja, sicher. Es sind nur Fleischwunden, die mir die Sau zugefügt hat, und wie es scheint, verschont mich der Wundbrand.«

»Du musst achtgeben, sie können immer noch brandig werden.«

Er drehte sich zu ihr um und sah sie zuversichtlich an. »Dank der Wundersalbe des Mönchs eher nicht.«

Es war richtig, nach vorn zu schauen und nicht immer an das Schlimmste zu denken. Marlein bewunderte Linhart für seine Zuversicht. »Zum Glück hat er mir etwas von der Salbe dagelassen.«

»Wenn die Seele gesund ist, heilt jede Wunde umso schneller.« Linhart lächelte, ließ von dem Gaul ab und schloss Marlein in die Arme. »Und meiner Seele geht es so gut wie nie zuvor.«

Alle Zweifel, die ihre Liebe betrafen, waren von Marlein gefallen. Solange sie lebte, wollte sie nicht mehr von Linharts Seite weichen. Dies war ihr in der letzten Nacht klargeworden, als hätte ein Sturm die Wolken in ihrem Kopf fortgeblasen und die Kette um ihr Herz gesprengt. Trotz der Beschwernis der Reise und der Sorge um die nächste Zeit fühlte sie sich so leicht wie nie zuvor. Gemeinsam würden sie es schaffen, sich eine neue Zukunft aufzubauen, daran glaubte sie nun felsenfest.

Wenige Zeit später fuhren sie im Sonnenschein über die Felder vor Würzburg. Immer noch hielt Linhart es nicht für angebracht, die Stadt zu besuchen. Außerdem hatten sie ihre Reise viel zu lange unterbrochen, wie er fand. Aber beim nächstgelegenen Hof wollte er anhalten, um dort ein weiteres Fass Bier einzutauschen.

Am Nachmittag war ihnen das Glück hold, und Linhart konnte bei einem Bauern einen Laib Brot, etwas Käse und ein paar Pfennige gegen Bier tauschen. Zudem gelang es ihm am Abend, einen Hasen zu fangen. Marlein wusste genau, welchen Schmerz er dabei aushalten musste.

Als sie nun um das Feuer saßen, schonte sie ihn, so gut es ging, versorgte seine Wunden und bereitete ihm eine Bettstatt auf der Ladefläche des Fuhrwerks. Die Nächte waren wärmer, und aus der gemälzten Gerste war Grünmalz geworden.

Am nächsten Morgen darrte Marlein das Malz und hielt dabei die Flammen des Feuers niedrig, damit später das Bier nicht zu dunkel wurde. Linhart kletterte von der Ladefläche, wohl um ihr zur Hand zu gehen. Marlein lehnte seine Hilfe jedoch ab und bat ihn, sich weiterhin auszuruhen.

So brachen sie erst am nächsten Tag wieder auf. Während der Fahrt halfen Alheyt und Katherl, das fertige Braumalz von den Wurzelkeimen zu befreien, und entstaubten und polierten die Körner. Als Marlein sie in der kleinen Mühle schroten wollte, zerbrach diese jedoch.

»Das hat mir gerade noch gefehlt. So ein Drecksding!«, fluchte sie lauthals.

»Nun stell dich nicht so an«, sagte Alheyt gelassen. »Zwei große Steine tun es auch. Gestern habe ich das Malz auch nicht anders geschrotet.«

»Gestern?« Marlein sah sie verdutzt an.

»Ja, richtig. Kurz vor Frankfurt hat Wölflin unsere Mühle fallen lassen. Erinnerst du dich nicht?«

Marlein seufzte. Alheyts Verstand brachte wieder einmal die Zeiten durcheinander. Dabei hatte sie in den letzten drei Tagen recht orientiert gewirkt. Fast wie früher, bevor sie immer vergesslicher geworden war. Doch anscheinend war dies nun wieder vorbei.

»Wir müssen nach Frankfurt«, sagte die Alte. Ihre Augen weiteten sich. »Wölflin! Er ist in Gefahr?«

Marlein ließ die Schrotmühle in ihrer Hand sinken und wandte den Blick zu den Feldern. »Was für eine Gefahr?«

»Sie haben ihn gefangen gesetzt.« Alheyt atmete stoßweise, als sei sie eine Weile hinter dem Fuhrwerk hergelaufen.

»Was ist geschehen?« Marlein nutzte die Gunst der Stunde, um etwas über Alheyts Vergangenheit herauszubekommen.

»Ich weiß es nicht.« Alheyt begann zu heulen, und Katherl, die die ganze Zeit neben ihr gesessen hatte, flüchtete sich in Marleins Arme.

»War etwas mit dem Bier, das er gebraut hat?«

»Nein, das gewiss nicht.« Alheyt zog die Nase hoch und schüttelte den Kopf. »Sein Bier ist das beste im ganzen Lande.«

Was für ein Sinneswandel, dachte Marlein. »Und weshalb sollte er dann festgesetzt werden?«

»Ich weiß es nicht!« Alheyt sprang auf und tätschelte Linharts Schulter. »Auf, auf, Fuhrmann. Wir müssen unbedingt nach Frankfurt.«

Linhart zuckte zusammen. Alheyt hatte wohl eine seiner Wunden berührt. Dann wandte er sich um. Sein Gesicht war leichenblass, und von seiner Stirn perlte der Schweiß. »Vielleicht umfahren wir Frankfurt lieber großzügig.«

»Wie weit ist es bis dahin noch?«, schrie Marlein gegen Alheyts darauffolgendes Gezeter an.

»Zwei oder drei Tage vielleicht«, rief Linhart zurück.

Marlein hoffte, dass Alheyt ihre Gedanken bis dahin vergessen haben würde.

In der Nacht betteten sie sich zum Schlafen abermals auf die Ladefläche des Fuhrwerks. Linhart hatte sich zu schwach gefühlt, um im Wald nach Hasen zu jagen. Nun lag er neben Marlein, die ihm die Wunden mit der Salbe eingerieben hatte, und zitterte am ganzen Leib. Ein Fieber hatte ihn am späten Nachmittag befallen, welches wohl seinen Verletzungen geschuldet war. Marlein tupfte ihm mit einem kühlen Tuch die Stirn ab. Neben ihr verrieten Alheyts und Katherls ruhiger Atem, dass die beiden eingeschlafen waren – wieder einmal mit Hunger im Bauch. Der Mut, den Marlein noch ein paar Tage zuvor verspürt hatte, war wie weggeblasen, denn sie sorgte sich um Linhart. Daran, dass er an dem Fieber sterben konnte, durfte sie gar nicht denken. Seine Wunden sahen jedoch nicht brandig aus. Vielleicht hatte er sich ja auch einfach nur verkühlt, denn die Nächte waren bei weitem noch nicht so mild wie im Sommer. Stunde um Stunde beobachtete Marlein den Mond, der über den Himmel zog.

11

Als endlich der Morgen graute, erhob sich Marlein mit bleiernen Gliedern, um Wasser zu holen. Linharts Gesicht glühte vor Fieber, und seine Haut war trocken wie Pergament. Er murmelte unverständliche Worte, schluchzte dabei leise und schlug um sich, als vertriebe er eine Fliege. Marlein kletterte von dem Fuhrwerk und sah sich um. Die Linden blühten noch nicht, und ein anderes Mittel gegen Fieber kannte sie nicht. Da blieb ihr wohl nichts anderes übrig, als Linhart kalte Wadenwickel anzulegen. Alheyt hatte immer darauf geschworen und das Fieber jedes Mal senken können, wenn es im Winter einhergehend mit Halsschmerzen und Schnupfen bei ihnen grassiert hatte.

Marlein nahm den Holzeimer und lief zu einem nahen Bach. Als sie zum Fuhrwerk zurückkehrte, regten sich Alheyt und Katherl.

Die Alte schüttelte sich kurz, sah sich verwirrt um und kroch zu Linhart. »He, du Faulpelz, wach auf!« Sie hielt inne. »Wölflin? Hast du Fieber?«

Das hatte Marlein zu allem Unglück noch gefehlt. Gerade an diesem Morgen, an dem sie Alheyts Hilfe mehr denn je benötigte, schien die Großmutter wieder einmal verwirrt zu sein. Marlein schloss die Augen, sog tief den Atem ein und versuchte sich zu sammeln. Niemandem war geholfen, wenn sie selbst zusammenbrach. Sie sprach ein Ave Maria, hob die Lider und schob den Eimer auf die Ladefläche.

Alheyt nahm ihn sofort an sich und kramte in ihren Habseligkeiten. »Ich brauche ein Tuch«, knurrte sie. Als sie keins fand, riss sie zwei Streifen Linnen aus ihrem Unterkleid und tauchte sie in den Eimer. »Ich muss auf der Stelle Wölflins Fieber senken.« Eilig schob sie Linharts Hosenbeine hoch und wickelte mit flinken Fingern die nassen Tücher um seine Waden.

Er schreckte hoch und riss die Augen auf. Abwechselnd blickte er von Alheyt zu Marlein, und als er sie scheinbar erkannte, sank er matt zurück auf sein Lager.

Marlein hockte sich neben ihn und strich ihm das Haar aus der Stirn. »Ruhig, mein Liebster. Wir werden das Fieber schon senken.« Ihn so zu sehen, vertiefte ihre Zuneigung zu ihm nur noch. Sie erkannte sich selbst nicht mehr wieder. Was doch für ein gewaltiges Gefühl die ganzen Jahre in ihr geschlummert hatte!

Marlein nahm die Lederriemen in die Hand und versuchte, den Gaul anzutreiben. Sie hatten selbst einmal ein Fuhrwerk besessen, so dass sie glaubte zu wissen, wie es gelenkt wurde. Auf der Ladefläche kümmerte sich Alheyt gewissenhaft um Linhart. Katherl saß mit Marlein auf dem Bock und lutschte an ihrem Daumen. Bevor das Elend seinen Lauf genommen hatte, hatte sie dies schon lange nicht mehr getan. Marlein sorgte sich, dass der Hunger das Mädchen dazu trieb. Irgendwie musste sie schleunigst zu Geld kommen. Gleich in der nächsten Siedlung würde sie erst einmal das Fass Bier zum Verkauf anbieten, wie Linhart es auch vorgehabt hatte. Danach würde sie weitersehen.

In der Ferne erblickte sie bald darauf die schmutziggrauen Dächer eines Gehöfts und lenkte das Fuhrwerk den Pfad entlang, der sie dorthin führte. Sie wandte sich zur Ladefläche um und sah, wie sich Linhart auf einem Ellenbogen aufrichtete.

»Ist das Fieber gesunken?«, fragte sie über die Schulter hinweg.

»Ja, ich denke schon.« Alheyt wrang gerade das Tuch in dem Eimer aus.

Marlein wandte sich an Linhart. »Geht es dir besser?«

»Ein wenig schwindelt mich noch.« Schweißnasse Strähnen klebten auf seiner Stirn.

»Bleib besser liegen. Es ist nicht gut, wenn du zu früh wieder auf die Beine kommst.« Marlein richtete den Blick auf das Gehöft. »Dort drüben werde ich unser Fass zu Münzen oder Brot machen.«

Katherl zupfte an ihrem Ärmel. »Darf ich dabei sein?«

»Ja, sicher«, sagte Marlein und schenkte ihr ein Lächeln.

»Ich bleibe derweil bei Wölflin«, sagte Alheyt. Marlein seufzte.

Der Hof schien ziemlich heruntergewirtschaftet zu sein. Zwischen der Scheune und dem Wohnhaus mit den angrenzenden Ställen suchte eine dürre Ziege nach Grün. Um ihre Beine liefen ein paar magere Hühner. Vor einer verfallenen Mauer spielte ein Kind mit Hölzchen, die es aufzutürmen versuchte. Es musste wohl gerade erst laufen gelernt haben. Katherl warf Marlein einen zögernden Blick zu und ging dann langsam zu dem Kind.

Marlein sah zu den Ställen, aus denen jetzt ein hagerer Mann trat. Er trug einen Eimer in den Händen, schirmte seine Augen mit der Hand ab und blickte zu Marlein herüber. Marlein stellte das Fass zu ihren Füßen ab und wartete, bis er bei ihr war.

»Wer bist du?«, fragte der Mann, der sie um mehr als einen Kopf überragte.

Marlein stellte sich vor und fragte ihn, ob er das Fass Bier erwerben wolle. »Streng nach dem Reinheitsgebot gebraut«, betonte sie.

»Was willst du denn dafür haben?«

»Zehn Pfennige, einen Laib Brot und ein Stück Käse oder Speck, wenn du hast.«

Der Mann lachte spöttisch auf. »Da braue ich mein Bier doch lieber selbst.« Er musterte sie von oben bis unten und fuhr dann fort: »Sag, Weib, du bist nicht zufällig Witwe?«

Marlein stutzte. »Ja, bin ich. Aber woher weißt du …?« In diesem Augenblick begriff sie. Unsicher sah sie sich um.

Er stellte den Eimer zu Boden und rieb sich die Hände. »Das trifft sich gut. Vor mehr als einem Jahr ist mein Weib verstorben. Leider gibt es weit und breit keine Frau, die ich ehelichen könnte. Siehst ja, wie verwahrlost der Hof ist.« Er zeigte auf die verfallenen Bauten. »Dazu das Kind, das ich mit der Milch der Ziege aufziehen musste.«

Marlein schluckte. »Das tut mir aufrichtig leid für dich. Aber ich bin bereits neu verlobt.«

Er trat einen Schritt näher. »Verlobt ist nicht verheiratet. Mein Name ist übrigens Wendelin.« Er stieß schwer den Atem aus und sah sie traurig an. »Aber ich sehe schon, meine Armut schreckt dich ab. Es ist nur so … mein Herr wird mich bald davonjagen, wenn die Erträge sich nicht erhöhen.« Sein Blick schweifte zu der Burg, die in der Ferne auf einem Hügel thronte.

»Weshalb stellt er dir denn kein Weib zur Seite? Es müsste

doch genügend Mägde auf seiner Burg geben.« Auch wenn Wendelin sehr forsch gesprochen hatte, fühlte Marlein sich nicht bedrängt, eher verspürte sie Mitleid mit ihm.

Der Mann zuckte mit den Schultern. »Die, die mich heiraten sollten, sind davongelaufen.«

Marlein betrachtete ihn genauer. Er war vielleicht zwei oder drei Lenze älter als sie selbst. Das schwarze Haar fiel in Wellen bis auf seine Schultern, und die blauen Augen blickten glanzlos drein. Seine Haut im Gesicht war vernarbt, als hätte er lange Zeit unter einem Ausschlag gelitten.

»Hattest du die Pest?«

Der Mann sah zu Boden und nickte. »Mein Weib sowie der Knecht und unsere Magd sind daran gestorben.«

Nachdem er Marlein noch eine Weile lang sein Leid geklagt hatte, überließ sie ihm das Fass Bier für drei Eier und einen Laib Brot. Dann nahm sie ihre Tochter an die Hand und ging zum Fuhrwerk zurück.

Später, als sie Linhart erzählte, weshalb ihr Gewinn so mager ausgefallen war, rieb er sich gedankenverloren über die gerötete Nase. Alheyt hatte das Fieber senken können. Doch nun litt er unter Halsweh und Schnupfen. Marlein verspürte Erleichterung, dass wohl tatsächlich nicht die Wunden schuld an seinem Fieber gewesen waren.

Am Abend kochte Marlein die Eier, bis sie hart waren, und teilte das Brot unter ihnen auf. Als sie am nächsten Morgen wieder aufbrachen, hielt Alheyt Linhart zwar nicht mehr für Wölflin, erlaubte jedoch nicht, dass er sich wieder auf den Bock setzte.

Zwei Tage später erreichten sie am späten Abend das Land vor Frankfurt. Dort schlugen sie ihr Lager auf, wo Marlein die Maische von dem Wasser trennte und kleine Brote aus den Trebern über dem offenen Feuer buk. Dazu tranken sie das Bier aus dem letzten verbliebenen Fass. »Was sollen wir in Frankfurt, wenn wir kein Bier mehr anbieten können?«, sprach Marlein laut ihre Gedanken aus.

»Das werden wir sehen.« Nachdenklich stocherte Linhart mit einem Ast in den glimmenden Scheiten herum.

Alheyt gab ein Knurren von sich. »Ihr habt wohl beide keinen Funken gesunden Menschenverstand!«

Wäre ihre Lage nicht wieder einmal so aussichtslos gewesen, hätte Marlein über ihre Worte gelacht. Doch in diesem Augenblick bereitete ihr all dies stattdessen Magenschmerzen.

Linhart strich ihr über den Arm. »Ich gehe morgen früh allein in die Stadt. Wenn ich zurückkomme, haben wir genügend zu essen.«

»Was hast du vor?«

Er wandte den Blick ab. »Ich kenne in Frankfurt jemanden, der mir gewiss helfen wird.«

»Was, wenn derjenige dich an deinen Vater verrät?«

»Das wird er nicht tun.«

Marlein entging nicht, dass er ihren Blick mied. »Weshalb gehen wir nicht zusammen hin?«

»Ich denke, es ist besser, Alheyt bleibt der Stadt fern.«

Nachdem Linhart sich die ganze Nacht den Kopf über seine Lüge zerbrochen hatte, schälte er sich beim Morgengrauen leise aus der Decke und machte sich unbemerkt auf den Weg zu einem der Stadttore von Frankfurt. Natürlich kannte er niemanden dort, aber was hätte er denn sagen sollen? Wenn er die Tage richtig gezählt hatte, musste heute Sonntag sein. Er sah an seinem Hemd hinab, das vor Schmutz nur so strotzte. Um noch vernachlässigter auszusehen, verrieb er eine Handvoll Erde in seinem Gesicht. Anschließend brach er einen Ast von einem Baum ab, der stark genug war, dass er sich darauf stützen konnte.

Als er die Straße entlanghumpelte, die zu dem Turm mit dem Spitzkegeldach in der Mauer führte, zog er mit leidendem Gesichtsausdruck sein Bein hinterher. Er war noch nie in Frankfurt gewesen, wusste weder, wo sich eine Kirche befand, noch wie die Straßen hießen. Das Tor, dem er entgegenstrebte, befand sich nahe des Mains, auf dem die Schiffe Waren in die Stadt brachten.

In den Rundbögen der Stadtmauer hatten die Bettler unter lumpigen Decken die Nacht verbracht. Nun reihten sie sich nach und nach zum Einlass in die Stadt ein. Es war eine Karawane von armseligen Kreaturen, in der sich bald auch Linhart wiederfand. Halbverbrannte Gesichter, blinde Augen, Arm- und Beinstumpen kennzeichneten die Bettler.

»Nur bis heute Abend, dann bist du wieder raus aus der Stadt. Hast du mich verstanden?«, murrte der Wächter zum wiederholten Male, als Linhart endlich an der Reihe war.

Linhart nickte. »Ich danke dir vielmals für dein Mitgefühl.«

Als er die Mauer hinter sich gelassen hatte, folgte er dem Strom der Bettler zu der großen Kirche inmitten der Stadt. Vor deren Portal lief bereits der Schellenmann auf und ab, der in einer blechernen Dose Almosen für die Leprosen sammelte. Mittlerweile befürchtete Linhart, dass die Zahl der Bettler die der Kirchgänger bei weitem übersteigen würde.

Der Gestank nach faulem Fleisch, ungewaschenen Leibern und Unrat raubte Linhart den Atem. Dicht an dicht drängten sich die Armen vor dem Kirchenportal und streckten den ersten Kirchgängern jammernd die schmutzigen Handflächen entgegen. Linhart gab sich einen Ruck und tat es ihnen gleich. Ein hoher Herr kam daher und ließ säckeweise Pfennige auf sie herabregnen. Linhart konnte sein Glück kaum fassen, wenn er auch feststellen musste, dass sich jede Menge ungeprägtes Eisen unter dem Geldsegen befand. Doch Linhart konnte gut eine Hand voll Pfennige ergattern. Rasch stahl er sich davon und suchte den Marktplatz auf, wo einige wenige Händler ihre Waren feilboten. Dort kaufte er an der Schlachterbank so viele Fleischabfälle vom gestrigen Tag, wie er tragen konnte. Daraus würde er eine ordentliche Suppe kochen. Kleingehackt würde nicht mehr zu sehen sein, dass es sich dabei um Gallenblasen, Därme und Hirn handelte. Zufrieden mit sich selbst kehrte er zum Fuhrwerk zurück.

Als Marlein erwachte, lag sie allein mit Katherl auf der Ladefläche. Sobald ihr Kopf allmählich klarer wurde, erinnerte sie sich, dass Linhart einen Freund aufsuchen wollte. Doch Alheyt war auch fort. Marlein stöhnte auf. Sicher hatten die Mauern von Frankfurt sie verschluckt, zu denen die Alte gestern Abend immer wieder verstohlen hingesehen hatte. Wölflins Festnahme hatte sie zwar nicht mehr erwähnt, aber wer wusste schon, was an diesem Tag in Alheyts Kopf vorging.

Marlein rieb sich den Schlaf aus den Augen, gähnte und reckte die Arme. Dann weckte sie Katherl, um nach Alheyt zu suchen.

Eine Menschenansammlung drängelte sich vor dem nächstgelegenen Stadttor. Marlein trat eine Weile lang ungeduldig von einem Fuß auf den anderen, ehe sie beschloss, an der Mauer entlang in Richtung Norden zu einem anderen Tor zu laufen. Doch sie hatte kaum ein paar Schritte getan, als sie zufällig auf Linhart traf. Er drückte ein fleckiges Bündel an seine Brust, und sein Gesicht strotzte nur so vor Dreck.

Verdattert sah Marlein ihn an. »Hast du mit deinem Freund eine Schlammschlacht veranstaltet?«

Das Grinsen verschwand aus seinem Gesicht. Hastig fuhr er sich mit dem Ärmel über die Schmutzkruste. »Schlamm? Ach, herrje. Ich … ich bin gestolpert«, stammelte er sichtlich verlegen.

»Und was trägst du da mit dir herum?«

»Ähm, das ist Fleisch.« Seine Ohren röteten sich.

»So?« Sie blickte auf das Bündel und roch in Gedanken bereits die gebratene Kruste. »Dann war dein Freund ja sehr großzügig.«

»Ja, das war er.« Unsicher blickte sich Linhart um. »Wo willst du hin? Etwa auch in die Stadt?«

Marlein wunderte sich über sein Benehmen, doch sie sagte nichts dazu. Stattdessen erzählte sie: »Alheyt ist wieder einmal verschwunden. Ich vermute, sie sucht Wölflin in der Stadt.«

Linhart sah sie unsicher an. »Dann sollten wir sie wohl ebenfalls suchen.«

»Willst du dabei etwa das Fleisch mit dir herumschleppen? Das wäre nicht so klug. Bring es besser zum Fuhrwerk und schütze es vor der Sonne.«

Er nickte. »Aber du wartest hier auf mich. Himmel, bin ich froh, dass wir uns rechtzeitig getroffen haben! Eine Frau wie du sollte nicht allein durch diese Stadt laufen.« Er machte sich eilig auf den Weg, und Marlein fragte sich, was er damit gemeint hatte.

Katherl zappelte murrend an ihrer Seite herum. »Ich bin hungrig.«

Marlein strich ihr über das Haar. »Wenn wir Alheyt gefunden haben, braten wir über dem Feuer ein schönes Stück Fleisch.«

»Was macht Großmutter in der Stadt?«

»Das weiß ich nicht, mein Engel.« Marlein seufzte. Hoffentlich fanden sie die Alte bald, und hoffentlich hatte sie keinen Unfug angestellt.

Es dauerte nicht lange und Linhart kam außer Atem zu ihnen zurückgeeilt. Er hatte wohl versucht, sich mit einem Tuch den Schlamm vom Gesicht zu wischen, hatte diesen dabei jedoch nur noch mehr verschmiert.

Mittlerweile hatte sich die Menschenansammlung vor der Mauer aufgelöst, so dass sie ungehindert das Tor passieren konnten.

»Wo sollen wir denn nur suchen?« Verzweifelt sah Marlein die Gasse entlang.

Linhart kratzte sich ein Stück Schlammkruste von der Wange. »Gewiss versucht sie, Wölflin aus dem Kerker oder irgendeinem Turm zu befreien.«

»Das mit dem Turm könnte stimmen. Schließlich wurden sie als Kinder in Lemgo auf einem Turm gefangen gehalten.«

»Ich weiß nicht, ob es hier in Frankfurt überhaupt einen Turm gibt, in dem Gefangene hocken.« Linhart kratzte sich den blonden Bart, der ihm mittlerweile gewachsen war. »Lass uns einfach auf dem Marktplatz nach ihr fragen. Mit ihrem hängendem Augenlid wird sie gewiss jemandem aufgefallen sein.«

Sie liefen über die Straße, die zu der großen Pfarrkirche führte. Die Glocke verkündete gerade das Ende der Sonntagsmesse, und die Bürger strömten aus dem zweiflügeligen Portal. Sie gaben den Bettlern hier und da noch ein paar Almosen und zogen dann zum Marktplatz.

Linhart, Marlein und Katherl folgten ihnen und sahen, dass sich dort eine Gruppe Fahrender zu einem Possenspiel aufgestellt hatte. In einer Traube versammelten sich die Bürger um das Podest, auf dem es stattfinden sollte. Zwischen all den Menschen schlich eine Alte umher.

»Da ist Alheyt!«, rief Marlein.

»Wo?« Linhart reckte sich.

»Dort.« Marlein zeigte mit dem Finger auf die Frau.

Alheyt blieb dicht hinter einem kahlköpfigen Mann stehen und zückte einen Dolch. Marlein hielt den Atem an. Spielten ihre Augen ihr einen Streich? In dem Moment kam ein Hund durch die Menge gestürmt und prallte mit dem Kopf gegen Marleins Oberschenkel. Sie taumelte, fing sich jedoch wieder. Für einen Lidschlag hatte sie allerdings Alheyt aus den Augen verloren, und es dauerte kurz, bis sie sie wieder entdeckte. Die Alte stieß gerade mit einem Mann zusammen, der sie sichtlich erbost an den Schultern festhielt.

Marlein eilte mit Katherl zu den beiden. Das Herz schlug ihr bis in den Hals hinauf.

Der Mann in dem abgewetzten Wams sah Alheyt an, als habe er den Leibhaftigen vor sich stehen. Dann rüttelte er sie. »Dich kenne ich doch, du vermaledeites Weibsbild!«

»Nicht schon wieder«, flehte Marlein leise.

Auch Linhart bahnte sich einen Weg durch die Menschenmenge und riss den Mann herum. Ihm fehlte die Nase, doch wohl schon seit langer Zeit, wie die verheilten Narben zeigten.

»Was vergreifst du dich an einer alten Frau? Wie erbärmlich bist du?«, keifte Linhart.

Der Mann riss die Augen auf. »Sie hat mich zum Krüppel gemacht!«, schrie er.

Während der Mann weiter über den Marktplatz brüllte, fasste Marlein nach Alheyts Arm und zog sie aus der Menge fort. Die Alte konnte kaum Schritt halten, als Marlein mit ihr und Katherl die Gassen entlangeilte. Nachdem sie endlich die Stadtmauer erreicht hatten, keuchte Alheyt, als läge sie in den letzten Atemzügen. Sie hielten für einen Augenblick inne, bevor sie langsam auf das Tor zuschritten und so unauffällig wie möglich die Stadt verließen.

Erst vor der Mauer begriff Katherl wohl, dass sie in Gefahr gewesen waren, denn sie begann laut zu schluchzen. Das Mädchen drückte sich fest an Marleins Oberschenkel und vergrub sein Gesicht in ihren Röcken.

»Alles ist gut, meine Kleine. Großmutter ist in Sicherheit.« Besorgt sah Marlein über ihre Schulter. Doch Linhart war ihnen nicht gefolgt.

Als sie wieder beim Fuhrwerk waren, beschloss Marlein, ein Feuer zu entfachen, um das Fleisch zu braten. Linhart würde gewiss bald kommen. In Gedanken sah sie ihn jedoch schwer verwundet in der Gasse liegen, und ihre Unruhe stieg weiter an. Sie griff nach dem Bündel mit dem Fleisch. Sie sollte es braten, bevor es noch verdarb.

Doch als Marlein das Bündel entknotet hatte, glaubte sie nicht richtig zu sehen. Hatte Linhart nicht von anständigem Fleisch gesprochen? In dem Bündel befanden sich lediglich

Abfälle, die sie höchstens auskochen konnte. Missmutig ließ sie die Schultern hängen.

In dem Moment legte sich eine Hand auf ihre Schulter, und sie fuhr herum. Sie hatte nicht gemerkt, dass Linhart hinter sie getreten war. Sein rechtes Auge war zugeschwollen und schimmerte rötlich.

Marlein legte den Darm zurück und sprang auf. Sie nahm sein Gesicht in die Hände, um es zu betrachten. Bis auf das Auge schien es unversehrt.

»Hast du Schmerzen?«, fragte sie ihn.

Linhart schüttelte den Kopf. »Nicht der Rede wert.«

»Was ist geschehen?«

»Ich hab für Alheyt Prügel bezogen, konnte mich aber wehren.« Er sah zu den Fleischabfällen. »Es tut mir leid, aber für mehr haben meine Münzen nicht gereicht. Doch wenn du mich lässt, werde ich schon etwas Schmackhaftes daraus zubereiten.«

»Hast du so etwas schon einmal essen müssen?«

Sichtlich verlegen blickte Linhart zu Boden. »Nein, aber ich bin mir auch nicht zu schade dafür. Das ist immerhin besser, als zu hungern.«

In diesem Augenblick schämte sich Marlein für ihren Hochmut. »Ach, Linhart.« Sie strich ihm über die Schulter. »Weißt du was? Ich hacke die Fleischabfälle klein und forme sie dann zu Fladen, die wir über dem Feuer braten. Kühle du nur dein Auge.«

Er lächelte sichtlich erleichtert und reichte ihr sein Messer. Marlein nahm das Hirn und hackte es auf einem Holzbrett so klein, dass es fast nur noch eine helle Masse war. Das Gleiche machte sie mit der Gallenblase und vermischte alles miteinander. Dann erhob sie sich, um Kräuter zu suchen. Die letzten warmen Tage hatte das Kraut auf dem Waldboden sprießen lassen. Freisam wuchs in Hülle und Fülle, aber auch das Scharbockskraut reckte seine gelben Köpfchen empor. Gänsefuß war ebenfalls reichlich vorhanden. Die Wildkräuter würden den Fleischabfällen schon Geschmack verleihen. Es zählte, dass sie satt wurden, mehr nicht. Marlein pflückte einen Strauß und kehrte zur Feuerstelle zurück. Dort hackte sie die Kräuter, gab sie zu der Fleischmasse und formte kleine Fladen, die sie in der Sudpfanne briet. Bald schon stieg ein köstliches Aroma in ihre Nase.

Erst jetzt bemerkte sie, dass Linhart nicht bei Alheyt und Marlein auf dem Fuhrwerk saß.

»Wo ist er denn?«, fragte sie.

»Wer? Wölflin?«, fragte Alheyt zurück.

Katherl hielt die Nase in den Wind. »Das Essen riecht gut.«

»Ich meine, wo Linhart ist.«

»Ist zum Bach gegangen«, sagte Katherl.

Marlein vermutete, dass er sich dort waschen wollte, und richtete ihre Aufmerksamkeit wieder auf die Fleischfladen. Bald schon waren sie gar, doch Linhart kehrte immer noch nicht zurück. Marlein beschloss, nach ihm zu sehen, und bat Katherl, auf Alheyt achtzugeben, die mittlerweile eingeschlafen war. Der Bach war nicht allzu weit entfernt, so dass sie nicht lange fortbleiben würde.

Marlein schlug sich durch das Unterholz und staunte nicht schlecht, als sie Linhart mit hochgekrempelten Hosenbeinen im Wasser stehen sah. In der Hand hielt er einen langen Stecken und stach ab und an damit ins Wasser. Dann blieb er still stehen, fixierte mit seinem Blick das Wasser und stach erneut zu. Im nächsten Augenblick begutachtete er den Fisch, den er mit seinem Stecken erlegt hatte. Sichtlich zufrieden nickte er und stieg aus dem Wasser. Marlein winkte ihm zu, und als er sie sah, kam er breit grinsend auf sie zu.

Sie stellte sich auf die Zehenspitzen und gab ihm einen Kuss auf die Wange. »Warum hast du dich nicht schon früher im Fischen versucht?«

»Ich bin gar nicht darauf gekommen, dass es mir gelingen könnte.« Seine Wangen waren leicht gerötet, und seine Augen blitzten vor Stolz. »Doch als ich mir den Staub abwaschen wollte, sah ich diese herrlichen Fische um meine Beine schwimmen.« Er hielt ihr den Stecken entgegen. »Der schmeckt uns gewiss besser als die Fleischabfälle von der Kotzbank.«

»Das weißt du doch gar nicht. Ich habe die Fleischfladen mit Wildkräutern gewürzt. Sie riechen zumindest köstlich.«

Linhart legte den Arm um ihre Hüfte, zog sie nah an sich heran und küsste sie stürmisch. Als er sie wieder losließ, bemerkte sie, dass ihr ganz schwindelig geworden war.

Sie aßen die Fleischfladen und trockneten den gebratenen Fisch als Wegzehrung. Am nächsten Tag gab Marlein die Brauwürze in die Sudkessel, um sie dort ganz nach dem Reinheitsgebot gären zu lassen. Dann brachen sie auf. Linharts Auge war immer noch geschwollen und schimmerte purpurfarben. Linhart und Marlein beschlossen, auf ihrem weiteren Weg nach Köln, wo sie Bruder Paulus treffen wollten, keine größere Stadt mehr zu betreten.

Marlein dachte noch einmal über den Vorfall in Frankfurt nach. Es war ihr immer noch unbegreiflich, was Alheyt damals ins Bier gegeben hatte, dass die Leute nach dem Genuss ihre Nasen verloren haben könnten. Als sie die Alte danach fragte, zuckte diese jedoch nur mit den Schultern und beteuerte, sie wisse davon nichts.

12

Als sie am Fuße des Heiligen Bergs von den Eseln stiegen, rieb sich Paulus den Hintern. Es hatte doch noch einige Tagesritte gedauert, bis sie endlich die Ortschaft erreicht hatten. Aber wenigstens war der Proviant zum größten Teil aufgebraucht, so dass sie beide auf ihren Eseln reiten konnten.

Seufzend strich Christopherus über seine Kutte. »Wie freue ich mich darauf, in einem richtigen Bett zu nächtigen!«

Paulus konnte ihm nur zustimmen. Sein Magen knurrte, und die Dornwarzen in seinen Fersen waren wieder nachgewachsen. Der Strom von Pilgern, dem sie zuletzt gefolgt waren, bewegte sich in die Ortschaft, so dass die Gasthäuser wohl überfüllt sein würden.

»Ich hoffe, die Benediktiner nehmen uns mit Freuden auf«, sagte Paulus, während sie sich bergan zum Kloster wandten.

»Daran hege ich meine Zweifel, wenn sie wissen, weshalb wir gekommen sind.«

»Sie müssen es ja vorerst nicht erfahren.« Paulus dachte an den Schädel, den er in seinem Bündel mit sich führte. Er hatte ihn aus dem Gebeinhaus von Sankt Ursula zu Köln mitgehen lassen, wo unzählige davon lagerten – es hieß sogar, es seien elftausend. Da würde es nicht auffallen, wenn ein Schädel fehlte. Sollte er zu einem Tausch mit einer der Hostien dennoch nicht genügen, würde Paulus es mit Bäckerhusch und Bilsenkraut probieren, das er ebenfalls mit sich führte. Das Andechser Bier war zwar angeblich hervorragend, aber Paulus konnte sich vorstellen, dass dies mittlerweile auch streng nach Reinheitsgebot gebraut wurde. Er verzog den Mund, als hätte er auf eine unreife Beere gebissen.

»Was ist mit dir? Plagen dich schlechte Gedanken?« Der Prior strich dem Esel über die Nüstern.

Paulus schüttelte kurz den Kopf und winkte ab.

»Du sorgst dich um Juliane. Und befürchtest, ohne eine der drei Heiligen Hostien wird es nichts mit ihrer Freilassung.« Christopherus seufzte. »Glaubst du wirklich, dass sie uns eine der Hostien geben?«

»Wir werden sehen.« Paulus nahm die Zügel der Esel und führte die Tiere weiter den Hang hinauf.

Der Prior folgte ihm. »Eine prachtvolle Klosterkirche haben sie hier oben. Davon kann unsereins nur träumen.« Sein Blick glitt den Kirchturm hinauf.

Das Langschiff des Gotteshauses bildete mit drei weiteren Gebäuden ein Viereck. Unterhalb der Gebäude lagen die Gärten und ein Stück weiter hangabwärts die Wirtschaftsgebäude und Stallungen. Am Fuße des Berges befand sich das östliche Ufer des Ammersees, dessen Wogen in der Mittagssonne wie pulverisierter Stahl glitzerten.

Hier oben herrschte ein Frieden, der nur vom Gesang der Vögel untermalt wurde. Paulus atmete tief ein und schmeckte die Würze des Sees, die der Erde und der Pflanzen. Für einen Augenblick vergaß er seine Dornwarzen sowie den Kummer um Juliane und schritt schweigend neben Christopherus her. Auch dieser schien ergriffen von der Schönheit des Heiligen Berges zu sein. Plötzlich musste Paulus an Alheyt denken. Es war sicher Gottes Fügung gewesen, dass er sie nach all den Jahren wiedergetroffen hatte. Sein Herz machte einen Hüpfer. Wie sehr hatte er damals seine Alheyt geliebt! Er versuchte das Kribbeln in seinem Bauch heraufzubeschwören, das er als junger Mann verspürt hatte – als er noch Wölflin gewesen war. Als sie gemeinsam durch das Reich gezogen waren. Als sie das Strohlager in einer Scheune geteilt hatten. Er dachte daran, wie weich sich ihre nackte Haut unter seinen Fingern angefühlt hatte. Augenblicklich verspürte er wieder das Flattern von damals im Bauch. Sie war seine Schöne gewesen, sein geliebtes Weib. Hätte er sich doch nie mit ihr gestritten, dann wäre sie heute seine Frau! Ein tiefer Seufzer verließ seine Kehle.

Kurz darauf erreichten sie das Hauptportal des Klosters. Paulus schob den Gedanken an Alheyt beiseite und klopfte mit dem eisernen Ring gegen die Holzplanken. Eine kleine Ewigkeit herrschte Stille, dann schlurften Schritte hinter dem Portal. Knarzend öffnete sich das Portal ein wenig, und ein junger Mönch mit einem von Pickeln übersäten Gesicht lugte durch den Spalt. Sein Blick erhellte sich, als er die beiden sah. Ohne sie nach ihrem Begehr zu fragen, ließ er sie ein und wünschte ihnen Gottes Segen.

Paulus bedankte sich. »Um es von vornherein klarzustellen, wir werden nicht erwartet. Wir sind lediglich auf einer Pilgerreise und freuen uns über eure Gastfreundschaft.« Vor diesem Novizen hielt er die wahren Beweggründe für ihren Besuch besser erst einmal verborgen.

Der Bursche nickte und steckte die Hände in die Ärmel seiner Kutte. »Das geht mich nichts an. Ich habe lediglich die Anweisung, anderen Brüdern und Schwestern die Tür weit zu öffnen.«

»Wo bringst du uns hin?«, fragte Christopherus.

»Ins Gästehaus, wenn es Euch beliebt.«

Sie schritten durch einen Rundbogen, hinter dem weißgetünchte Häuser den Hof einrahmten. Die Gästezimmer, die der Novize ihnen kurz darauf zeigte, waren einfach eingerichtet. Über dem Bett hing ein Holzkreuz, und auf einem kleinen Tisch stand eine Waschschüssel. Anders als bei den Lungenbrüdern erhielt jedoch jeder Gast ein eigenes Zimmer. Der junge Bursche nannte ihnen die Zeiten, zu denen im Speisesaal das Essen aufgetragen wurde, und verabschiedete sich mit einem Kopfnicken.

Paulus legte sich erst einmal zur Ruhe. Am Abend bei Speis und Trank würde er gewiss erfahren, wer über die drei Heiligen Hostien wachte. Zu dumm von ihm, dass er sich nicht vorher schon danach erkundigt hatte. Aber wen hätte er in Köln auch fragen sollen?

Als Paulus aus dem Nachmittagsschlaf erwachte, fielen bereits die Strahlen der Abendsonne durch das Fenster der Kammer. Während er sich hastig erhob, klopfte es auch schon an seiner Tür. Er hörte Christopherus seinen Namen rufen. Noch ganz in den Wirren seines Traums verloren, stolperte er zur Tür und öffnete sie.

Der Prior schüttelte den Kopf. »Lieber Himmel, du siehst ja fürchterlich aus. Was ist denn los?«

»Es ist ein Traum, von dem ich immer noch ganz wirr bin.«

»Was hast du denn Schreckliches geträumt?«

»Ich weiß es nicht mehr.« Natürlich erinnerte sich Paulus ganz genau, dass er von Alheyt geträumt hatte. Und so schrecklich war es auch nicht gewesen. Sie waren jung und hatten im Stroh herumgetollt, bis sich ihre Münder zu einem Kuss gefunden hatten. Als er daran dachte, was danach geschehen war, flatterte und zog es heftig in seinem Bauch.

Christopherus winkte ab. »Dann wird die Unruhe auch rasch vergehen. Wir sollten den Speisesaal aufsuchen, bevor das Essen wieder abgetragen wird.«

»Ja, sicher.« Paulus sah zu Boden und nickte.

Im Speisesaal saßen die Mönche noch beim Gebet, das sie gemeinsam sprachen. Auf leisen Sohlen schlichen Paulus und Christopherus zu den freien Plätzen an dem langen Bohlentisch, ließen sich auf den Stühlen nieder und fielen in die monotonen lateinischen Worte ein. Dabei warf Paulus einen Blick in die Holzschalen, die vor den anderen standen. Nachdem das Amen gesprochen worden war, brachte einer der Novizen ihm und Christopherus ebenfalls eine Schale. Dazu trug er zwei winzige gefüllte Holzbecher auf.

Bald darauf musste Paulus feststellen, dass dies das kärglichste Mahl war, das er je zu sich genommen hatte. Der Inhalt der Schale bestand aus Wasser, das ein wenig mit Mehl angedickt war. Das Bier in den Bechern war so dünn und sauer, dass man es keinem Esel ins Ohr schütten konnte. Er blickte durch den Saal und versuchte, den Prior des Klosters Andechs ausfindig zu machen. Aber ihm fiel niemand unter den Mönchen auf, der Autorität ausstrahlte.

Paulus sprach den Tischnachbarn zu seiner Linken an, der mit dem Löffel den Rest aus seiner Schale kratzte. Sein Haarkranz war grau wie verwitterter Stein und das Gesicht bleich und eingefallen.

»Ist der Prior nicht unter Euch, Bruder?«

Der Mann hob den Blick. »Doch. Er sitzt neben Euch.«

Paulus wandte verwirrt den Blick zu seiner Rechten. Aber dort saß nur Christopherus. Dann dämmerte es ihm. »Ihr? Entschuldigt, das wusste ich nicht.«

»Grämt Euch nicht. Ich nehme mir ob meines Amtes keine besonderen Annehmlichkeiten heraus.« Der Prior trank den Rest seines Bechers aus. Dann wandte er das Wort wieder an Paulus. »Ihr seid Pilger? Woher kommt Ihr?«

»Wir sind aus Köln angereist und sind nicht nur Pilger. Ich hege Interesse an einer Eurer drei Heiligen Hostien«, sagte Paulus frei heraus und ärgerte sich im selben Augenblick, seine Absicht so vorschnell herausposaunt zu haben.

Der Prior lachte auf. »Guter Bruder, die drei Heiligen Hostien sind unser größter Reliquienschatz. Wie kommt Ihr darauf, unser Erzbischof würde sie freiwillig hergeben?«

Paulus hob die Augenbrauen. »Auch nicht im Tausch gegen eine Reliquie aus unserer Heiligen Stadt?«

»Welche da wäre?«

»Ein Gebein der Heiligen Jungfrauen.«

Abermals lachte der Prior auf. »Ein Gebein gegen eine der Hostien, die Zeichen aus Blut zeigen?«

»Ihr unterschätzt die Reliquien der Heiligen Jungfrauen. Ihr müsst wissen, es handelt sich hier um die Gefährtinnen der Heiligen Ursula, die in Köln zu Tode gekommen ist. Sie war auf den Rückweg ihrer Pilgerfahrt, als der Hunnenkönig –«

Bevor Paulus weiter ausholen konnte, unterbrach ihn der Prior: »Und weshalb wollt Ihr sie dann tauschen?«

»Weil wir im Gegensatz zu Euch genügend Gebeine haben. Außerdem ist die Heilige Ursula nach ihrem Tod vom Himmel herabgestiegen und hat die Hunnen aus Köln verjagt.«

Der Prior winkte ab. »Glaubt mir, es ist aussichtslos. Die Hostien stammen von unseren Päpsten Gregor dem Großen und Ludwig dem Neunten. Das Gebein einer Gefährtin gegen eine Hostie, die mit Blut gezeichnet ist?«

»Was sind das für Zeichen?«, fragte Paulus.

Der Prior spitzte die Lippen und hob die Augenbrauen. »Das wisst Ihr nicht?«

Paulus schüttelte den Kopf.

»Die Initialen Christi, ein Kreuz und ein Fingerglied.«

Augenblicklich dachte Paulus an die arme Juliane und seufzte.

Christopherus stieß ihm den Ellenbogen in die Rippen. »Sagte ich doch.«

»Sei still«, raunte Paulus und wandte sich wieder an den Prior: »Aber sehen darf ich sie?« Vielleicht half es ja, wenn er dabei zur Heiligen Mutter betete.

Der Prior schüttelte den Kopf. »Das ist leider nicht möglich. Es sei denn, Ihr bleibt bis zum Ende des neunten Monats des Jahres, wenn zum Fest der drei Heiligen Hostien die Monstranz geöffnet wird.«

Paulus stieß schwer den Atem aus. »Dann wird es wohl zu spät sein.«

»Zu spät wofür?«, fragte der Prior.

Christopherus ergriff das Wort. »Für Juliane. Sie ist unschuldig als Hexe angeklagt. Bruder Paulus erhofft sich, dass er mit einer der Hostien den Erzbischof gnädig stimmen kann.«

Nun lachte der Prior aus vollem Hals. »Was habt Ihr denn bloß für einen Erzbischof? Verlässt er sich nicht auf seine Inquisitoren, welche die Wahrheit finden werden?«

Paulus kniff die Augen zusammen. »Nun ja … Selbst Ihr

würdet unter der Folter gestehen, mit dem Teufel gebuhlt zu haben. Das wisst Ihr ganz genau.«

»Mit Sicherheit nicht.« Der Prior blickte ihn abfällig an. »Vielleicht solltet Ihr besser den *Malleus Maleficarum* lesen.«

»Das habe ich getan. Aber anscheinend mit anderen Augen als Ihr.« Paulus stand nicht der Sinn nach einem hitzigen Gespräch über die Inquisition. »Aber ich möchte nicht darüber streiten. Seht es mir nach, dass die Reise uns ermüdet hat.« Er erhob sich von dem Stuhl und blickte zu Christopherus, der erleichtert schien, sich vom Tisch entfernen zu dürfen.

Vor den Gästekammern warf er Paulus einen tadelnden Blick zu. »So wolltest du also an die Hostie gelangen? Indem du einen Streit über die Hexenverfolgung vom Zaun brichst?« Er schüttelte den Kopf.

»Ich werde zur Muttergottes beten, wenn ich den Hostien nahe genug bin«, brummte Paulus und war äußerst unzufrieden mit sich. Er war eben kein Reliquienhändler. Dafür konnte er jedoch schmackhaftes Bier brauen – was ihm wohl dank des Reinheitsgebotes in naher Zukunft auch verwehrt bleiben würde. Er seufzte, wünschte Christopherus eine gute Nacht und zog sich in seine Kammer zurück.

Als am nächsten Morgen silbriges Licht in die Kammer schien und Paulus die Augen aufschlug, hielt ihn abermals ein Traum noch minutenlang gefangen. Darin war er einfach in die Kirche spaziert, hatte die Tür zur Kapelle geöffnet und die in Bergkristall gegossenen Hostien aus der Monstranz entwendet.

Er setzte sich auf und rieb sich mit den Fingerknöcheln den Schlaf aus den Augen. Wenn es bloß so einfach wäre!

Der Prior wusste von seinem Wunsch und würde eins und eins zusammenzählen. Außerdem wusste er auch, dass Paulus aus Köln kam. Die Hostien, oder auch nur eine von ihnen, waren unerreichbar für Paulus. Aber beten würde er für Juliane. Die Muttergottes würde ihn gewiss anhören, wie sie alle Pilger anhörte.

Paulus rutschte von der Bettkante und kleidete sich an. Sein Magen schrie nach einem deftigen Frühmahl, aber das würde er hier im Kloster wohl kaum bekommen. Er verließ seine Kammer und horchte an der Tür, hinter der Christopherus schlief. In diesem Moment öffnete sie sich schwungvoll, und sein Prior hätte ihn beinahe umgerannt.

Christopherus schlug die Hände an die Brust und schnappte nach Luft. Auch Paulus musste den Schreck erst einmal verdauen. War das schlechte Gewissen schuld, dass er am ganzen Leib zitterte? Träume sind Schäume, schalt er sich und schenkte Christopherus ein zaghaftes Lächeln.

»Himmel, Paulus! Was schleichst du vor meiner Kammer herum?«

»Ich wollte mich nur vergewissern, ob du schon aufgestanden bist.«

»Allerdings.« Christopherus legte einen strengen Gesichtsausdruck auf. »Was gedenkst du, mit dem heutigen Tag anzufangen?«

»Ich werde zur Muttergottes beten, dann mit dir einen Gasthof aufsuchen und dort erst einmal vernünftig speisen sowie ein gepflegtes Bier trinken. Und dann können wir meinetwegen wieder in Richtung Heimat aufbrechen.«

Nur wenige Minuten später schob Paulus das Portal der Klosterkirche auf und wunderte sich, dass es nicht verschlossen war. Dann trat er in das Innere des Gotteshauses.

Durch die hohen Fenster fielen die Strahlen der Morgensonne und vergoldeten den Altar mit dem hölzernen Kreuz. Die Lilien, die darauf niedergelegt waren, verströmten einen lieblichen Duft, der sich mit dem des Weihrauchs vermischte.

In einer Ecke hinter dem Altar stand ein Maler in schwindelnder Höhe auf einem Holzgerüst und arbeitete an einem Deckenbildnis. Paulus konnte den Flügel eines Engels erkennen. Er hüstelte, um die Aufmerksamkeit des Malers zu erlangen. Dieser wandte den Blick von der Decke und sah zu ihm herab.

»Gott zum Gruße«, sagte Paulus leise. »Kannst du mir sagen, wo die Monstranz mit den drei Heiligen Hostien aufbewahrt wird?«

Der Maler zeigte mit dem Pinsel auf eine Tür. »Dort in der Heiligen Kapelle. Aber sie ist verschlossen.«

Das hatte sich Paulus schon gedacht. Er nickte zum Dank, und der Mann auf dem Gerüst widmete sich wieder seiner Arbeit.

Christopherus zupfte an dem Ärmel seiner Kutte. »Komm, lass uns für die arme Juliane beten.« Er kniete nieder und bekreuzigte sich.

Paulus tat es ihm gleich, schloss die Augen und betete zur Muttergottes. Doch immer wieder schweiften seine Gedanken ab. Er öffnete ein Auge und sah zu der Sakristei, in der das Blut und der Leib Christi aufbewahrt wurden. Die Hostien für den normalen Gottesdienst wurden gewiss nicht so bewacht wie die Heiligen, die vor Jahren unter dem Altar der ehemaligen Burgkapelle gefunden worden waren. Ein Kreuz aus Blut darauf abzubilden würde wohl die geringste Schwierigkeit sein. Und bis der Kölner Erzbischof den Schwindel bemerkte, wäre Juliane längst über alle Berge. Paulus lächelte still in sich hinein. Dann betete er vorsichtshalber doch noch zur Muttergottes, sie möge Juliane vor dem Schlimmsten bewahren. Zwei Eisen im Feuer waren besser als nur eines.

13

Fast einen Mond dauerte es, bis sie schließlich die Strecke von Frankfurt nach Köln zurückgelegt hatten. Weiterhin war Alheyt von ihren Durchfällen geplagt worden. Außerdem hatte es Linhart für richtig angesehen, größere Ansiedlungen zu umfahren. Zu groß erschien ihm inzwischen die Gefahr, dass Alheyt wieder irgendwo erkannt werden könnte.

Aber nun sahen sie die Mauern von Köln vor sich. Diese Stadt konnte sich wahrhaft heilig nennen. Unzählige Türme und Spitzen stachen innerhalb der Mauern in den Himmel, und über all dem thronte ein Kran auf der halbfertigen Kathedrale.

Sie betraten die Stadt durch das erste Tor am Rhein, das einer kleinen Trutzburg ähnelte. Dahinter erstreckten sich ländliche Gärten, in denen Wein, Gemüse, Obst und Getreide angebaut wurden. Die Luft war mit dem Duft von jungem Grün und Blüten gesättigt. Dicke Steinmauern umschlossen ein Kloster, dessen Glocke im Kirchturm zur Non schlug. In der Ferne blökten Schafe. Marlein bestaunte die Besinnlichkeit, die hier herrschte, bis die Gassen enger wurden und sich traufseitige Häuser aneinanderreihten. Hier begann das Leben der Stadt. Karren, beladen mit Tuch oder Fässern, ruckelten an ihnen vorbei. Mägde standen mit ihren Eimern plappernd um einen Brunnen. Im nächsten Augenblick rannte eine Sau an ihnen vorbei, die von einem Hund gejagt wurde. In einem der Fenster bot ein Buchdrucker seine wenigen Werke an, die von gutbetuchten Bürgern beäugt wurden.

Die Straße, in die Linhart den Wagen lenkte, führte zu der Kathedrale mit dem Kran. Es schien jedoch niemand an dem monströsen Dom zu bauen.

Marlein kletterte zu Linhart auf den Bock. »Wie sollen wir in diesem Getümmel bloß das Kloster von diesem Bruder Paulus finden?«

»Wenn er überhaupt schon von seiner Pilgerreise zurück ist. Was ich zu bezweifeln wage.«

»Hoffentlich nehmen die anderen Brüder uns überhaupt auf.«

Linhart kratzte sich den Bart. »In der Nähe des Neumarkts sollen die Lungenbrüder ihr Ordenshaus haben, wenn ich mich recht erinnere.«

Sie fuhren durch den Schatten der Kathedrale, und Marlein bestaunte die Wasserspeier unter dem Dach, die nur von Riesen dort angebracht worden sein konnten. Dann richtete sie den Blick wieder auf die Gasse. »Dort drüben auf dem Platz findet der Markt statt.«

»Na ja, ich denke, hier gibt es mehrere Märkte.« Trotz seiner Zweifel lenkte Linhart den Wagen an den Rand des Platzes, auf dem sich vor dem prächtigen Rathaus die Buden aneinanderreihten.

Marlein kletterte von dem Wagen und fragte den Mann an der Fischwaage, ob sie sich auf dem Neumarkt befänden. Doch wie sie erfahren musste, war dies der Alter Markt. Der Händler war jedoch so freundlich, ihnen den Weg zum

Kloster zu erklären, der über die Schildergasse führte. Linhart trieb erneut den Gaul an, und bald schon sahen sie die Klostermauern nahe einer kleinen Kirche.

Als sie kurz darauf in dem Kloster um Obdach baten, sah der Novize sie mit großen Augen an. Bruder Paulus und der Prior seien noch nicht von ihrer Pilgerreise zurück, meinte er, ließ sie jedoch ein und versprach, sie in das Gasthaus des Klosters zu führen. Alheyt knurrte vor sich hin und schien böse mit Wölflin zu sein, da er sie nicht erwartete. Katherl machte indes große Augen, hatte sie doch noch nie ein Kloster von innen gesehen.

Die Brüder wohnten in einem Haus für sich. Dahinter lag der Klostergarten, aus dem es herrlich nach Kräutern duftete. Inmitten des Gartens stand eine kleine Kapelle, die sich noch im Bau befand. Das Gästehaus drückte sich an die Mauer, die das Gelände von der rückseitigen Gasse trennte. Marlein nahm den vertrauten Geruch aus der Braustube wahr und bekam augenblicklich Heimweh. Vor ihrem inneren Auge sah sie das Birnbaumhäusle, die Back- und Braustube und Edi, der mit beiden Armen im Teig steckte. Marlein blinzelte die Tränen fort. Dieser Teil ihres Lebens war vorbei, und ein neuer begann. Sicher fanden sie auch in dieser Stadt ein Haus mit einer Braustube, in dem sie heimisch wurden. Die wenigen Menschen, die sie bisher in dieser Stadt kennengelernt hatte, mochte Marlein auf Anhieb. Wie es ihr schien, waren die Kölner wohl mit Frohsinn gesegnet.

Der Schlafsaal im ersten Stock des Gästehauses war einfach eingerichtet, aber sauber. Fünf Betten befanden sich darin, und an der Wand hing ein großes Holzkreuz. Durch die Fenster fiel genügend Licht, um den Saal zu erhellen.

Marlein spürte die Müdigkeit in ihren Knochen, die

von der harten Ladefläche des Fuhrwerks längst schon schmerzten. Die Betten mit ihren wollenen Decken und den Kissen, die wohl mit Gänsefedern gefüllt waren, versprachen ein wahres Himmelreich zu sein. Doch dann holte der Mönch sie auf den Boden der Tatsachen zurück, als er ihnen den Preis nannte, den sie pro Nacht zu zahlen hatten. Marlein schluckte, und auch Linhart verzog säuerlich den Mund.

»Halsabschneider!«, krähte Alheyt. »Gibt es nicht in jedem Kloster ein Gasthaus für arme Pilger und Reisende, damit sie dort frei nächtigen können?«

»In unserem nicht. Dazu fehlen uns die Räumlichkeiten«, konterte der Mönch.

Doch Alheyt gab den Kampf nicht auf. »Ha, warte ab, bis Wölflin zurück ist. Der wird dir die Ohren langziehen, wenn du uns um unser Geld bringst.«

Der junge Mönch hob die Augenbrauen. »Wölflin? Wer soll das sein?«

»Sie meint Bruder Paulus«, sagte Marlein. »Wölflin ist sein weltlicher Name.«

Der Mönch nickte. »Ach, und er hat euch wirklich versprochen, dass ihr hier frei von Kostgeld aufgenommen werdet?«

»Ja, sicher. Alheyt und er kennen sich von Kindesbeinen an. Sie ist übrigens meine Großmutter. Und dies ist meine Tochter.« Marlein legte beide Hände auf Katherls Schultern.

Der Bruder sah zu Linhart. »Und der Herr ist dein Gemahl?«

Marlein spürte die Hitze in ihre Wangen steigen. Verlegen blickte sie zu Linhart auf, der übertrieben heftig mit dem Kopf nickte.

Der Mönch zuckte mit den Schultern. »Dann würde ich vorschlagen, wir warten, bis Bruder Paulus von seiner Pilgerreise zurück ist. Wenn eure Geschichte nicht wahr ist, muss ich euch den Aufenthalt in Rechnung stellen.«

»Himmel und Kruzifix noch mal! Es ist wahr«, raunzte Alheyt ihn an. »Und nun scher dich raus.« Sie wedelte mit der Hand.

Marlein sah die Alte böse an. »Weshalb bist du denn so grantig?«

»Weil ich den Nachttopf benutzen möchte. Und das kann ich wohl kaum, wenn dieser gottesfürchtige Kerl neben mir steht.«

»Das Abort ist hinter dem Klostergarten«, sagte der Novize mit Seelenruhe und schob die Hände in die Ärmel seiner Kutte.

»Ich hock mich doch nicht über eine stinkende Grube.«

Marlein sah zu Linhart, der belustigt grinste. »Lassen wir sie allein«, sagte er, nahm Marleins Arm und führte sie aus dem Schlafsaal.

»Den Topf reinigst du aber selbst!«, rief Marlein über ihre Schulter hinweg.

Der Mönch und Katherl folgten ihnen auf den Hof. Dort teilte der Bruder ihnen mit, wann in der Braustube die Mahlzeiten aufgetragen wurden, und verschwand durch den Garten in das Wohnhaus der Mönche.

Marlein dachte an das Bier, das sie auf der Reise gebraut hatte. Die Menge war so gering, dass es sich nicht lohnte, es zu verkaufen. Sie zupfte an Linharts Hemdsärmel. »Sollten wir zur Feier des Tages nicht einmal mein Bier probieren, das ich nach dem strengen Reinheitsgebot gebraut habe?«

Linhart sah in den Himmel, von dem die Sonne ungehindert auf die Stadt strahlte. »Vielleicht unten am Rhein, außerhalb der Stadtmauern. Wir setzen uns ins Gras und sehen den Booten zu, die über den Strom ziehen. Was meinst du?«

Der Gedanke gefiel Marlein. Es wäre eine gute Gelegenheit, die Strapazen der Reise hinter sich zu lassen und nach vorn zu schauen. Sie warteten, bis Alheyt herauskam.

Schweigend entleerte die Alte den Nachttopf in den Rosenbüschen des Gartens und stellte ihn neben den Lavendel auf den Boden. »Ich habe Hunger, und ihr?«, sagte sie, als sie neben die anderen trat.

Marlein betrachtete sie misstrauisch. Sie hatten, seit Linhart sich aufs Fischen verstand, kaum noch Hunger gelitten. Am Morgen hatten sie sogar ein paar stibitzte Eier gegessen.

Alheyt nestelte an ihrem Ausschnitt. »Wisst ihr was? Ich lade euch in eine Schenke ein.«

»Wovon das denn?«, fragte Marlein lachend.

»Na, von meinem Geld.« Die Alte zog ein Säckchen aus ihrem Ausschnitt.

»Wo hast du das her?« Ungläubig sah Marlein auf die Münzen, die durch Alheyts Finger glitten.

»Wölflin hat es mir gegeben.«

»Rede keinen Unsinn. Du hast die Münzen gestohlen. Ist es nicht so?«

»Was unterstellst du mir da? Du bist ja richtig biestig.« Alheyt steckte die Münzen zurück in den Beutel.

Marlein sah zu Linhart. »Weißt du vielleicht, woher sie den Beutel hat?«

Er wich ihrem Blick aus und schüttelte den Kopf. »Ich hab keinen blassen Schimmer.«

Katherl zupfte an Marleins Rock. »Du hast gesagt, man darf nicht stehlen.«

»Das ist richtig, weil es eine Sünde ist. Niemand darf einem anderen etwas wegnehmen. Wir wollen ja auch nicht bestohlen werden«, klärte Marlein ihre Tochter auf.

»Aber die Eier von heute Morgen haben wir doch auch aus dem Gehege gestohlen.«

Marlein verdrehte die Augen. »Nein, die haben wir gefunden. Und nun sei still.« Sie legte die Hände auf Alheyts Schultern. Dabei hoffte sie inständig, dass ihnen nicht bereits die Büttel auf den Fersen waren. »Sag mir sofort, woher du die Münzen hast.«

Alheyt wand sich aus ihrem Griff. »Habe ich dir doch gerade gesagt. Hast du es etwa an den Ohren?«

»Hat Wölflin sie dir gegeben, bevor er zum Kloster Andechs weitergezogen ist?«

Die Alte schüttelte den Kopf. »Nein, es war in Frankfurt. Nachdem er sie mir gegeben hat, ist er nach Lemgo gegangen. Das ist doch hier Lemgo, oder?« Sie verzog die Lippen, so dass sich die Falten um ihren Mund kräuselten.

Verzweifelt sah Marlein wieder zu Linhart und wurde das Gefühl nicht los, dass er ihr etwas verschwieg.

»Nein, Alheyt. Wir sind in Köln.«

Die Alte rieb sich über das Kinn, wo ein graues störrisches Haar wuchs. »In Köln? Aber was wollen wir denn hier?«

Geduldig erklärte Linhart ihr, was Bruder Paulus ihnen versprochen hatte.

Alheyt schüttelte den Kopf und blickte ihn ungläubig an. »Wirklich?«

»Ja, es stimmt«, sagte Marlein. Wenn sich die Gelegenheit ergab, würde sie Linhart zur Rede stellen, schließlich durfte er ihr nichts verheimlichen, und er wusste gewiss, woher Alheyt die Münzen hatte.

Die Alte betrachtete das Säckchen. »Dann gehen wir eben hier ins Wirtshaus. Und wenn Wölflin bald kommt, ist ja alles gut.«

Marlein hielt ihre Einwände zurück. Sie hatten in der letzten Zeit so viele Tage unter freiem Himmel gegessen, dass die Vorstellung von einem Wirtshaus sie lockte. Den Gesprächen der anderen inmitten des köstlichen Dufts von Braten zu lauschen, versprach ihr in diesem Augenblick das Gefühl von Geborgenheit, wie sie es in ihrer kleinen Schankstube erlebt hatte.

Sie kehrten in ein Gasthaus ein, das sich am Rande des Neumarkts befand. An diesem Tag wurde Pferdemarkt gehalten, und der Schankraum war voll mit angereisten Händlern. Laute Stimmen vermischten sich mit dem Geruch von verschwitzten Leibern und dem von Braten und Bier. Nicht alle hatten einen Platz an den Tischen bekommen, und so standen sie mit Bierkrügen in der Hand dicht an dicht gedrängt in der Stube. Es war aussichtslos, hier einen Sitzplatz zu bekommen, und so verließen sie die Schenke wieder. Marlein sah an dem achteckigen Turm neben dem Gasthaus hinauf und fragte sich, wer darin wohl wohnte.

Neben ihr gab Alheyt missgelaunte Töne von sich. »Verdammt und zugenäht. Was ist hier für ein Volk unterwegs?«

Ein untersetzter Junge, der einen Karren zog, rempelte Marlein an und bat sie um Verzeihung, bevor der Strom der vorbeiziehenden Menschen ihn weiterriss. Linhart griff nach ihrer Hand und führte sie mitten auf den Neumarkt, wo sie etwas mehr Platz hatten. Pferde und Maultiere waren in langen Reihen an den Tränken festgebunden, und dicht bei ihnen bot ein Sattelmacher seine Waren an. Es roch nach Pferdedung und Leder. Katherl klammerte sich ängstlich an Marleins Röcke, und Alheyt schnaubte weiterhin unwirsch.

»Was sollen wir hier? Willst du etwa einen neuen Gaul kaufen?«, fragte die Alte und gähnte herzhaft. »Lasst uns heimgehen. Ich bin müde.« Den Hunger hatte sie wohl wieder vergessen.

In diesem Augenblick war Marlein froh, dass sie nicht weiter nach einem Gasthaus suchen mussten, das ihnen Platz bot. Sie dachte wieder an die Wiesen unten am Rhein. »Sollten wir nicht etwas Brot und Schinken kaufen und uns in den Rheinauen ein schattiges Plätzchen suchen?«

Alheyt winkte ab. »Könnt ihr gern machen. Ich jedoch gehe heim.«

Sie brachten Alheyt zum Haus der Lungenbrüder, wo sie sich augenblicklich in eines der Betten legte und bald schon zu schnarchen begann. Marlein griff nach einer der Decken und dem Geldbeutel. Vorsichtshalber drehte sie den Schlüssel im Schloss und steckte ihn ein, damit Alheyt nicht fortlaufen konnte, falls sie erwachte. Hier in dieser großen Stadt würden sie tagelang nach ihr suchen müssen. Kurz darauf kauften sie bei einem Schlachter Schinken und bei einem Bäcker einen Laib Brot und verließen die Stadtmauern.

In den Rheinauen herrschte eine paradiesische Ruhe, die von dem Gesang der Vögel und dem leisen Plätschern des Stroms am Ufer untermalt wurde. Im Schatten einer Birke breitete Marlein die Decke aus. Nachdem sie gegessen und den Krug Bier geteilt hatten, jagte Katherl den Schmetterlingen nach.

Linhart umfasste Marleins Hand und streichelte ihre Finger. Es schien, als könne er ihr nicht in die Augen sehen.

Sie ahnte, dass die Lüge ihn belastete. »Was hat es mit den

Münzen auf sich, die Alheyt mit sich herumträgt?«, fragte sie frei heraus.

Linharts Wangen röteten sich. Er blickte zum Rhein und schwieg.

Marlein entriss ihm ihre Hand. Zornig sagte sie: »Es reicht, Linhart. Wenn ich eins nicht vertragen kann, ist es, belogen zu werden. Mangelndes Vertrauen ist für mich ein guter Grund, getrennte Wege zu gehen.«

Er riss die Augen auf. »Ich wollte dich nicht belügen! Das musst du mir glauben. Ich liebe dich von ganzem Herzen.«

»Dann sag mir endlich die Wahrheit«, murrte sie.

»Alheyt hat in Frankfurt einem Mann den Beutel vom Gürtel geschnitten.«

»Sie hat was?« Marlein glaubte sich verhört zu haben.

»Es war der Mann, mit dem ich mich anschließend geschlagen habe. Den Verlust seines Beutels hatte er da zwar noch nicht entdeckt, aber er hat Alheyt aus früheren Zeiten wiedererkannt.«

»Warum hast du es nicht verhindert?«

»Wir waren zu spät. Und selbst wenn nicht – hättest du gewollt, dass der Henker Alheyt die Hand abschlägt?«

»Natürlich nicht.« Marlein wusste nicht, was sie denken sollte. Frankfurt war weit genug entfernt, so dass sich ihre Spur wohl verloren hatte. »Warum hast du es mir nicht gleich erzählt?«

»Ich wollte nicht, dass du dich sorgst.«

Marlein seufzte. Trotzt des Unrechts, das Alheyt begangen hatte, konnte ihnen das Geld hier ein wenig nützlich sein. Schließlich wollte sie nicht ewig im Kloster bleiben. Marlein ließ zu, dass Linhart wieder ihre Hand nahm.

»Es war töricht von mir, Alheyts Untat zu verschweigen.

Und es war noch törichter von mir, dich heute zu belügen. Ich schwöre dir, das kommt nie wieder vor.«

Er blickte sie an wie ein junger Hund, der eine Wurst gestohlen hat. Eine Locke fiel ihm in die Stirn. Marlein konnte sich ein Lächeln nicht verkneifen und strich ihm das Haar zurück. Sichtlich erleichtert legte er die Hand auf ihre Wange und küsste sie. Marlein vergaß die Welt um sich herum, bis sie Katherls Kichern neben sich vernahm. Rasch ließ sie von Linharts Lippen ab und räusperte sich.

Die Sonne neigte sich bereits gen Westen, und ihre Strahlen streuten Goldstaub auf die Wogen des Rheins.

»Wir sollten aufbrechen. Gewiss ist Alheyt schon erwacht.« Marleins Stimme klang heiser.

Kurz darauf packten sie alles zusammen und gingen zurück zum Kloster. Nachdem der junge Mönch sie eingelassen hatte, fielen Marlein sofort die beiden Esel auf, die ein anderer Bruder gerade zu dem kleinen Stall hinter der Braustube brachte.

»Sieht aus, als wären Bruder Paulus und der Prior zurück«, stellte Linhart fest. »Sie haben uns tatsächlich wieder eingeholt – na, kein Wunder, so langsam, wie wir wegen Alheyts Unpässlichkeiten vorangekommen sind.«

»Dem Himmel sei Dank.« Marlein sah zu dem Gästehaus, wo Alheyt gerade den Kopf durch eines der Fenster steckte. Aufgeregt fuchtelte die Alte mit den Armen. »Ich werde gefangen gehalten! So helft mir doch!«, schrie sie lauthals über den Hof.

»Wer hat sie denn dort eingesperrt?«

Marlein wandte sich um und sah, dass Bruder Paulus hinter sie getreten war. Die Kutte war staubig von der Reise, und ein Bart bedeckte sein Kinn.

»Ich habe den Schlüssel mitgenommen, damit sie keine Dummheiten macht.« Marlein strahlte. »Schön, Euch zu sehen, Bruder Paulus.«

»Es freut mich auch, wieder in Köln zu sein.«

»Habt Ihr die Reliquie?«, fragte Linhart ihn.

Bruder Paulus trat von einem Fuß auf den anderen. »Ja, ja. Gewiss.« Er senkte die Stimme. »Aber behaltet das noch ein wenig für euch.«

Oben am Fenster zeterte Alheyt weiter, und Marlein befürchtete, sie würde sich jeden Augenblick hinausstürzen. Rasch eilte sie die Stiegen hinauf, um die Alte aus ihrem Gefängnis zu befreien.

Alheyt fauchte sie an: »Was soll das? Warum sperrst du mich ein?«

Marlein musste an die gestohlenen Münzen denken. »Weil du eine verfluchte Beutelschneiderin bist.«

»Ich soll *was* sein?« Die Alte riss die Augen auf.

»Bist du also nicht? Dann erklär mir doch mal, woher du den Beutel mit den Münzen hast.«

»Was für einen Beutel? Bist du übergeschnappt?« Alheyt tastete mit den faltigen Händen ihren Leib ab, als sei sie sich ihrer eigenen Worte nicht sicher.

»Erinnerst du dich wirklich nicht?«

Alheyt nestelte in ihrem Ausschnitt. »Meinst du etwa den hier?«

»Ganz genau.«

»Aber den habe ich doch von Wölflin bekommen.«

Marlein verdrehte die Augen. Es machte keinen Sinn, weiter nachzufragen. Offensichtlich hatte die Alte wirklich vergessen, was geschehen war. »Ordne dein Haar und lass uns hinuntergehen. Bruder Paulus ist gekommen.«

»Kenne ich nicht. Wer soll das sein?« Alheyt fuhr sich mit der Hand über die weißen Strähnen.

»Dein Wölflin«, sagte Marlein.

Wie der Wind war Alheyt aus der Tür, und Marlein wunderte sich erneut, dass Großmutter so wenig gebrechlich war. Wahrscheinlich alterte nur ihr Verstand.

Marlein folgte ihr in den Klosterhof, wo sich Alheyt in Bruder Paulus' Arme warf. Tränen strömten über ihre Wangen, und auch Marlein schluckte. Es schien, als überdauerte Alheyts Liebe zu Wölflin ihren Verstand.

Später saßen sie bei einem Krug Bier und einem Eintopf aus Rauchfleisch und Rüben in der Braustube zusammen. Auf dem großen Bohlentisch flackerten Talglichter, und Marlein verspürte neben Linhart eine behagliche Geborgenheit.

Als Bruder Paulus ihn fragte, ob er ihm in den nächsten Tagen zur Hand gehen könne, antwortete er nur zögerlich. Marlein spürte, dass etwas auf seinem Gewissen lastete. Sicher war es auch diesmal die Sorge um die Zukunft.

Das Bier des Klosters schmeckte stark nach herben Kräutern und entsprach so gar nicht dem Reinheitsgebot. Bald schon merkte Marlein, dass sie eine große Heiterkeit überkam. Sie fragte Bruder Paulus nach den Zutaten.

»Nur Wasser, Malz und Hopfen.« Er sah in seinen Krug und spitzte die Lippen. »Und ein wenig Bäckerhusch. Aber wirklich nur ein ganz klein wenig.«

Alheyt grinste, wobei ihr letzter verbliebener Zahn zum Vorschein kam.

Neben ihr schüttelte Linhart den Kopf. »Wird das in Köln nicht geahndet?«

»Natürlich. Aber wenn die Bierprüfer kommen, präsentiere ich ihnen einfach ein anderes Fass«, erklärte Bruder Paulus.

Marlein gefiel das. Auch sie wollte beim Brauen nur ungern auf ihr Johanniskrautöl verzichten. Mit einem wohligen Gefühl im Bauch dachte sie an die eigene Braustube, die sie hier in Köln eröffnen würde. Irgendwie würde sie Linhart schon überreden, ihr Weiberbier brauen zu dürfen. Bis dahin war es zwar noch ein langer Weg, aber vielleicht zahlte der Orden ihnen ja einen Lohn, wenn sie Bruder Paulus beim Brauen zur Hand gingen. Linhart musste in diesem Augenblick genau das Gleiche gedacht haben, denn er fragte den Mönch offen danach.

Bruder Paulus schüttelte den Kopf. »Es tut mir leid, aber mehr als ein Dach über dem Kopf und Verköstigung können wir euch nicht bieten. Der Orden spart auf eine eigene Kapelle.«

Marlein gähnte herzhaft und strich über Katherls Haar. Ihre Tochter lag mit dem Kopf auf ihrem Schoß und war bereits eingeschlafen. »Kannst du sie hinauftragen?«

»Ja, sicher.« Linhart erhob sich und nahm das Mädchen auf seine Arme.

Nachdem sie Bruder Paulus eine gesegnete Nacht gewünscht hatten, stiegen sie gemeinsam die Treppe hinauf. Alheyt legte sich mit ihren Sachen ins Bett und begann sofort zu schnarchen. Die Knochen schwer vor Müdigkeit, entkleidete Marlein sich selbst und dann Katherl bis auf das Unterkleid. Verstohlen sah sie zu Linhart, der sich das Hemd über den Kopf zog und wortlos unter die Decke kroch. Marlein bettete Katherl neben sich und zog ebenfalls die Wolldecke über ihre beiden Schultern.

Das Talglicht verlosch, und Finsternis hüllte sie ein. Neben sich vernahm Marlein Linharts schweren Atem. Sie fand ebenfalls keinen Schlaf, und das Bedürfnis, in Linharts Armen Geborgenheit zu finden, übermannte sie.

Als hätte er dies gespürt, flüsterte er ihren Namen und sagte dann: »Komm zu mir. Ich brauche dich.«

Marlein vergewisserte sich, dass Katherl fest schlief, und kroch aus ihrem Bett zu Linhart unter die Decke. Mit den Fingern fuhr sie über die warme Haut seiner Brust und schmiegte ihre Wange daran. Er schloss sie in seine Arme, küsste ihre Lider und strich ihr sanft mit der Hand über den Rücken.

»Lass mich dich ganz spüren«, hauchte er.

Marleins Herzschlag beschleunigte sich. Lange hatte sie nicht mehr dieses Lodern der Lust in ihrem Leib gefühlt. Linhart half ihr aus dem Unterkleid. Nachdem es zu Boden gefallen war und er sie wieder in die Arme nahm, spürte sie, dass auch er sich vollkommen entkleidet hatte. Sein hartes Geschlecht drückte sich gegen ihren Schenkel. Er berührte mit den Lippen die ihren, und sie küssten sich leidenschaftlich. Er strich über ihre Brüste, neckte mit dem Daumen ihre Warzen und fuhr mit der Hand weiter ihren Bauch hinab, wo er innehielt. Als seine Finger Marleins intimste Stelle erkundeten, grub sie die Hand in sein Haar und stöhnte leise auf.

Er schob sich über sie, ohne die Lippen von ihren zu lassen, und versuchte in sie einzudringen. Doch es gelang ihm nicht. Unbeholfen stieß er mit der Spitze seines Geschlechts gegen ihre Mitte. In diesem Augenblick wusste Marlein, dass sie seine erste Frau war. Eine Woge der Zuneigung erfasste sie, und sie drängte sich ihm entgegen, fasste zwischen ihren Schenkeln nach seinem Glied und leitete es an

die richtige Stelle. Linhart atmete schwer. Trotz der Dunkelheit konnte sie den Schimmer in seinen Augen sehen. Dann schloss er die Lider, küsste sie und begann sich langsam in ihr zu bewegen. Sie wollte ihn nie wieder loslassen, klammerte sich erneut an ihn und spürte, wie sein Leib bebte. Das Gesicht verzerrt, unterdrückte er einen Schrei. Marlein spürte den heißen Strahl, der sich in ihrer Mitte ergoss, Linharts Leib, der sich auf ihr wie ein Bogen spannte, wieder bebte und zuckte, bevor er schweratmend mit dem Gesicht in das Kissen sank. Mit zittrigen Fingern strich sie ihm das nasse Haar aus der Stirn. Auch ihr fiel es schwer, in ruhigen Zügen zu atmen. In dieser Nacht war Linhart wohl endgültig zum Mann geworden – wenn auch viel zu rasch.
Später, als sie merkte, dass er schlief, zog sie sich das Unterkleid über und kroch in ihr eigenes Bett zurück. Ein seltsames Gefühl beschlich sie. Es war ihre Liebe zu Linhart, das wusste sie. Doch es fühlte sich dumpf an, als würde diese Liebe nie Erfüllung finden. Selbst wenn er bei ihr war, sehnte sie sich nach ihm. Irgendwie kam sie einfach nicht dort an, wo sie hinwollte.

Noch bevor der Hahn des Klosters krähte, erwachte Linhart aus einem tiefen Schlaf. Er dachte an die letzte Nacht und spürte erneut das Blut in seinen Lenden pochen. Doch dann überfiel ihn die Scham und jagte das Blut von seinen Lenden hinauf in seine Wangen. Jedes Tier schaffte mühelos das, was ihm nicht allein gelungen war. Was sollte Marlein bloß von ihm denken, dass er es nicht aus eigener Kraft geschafft hatte, in sie einzudringen? Nun war er in ihren Augen gewiss immer noch kein rechter Mann. Die Scham setzte sich in seiner Brust fest. Wie lange träumte er schon davon, Marlein so nahe zu sein, wie er ihr nur sein konnte! Doch dann hatte ihn die Gier übermannt, und es war vorbei gewesen, bevor es überhaupt richtig begonnen hatte. Bekümmert schüttelte er den Kopf. Marlein hatte dieses Leben hier nicht verdient.

Leise erhob er sich von seinem Bett, trat ans Fenster und atmete die frische Luft des Morgens ein. Als er glaubte, einen halbwegs klaren Kopf zu haben, verließ er das Gästehaus.

Kurz darauf schritt er die Straße entlang, die zum Dom führte. Ein Mann begegnete ihm, und Linhart fragte ihn nach einer großen Brauerei. Bereitwillig gab der Mann Auskunft und schickte ihn zum Weyertor, das im Südwesten der Stadt lag. Dort gäbe es einen großen Brauereibetrieb, wie er versicherte. Linhart folgte seiner Wegbeschreibung und befand sich bald schon in einer breiten Gasse, die zurück zur Stadtmauer führte. Da er die Brauerei nicht auf Anhieb entdeckte, fragte er ein weiteres Mal nach. Dann stand er endlich vor dem dreistöckigen Haus nahe dem Weyertor, wo er um eine Anstellung bitten wollte.

Eine Magd ließ ihn ein und führte ihn über den Hof in die Braustube. Der Brauer stand am Läuterbottich, aus dem er die Würze in die Pfanne laufen ließ. Es roch nach Hopfen, Malzschrot und Würze. Ein Knecht schleppte ächzend einen großen Jutesack in die Stube. Ein anderer Mann rollte leere Fässer zum Tor hinaus. In Linharts Leib breitete sich ein vertrautes Gefühl aus.

Der Brauer ließ von seiner Arbeit und kam auf ihn zu. »Was führt dich zu mir, Bursche?«, fragte er mit tiefer Stimme.

»Ich suche eine Anstellung als Brauer.«

Der Meister wischte sich die Hände an seinem Hemd ab. »Du bist nicht aus Köln, oder? Von woher kommst du?«

»Aus Ingolstadt. Ich bin der Sohn von Brauer Schäffer.«

»Hast du das Handwerk gelernt?«

»Ja, ich habe meinen Meister gemacht.« Linhart spürte, wie ihm vor Aufregung der Hals eng wurde.

Der Brauer beäugte ihn misstrauisch und kratzte sich mit schwarzgeränderten Fingernägeln den Bart. »Dann kannst du gewiss deinen Brief vorweisen.«

Linhart wurde es heiß und kalt zugleich. Natürlich lag dieser noch in Ingolstadt. Wie hätte er in der ganzen Aufregung auch daran denken sollen, ihn mitzunehmen? »Den kann ich Euch leider nicht zeigen, Meister. Ich … ich habe ihn nicht bei mir.«

Der Brauer gab ein verächtliches Schnauben von sich. »Da kann ja jeder kommen und behaupten, er wäre Braumeister. Mach, dass du verschwindest. Am besten ganz aus der Stadt.« Er winkte ab und begab sich zurück an den Läuterbottich.

Mit hängenden Schultern verließ Linhart die Braustube, ging über den Hof und trat zurück auf die Gasse. Bei den anderen Betrieben brauchte er es gar nicht erst zu versuchen, jeder Brauer in der Stadt würde ihn abweisen, solange er seine Papiere nicht vorzeigen konnte, das war jetzt gewiss. Wie hatte er auch je etwas anderes erwarten können?

Als ihn in diesem Augenblick der Mut zu verlassen drohte, fasste Linhart einen Entschluss. Er würde zurück nach Ingolstadt gehen, um die Urkunden zu holen. Marlein war hier in Köln in guter Obhut. Sie, Alheyt und Katherl würden in dem Kloster versorgt werden, bis er wieder zu ihnen zurückkehrte.

Marlein glaubte ihm kein Wort. Als Linhart sie zum Abschied in den Arm nahm und an sich drückte, versteifte sie den Rücken. Weshalb sollte er wieder nach Köln kommen? Sich erneut diese Strapazen aufhalsen? Wenn sie selbst die Wahl hätte, würde sie sich auch für ihre Heimat entscheiden.

Linhart ließ sie los und sah sie an. »Ich komme wieder, so glaube mir doch. Sobald mein Vater mir mein Erbe ausgezahlt hat, kehre ich zurück. Das schwöre ich dir bei meinem Leben. Außerdem brauche ich meine Geburtsurkunde sowie meinen Meisterbrief. Ohne diese Dokumente kann ich hier nicht Fuß fassen. Nicht einmal eine Anstellung als Knecht würde ich finden.«

Marlein holte tief Luft. »Warum sollte Jacob dir dein Erbe auszahlen? Damit du es mit der Buhle des Teufels teilst?«

Er biss sich auf die Unterlippe. »Mir steht ein Erbteil zu. Er muss es mir auszahlen.«

Ein bitteres Lachen entwich ihr. »Solange er lebt, steht dir gar nichts zu.« Sie zwang sich, ihn nicht zu bitten, dass er bleiben solle.

»Ich bin mir sicher, es gelingt mir, ihn gnädig zu stimmen.«

»Sicher sagst du ihm dann auch, dass du zu mir nach Köln gehst, um hier eine Braustube zu eröffnen. Das wäre mein und Katherls Tod. Ich hoffe, du bist dir dessen bewusst.«

Linhart sah zu Boden. »Niemals würde ich dich in Gefahr bringen. Auch nicht unbedacht.« Er küsste sie auf die Stirn. »Bald schon werde ich wieder hier sein.«

Marlein sah ihm nach, wie er zu den Ställen ging. Als er das Pferd an den Zügeln ins Freie führte, konnte sie die Tränen nicht mehr zurückhalten. Nein, er sollte sie nicht weinen sehen. Sie raffte ihre Röcke und lief in das Gästehaus. Oben in der Schlafkammer warf sie sich auf ihr Bett und schluchzte in das Kissen. Nach einer Weile atmete sie tief durch. Dann stand sie auf, wischte sich die Tränen von den Wangen und ordnete ihr Haar. Das Leben ging weiter – auch ohne Linhart.

Alheyt tränkte mit Katherl die Kräuter in dem Klostergarten. Da die beiden beschäftigt waren, beschloss Marlein, Bruder Paulus in der Braustube zur Hand zu gehen. Der Mönch ließ gerade die Würze aus dem Läuterbottich in eine große Pfanne fließen.

Als er Marlein sah, schenkte er ihr ein mitleidiges Lächeln. »Er kommt zurück, das kannst du mir getrost glauben.«

»Warum seid Ihr Euch da so sicher?« Marlein begab sich zu dem Maischbottich und überprüfte die Temperatur mit dem Ellenbogen. Prompt verbrühte sie sich daran und schrie auf.

Bruder Paulus eilte mit einem nassen Tuch zu ihr und kühlte die verbrannte Haut. »Weil er dich liebt, Mädchen.«

»Er ist ein Kindskopf. Wie kann er glauben, sein Vater würde ihm das Erbe auszahlen?« Sie presste die Lippen aufeinander.

»Ich bin mir sicher, er würde seinen Vater für dich töten.« Bruder Paulus nahm das nasse Tuch von ihrem Arm. »Und nun zeige ich dir, wie die Temperatur der Maische gemessen wird, ohne dass man sich daran verbrüht.« Er schlurfte zu einem Regal, griff nach einer der Holzkisten und öffnete den Deckel. Als er einen Frosch herausholte, riss Marlein die Augen auf.

»Ihr wollt doch wohl nicht das arme Tier in den Maischbottich werfen?«

»Aber sicher. Wenn der Frosch auf der Stelle das Zeitliche segnet, muss ich das Feuer drosseln.«

»Aber nein. Lasst den Frosch frei und drosselt das Feuer, wenn die Maische Blasen wirft. Außerdem hat ein guter Brauer einen Blick für die Temperatur, wenn er den Bottich im Auge behält.«

Bruder Paulus hob die Brauen und sah den Frosch in seiner Hand an. »Sollte sie dir wirklich das Leben gerettet haben?« Er ging zur Tür, öffnete sie und setzte das Tier in den Staub. Der Frosch gab ein leises Quaken von sich und sprang ziemlich ungelenk in die Freiheit.

Bruder Paulus rieb sich die Hände und kehrte an den Maischbottich zurück. »Du verstehst das Handwerk.« Sichtlich beeindruckt schob er die Unterlippe vor.

Marlein nickte. »Sicher verstehe ich mein Handwerk. Mein verstorbener Mann war mir ein guter Meister.«

»Fürwahr.« Der Mönch nickte und begab sich an den Läuterbottich.

»Backt Ihr im Kloster auch Brot aus den Trebern?«

»Dafür blieb mir bisher keine Zeit.« Bruder Paulus kostete von der Würze und schürzte sichtlich zufrieden die Lippen.

»Das könnte ich übernehmen.« Marlein sah die ersten Blasen auf der Maische und löschte mit einem Deckel das Feuer unter dem Bottich. »Wie lange werdet Ihr uns Obdach gewähren?«, fragte sie frei heraus.

»So lange, bis Linhart zurück ist. Und wenn es sein muss, darüber hinaus.«

Marlein presste die Lippen aufeinander. Würde es jemals

wieder einen Tag in ihrem Leben geben, der verging, ohne dass sie an Linhart dachte? Im Augenblick konnte sie sich das nur schwer vorstellen.

14

Es war an der Zeit, dem Erzbischof endlich die Heilige Hostie zu übergeben. Paulus wischte sich die Hände an einem Tuch ab und suchte seine Kammer auf. Wie er erfahren hatte, saß Juliane immer noch im Kerker, doch sie war bis jetzt nicht gefoltert worden. Der Erzbischof hatte also Wort gehalten. Paulus nahm das Holzkästchen und klappte den Deckel auf. Dort lag sie, in königsblauen Samt eingeschlagen und mit seinem eigenen Blut bemalt. Er konnte sich ein Grinsen nicht verkneifen. Dabei hatte er keine Ahnung, ob sein Kunstwerk der echten Heiligen Hostie glich. Er zuckte mit den Schultern und klappte die Kiste wieder zu. Zum Glück wusste Christopherus nichts von seinem Vorhaben. Der Prior würde die falsche Reliquie nicht billigen, dessen war sich Paulus sicher. Ach was, Christopherus würde die Übergabe natürlich verhindern! Das stand außer Frage. In die Gedanken vertieft, trat Paulus aus dem Tor des Klosters und bemerkte zu spät, dass er dem Prior geradewegs in die Arme gelaufen war. Das Kästchen fiel zu Boden, und die Hostie flog im hohen Bogen heraus.

Christopherus bückte sich danach und hob sie mit spitzen Fingern auf. Mit hochgezogenen Brauen betrachtete er den Leib Christi. »Was haben wir denn da?«

»Äh … nichts …« Paulus wollte ihm gerade die Hostie

aus der Hand nehmen, da steckte der Prior sie sich auch schon in den Mund.

»Halt!«, rief Paulus. »Die Heilige Hostie!«

Christopherus schluckte sie hinunter. »Zu spät.«

Erschüttert hob Paulus die Hände. »Himmel, was hast du getan?«

»Dich vor dem Galgen bewahrt«, sagte der Prior seelenruhig. »Eine falsche Reliquie …« Er schnalzte mit der Zunge. »Schämst du dich eigentlich nicht?«

Paulus ließ die Schultern hängen.

»Mir wäre es lieber, du würdest dein Dollbier brauen, anstatt so etwas dem Erzbischof anzupreisen. Dabei bleibt wenigstens deine Haut heil.«

»Ja, das würde ich auch lieber tun. Wenn nicht Juliane im Kerker säße.«

»Warum vertraust du nicht einfach auf Gott?«

Paulus zuckte mit den Schultern und schwieg. Er hätte ja gern dem Herrgott vertraut, doch damals, als er nach Alheyt gesucht hatte, war er ihm auch keine große Hilfe gewesen. Dann fiel ihm ein, dass er damals überhaupt nicht zu Gott gebetet hatte. Das schlechte Gewissen überfiel ihn. Vielleicht tat er dem Herrn unrecht.

»Lass uns noch einmal den Erzbischof aufsuchen. Wie ich gehört habe, soll er zurzeit in der Stadt sein«, sagte der Prior. »Vielleicht haben unsere Gebete an der Pilgerstätte geholfen.«

Paulus hoffte inständig, dass der Prior recht hatte. Zerknirscht holte er seinen Umhang.

Der Himmel über ihnen war grau. Regen rauschte in Bindfäden auf sie herab und bildete kleine Seen zwischen den traufseitigen Häusern. Paulus und Christopherus schritten in ihren Holzpantinen die Trankgasse entlang zum Kölner Hof. Das Domizil des Erzbischofs war ein einfacher Bau mit einem großen Portal und Balkonen darüber. Es wunderte Paulus, dass dort die Herrschaften residierten und der Erzbischöfliche Palast am Dom mittlerweile nicht mehr genutzt wurde. Doch der Erzbischof war nicht mehr oft in der Stadt, verbrachte die meiste Zeit in Bonn, da die Würdenträger der Kirche die Kölner Herzen schon seit Jahrhunderten verloren hatten. Die Bürger der Stadt bestanden auf ihrer Reichsfreiheit und ließen sich von der Kirche nur ungern in die Regierungsgeschäfte hineinreden. Geschweige denn, sich das Geld aus den Taschen ziehen.

Paulus klopfte an eine der wuchtigen Flügeltüren. Kurz darauf öffnete ihm ein Diener, und Paulus bat um eine Audienz. Dann wartete er wieder, bis der Diener zurückkehrte, ihn und Christopherus einließ und in den Saal brachte. Der Erzbischof saß an dem langen Bohlentisch und kritzelte mit der Feder auf einem Pergament.

Als Paulus und Christopherus auf die Knie fielen, hob er den Kopf. »Ah, euch beide habe ich erwartet«, sagte Hermann von Wied, erhob sich, schritt auf sie zu und hielt Paulus seinen Siegelring entgegen.

Paulus küsste das Schmuckstück und erhob sich wieder. Nachdem Christopherus es ihm gleichgetan hatte, neigte der Erzbischof den Kopf, sah erst Paulus und dann dessen leere Hände an.

»Wo ist denn nun die Hostie?«

»Es ist so …«

Christopherus fiel Paulus ins Wort. »Sie geben sie nicht heraus. Nicht für alles Gold der Welt.«

Statt verärgert zu sein, legte Hermann von Wied den Kopf

in den Nacken und lachte laut auf. »Das hätte ich euch gleich sagen können.«

Paulus sah ihn verdutzt an. »Aber warum habt Ihr uns dann ziehen lassen?«

»Ihr wolltet es selbst so. Schon vergessen?«

»Ja, ja.« Paulus spürte die Hitze, die in seine Ohren kroch. »Aber was ist denn nun mit Juliane?«

»Hoogstraten ist in Wien, um das Nest der Reuchliner Freunde auszuräuchern. So lange ruht der Prozess.«

Paulus fiel auf die Knie. »Lasst Juliane frei! Ich bitte Euch von ganzem Herzen. Sie ist unschuldig.«

Der Erzbischof wandte sich von ihm ab, umrundete den Bohlentisch und setzte sich wieder an seinen Platz. Er faltete die Hände vor sich. »Um die Inquisition kümmere ich mich nicht. Da habe ich vollstes Vertrauen in Hoogstraten, der ein erfahrener Mann ist. Wenn ich Juliane begnadige, falle ich ihm in den Rücken. Das kann ich mir nicht erlauben.«

Paulus presste die Lippen aufeinander und dachte an sein Dollbier. Vielleicht sollte er mit dem Erzbischof einen Krug davon leeren. Und zwar von der Sorte, die barmherzig stimmte. Ungeduldig klopfte er mit den Fingern auf der Tischplatte. »Wie ich erfahren habe, gibt es außer Pater Stephan keine Zeugen.«

Der Erzbischof hob die Schultern. »Das interessiert mich nicht. Wie gesagt, es ist die Aufgabe von Hoogstraten, die Zeugen zu befragen.« Er nahm ein Dokument vom Tisch und las es aufmerksam. Damit war für ihn wohl die Audienz beendet.

Christopherus verneigte sich und dankte Hermann von Wied für seine Aufmerksamkeit. Dann zupfte er an Paulus' Ärmel, damit auch er sich vom Erzbischof verabschiedete.

Der Tag verging ohne weitere Vorkommnisse. Alheyt schien in der Nähe von Bruder Paulus ihr Glück gefunden zu haben, denn sie lächelte unaufhörlich. Den Tag über genoss Katherl die Obhut der Mönche, die ihr zeigten, wie aus Kräutern Arzneien hergestellt wurden. Marlein verbrachte die Zeit im Backhaus und buk Brote aus den Trebern.

Sobald sie nach Anbruch der Dunkelheit in ihrem Bett lag, dachte sie an Linhart. Wo er nun wohl sein mochte? Abermals drückten die Tränen hinter ihren geschlossenen Lidern, und der Kummer begleitete sie in den Schlaf.

Als sie am nächsten Morgen erwachte, zwitscherten bereits die Vögel im Klostergarten. Marlein blinzelte in das dämmrige Licht und stellte fest, dass Alheyt nicht mehr in ihrem Bett lag. Vorsichtig schob sie Katherl aus ihrem Arm und setzte sich auf. Kurz fiel ihr Blick auf Linharts leeres Bett. Die Sorge um die Großmutter vertrieb jedoch den schmerzlichen Gedanken an ihn. Marlein kroch von ihrer Schlafstätte und ging zum Fenster. Da sah sie Alheyt auf das Gästehaus zukommen, mit ihrem Nachttopf in den Händen. Hoffentlich hatte sie diesen nicht im Klosterbrunnen entleert.

Rasch weckte Marlein ihre Tochter und kleidete sie an. Obwohl sie früh zu Bett gegangen waren, schien Katherl noch recht müde zu sein, denn sie ließ sich die Arme in das Kleid stecken, als sei sie eine Lumpenpuppe.

»Freust du dich nicht auf den Tag?«, versuchte Marlein das Mädchen aufzumuntern.

Katherl zuckte mit den Schultern. »Weiß nicht.«

»Es macht dir doch Spaß, mit den Ordensbrüdern die Arzneien herzustellen, oder nicht?«

Katherl nickte beklommen und zog die Nase hoch. »Ja, schon.«

»Wie es mir scheint, bist du aber traurig.«

Katherl nickte erneut, dann blickte sie zu ihr auf. »Kommt Linhart nie mehr wieder?«

Marlein drückte ihrer Tochter einen Kuss ins Haar. »Ich weiß es nicht.« Sie blieb bei der Wahrheit, auch wenn sie ihre Tochter lieber fröhlich sah.

»Aber wer passt denn dann auf uns auf?«

»Ich passe auf dich auf.«

»Aber ich hab Linhart gern. Er gehört doch zu uns.« Katherl blickte sie verzweifelt an.

»Ich hab ihn auch gern, das kannst du mir glauben. Er hat jedoch eine andere Familie, die er auch liebhat.«

»Hat er auch eine Tochter?«

»Nein, aber einen Vater, eine Mutter und eine Schwester.«

»Die kann er doch mitbringen, wenn er zurückkehrt.«

»Nein, Katherl. Sie würden niemals die Schanz verlassen. Lass uns einfach abwarten, was die Zeit bringt, in Ordnung?«

Katherl wand sich aus ihrem Arm und sprang aus dem Bett. »Wo ist Großmutter?«

»Sie läuft bereits durch den Klostergarten. Sollen wir nach ihr sehen?«

»Ja!« Das Mädchen lief voraus aus dem Schlafsaal.

Einen Augenblick brauchte Marlein noch, um die Sehnsucht nach Linhart zu verdrängen. Dann folgte sie Katherl die Stiegen hinab.

Auch an diesem Tag half Marlein Paulus in der Braustube. Am Abend, als Alheyt und Katherl schliefen, bewirtete sie die Mönche, die bis spät in der Nacht beieinandersaßen. Die ganze Zeit über hatte sie das Gefühl, sie befände sich in einer Glaskugel, in der allmählich die Luft knapp wurde.

Am nächsten Morgen fand sie Bruder Paulus nicht wie gewohnt in der Braustube vor. Marlein suchte den Prior auf. Von ihm erfuhr sie, dass Bruder Paulus ein Darmleiden befallen hatte, das ihn entweder an die Latrine oder an das Krankenlager fesselte.

Christopherus atmete schwer aus und wies mit der Hand auf den Stuhl vor ihrem Arbeitspult. »Soll ich dir sagen, wer dafür verantwortlich ist?« Er presste die Lippen aufeinander. Sein finsterer Blick verhieß nichts Gutes.

Marlein ahnte die Antwort und sog tief den Atem ein.

»Ich habe am Morgen beobachtet, wie deine Großmutter ihren Nachttopf im Klosterbrunnen entleert hat. Ich gehe davon aus, dass es nicht das erste Mal gewesen ist. Das erklärt doch alles, oder?«

Marlein ballte die Fäuste in ihrem Schoß. »Das ist unentschuldbar, ich weiß. Aber ich werde sie dafür zur Rechenschaft ziehen. Es wird nie wieder vorkommen.«

»Das hilft uns nicht. Das Wasser ist vergiftet. Wir werden den Brunnen nicht mehr nutzen können.« Er setzte sich hinter das Schreibpult und sah Marlein eindringlich an. »Ich muss euch bitten, das Kloster zu verlassen.«

Marlein riss die Augen auf. »Aber wo sollen wir denn hin? Wir sind vollkommen mittellos.«

Der Prior rümpfte die Nase. »Ich bin bereit, euch Almosen zu geben.« Er stand auf und ging um das Arbeitspult herum. »Aber wir können euch wirklich nicht hier leben lassen. Deine Großmutter ist eine Gefahr für das Kloster.«

Marlein bemühte sich, ihre Wut im Zaum zu halten, und atmete tief durch. »Auch wenn meine Großmutter körperlich noch nicht gebrechlich ist, ist doch ihr Verstand nicht mehr der beste. Sie lebt meist in der Vergangenheit. Kann Recht von Unrecht nicht mehr unterscheiden. Wie es scheint, ist ein Teil in ihrem Kopf bereits abgestorben.« Sie spürte, wie sich ihre Augen mit Tränen füllten. »Sie war immer eine rechtschaffene, fleißige Frau. Sie hat es nicht verdient, verstoßen zu werden.«

Der Prior trat zum Fenster und sah hinaus auf die Gasse. »Das tut mir leid. Aber für solche Menschen gibt es andere Einrichtungen als unser Kloster.«

»Ihr meint, ich soll Großmutter in ein Tollhaus stecken?« Marlein verschränkte die Arme vor der Brust und schüttelte den Kopf. »Niemals!«

Der Prior wandte sich um. »Sie ist eine Gefahr für die Menschheit. Sonst läge Bruder Paulus nun nicht sterbenskrank darnieder.«

»Er könnte auch etwas Verdorbenes gegessen haben. Wenn Großmutter heute den Nachttopf im Brunnen entleert hat, heißt das ja nicht, dass sie dies zuvor auch schon gemacht hat.«

»Das spielt keine Rolle. Ihr müsst das Kloster verlassen.« Der Prior ging zu seinem Schreibpult, zog eine Schublade heraus und griff nach einem kleinen Stoffbeutel. »Hier sind ein paar Münzen, mit denen ihr über die nächsten Tage kommt.«

Marlein starrte den Beutel an, biss sich auf die Unterlippe und verließ das Zimmer. Sie suchte nach Alheyt, die sie in der Braustube fand, wo die Alte gerade ein Kraut in die Würze gab. »Wir müssen fort von hier«, raunte sie und riss Alheyt unwirsch am Arm.

Die Augen der Alten weiteten sich. »Fort von hier? Aber wozu denn?«

»Der Prior will uns nicht mehr hier haben.«

»Wölflin will uns nicht mehr?« Alheyt kratzte sich an der Nase.

»Nein, nicht Wölflin. Christopherus hat uns des Klosters verwiesen. Komm, wir müssen unsere Sachen packen.«

»Aber Wölflin …«

»Wölflin ist auf Pilgerreise. Er kann uns nicht helfen«, log Marlein.

Alheyt folgte ihr murrend in den Schlafsaal, fragte aber nicht mehr nach Wölflin, was Marlein dankbar hinnahm. Rasch packte sie ihre wenige Habe ein. Dabei fiel ihr siedend heiß ein, dass Linhart den Gaul mitgenommen hatte. Was sollte sie denn nun mit dem Fuhrwerk anstellen? Nachdenklich sah Marlein Alheyt an, die auf dem Bett saß und die Beine baumeln ließ.

»Was ist los? Hab ich etwas im Gesicht?«, fragte die Alte.

»Das Fuhrwerk … Wie sollen wir es von hier fortbekommen?«

»Was für ein Fuhrwerk? Wir haben doch noch nie eins besessen. Und warum müssen wir überhaupt aus dem Birnbaumhäusle fort?«

»Du hast es wieder vergessen?«

»Was?«

»Ach, nichts.« Marlein nahm die Bündel auf. »Wir lassen das Fuhrwerk einfach zurück.« Sie dachte an ihre Braukessel, die sich darauf befanden. Ohne diese würde sie nicht weit reisen, das stand fest. Und irgendwann würde sie die Kessel aus dem Kloster holen. Marleins Augen brannten, doch es fehlte die Zeit, um Tränen zu vergießen.

Sie verließen die Schlafkammer und gingen in die Kräuterküche, wo Katherl den Mönchen half, den Salbei zu trocknen.

Marlein hob das Mädchen auf ihre Arme. »Komm, wir müssen gehen.«

»Gehen wir nach Hause?«

»Nein, noch nicht.«

»Aber wohin denn?« Katherl klammerte die Arme um ihren Hals.

»Ich weiß es nicht.« Marlein trat zu einem der Mönche. »Sagt dem Prior, dass ich das Fuhrwerk später holen werde.«

Der junge Novize mit den großen blass-blauen Augen nickte.

Wenig später befanden sie sich auf einer der Straßen, die zu einem der westlichen Tore führte. Der Tag war noch jung, und die traufseitigen Häuser warfen in der Morgensonne lange Schatten. Die Luft lag schwer auf Marleins Lungen, als kündigte sich ein Gewitter an. Händler und Bauern strömten mit ihren Karren und Fuhrwerken durch das Tor. Sie führten Heu, Stroh, Tuch oder Rüben mit sich.

Alheyt schien in sich gekehrt zu sein, denn sie sprach kein Wort, was Marlein sehr gelegen kam. Sie brauchte Ruhe zum Nachdenken. Wie sollte es bloß weitergehen? Vorerst würden sie wohl mit den anderen Bettlern in den Rundbögen der Stadtmauer leben müssen. In den Wald traute sich Marlein nicht. Sicher gab es jede Menge Wegelagerer, die dort hausten und nur auf wehrlose Reisende warteten.

Sie verließen Köln durch das große Tor, das zur Straße nach Aachen führte. Dann wandten sie sich seitwärts und schritten die Befestigung entlang. Marlein betrachtete die Rundbögen. Fast in jedem hatten sich Bettler niedergelassen. Sie saßen auf löchrigen Wolldecken und hatten ihre eigenen Feuerstellen. Einigen von ihnen fehlten ein Arm, ein Auge oder gar beide Beine. Andere jedoch schienen unversehrt, wenn auch ausgemergelt. Eine alte Frau spielte auf einer Leier eine melancholische Melodie. Ihre Röcke waren nur noch Lumpen und ihr langes Haar eine Matte aus Filz. Marlein mochte hier nicht mit Katherl übernachten, denn dies war keine Umgebung für ein kleines Mädchen. Still fluchte sie auf Linhart, der sie einfach hier zurückgelassen hatte. Erst als sie fast schon beim nächsten Tor angelangt waren, wurden die Bettler weniger. Marlein blickte zu der Straße, die aus der Stadt führte, und erkannte nun auch, weshalb sich hier keiner in den Rundbögen aufhalten wollte. Unweit von ihnen säumten Galgen die Straße. An einem baumelte ein Gehenkter. Marlein beschleunigte ihren Schritt und kämpfte gegen die aufsteigenden Tränen an.

Hinter ihr spie Alheyt geräuschvoll auf den Boden. »Pfui, was für ein hässlicher Anblick.«

Ein Mann zog mit einem Karren an ihnen vorbei auf den Galgen zu. Er schnitt den Gehenkten ab, legte ihn auf die Ladefläche und entfernte sich weiter von der Stadt. Marlein verspürte Übelkeit in ihrem Bauch aufsteigen.

Alheyt sah sie traurig an. »Gehen wir zurück in unser Birnbaumhäusle?«

»Nein, Großmutter. Wir bleiben in Wölflins Nähe. Das ist dir doch lieb, oder?« Marlein dachte daran, wie Bruder Paulus es auffassen würde, wenn er erfuhr, dass der Prior sie des

Klosters verwiesen hatte. Vielleicht würde er sie ja suchen und zurückholen.

»Wo ist Wölflin denn?«, fragte Alheyt.

»Er liegt krank darnieder. Ein Darmleiden.« Es schien Marlein nun angebracht, die Wahrheit zu sagen.

»Warum gehen wir nicht zu ihm?«

»Weil der Prior uns nicht dort haben will.«

Alheyt nickte heftig. »Ja, ja. Er kann mich nicht leiden. Das habe ich schon bemerkt, aber Wölflin wird ihm etwas husten. Er hat immer zu mir gestanden. Solch eine treue Seele wie meinen Wölflin findest du selten.«

Marlein musste lächeln.

Die Mauer führte an einem Feld vorbei, auf dem Kohl angebaut wurde. Auch hier waren die Rundbögen meist unbewohnt.

Marlein trat zu einem und legte ihr Bündel darin ab. »Dann werden wir wohl die nächsten Nächte erst einmal in der Mauer verbringen.« Sie gab sich Mühe, nicht ganz so niedergeschlagen zu klingen.

Alheyt hob die Schultern. »Hab schon Schlimmeres erlebt.«

»Müssen wir hier schlafen?«, fragte Katherl und sah sich mit großen Augen um.

Der Rundbogen war etwa vier Fuß breit und so hoch, dass sie gerade darin stehen konnte. Wenn sie eng aneinanderlagen, passten sie alle drei hinein und hatten wenigstens ein Dach über dem Kopf. Marlein strich ihrer Tochter über die Schulter.

Katherl blickte zu ihr auf. »Ich finde es schön hier«, sagte sie, als hätte sie die Sorge in Marleins bekümmerter Miene lesen können. Das Mädchen nahm ihr eine Decke aus der

Hand und breitete sie auf dem Unkraut unter dem Mauerwerk aus. Plötzlich kam Marlein der Beutel mit den Münzen in den Sinn. Sie wandte sich um und sah der Großmutter auf den Busen. »Wie viele Münzen hast du eigentlich ergaunert?«

Alheyt stutzte. »Wie bitte?«

»Na, den Beutel meine ich, den du dem Mann in Frankfurt vom Gürtel geschnitten hast. Du erinnerst dich doch?«

Die Alte erinnerte sich natürlich nicht und kniff nur die Augenbrauen zusammen.

»Ich glaube, er steckt in deinem Hemd zwischen den Brüsten.«

Neben ihr hielt sich Katherl die Hand vor den Mund und kicherte.

Alheyt tastete ihren Busen ab. Als sie die Verhärtung in ihrem Ausschnitt spürte, zog sie die Stirn in Falten. »Du hast recht. Da ist etwas.« Rasch griff sie sich in den Kragen und zog das Säckchen hervor. Kurz betrachtete sie es, dann riss sie den Mund auf. »Von wegen Beutelschneiderin. Wölflin hat es mir gegeben. Wie kannst du nur denken, ich hätte es gestohlen?« Sie presste die Lippen aufeinander und schüttelte den Kopf.

»Dann hat es dir eben der Wölflin gegeben.« Marlein wusste, dass es nichts brachte, die Alte von ihrer eigenen Geschichte abzubringen. »Wie viele Münzen sind denn darin?«

»Weiß ich nicht.« Alheyt zog das Band auf und schüttete sich den Inhalt in die Handfläche.

Rasch nahm Marlein der Großmutter die fünf Münzen aus der Hand und steckte sie zurück in das Säckchen. Wie sie mit einem Blick erkannt hatte, waren es Albusse gewesen. Damit konnten sie höchsten drei Tage in einem Gasthaus nächtigen, dann würden sie wieder auf der Straße stehen. Mutlos ließ Marlein die Schultern hängen.

In diesem Augenblick kamen ein Lumpenmann und eine Frau, die ebenfalls in Fetzen gekleidet war, vorbei. Der Mann trug da, wo sein rechtes Bein gewesen war, einen Holzstumpen und spielte auf einer Leier. Katherl blieb vor ihnen stehen und sah fasziniert zu, wie er die Kurbel drehte und jammernde Laute dem Kasten entwichen.

Die Frau lachte Marlein aus einem zahnlosen Mund an.

Wie es schien, war sie älter als der Mann, denn ihr Haar war weiß wie Schnee, und unzählige Falten umkränzten ihre Augen.

Sie streckte die schmutzige Hand aus. »Wir beißen nicht. Nehmen nur gern eine milde Gabe, als Lohn für die Musik.« Ihr Blick haftete auf den Münzen.

Marlein wusste nur allzu gut, wie sehr der Hunger schmerzte, und zog die Schultern hoch. »Das ist unser letztes Geld. Ich brauche es, um meine Tochter durchzubringen.«

Die Frau presste die Lippen aufeinander. »Das Leben hat es nicht gut mit uns mit gemeint, oder?«

Marlein schüttelte den Kopf. »Nein, im Augenblick gewiss nicht.«

Ohne ein weiteres Wort gingen die Frau und der Leierkastenmann weiter und ließen sich unweit in einem anderen Rundbogen nieder. Kurz darauf drang leise Musik zu ihnen herüber und lullte Marlein in den Schlaf.

Als sie am nächsten Morgen erwachte, waren der Leierkastenmann und seine Frau bereits weitergezogen. Marlein blinzelte in den grauen Himmel und tastete dann nach dem

Ledersäckchen mit den Münzen, das sie gestern Abend neben sich gelegt hatte. Doch wie sie feststellen musste, waren mit den Musikanten auch ihre Münzen fort. Zorn brannte unvermittelt in Marleins Leib. Wie hatte sie nur leichtfertig sein können? Warum hatte sie das Säckchen nicht besser versteckt? Nun blieb ihr wirklich nichts anderes mehr übrig, als vor einer der Kirchen zu betteln.

Marlein erhob sich und glättete mit der Hand ihr Haar. Von dem Schlaf auf dem harten Boden spürte sie jeden einzelnen Knochen in ihrem Leib. Missmutig weckte sie Alheyt und Katherl.

Kurz darauf betraten sie mit leeren Mägen die Stadt.

»Betteln ist keine Schande«, bemerkte Alheyt, nachdem sie das Tor passiert hatten. »So ein widerliches Pack, das uns bestohlen hat. Aber wie sage ich immer: Gutheit ist Dummheit.«

Katherl, die ihre Worte gehört hatte, zupfte an Marleins Rocksaum. »Müssen wir wirklich betteln?«

Alheyt strich dem Mädchen mit ihren knochigen Fingern über das Haar. »Brauchst dich nicht zu fürchten, solange ich bei dir bin. Und nun gehen wir betteln.« Die Alte nickte leicht.

Linhart war so schnell geritten, wie Weg und Pferd es zuließen, und hatte sich kaum eine längere Pause gegönnt. Sechs Tage nach seinem Aufbruch aus Köln ritt er schon wieder nahe Würzburg an dem verarmten Hof vorbei, von dem Marlein ihm erzählt hatte. Der Mann, dessen Frau wohl an der Pest gestorben war, trat gerade mit einem Bündel aus der Tür und zog sie hinter sich zu. Linhart verlangsamte seinen Ritt und beobachtete ihn. Wendelin war sein Name, wie

Marlein damals erzählt hatte. Ein Kind lief auf den Mann zu. Es war in einen geflickten Kittel gekleidet, der ihm gerade über den Po reichte. Der Mann hob es auf seine Arme und verließ gemächlichen Schrittes den Hof.

Linhart lenkte sein Pferd zu ihm. »Gehst du auf Wanderschaft?«, fragte er den Bauern.

Der Mann hob den Blick. In seinen blauen Augen stand der Kummer der letzten Jahre geschrieben. Die Haut seiner Wangen war löchrig von Narben. »Notgedrungen. Mein Herr hat mich verjagt. Sag, weißt du keine Arbeit für mich?«

Linhart sprang vom Pferd und überlegte nicht lange. »Kannst du Bier brauen?«

»Nur für den Hausgebrauch.«

Was immer das auch heißen mochte, der Mann besaß die Grundkenntnisse, und das würde reichen, um ihm das Handwerk ausgiebig zu vermitteln. »Du könntest bei meinem Vater in die Lehre gehen.«

Welche Absicht Linhart des Weiteren hegte, offenbarte er dem Mann erst einmal nicht. Das würde er ansprechen, wenn die Zeit dafür reif war. »Besitzt du einen Gaul?«

Der Mann lachte bekümmert auf. »Machst du Scherze? Den einzigen Esel, den ich je besaß, habe ich letzten Winter zu Wurst verarbeiten müssen, damit mein Junge und ich nicht verhungern.«

Linhart presste die Lippen aufeinander. Bis Ingolstadt war es noch ein weiter Weg. Er schätzte, dass sie zu Fuß noch sieben Tage brauchen würden, wenn sie sich beeilten, vielleicht auch nur fünf. Zusätzliche Tage, die zwischen ihm und Marlein lagen. Er überlegte hin und her. Der Mann grub die Schneidezähne in seine rissige Unterlippe und sah ihn flehend an. Der Junge auf seinem Arm wand sich und strampelte, da er anscheinend wieder auf den Boden gelassen werden wollte. Der Mann hielt ihn jedoch fest in seinem Griff, bis er in schrillen Tönen zu quäken begann. Behutsam setzte er deshalb das Kind zu seinen Füßen ab. Als es sich erhob und davonlaufen wollte, hielt er es am Kragen fest. Das Kind wimmerte, ergab sich dann jedoch seinem Schicksal. Es hob einen Stein auf und betrachtete ihn eingehend.

»Komm mit mir, guter Mann. Wir werden sehen, ob du das Handwerk der Braukunst erlernen kannst. Mein Vater kann immer eine tatkräftige Hand in der Brauerei gebrauchen.« Linhart hob das Kind hoch und setzte es auf den Rücken des Gauls.

Der Junge riss kurz die Augen auf, dann jauchzte er vergnügt und tätschelte mit der kleinen Hand die Mähne des Pferdes.

»Er heißt Georg«, sagte der Bauer.

Es dauerte nicht lange, ehe sich wieder ein mulmiges Gefühl in Linharts Bauch ausbreitete. So oft hatte er auf dem Weg hierher schon darüber nachgedacht, wie Vater ihn empfangen würde! Schlimmstenfalls würde Linhart wohl im Kerker landen. Doch wer konnte ihm nachweisen, dass er Marlein zur Flucht verholfen hatte? Die Wächter vielleicht, die er mit seinem Bier betäubt hatte. Das mulmige Gefühl verknotete sich zu einem Klumpen. Zu gern hätte er auf der Stelle kehrtgemacht, um zurück nach Köln zu gehen, doch sein Verstand hinderte ihn daran.

Wendelin erzählte vom Tod seiner Frau. Seine Stimme klang dabei so melancholisch, dass es Linhart ins Herz schnitt. Bald schon dachte er nicht mehr an seinen Vater, weil seine Sehnsucht nach Marlein überhandnahm. Nie durfte er sie verlieren. Das würde er nicht überleben.

15

Noch nie in ihrem Leben hatte Marlein solch ein Unbehagen verspürt. Die Bettler hier unten am Hafen verströmten einen Gestank von ungewaschenen Leibern, Fäulnis und Exkrementen, der Übelkeit in ihr hervorrief. Alheyt schien das jedoch nicht zu kümmern, denn sie setzte sich mitten in das Bettelvolk und streckte die Hand nach den Kaufleuten aus, die das Stapelhaus aufsuchten. Geheul und Bettelrufe vermischten sich mit dem Knarzen der Radkräne im Hafen. Schiffe legten an, wurden entladen oder luden neue Waren auf. Flöße brachten Gesteinsbrocken und Baumstämme.

Marlein schmerzte der Kopf. Sie drückte Katherl an sich. Das Mädchen lutschte wieder an seinem Daumen und schmiegte sich eng an ihre Röcke. Marlein sah zu Alheyt. Zu ihrer Rechten saß ein Bettler, dem ein Arm fehlte. Doch bei genauerem Hinsehen erkannte Marlein, dass er ihn lediglich unter seinem schmutzigen Hemd versteckt hielt. Alheyt schnappte ihm einen Pfennig vor der Nase weg, den ein Kaufmann in ihre Richtung geworfen hatte. In diesem Augenblick schoss sein zweiter Arm aus dem Hemd und versuchte nach ihrer Hand zu greifen.

Alheyt wich ihm aus und verpasste ihm eine Ohrfeige. »Betrüger!«, schrie sie und weckte damit die Aufmerksamkeit der anderen Bettler. Zwei von ihnen packten den Mann und schleiften ihn aus der Menge. Kurz darauf erschienen drei Büttel, scheuchten die Menge auf und trieben die Bettler den Treidelpfad entlang.

Alheyt war zwischen ihnen untergetaucht. Rasch hob Marlein Katherl auf ihre Arme und folgte ihr bis zum Bayenturm, wo die Horde aus der Stadt getrieben wurde. Auf der Weide hinter dem Turm fand Marlein die Großmutter wieder, die ihr stolz den Pfennig in ihrer Handfläche zeigte.

»Ich weiß, es ist nicht viel, aber er wird sich schon vermehren. Lass mich mal machen«, sagte Alheyt und grinste zuversichtlich.

Marlein dachte an ihre Sudpfanne, die noch immer auf dem Fuhrwerk war. Wenn sie das Gefährt nur aus der Stadt bewegen könnte! Doch ohnehin verschlossen die Schergen in diesem Augenblick das Tor für die Bettler, so dass von ihnen niemand mehr in die Stadt gelangen konnte.

Alheyt ließ den Pfennig in ihrem Ausschnitt verschwinden. »Wir sollten die große Handelsstraße aufsuchen. Die mit den Galgen am Wegesrand. Erinnerst du dich?«, sagte die Alte.

»Was willst du denn dort?«

»Na, weiter betteln. Bei dem einen Pfennig belasse ich es bestimmt nicht.«

Marlein war es egal. Es gab nichts für sie zu tun, da konnten sie auch weiter auf Bettelzug gehen. Gemächlichen Schrittes gingen sie die Stadtmauer entlang, während sich die anderen Bettler in ihre Rundbögen zurückzogen oder über das Land vor Köln zerstreuten. Niemand folgte ihnen. Am großen Hahnentor nahmen sie die Straße Richtung Aachen. Ein Fuhrwerk kam hinter ihnen her.

Wagemutig stellte sich Alheyt ihm entgegen und hob die Arme in die Höhe.

Gerade noch rechtzeitig brachte der Bauer den Ochsen zum Stehen. »Bist du übergeschnappt?«, schrie der Mann, dessen abstehende Ohren in der Sonne leuchteten.

Alheyt ging um den Wagen, bis sie neben ihm stand, und schaute zu ihm auf. »Hast gewiss einen guten Ertrag erwirtschaftet.« Sie hielt ihm die offene Hand entgegen.

»Scher dich fort.« Der Bauer trieb den Ochsen an und ließ Alheyt stehen.

Die Alte ballte die Faust. »Hundsgesicht, elender Drecksack! In der Hölle sollst du schmoren!«, schrie sie ihm hinterher.

Marlein legte die Hand auf ihre Schulter. »Lass gut sein. Die Leute werden hier so oft angebettelt, dass sie der Armen überdrüssig sind.«

»Was ist denn das für ein Christendenken?« Alheyt setzte sich an den Straßenrand und verschränkte die Arme vor der Brust.

Als das nächste Fuhrwerk aus dem Hahnentor rollte, sprang sie wieder auf. Diesmal war es ein prächtiger Wagen mit einem Pferdegespann, der von einem Bediensteten gelenkt wurde. Hinten auf der Bank saß ein Herr, der in ein Wams aus dunkelgrünem Brokat gekleidet war. Er tupfte sich mit einem Tuch den Schweiß von der Stirn.

Abermals stellte sich Alheyt dem Wagen entgegen und wäre fast überrollt worden, wenn Marlein sie nicht im letzten Augenblick von der Straße gezerrt hätte. Alheyt verlor den Halt und fiel hart mit dem Hintern auf den Boden. Sie jaulte auf.

Der Wagenmeister brachte den Wagen zum Stehen und sprang von seinem Bock. »Bist du verrückt geworden, dich vor mein Gespann zu werfen?«

Alheyt jaulte weiter.

Marlein trat auf den Mann zu. »Sie hat es nicht besser gewusst. Ihr Verstand ist nicht mehr der beste. Verzeiht.« Sie wandte sich ab und half Alheyt auf die Beine.

Mittlerweile hatte sich der Herr auf dem Wagen erhoben. »Ist sie verletzt?«, rief er.

Nachdem Alheyt die Worte vernommen hatte, wimmerte sie wie ein junges Kätzchen und ließ sich wieder auf den Boden fallen. »Ich kann nicht mehr laufen.«

Der Mann öffnete die Tür an dem Wagen und kletterte hinab. »Sollen wir dich in ein Hospital bringen?«

Alheyt schob die Unterlippe vor. »Wovon soll ich eine Behandlung bezahlen?«

»Ich gebe dir das Geld dafür«, sagte der Mann. Dann wies er seinen Bediensteten an, den Wagen zu wenden.

Kurz darauf saßen Marlein, Katherl und Alheyt auf dem prächtigsten Wagen, den sie je gesehen hatten, und fuhren in die Stadt. Der Mann holte einen Albus aus seiner Geldkatze und drückte ihn Alheyt in die Hand. Dann brachte der Wagenmeister sie in den Teil von Köln, der sich Niederich nannte. Vor dem Hospital Sankt Heribert zügelte er die Pferde und half Alheyt von dem Wagen.

Die Alte stöhnte auf. »Das letzte Stück schaffe ich schon allein.« Sie schüttelte seine Hand ab und sah zu dem edlen Herrn hinauf. »Habt vielmals Dank. Der Herr wird Euch Eure Barmherzigkeit mit dem Einlass in das Himmelreich vergelten«, sagte sie salbungsvoll.

Marlein dankte dem Herrn ebenfalls, allerdings nicht ohne ein furchtbar schlechtes Gewissen wegen Alheyts Schauspielkunst. Als der Wagen kurz darauf in der nächsten Gasse verschwunden war, grinste Alheyt breit. »Na, das lief ja wie geschmiert. Und nun kehren wir in ein Gasthaus ein, wo wir uns Braten und Bier schmecken lassen.« Sie rieb sich den Bauch.

Marlein schüttelte den Kopf und fragte sich, wo diese Frau ihre Gerissenheit hernahm. Das hätte sie ihr früher nie und nimmer zugetraut, so rechtschaffen, wie sie immer gewesen war. Doch wie es schien, kam mit dem Schwinden ihres Verstandes mehr und mehr die junge Alheyt zum Vorschein, die sich mit ihren Betrügereien in einigen Städten des Reiches Feinde fürs Leben geschaffen hatte. Allmählich dünkte es Marlein, dass daran nicht nur das Bier mit den gewissen Zusätzen schuld gewesen sein musste. Ein Lächeln konnte sie sich dennoch nicht verkneifen.

»Worauf wartest du? Dass dir der Knöterich um die Beine wächst? Nun komm und lass uns gehen.« Von Schmerzen keine Spur, stapfte die Alte davon.

Katherl sah zu Marlein auf. »Aber Großmutter muss doch ins Hospital.«

»Wie es scheint, geht es ihr wieder besser.«

Das Kind sah Marlein erschrocken an. »Dann muss sie dem Mann aber das Geld zurückgeben, oder nicht?«

»Dazu ist es nun zu spät.« Marlein nahm Katherls Hand und folgte der Großmutter. All die Gerechtigkeit, die sie Katherl in Ingolstadt gelehrt hatte, war wohl vergebene Liebesmüh gewesen.

Nahe einem Kloster innerhalb der Stadtmauer am Rhein kehrten sie in eine Schenke ein. Wenn das Geld auch ergaunert war, ließ sich Marlein den Braten schmecken und genoss anschließend das Gefühl der Völle in ihrem Bauch. Als sie kurz darauf berauscht vom Bier in den Rundbogen zurückkehrten, sangen sie ein fröhliches Lied. Seit langer Zeit vergaß Marlein für einen Abend ihren Kummer.

Dafür war am nächsten Morgen ihr Kopf schwer wie Blei, als sie in den Sonnenschein blinzelte. Marlein richtete sich auf und hatte das Gefühl, Mühlräder würden ihn ihrem Magen rotieren. Neben ihr lag Katherl noch in tiefem Schlaf, und Marlein seufzte erleichtert. Dann fiel ihr Blick auf Alheyts verwaiste Decke, und sofort wurde aus dem Seufzer ein Stöhnen. Kurz schloss sie die Augen, riss sie dann aber wieder auf. Ihr Blick irrte umher, blieb an dem nächsten Busch hängen und versuchte Alheyt dahinter auszumachen. Doch dieser wogte nur einsam im Wind. Marlein fühlte sich, als wäre sie die ganze Nacht zur Ader gelassen worden. Woher sollte sie bloß die Kraft nehmen, um nach Alheyt zu suchen? Die Alte konnte überall und nirgendwo sein.

Neben ihr regte sich Katherl, schlug die Augen auf und gähnte herzhaft. Dann blickte sie ebenfalls zu Alheyts verlassener Decke.

»Wo ist Großmutter?«

»Wenn ich das wüsste, hätte ich eine Sorge weniger.«

Katherl richtete sich auf und rieb sich den Schlaf aus den Augen. »Wir müssen sie suchen.«

»Ich weiß, Liebes.« Marlein entwirrte Katherls Haar.

Kurze Zeit später suchten sie Alheyt an der Straße, die nach Aachen führte. Doch dort wollte die Alte niemand gesehen haben. Marlein vermutete schließlich, dass Großmutter zu Bruder Paulus ins Kloster gegangen war. Sie schritt mit Katherl durch das Hahnentor und folgte der Straße, die zum Neumarkt führte. Die Stadt war längst zum Leben erwacht. Händler zogen mit ihren Karren vorbei. In den Gassen schwatzten die Mägde, und in den Läden der Häuser boten Krämer lauthals ihre Waren feil.

Als sie vor dem Portal des Klosters standen, öffnete ihnen

wieder der Novize und verneinte Marleins Frage nach Alheyt. Marlein erkundigte sich nach Paulus und erfuhr, dass er immer noch geschwächt darniederlag. Sicher hätte er ihr geholfen, doch der Novize weigerte sich, sie zu ihm zu lassen. Ratlos kehrte Marlein der Klostermauer den Rücken zu.

»Haben wir Großmutter für immer verloren?«, fragte Katherl.

Sie strich ihrer Tochter über den Kopf, »Nein, gewiss nicht. Wir werden sie schon finden. Vielleicht ist sie ja auch schon wieder an unseren Lagerplatz zurückgekehrt.«

Kurz darauf fanden sie Alheyt wirklich in ihrem Rundbogen, wo sie vor einem großen Krug Bier saß. Die Alte bemerkte die beiden nicht und rührte seelenruhig mit dem Finger in dem Bier.

In diesem Augenblick hätte Marlein die Großmutter ohrfeigen können. »Kannst du mir mal sagen, wo du dich herumgetrieben hast?«, rief sie.

Alheyt blickte auf. »Was schreist du mich denn so an?«

»Du hast ja keine Ahnung, was ich mir für Sorgen gemacht habe.«

»Um mich?« Die Alte hob die Augenbrauen. »Ich denke, ich bin alt genug, um auf mich selbst aufpassen zu können.«

Eher über das Alter hinaus, dachte Marlein. Ihr Zorn verrauchte allmählich, und Erleichterung breitete sich in ihrem Herzen aus. »Es ist besser, wenn wir immer zusammenbleiben. Hörst du?«

»Wenn es unbedingt sein muss«, maulte Alheyt und rührte weiter in dem Bier.

Marlein hockte sich neben sie. »Woher hast du das Bier?«

»Aus der Stadt natürlich.«

»Und weshalb rührst du mit dem Finger darin herum? Hast du dem Bier etwas beigefügt, was da nicht hinein soll?«

»Blödsinn.« Alheyt hielt den Blick gesenkt.

»Warum trinkst du es dann nicht? Was hast du damit vor?«

»Meine Pfennige zu vermehren. Ich werde das Bier an die Wächter verkaufen.« Die Alte nahm den Finger aus dem Bier und leckte ihn genüsslich ab.

Marlein spürte die Trockenheit in ihrem Mund. »Sollen wir es uns nicht teilen?«

Rasch legte Alheyt die Hand über den Rand des Kruges. »Nein, auf keinen Fall. Ich brauche es.«

Sie erhob sich und nahm den Krug Bier auf. »Ich werde es jetzt verkaufen.« Ohne ein weiteres Wort stapfte sie davon.

Marlein nahm Katherl an die Hand und folgte ihr. Sie wusste, es war unmöglich, Alheyt von ihrem Vorhaben abzubringen, aber fortan würde sie die Alte im Auge behalten. »Weshalb sollten die Wächter ausgerechnet diesen Krug hier kaufen? », fragte sie.

»Das kann ich dir sagen. Sie dürfen ihren Posten nicht verlassen, und der Krug hier wird ihnen unter die Nase gehalten.«

Marlein ließ sich gern überraschen. Sollte Alheyt den Krug verkaufen, war es gut. Wenn nicht, konnten sie ihn selbst trinken.

Bald schon erreichten sie das Hahnentor, und Alheyt trat unbeirrt zu den Wachmännern. Marlein hielt sich ein Stück abseits und beobachtete die Alte beim Feilschen. Etwas ungelenk beugte Alheyt sich vor und flüsterte dem Hochgewachsenen von ihnen etwas ins Ohr. Sein Gesicht erhellte sich, und er nickte. Dann nahm er den Krug und zählte

Alheyt die Münzen in die Hand. Die Alte verstaute sie rasch in ihrem Ausschnitt und gesellte sich dann zu Marlein.

»Morgen werde ich das Gleiche machen. Du wirst sehen, dann werden sie mir den Krug aus der Hand reißen.«

Marlein kniff die Augen zusammen. »Ganz ehrlich, Großmutter, ist das Bier rein?«

»Sicher, es ist so rein wie die Heilige Muttergottes.«

Marlein glaubte ihr kein Wort.

Am Abend, als Alheyt sich vor dem Schlafenlegen hinter einem Busch erleichterte, durchwühlte Marlein ihre Decken. Sie fand ein Säckchen, öffnete es und roch daran. Nachdem sie einen Blick hineingeworfen hatte, erkannte sie die Samen von Bilsenkraut. Also doch! Sie schüttelte den Kopf, zuckte dann aber mit den Schultern. Ein wenig Bilsenkraut schadete nicht, verstärkte nur den Rausch. Das hatte sie selbst schon zu der Grut gegeben.

Alheyt kehrte zurück und kroch unter ihre Decke.

»Du hast dem Bier Bilsenkraut beigefügt. Hab ich recht?«, fragte Marlein.

Alheyt sah ihr fest in die Augen. »Und? Was ist daran verwerflich?«

»Der Brauer des Biers könnte in Teufels Küche geraten.«

»Niemand weiß, wo ich das Bier besorgt habe. Also geht es ihm auch nicht an den Kragen.«

Sieben Tage nach der Vergiftung verspürte Paulus endlich langsam wieder Hunger. Er war zwar noch etwas wackelig auf den Beinen, fühlte sich dennoch in der Lage, endlich das Bett zu verlassen. Er musste unbedingt nach Alheyt sehen, denn sie hatte sich die ganze Zeit nicht bei ihm blicken lassen. Ob es ihr gutging?

Er schlurfte die Stiegen des Gästehauses hinauf und klopfte an die Tür des Schlafsaales. Von drinnen hörte er lediglich die Stimme eine Mannes, der Einlass gewährte. Paulus stutzte und drückte die Klinke hinunter. Der Mann saß auf einem der Betten und zog sich die Schuhe an. Von Alheyt, Marlein und Katherl fehlte jede Spur. Auch ihre Sachen waren fort. Paulus entschuldigte sich bei dem Mann und verließ den Schlafsaal, um nach dem Fuhrwerk zu suchen. Es stand noch da, und auch Marleins Braukessel befanden sich darauf. Weit konnten sie also nicht sein. Nur – wohin waren sie gegangen? Christopherus wusste bestimmt mehr, deshalb suchte Paulus ihn auf.

Der Prior reckte das Kinn vor und hob eine Augenbraue. »Ich habe sie des Klosters verwiesen, da deine Alheyt den Brunnen vergiftet hat.«

»Bitte?« Paulus sah ihn entgeistert an.

»Du hast richtig gehört. Wegen ihr wärst du fast vor den Herrn getreten. Es war mehr als nötig, sie aus dem Kloster zu jagen. Wer weiß, was für einen Schaden sie sonst noch angerichtet hätte.«

»Ja, aber wo sind sie denn hin? Ihr Fuhrwerk steht doch noch im Schuppen.«

»Was weiß ich?« Der Prior setzte sich an den Tisch und las demonstrativ in einem Schreiben.

»Wie konntest du bloß? Sie stehen vollkommen mittellos da. Sie hat gewiss den Brunnen nicht vergiftet. So etwas würde Alheyt nie machen.« Bei dem Gedanken, die kleine Familie könnte auf der Straße leben, krampfte sich Paulus' Herz zusammen. »Hab Erbarmen mit der alten Frau. Ich bitte dich.«

Doch der Prior schüttelte den Kopf, und Paulus begriff, dass er hier nicht weiterkam.

»Ich werde sie suchen.«

Der Prior sah ihn mit strenger Miene an. »Solltest du dich nicht besser um Juliane kümmern?«

Paulus überfiel das schlechte Gewissen. »Hast du etwas von ihr gehört?«

»Nein, es gibt nichts Neues. Hoogstraten ist immer noch in Wien.«

Paulus nahm sich vor, den Erzbischof aufzusuchen. Aber erst musste er Alheyt finden.

Stundenlang lief er durch Köln, klapperte die Gasthäuser ab und fragte in anderen Klöstern nach der Familie. Da sich niemand an Alheyt oder Marlein erinnern konnte, vermutete er, dass sie die Stadt verlassen hatten.

Geschwächt von dem Fußmarsch und seinem Darmleiden, setzte sich Paulus in den Schatten einer Mauer, um zu verschnaufen. Er schloss die Augen und wusste nicht, wie er der Sorge Herr werden konnte. Um außerhalb der Stadt nach ihnen zu suchen, fehlte ihm die Kraft. Zudem hatte die Sonne bereits den höchsten Punkt überschritten. Nun, morgen würde er sich bei den Wächtern erkundigen. Vielleicht war ihm das Glück ja hold, und einer von ihnen erinnerte sich. Paulus erhob sich wieder, um den Kölner Hof aufzusuchen, der auf seinem Weg lag. Er hoffte inständig, den Erzbischof anzutreffen, damit er ihm ein Gnadengesuch für Juliane unterbreiten konnte. Während seines Marsches schickte Paulus ein Stoßgebet zum Himmel und bat den Herrn um Beistand. Der Boden schien inzwischen unter seinen Füßen zu schwanken, aber er setzte tapfer einen Fuß vor den anderen. Mit letzter Kraft erreichte er den Kölner Hof, doch ehe er den Erzbischof begrüßen konnte, sank er ohnmächtig zu Boden.

Als Paulus erwachte, lag er auf einer Bank in der Halle des Kölner Hofes. Jemand hatte ihm ein Kissen unter den Kopf geschoben und eine Decke übergelegt. Er hörte trippelnde Schritte und sah eine junge Magd auf ihn zueilen.

Sie reichte ihm einen Becher Würzwein. »Na, Ihr habt uns aber einen Schrecken eingejagt.«

Paulus richtete sich auf und verspürte noch immer den Schwindel, der durch seinen Kopf kreiste. Er nahm einen tiefen Schluck und schmeckte Honig auf seiner Zunge. Der Wein wärmte auf angenehme Weise seinen Bauch. »Wo ist der Erzbischof?«, fragte er die Magd.

»Er wollte gerade das Haus verlassen. Aber nun ist er hiergeblieben. Ob wegen Euch oder aus einem anderen Grund, weiß ich nicht.« Das Mädchen zuckte mit den Schultern.

Paulus trank den Becher leer und gab ihn ihr zurück. »Kann ich mit ihm sprechen?«

»Das weiß ich nicht. Ich habe nicht die Befugnis, unaufgefordert sein Arbeitszimmer zu betreten.«

»Ja, sicher.« Paulus stellte vorsichtig die Füße auf den Boden. Allmählich ließ der Schwindel nach, und seine Lebensgeister kehrten zurück. Er erhob sich von der Bank. »Wo geht es zu dem Arbeitszimmer?«

Die Magd erklärte ihm den Weg und verabschiedete sich dann von ihm. Mit ihren feinen Gesichtszügen und dem hellen Haar, das unter der Haube hervorlugte, erinnerte sie ihn an Juliane. Sein Magen zog sich zusammen.

Der Erzbischof empfing ihn auch an diesem Tag. So trat Paulus abermals in das Arbeitszimmer und küsste den Siegelring seiner Eminenz. Nachdem sich Paulus wieder erhoben hatte, schenkte der Erzbischof roten Wein in einen kristallenen Pokal und reichte ihm diesen. »Wie ich sehe, geht es dir wieder besser. Was hat dich in die Ohnmacht getrieben?«

»Ich schätze, die Anstrengung und das schlechte Gewissen. Verzeiht, Eure Eminenz, dass ich Euch so ungebührlich vor die Füße gefallen bin.«

Der Erzbischof hob belustigt die Augenbrauen. »Es sei dir vergeben. Aber sag, was führt dich zu mir. Etwa wieder ein Gnadengesuch?«

Paulus zog die Nase hoch, stellte sein Glas auf dem Schreibpult ab und sank vor dem Erzbischof auf die Knie. »Ich bitte Euch vielmals um Gnade. Lasst dieses unschuldige Mädchen frei.«

»Juliane?«

Paulus nickte. »Ja, sie trägt keine Schuld.«

»Aber einen Dämonen in sich.«

»Nein, Eure Eminenz. Gewiss nicht. Ich kenne sie schon so lange. Und auch an dem besagten Abend war ihre Seele rein wie frisch gefallener Schnee. Der Einzige, der Schuld an den Geschehnissen trägt, bin ich.«

»Du? Aber du hast doch nicht mit ihr im Stroh gelegen. Oder hast du sie etwa zur Unzucht mit dem Pater gezwungen?«

»Ganz sicher nicht.« Paulus schüttelte den Kopf. »Aber es war mein Bier, das sie und den Pater hat toll werden lassen. Ich habe der Grut Bilsenkraut und Bäckerhusch zugefügt, das nur gefestigte Seelen stark bleiben lässt.«

Der Erzbischof faltete die Hände vor dem Gesicht. »Du weißt, was das bedeutet?«

»Ja, aber ich nehme die Strafe gern auf mich.«

»Pater Stephan behauptet etwas anderes. Von Dollbier war

nie die Rede. Eher von Dämonen. Aber das ist dir ja bekannt.«

»Damit will er nur die Schande von sich weisen.«

Der Erzbischof stieß einen schweren Seufzer aus. »Du wirst die Braustube des Klosters schließen müssen. Es wird das Bräu der Lungenbrüder nicht mehr geben.«

»Ja, das ist mir bewusst.« Paulus senkte traurig den Kopf. Die Braukunst war alles, wofür er gelebt hatte. »Aber ein anderer Bruder könnte das Brauen übernehmen.«

»Nein, Paulus. Wie wäre gewährleistet, dass du nicht doch deine Finger im Spiel hättest?«

»Euer Vertrauen in mich ist nicht sehr groß, oder?« Paulus hob reumütig den Blick.

»Das Reinheitsgebot fußt nicht auf Vertrauen, sonst müsste es diese Bestimmung ja gar nicht erst geben.«

»Ihr habt ja recht.« Paulus seufzte. »Aber wenn Ihr Juliane begnadigt, nehme ich das gern auf mich.«

»Pater Stephan wird dies nicht auf sich beruhen lassen. Es geht um seinen Ruf.«

»Ich werde dafür sorgen, dass Juliane umgehend die Stadt verlässt.«

»Das würde ich empfehlen. Ansonsten veranstaltet dieser Pater wahrscheinlich noch seine eigene Hexenjagd.«

»Wann kommt sie frei?«, fragte Paulus drängend.

»Immer mit der Ruhe. Ich habe meine Entscheidung noch nicht gefällt, eine Begnadigung nur in Erwägung gezogen. Außerdem muss ich damit rechnen, dass Hoogstraten mit meiner Entscheidung nicht einverstanden sein wird.«

»Mein Vertrauen in Euch ist grenzenlos. Wann kann ich mit Eurer Gnade rechnen?«

Der Erzbischof hob die Augenbrauen. »Du bist ganz schön

forsch, alter Mann.« Seine Mundwinkel zuckten. »Ich werde mich mit dem Kardinal beraten und auch den Bürgermeister hinzuziehen.«

»Das arme Mädchen.« Paulus presste die Lippen aufeinander.

»In fünf Tagen werde ich meine Entscheidung gefällt haben.«

»Dann werde ich wieder hier sein.« Paulus fiel vor ihm auf die Knie und küsste den Siegelring.

Den ganzen Tag war Marlein der Großmutter auf Schritt und Tritt gefolgt. Sie beobachtete auch mit strengem Blick die Zugabe des Bilsenkrauts in das Gebräu, bevor sie sich auf den Weg zum Hahnentor machten. Sie hatten zwei Krüge gekauft, und wie Alheyt es prophezeit hatte, rissen die Wächter ihr den Trunk förmlich aus der Hand. Sie waren wohl froh darüber, etwas Abwechslung in ihren eintönigen Tag zu bringen. Die Pfennige vermehrten sich zusehends, so dass sie am frühen Abend ein Gasthaus aufsuchen konnten, wo sie sich wieder den Braten schmecken ließen.

Als sie sich kurz darauf satt und zufrieden in dem Rundbogen außerhalb der Stadt niedergelassen hatten, sah Marlein in den mit Sternen übersäten Himmel und dachte an Linhart. Ob er schon in Ingolstadt war? Ob er auch zu den Sternen emporblickte? Die Sehnsucht nach ihm schmerzte in ihrer Brust, als hätte sie eine Tonscherbe geschluckt. Zugleich befiel sie die Angst, man könnte Linhart in Ingolstadt einsperren, wenn er sich gegen seinen Vater stellte. Ihm blieb folglich doch gar keine andere Wahl, als zu seinem Vater zu stehen und in der Brauerei zu bleiben. Nein, sie würde ihn nie wiedersehen. Eine Träne kitzelte auf ihrer Wange, und sie wischte sie fort. Dann schloss sie die Augen und versuchte zu schlafen.

Am nächsten Morgen erwachte Marlein mit hämmernden Kopfschmerzen. Nur langsam verblassten die Bilder ihres Traums, in dem sie von den Bütteln abgeführt worden waren. Alheyt durfte das Bier nicht mehr an die Wächter verkaufen. Damit brachte die Alte nicht nur sich, sondern auch sie und Katherl in Gefahr. Der Gedanke an den Kerker schnürte Marlein den Hals zu. Rasch wühlte sie mit der Hand in den Decken und suchte das Säckchen mit den Bilsenkrautsamen. Als sie es gefunden hatte, verstreute sie diese im Wind und hoffte, ihre Angst würde mit ihnen davonfliegen. Doch das war eine trügerische Hoffnung, und abermals spürte Marlein Tränen in ihren Augen brennen.

»Warum weinst du, Mutter?«

»Ja, warum heulst du?«, fragte auch Alheyt schläfrig.

Rasch wischte sich Marlein die Tränen fort. »Wegen nichts Bestimmtem, Katherl. Manchmal bin auch ich halt traurig.«

»Wegen Linhart?«, fragte das Mädchen.

»Ja, auch wegen Linhart. Und wegen …« Sie brach ab, da sie ihrer Tochter nicht das Herz schwer machen wollte.

Alheyt schälte sich aus der Decke. »Der kommt schon wieder. Das siehst du ja an meinem Wölflin.«

Marlein holte tief Luft. »Fünfzig Jahre und mehr warte ich bestimmt nicht auf ihn.«

»Ich auch nicht«, sagte Alheyt und legte sich wieder zurück. Nachdenklich starrte sie das Gemäuer über sich an. »Ich glaube, ich werde ihm heute eine Kohlsuppe kochen.« Sie winkte ab. »Nein, besser nicht. Seine Winde können unerträglich sein.«

Die Alte war wieder in ihrer zweiten Welt. Marlein hoffte, dass sie darüber ihre Bilsenkrautsamen vergaß.

»Wo ist denn dein Wölflin?«, fragte sie vorsichtig nach.

»Ach, der ist nur in Heidelberg.«

»Gut, dann wird er ja bald wieder hier sein.« Marlein erhob sich und strich mit der Hand die Knitterfalten aus ihren Röcken. In Anbetracht des Staubs, der darin haftete, war es eine alberne Geste. Sie mussten unbedingt ihre Kleider waschen, bevor die Flöhe noch Oberhand gewannen. Marlein blickte in den Himmel, an dem weiße Wolken wie aufgeplusterte Vögel entlangzogen. Die Sonne wärmte bereits zu der frühen Morgenstunde die Luft. »Was haltet ihr davon, wenn wir ein Bad im Rhein nehmen?«

Die Alte sah sie an, als hätte sie eine Geisteskranke vor sich stehen. »Wozu soll das gut sein?«

»Wir könnten dabei Dreck und Flöhe aus unseren Kleidern verbannen.«

»Ich hab keine Flöhe.« Alheyt schmollte, doch die kleinen roten Punkte an ihrem Hals zeugten vom Gegenteil.

Katherl war Marleins Blick gefolgt und griff sich selbst an den Hals, wo das Tuch das Feuermal bedeckte. Sichtlich besorgt sah sie zu Marlein auf. »Darf ich dabei das Tuch ausziehen?«

»Du brauchst nur bis zum Bauch ins Wasser zu gehen.« Marlein strich ihrer Tochter über das Haar.

»Es ist noch zu kalt«, knurrte Alheyt.

»Dann warten wir eben, bis die Sonne hoch über uns steht.« Alheyt erhob sich und streckte den Rücken. »Einverstanden. Bis dahin werde ich einen Krug Bier besorgen.«

»Bitte bleib, Großmutter. Heute Nachmittag gehen wir dann zusammen in die Stadt.«

»Und was machen wir bis dahin?« Alheyt verzog das Gesicht.

»Bis dahin könnten wir im Wald nach etwas Essbarem suchen.« Marlein lächelte.

»Nee, da bleib ich lieber im Rundbogen sitzen und warte auf Wölflin.« Alheyt setzte sich wieder auf ihren Platz und verschränkte die Arme vor der Brust.

»Wie du willst. Dann hungern wir eben bis zum Nachmittag.« Marlein würde sie nicht einen Lidschlag aus den Augen lassen. Sie konnte sich gut vorstellen, dass Alheyt nur darauf wartete, sie von hinten zu sehen, um sich dann aus dem Staub zu machen.

Katherl steckte den Daumen in den Mund und legte den Kopf in Marleins Schoß. So warteten sie, bis die Sonne im Zenit stand.

Alheyt sprang auf. »Wollten wir nicht baden?« Es waren die ersten Worte, die sie seit dem Morgen sprach.

Marlein kitzelte ihre Tochter am Bauch. »Bist du bereit?«

Das Mädchen lachte und nickte.

Als sie aus dem Schatten des Rundbogens traten, brannte die Sonne heiß auf sie herab. Ihre Kleider würden nach dem Bad im Nu trocken sein. Unweit der Mauer überquerten sie die Felder und liefen bis hinunter zum Rheinufer. Dort mussten sie noch ein Stück gehen, bis sie eine Stelle umgeben von Trauerweiden fanden, an der sie ungestört sein würden. Marlein nahm Katherl an die Hand und stieg mit ihr in den Fluss. Die seichten Wogen umspielten ihre nackten Füße. Das Bad versprach eine angenehme Abkühlung. Marlein glaubte, Alheyt würde ihr folgen, doch als sie sich umsah, musste sie feststellen, dass sie sich getäuscht hatte. Anstatt mit den Kleidern ins Wasser zu gehen, zog sich Alheyt bis auf die nackte Haut aus. Marlein kroch die Hitze in die Wangen. Unsicher sah sie sich um. Neben ihr kicherte Katherl hinter vorgehaltener Hand. Doch da Marlein keine Menschenseele sah, ließ sie Alheyt gewähren. Diese schritt an ihnen vorbei ins Wasser, bis es ihr über die Brust reichte. Nicht ein einziger Schauder erfasste sie dabei. Nach und nach sogen sich Marleins Röcke voll und wogen immer schwerer. Fast schon beneidete sie Alheyt um ihre Nacktheit. Die Alte spritzte mit den Händen Wasser in ihre Richtung, woraufhin Katherl vergnügt kreischte. Das Mädchen hatte das Feuermal vergessen und ließ sich in das Wasser fallen. Lachend spritzte Marlein ihre Tochter ebenfalls nass. Dann tauchte auch sie bis zum Hals ins Wasser ein. Ein Schauder durchfuhr sie, und sie schüttelte sich kurz. Im nächsten Moment bekam sie auch schon einen Schwall Wasser ins Gesicht. Sie prustete, tauchte mit dem Kopf unter und wusch den Schmutz aus ihrem Haar. Wie lange war es her, dass sie ein Bad genommen hatte? In diesem Augenblick glaubte Marlein, ihre ganzen Sorgen würden mit dem Staub weggespült. Sie tauchte wieder auf, griff Katherl unter die Arme und hob sie hoch. Dann ließ sie das juchzende Kind wieder ins Wasser fallen. Auch Alheyt tauchte mit dem Kopf unter Wasser und wusch sich das Haar. Abermals spritzten sie sich gegenseitig nass. Marlein genoss die Unbeschwertheit, sie hätte ewig so ausgelassen im Wasser herumtollen können. Doch nach einer Weile sah sie, dass sich Katherls Lippen blau färbten. Marlein deutete Alheyt an, aus dem Wasser zu steigen, und wartete, bis die Alte ihr folgte. Am Ufer versuchte sie, mit ihrem eigenen Körper Alheyts nackten Leib zu verdecken. Doch mit einem Mal stand ein Mann vor ihnen, und sie war zu Tode erschrocken.

»Bruder Paulus?« Marlein verschränkte die Arme vor den Brüsten, die durch das nasse Hemd schimmerten.

Doch dieser Anblick war es nicht, der Paulus gefangen hielt. Über ihre Schulter hinweg starrte er die nackte Alheyt an, bis ihm seine Unverschämtheit wohl bewusst wurde. Die Wangen im gleichen Tiefrot wie die Ohren, wandte er sich ab und bat murmelnd um Verzeihung. Rasch klaubte Marlein Alheyts Kleider zusammen und schob die Alte damit hinter einen Busch. Dann vergewisserte sie sich, ob das Tuch um Katherls Hals den Makel ausreichend bedeckte. Als nichts mehr von dem Feuermal zu sehen war, verschränkte sie wieder die Arme vor der Brust und trat Bruder Paulus entgegen.

»Wie habt Ihr uns gefunden?«

»Die Bettler in den Rundbögen haben mir gezeigt, in welche Richtung ihr gegangen seid.« Die Ohren des Mönchs glühten immer noch wie die Abendsonne.

»Euer Prior hat uns des Klosters verwiesen.«

»Ich weiß.« Paulus senkte den Blick. »Glaube mir, ich habe alles versucht, ihn umzustimmen. Doch das Wohl der Brüder ist ihm sehr wichtig.«

Marlein konnte dies dem Prior nicht verdenken und holte tief Luft. »Wir schlafen an der Stadtmauer.«

Der Mönch legte die Stirn in Falten. »Das ist kein guter Platz für euch. Schon gar nicht mit dem Kind.«

»Das stimmt, aber haben wir eine Wahl? Betteln müssen wir auch.«

»Verzeih.« Er blickte in den Himmel. »Ich kenne eine Hütte in einem Waldstück nahe der Stadt. So habt ihr wenigstens ein Dach über dem Kopf. Und ich werde euch täglich etwas zu essen bringen.«

Alheyt trat hinter dem Busch hervor, fiel Bruder Paulus um den Hals und bedeckte sein Gesicht mit feuchten Küssen. Abermals färbten sich seine Wangen tiefrot.

Als Alheyt endlich von ihm abgelassen hatte, begleitete er sie zu den Rundbögen, wo sie ihre wenigen Habseligkeiten einsammelten. Dann brachte Paulus sie zu dem kleinen Wald. Die Hütte lag versteckt hinter einer hohen Tanne. Sie war nicht groß, aber mit einem schiefen Tisch, zwei wackeligen Hockern und einigen Kochkesseln ausgestattet. Durch das undichte Dach brach sich das Licht in kleinen Punkten.

Marlein rieb über ihre Arme. »Was ist mit meinem Fuhrwerk? Könntet Ihr es herbringen? Ich brauche meine Braukessel.«

»Ja, sicher. Sobald ich mir einen Ochsen geliehen habe, bringe ich es zum Waldrand.« Paulus nahm Alheyts Hand und drückte sie. »Und du machst keine Dummheiten mehr. Hörst du?«

»Ich?« Die Alte hob die Augenbrauen. »Hab ich jemals etwas angestellt?«

Katherl kicherte wieder. »Ja, deinen Nachttopf in den Brunnen geschüttet.«

Marlein drückte die Schulter des Mädchens. »Still, mein Kind. Wir wollen nicht über Großmutter richten. Das steht uns nicht zu.«

Bruder Paulus legte den Arm um Alheyts Schulter. »Ich werde gegen Abend wieder da sein. Bis dahin bleibt ihr besser hier im Verborgenen.«

Alheyt warf ihm einen giftigen Blick zu. »Wozu sollen wir uns verstecken? Wir haben nichts verbrochen.«

Paulus ließ sie los. »Meine Dornwarzen flüstern mir, dass ein Unwetter aufzieht.«

»Schwachsinn!«, stieß Alheyt aus. »Das würde ich in den Knien spüren. Du hast nur Angst, dass ich einen anderen Mann ansehe. Ist es nicht so?«

Marlein konnte sich das Lachen nicht verkneifen. Es tat gut, den beiden Alten beim Scharmützel zuzusehen, und es war eine Wohltat, zu wissen, dass sich jemand um sie kümmerte.

16

Wie versprochen hatte Paulus ihnen in den letzten Tagen an jedem Abend so viel Proviant gebracht, dass sie nicht zu hungern brauchten. Selbst das Fuhrwerk stand geschützt unter einer Baumgruppe, und Marlein hatte die Braukessel in die Hütte geschafft. Die Tage waren geruhsam vergangen, und Alheyt war von dem Gedanken abgekommen, die Torwächter mit Bier zu versorgen. Mittlerweile hatte Marlein es sich zur Angewohnheit gemacht, jeden Abend in den Sternenhimmel zu sehen und Zwiesprache mit Linhart zu halten. Und auch an diesem Abend entsprang seine Antwort im ersten Augenblick ihrem Wunschdenken. Er versprach, zu ihr zurückzukehren, da er ohne sie nicht leben könne. Aber dann änderte sich seine Stimme, wurde leise und voller Schuldgefühl. Er könne nicht zurückkommen, da Vater ihm die Büttel auf den Hals hetzen würde, sollte er Ingolstadt erneut verlassen. Und überhaupt brauchten die Familie und die Brauerei ihn.

Marlein schluckte die Tränen hinunter, ging in die Hütte und legte sich zu Alheyt und Katherl.

Sie waren schneller vorangekommen, als Linhart gedacht hatte. In der Ferne vergoldete die untergehende Sonne bereits die Mauern von Ingolstadt. Der Klumpen in Linharts

Magen schwoll so sehr an, dass er glaubte, daran ersticken zu müssen. Im Stillen dankte er Wendelin, dass er ihn begleitet hatte. Aber da er Vater durchaus auch einen Totschlag vor Zeugen zutraute, begannen seine Beine zu zittern. Linhart stieß den Atem aus vollen Wangen aus und wischte sich den Schweiß von der Stirn.

»Geht es dir nicht gut?«, fragte Wendelin.

»Doch, doch. Es ist nur die Hitze.« Linhart strich dem Jungen auf Wendelins Arm über die Wange. Das Kind strahlte ihn an und streckte ihm das weichgelutschte Stück Brot entgegen, das es in der Hand hielt. Linhart hatte Wendelin auf ihrer bisherigen Reise alles erzählt. Der Bauer war von Linharts Vorhaben nicht gerade überzeugt gewesen. Auch er befürchtete, dass der Vater ihn vom Hof jagen oder gar in den Turm sperren lassen würde.

Als sie später vor dem Stadttor standen, kniffen die Wächter die Augen zusammen. »Du bist zurück?«, fragte der ältere von ihnen.

»Ja, ich bin zurück.« Linhart ließ die Schultern hängen.

»Hast du euer Bier an die Fürstenhäuser verkaufen können?«

»Ja, das ein oder andere Fass.« Ungeduldig trat Linhart von einem Fuß auf den anderen.

»Weißt du schon –« Der andere Wächter setzte zum Reden an, doch der Ältere stieß ihm seinen Ellenbogen in die Rippen.

»Schweig«, zischte er.

Linhart wurde hellhörig. »Was soll ich wissen?«

»Nichts, nichts. Geh zu deiner Familie. Sicher erwarten sie dich.«

Der Klumpen in Linharts Magen raubte ihm inzwischen

den Atem. In seinen Hals und in die Schultern pickten tausend Nadeln. Nachdem sie ein Stück die Schutter entlanggegangen waren, tauchte vor ihnen der Hof des Vaters auf. Das Tor in der Mauer war nur angelehnt, und Linhart drückte es auf.

Da sah er Mutter bei den Gemüsebeeten. Sie trug ein schwarzes Kleid und eine ebensolche Haube. Linhart glaubte, das Gleichgewicht zu verlieren, so sehr kam er ins Schwanken. Gundi! Vater hatte sie gewiss totgeschlagen. Seine Lippen zitterten bei dem Gedanken.

Mutter wandte sich ihm zu, und als sie ihn erkannte, wurde sie von Schluchzern geschüttelt.

Linhart eilte zu ihr. »Was ist geschehen?«, stieß er aus.

»Sie glauben, er ist tot! Oh, Linhart. Es ist alles so schrecklich.« Tränen rannen in einem Sturzbach über Mutters Wangen.

»Wer soll tot sein?« Die Gedanken in seinem Kopf verwischten zu unscharfen Bildern.

»Vater!« Sie biss sich auf die Fingerknöchel der geballten Faust.

»Vater?« In Linharts Ohren pfiff ein schriller Ton.

Mutter nickte stumm.

»Weshalb? Wann?«

»Vor einem Mond. Er war auf der Suche nach dir, und dann …« Ihre Worte endeten in Schluchzern, und sie warf sich an Linharts Brust.

»Was dann?«

»Ertrunken. Einfach so.« Mutters Atem stockte.

»Haben sie seine Leiche gefunden?«

»Nein, er muss wohl untergegangen sein.« An ihren Augen sah Linhart, dass sie einer Ohnmacht nahe war.

»Aber weshalb bist du dir sicher, dass er ertrunken ist?«

»Der andere Mann, der ihn begleitet hat, ist ohne ihn zurückgekehrt. Er sagte, Vater sei nach seinem morgendlichen Bad nicht mehr aus dem Fluss gestiegen! Das ist nun schon so viele Tage her. Jacob wäre doch längst wieder nach Hause gekommen, wenn er noch leben würde.«

Während er Mutter in den Armen hielt, versuchte sich Linhart zu sammeln. Vater war tot. Er konnte ihnen nichts mehr antun. Sie waren in Sicherheit. Linhart schämte sich nicht für seine Gedanken. Nicht einmal Mitleid empfand er für den Vater. Schwer stieß er den Atem aus. »Es war Gottes Wille. Dem müssen wir uns beugen«, sprach er mit ruhiger Stimme.

»Unser Gott ist ein ungerechter Mann.« Mutter trommelte mit den Fäusten gegen Linharts Brust.

Er griff nach ihren Handgelenken und hielt sie fest. »Still, Mutter. Sag so etwas nicht.« Wie konnte sie nur solch eine Trauer für einen Mann empfinden, der mit Prügel nie gegeizt hatte? Weder ihr noch seinen Kindern gegenüber. Solange sich Linhart zurückerinnern konnte, hatte Vater Gundi, Mutter, den Knecht, die Mägde und auch ihn geschlagen – selbst an den hohen Feiertagen.

»Ich habe keine Kraft, dies durchzustehen.« Mutter ließ den Kopf hängen.

»Du hast all die Jahre an Vaters Seite durchgestanden, dann wirst du auch diese Zeit überleben. Hast du vergessen, was er uns all die Jahre angetan hat?«

Sie schüttelte den Kopf. »Deine Worte sind unrecht. Er war ein guter Ehemann und Vater. Nie brauchten wir Hunger zu leiden. Was bist du nur für ein Sohn, der seinen Vater nicht betrauert?«

Er ließ ihre Handgelenke los. »Wo ist Gundi?«

»In der Braustube.« Mutter wandte sich von ihm ab, raffte die Röcke und eilte in die Scheune.

Wendelin legte ihm die Hand auf die Schulter. »Vielleicht wäre es besser, ich würde gehen.«

»Weshalb?«

»Ich will euch nicht in eurer Trauer stören.«

»Ich trauere nicht, und meine Mutter wird sich rasch wieder erholen. Es ist wohl ihr Pflichtgefühl, das sie zu diesem Possenspiel hinreißt.«

»Harte Worte«, sagte Wendelin.

»Du kanntest meinen Vater nicht.« Linhart wandte sich zum Gehen. »Lass uns Gundi suchen.«

Wendelin folgte ihm ins Brauhaus, wo Gundi gerade mit einem Schlegel in der Maische rührte. Als sie Linhart sah, ließ sie ihn fallen und fiel ihrem Bruder um den Hals. Er drückte sie fest an sich und wiegte sie in seinen Armen.

»Du hast gehört, was geschehen ist?« Gundi blickte zu ihm auf.

»Ja, Gott hat Gerechtigkeit walten lassen.« Linhart ließ sie los.

»Das sieht Mutter anders.«

»Sie wird sich schon wieder fangen.«

Gundi griff nach seinen Händen. »Lass dich ansehen, Bruder. Wie geht es dir?«

»Mir geht es gut.« Linhart blickte zu Boden. »Sagen wir, den Umständen entsprechend.«

»Komm, wir gehen ins Wohnhaus. Dort erzählst du mir alles bei einem Krug Bier.« Erst jetzt sah sie zu Wendelin, der mit dem Kind auf dem Arm stumm hinter ihnen stand. »Wen hast du da mitgebracht?«

Linhart stellte Wendelin der Schwester vor. »Ich denke, ihr könnt Hilfe im Brauhaus gebrauchen.«

»Wir? Heißt das, du bleibst nicht?«

»Lass uns hineingehen. Dann erkläre ich dir alles.«

Als sie kurz darauf in der Küche bei einem Krug Bier zusammensaßen, erzählte Linhart der Schwester alles, was seit seiner überstürzten Abreise aus Ingolstadt geschehen war.

Gundis Augen schwammen in Tränen. »Die arme Marlein. Sie kann noch nicht einmal hierher zurückkehren. Der Rat hat ein Kopfgeld auf sie ausgesetzt.«

Linhart riss die Augen auf. »Auf mich auch?«

»Nein. Vater hat dafür gesorgt, dass niemand den Gedanken an einen Zusammenhang zwischen dir und Marleins Verschwinden ausspricht. Er hat allen erzählt, du seist unterwegs, um unser Bräu im Reich bekannt zu machen.«

Nun machte sich doch ein Anflug von Mitgefühl in Linharts Herzen breit. »Was hat er selbst denn geglaubt?«

»Die Wahrheit, Bruder. Er wusste es, nachdem er gemerkt hatte, dass ich ihn in die Irre geführt habe.« Sie sog tief den Atem ein.

Linhart brauchte sie nicht zu fragen, ob sie dafür Prügel bezogen hatte. Er streckte die Hand aus und strich Gundi über den Arm. »Danke.«

»Ich hab es überlebt. Er nicht.«

Linhart holte erneut tief Luft, um Gundi die Frage zu stellen, die ihm schon die ganze Zeit auf der Seele lastete. »Was ist mit dem Henker? Ist er tot?«

»Nein, ist er nicht. Zwar leidet er noch unter seiner Verletzung, aber er wird sich irgendwann wieder vollständig erholen, wie die Leute erzählen.«

Linhart schloss die Augen und sandte dem Herrn im Himmel seinen Dank. Dann öffnete er Lider und legte seine Hand auf die der Schwester. »Wer führt nun unsere Brauerei? Hast du einen Bräutigam gefunden?«

Gundi schüttelte den Kopf. »Nein. Zurzeit läuft der Betrieb nur halbwegs. Ab und an hilft Brauer Heinrich vom anderen Ende der Schanz. Er tut es jedoch sehr halbherzig, da sein Weib eine eifersüchtige Furie ist. Aber Vater hat uns genug Gold hinterlassen, so dass wir die nächste Zeit überstehen werden. Und irgendwann werde ich wohl einen Mann finden.« Sie senkte den Blick und malte mit dem Zeigefinger die Holzmaserung der Tischplatte nach.

»Wendelin ist zwar kein Braumeister, aber er könnte das Handwerk erlernen.«

Gundi sah den verarmten Bauern an und nickte. Dann wandte sie sich wieder an Linhart. »Kannst du nicht bleiben?«

»Glaubst du wirklich, ich lasse Marlein im Stich?«

»Nein.« Seufzend stand sie auf und schenkte Bier nach. »Aber weshalb bist du überhaupt nach Ingolstadt gekommen?«

»Weil ich mir mein Erbe auszahlen lassen wollte.«

Gundi starrte ihn an. »Du wusstest von Vaters Tod?«

»Nein. Ich wollte es mir vorzeitig auszahlen lassen.«

»Von Vater?« Die Schwester hob die Augenbrauen und stieß schwer den Atem aus. »Du hattest immer schon Rosinen im Kopf.«

»Was blieb mir anderes übrig?«

»Er hätte dich auf der Stelle getötet.«

Plötzlich keifte eine Stimme von der Tür her: »Sag nicht, du willst wieder verschwinden.«

Linhart zuckte zusammen. Nachdem er für einen Augenblick die Lider geschlossen hatte, wandte er sich zu seiner Mutter um. »Doch, ich muss zurück zu Marlein.«

Schwankend kam Mutter auf ihn zu. »Wenn du gehst, werde ich Marlein die Kopfjäger auf den Hals hetzen.«

»Schlägst du nun in Vaters Kerbe? Besitzt du überhaupt kein Herz mehr, dass du eine junge Mutter an den Galgen bringen willst?«

Zitternd ließ sich Mutter an dem Tisch nieder. »Ich flehe dich an, bleib hier, Linhart. Du musst doch die Brauerei führen. Wie sollen deine Schwester und ich denn zurechtkommen?«

»Wendelin wird euch unter die Arme greifen. Er weiß, wie Bier gebraut wird.«

Mutter sah zu dem Bauern. »Er?«

»Ja, richtig.« Linhart versuchte, seinen Worten auch weiterhin Festigkeit zu verleihen, doch er spürte, wie ihn allmählich die Kraft verließ.

Mutter rümpfte die Nase. »Er ist ein Lumpenmann. Und was ist mit dem Kind?«

»Wir werden ihm neue Kleider geben. Der Kleine ist sein Sohn. Wendelins Frau ist an der Pest gestorben.«

Mutter riss die Augen auf. »Er wird uns den schwarzen Tod bringen!«, stieß sie schrill aus.

»Nein, das wird er nicht. Er hat die Pest überlebt, und das Kind auch. Die Krankheit ist längst aus seinem Leib.«

Gundi legte die Hand auf Mutters Unterarm. »Nun beherrsch dich doch, Mutter. Linhart würde uns nie in Gefahr bringen. Das weißt du ganz genau. Außerdem können wir jede Hilfe gebrauchen.«

»Nicht, wenn Linhart bleibt.« Mutter zog ihren Arm fort

und starrte ihn an. »Glaub ja nicht, dass du nur ein Goldstück von deinem Erbe sehen wirst, wenn du gehst.«

Linharts Herz wurde immer schwerer. Er senkte den Blick und stöhnte laut auf.

Endlich war der Tag gekommen, an dem der Erzbischof seine Entscheidung kundgeben wollte. Lange Gebete hatte Paulus in der letzten Nacht und am Morgen gesprochen. Und auch nun, als er sich auf dem Weg zum Kölner Hof befand, murmelte er weiter vor sich hin. Er bat Gott um Barmherzigkeit, die Heilige Muttergottes um Beistand und Christus, den Erzbischof gnädig zu stimmen. Dem Prior hatte Paulus von all dem noch nichts erzählt. Wenn das Kloster das Verbot auferlegt bekam, Bier zu brauen, würde Christopherus noch früh genug von dem Handel mit dem Erzbischof erfahren. Paulus' Schuld gegen die Schuld von Juliane. Ihre Bestrafung im Tausch gegen seine. Er würde es überleben, das Kloster auch – und Juliane erst recht. Nur das zählte. Abermals sprach er ein Paternoster.

Seine Beine zitterten ein wenig, als er die Stiegen zum Portal des Kölner Hofs hinaufging. Ihm wurde geöffnet, bevor er überhaupt angeklopft hatte. Ob der Schreiber ihn durch das Fenster hatte kommen sehen? Es musste wohl so sein.

Der Mann führte ihn in das Arbeitszimmer des Erzbischofs, wo Hermann von Wied sowie der Bürgermeister ihn bereits erwarteten. Paulus verneigte sich, küsste den Siegelring und grüßte anschließend den Bürgermeister Johann von Aiche. Dann setzte er sich auf den Stuhl, den der Erzbischof ihm großzügig anbot.

Hermann von Wied faltete die Hände vor seinem Bauch, und der Bürgermeister beugte sich leicht auf seinem Stuhl vor.

Paulus kaute auf seiner Unterlippe und sah den Erzbischof erwartungsvoll an.

Dieser nickte leicht und sah zu Johann von Aiche. »Wir haben uns beraten und sind zu einer Übereinkunft gekommen. Dem Rat der Stadt Köln kommt es ganz recht, wenn den Lungenbrüdern das Brauen untersagt wird.«

Das hatte Paulus sich im Grunde schon denken können, da die Klöster im Gegensatz zu der Zunft von der Biersteuer verschont blieben. So konnten sie ihr Bier zum günstigsten Preis anbieten und stellten eine große Konkurrenz für die Kölner Brauer dar.

Eine Hexe im Tausch gegen ein Klosterbräu weniger in der Stadt. Kölner Klüngel nannten dies die Leute außerhalb der Stadtmauern. Doch Paulus sollte es gleichgültig sein.

Der Bürgermeister ergriff das Wort. »Allerdings haben wir eine weitere Strafe für dich angesetzt, und zwar eine, die das Brauen von Dollbier angeht. Diese Strafe wirst du in den nächsten drei Tagen und Nächten im Turm absitzen.«

Paulus nickte. »Und Juliane?«

»In der Tat konnten wir keine weiteren Zeugen finden, die gegen sie aussagen. Sobald du deine Strafe angetreten hast, wird sie aus der Haft entlassen. Allerdings wird sie nicht in der Stadt bleiben können.«

Paulus fiel ein Stein vom Herzen. »Noch heute Abend werde ich mich in den Turm begeben«, sagte er. »Wenn Ihr erlaubt, unterrichte ich nur den Prior und packe mein Bündel.«

»Das soll uns recht sein.« Der Erzbischof erhob sich, um Paulus zu verabschieden.

Als der Abend hereinbrach, hielt Marlein am Waldrand Ausschau nach Paulus. Meist war er pünktlich und erschien, wenn die Sonne hinter den Spitzen der Baumwipfel verschwand. Doch nun war sie schon vollständig hinter den Kiefernwald gesunken. Marlein sorgte sich und hoffte, dass der alte Mönch wohlauf war. Sie sah noch einmal zu den Mauern der Stadt, zu dem Kran der Kathedrale, der dahinter aufragte, und kehrte dann in den Wald zurück. Alheyt und Katherl saßen vor der Hütte, klatschten sich gegenseitig in die Hände und sangen ein Lied. Als sie Marlein bemerkten, hielten sie inne und schauten zu ihr auf.

»Paulus kommt heute nicht, oder?«, fragte Katherl.

»Nein, ich denke nicht.« Marlein setzte sich zu ihnen auf den Boden. »Vielleicht ist ihm etwas Wichtiges dazwischengekommen. Aber morgen kommt er gewiss.«

Alheyt sprang auf. »Ach, was! Was soll ihm denn dazwischengekommen sein? Aus dem Staub hat er sich gemacht. Wie damals auch.«

Marlein verbesserte sie. »*Du* hast dich doch damals aus dem Staub gemacht, nicht er.«

Der Blick der Alten verfinsterte sich. »Sagt wer?«

»Sagt er.« Marlein grinste. »Ich denke, Paulus wird gute Gründe haben, wenn er nicht kommt.«

Alheyt kräuselte die Stirn. »Meinst du, ihm ist etwas zugestoßen?«

»Woher soll ich das wissen?«

»Dann muss ich ihn suchen.« Alheyt sprang behände auf und eilte davon.

Marlein hätte sich für ihre Worte ohrfeigen können. Sie nahm rasch Katherl an die Hand und folgte der Großmutter. Am Waldrand hatten sie die Alte eingeholt. »Es wird bald dunkel. Du kannst nicht in die Stadt gehen.«

Alheyt blickte in den Himmel, der sich im Westen bereits

rot färbte. »Das ist mir egal. Ich muss Wölflin suchen. Gewiss ist er in Gefahr.«

»Morgen gehen wir ihn suchen. Das verspreche ich dir hoch und heilig.«

»Morgen kann es zu spät sein.«

»Die Wächter werden dich nicht in die Stadt lassen.« Marlein ließ Katherls Hand los und umfasste Alheyts Schultern. »Nun sei bitte vernünftig und geh mit uns zurück zur Hütte.«

»Ich war noch nie vernünftig«, grummelte die Großmutter.

»Das weiß ich aber anders.« Marlein seufzte und dachte an die vergangenen Jahre. Wie sehr vermisste sie doch die alte Alheyt, die ihr immer mit Rat und Tat zur Seite gestanden hatte!

Alheyt gab ein unwirsches Knurren von sich. »Gut, aber gleich morgen früh nach Sonnenaufgang suchen wir Wölflin.«

In der Hütte sah Marlein noch einmal nach der Würze, die sie zum Gären in das kleine Fass gegeben hatte. Dann legten sie sich schlafen, bevor die Nacht den Wald in Dunkelheit hüllte. Marlein wartete, bis sie Alheyts ruhigen Atem vernahm. Erst dann schloss auch sie die Augen.

Als sie am nächsten Morgen erwachte, vertrieb silbriges Licht die Dunkelheit der Nacht. Marlein rieb sich die Augen und sah zu Alheyts Schlafplatz, auf dem sich nur noch die verwaisten Decken befanden. Rasch sprang sie auf. Als sie aus der Hütte eilte, stolperte sie über den Deckel eines Bierfasses, der achtlos auf dem Boden lag. Dann bemerkte sie, dass ein Krug fehlte. Schwer stieß sie den Atem aus und ging zurück zu Katherl, die aufgewacht war und sie erschrocken ansah.

Marlein strich ihr über das wirre Haar, um sie zu beruhigen. »Großmutter verkauft nur Bier an die Wächter. Sie wird gewiss bald wieder hier sein.«

»Gehen wir sie nicht suchen?«

Marlein spürte die Erschöpfung schwer wie Blei durch ihre Adern kriechen. »Doch, sicher.« Sie raffte sich auf und zog Katherl das Oberkleid über. Dann suchte sie nach dem Speck, den sie für den Notfall versteckt hatte, schnitt ein Stück ab und reichte es Katherl. Hungrig biss das Mädchen hinein.

Kurz darauf gingen sie zum Hahnentor, wo sich die Wachmänner gerade einen Krug Bier teilten.

Marlein fragte nach Alheyt und erfuhr, dass sich die Großmutter wohl in der Stadt aufhielt. Sie konnte sich denken, wohin der Weg sie geführt hatte, und lief so schnell wie möglich zum Neumarkt. Kurz darauf klopfte sie an die Pforte des Alexianerklosters. Abermals öffnete der junge Novize und steckte den Kopf durch den Spalt. Marlein fragte auch ihn nach Alheyt.

»Ja, die war hier. Ist aber wieder fort.«

»Hat sie mit Bruder Paulus gesprochen?«

»Nein, das war nicht möglich.«

»Geht es ihm etwa nicht gut?«

Der Mönch stieß schwer den Atem aus. »Das weiß ich nicht. Er sitzt leider auf dem Frankenturm.«

Marlein riss die Augen auf. »Weshalb das denn?«

Der Novize erzählte ihr von dem Dollbier und der Strafe.

»Weißt du, wohin Alheyt gegangen ist?«

»Ich denke, sie ist zum Frankenturm. Auf jeden Fall war sie außer sich vor Zorn.«

Marlein ließ sich von dem Novizen den Weg beschreiben, wünschte ihm einen frommen Tag und eilte weiter.

Der viereckige Turm in einem der nördlichen Stadtteile war ein Teil der Stadtmauer am Rhein. Seine Torzufahrt war jedoch zugemauert. Aus der Ferne konnte Marlein Alheyt zetern hören.

»Ihr Schmierlappen! Nun lasst mich endlich zu meinem Wölflin«, keifte die Alte.

Die Wächter schienen belustigt, denn sie lächelten seelenruhig, während Alheyt von einem Fuß auf den anderen sprang. Als sie jedoch einem von ihnen ins Gesicht spie, wendete sich das Blatt. Der Wächter griff ihr ins Haar und zwang sie in die Knie.

Mit Katherl an der Hand lief Marlein zu ihnen. »Nicht! Lasst sie los. Sie ist eine alte verwirrte Frau.«

»Die Furie fängt sich gleich eine!«, schrie der Mann. Von seiner vor Zorn geröteten Wange lief Alheyts Speichel hinab.

Die Alte wimmerte zu seinen Füßen: »Lasst meinen Wölflin frei! Er ist unschuldig.«

»Ich hab dir gesagt, wir haben hier keinen Wölflin!«, brüllte der andere Wächter, der gerade ebenfalls die Geduld verlor.

»Ich weiß, dass er hier ist.« Trotz des Griffs des Wächters, der ihr den Kopf in den Nacken zwang, kniff sie die Augen zusammen. »Solltet ihr ihn foltern, schneide ich euch die Eingeweide heraus.«

»Lass gut sein, Großmutter. Du hörst doch, hier auf dem Turm sitzt kein Wölflin ein.«

»Der Novize hat gesagt, er sitzt auf dem Frankenturm.« Alheyt wischte sich mit dem Ärmel einen Tropfen von der Nase.

Marlein schüttelte den Kopf. »Sicher hast du dich verhört.«

»Versucht es doch mal am Kunibertsturm.« Der Wächter löste die Hand aus Alheyts Haar und stieß sie zur Seite.

Die Alte jaulte auf, rappelte sich dann aber auf die Beine und wollte schon auf ihn losgehen, doch Marlein hielt sie am Arm fest. »Lass gut sein, Alheyt. Wir gehen zum Kunibertsturm.«

Knurrend gehorchte die Alte ihr und wandte sich ab. Marlein sah zu Katherl, die mit tränenverschmierten Wangen ein Stück abseits stand. Marlein nahm ihre Tochter in den Arm und drückte sie an sich. »Alles ist gut. Nicht weinen.«

Als sie ein Stück gegangen waren, führte Marlein die Großmutter und das Kind zu einer Mauer. »Setzt euch hierher und wartet, bis ich wieder da bin.«

»Wo willst du hin?« Alheyt beäugte sie argwöhnisch.

»Ich muss den Wächter noch einmal nach dem Weg fragen.« Sie wandte sich ab und eilte zurück zum Frankenturm.

Der Wächter hob eine Augenbraue, als sie vor ihn trat. »Hast du die Alte im Rhein versenkt? War auch besser so.«

Marlein missachtete seine Worte. »Bruder Paulus sitzt hier doch ein, oder irre ich mich?«

Der Wächter nickte und schob sich den Helm aus der Stirn. »Ja, aber in zwei Tagen ist er wieder raus. Brauchst also gar keinen Besuch zu erbitten.«

»Danke«, sagte Marlein und lief zurück zu Alheyt und Katherl.

Die beiden saßen auf der Mauer und ließen die Köpfe hängen. Marlein hatte keine Lust auf den Zinnober, den

Alheyt gewiss am Kunibertsturm veranstalten würde. Doch Großmutter würde sich wohl kaum davon abbringen lassen, ihren Wölflin zu retten.

Seufzend setzte sich Marlein zu den beiden auf die Mauer und strich Alheyt über den Rücken. »Was hältst du davon, wenn du den Wächtern vom Hahnentor noch einen Krug Bier verkaufst?«

»Hab ich doch schon gemacht. Fein angereichert mit Bilsenkrautsamen.« Sie kicherte.

Marlein dachte an die Samen, die sie in den Wind gestreut hatte. »Wo hast du denn die Samen her?«

»Von einer Kräuterfrau.« Alheyt stand auf und klopfte sich den Staub von den Röcken. »So, genug geredet. Nun holen wir Wölflin aus dem Kunibertsturm.«

»Du brauchst gar kein Aufheben zu machen. In zwei Tagen ist Wölflin wieder aus dem Turm.«

»Das sagst du doch nur, um mich zu beruhigen. Woher willst du das wissen?«

»Der Wächter hat es mir gerade erzählt.«

Alheyt runzelte die Stirn. »Noch zwei Tage, sagst du? Was hat er denn angestellt?«

»Er hat wohl Dollbier gebraut.«

Alheyt verzog den Mund. »Wusste ich es doch.«

Als sie kurz darauf die Stadt verlassen wollten, kamen sie nur bis zum Hahnentor, vor dem sich zwei Büttel aufgebaut hatten. Ehe sich Marlein versah, hatten sie Alheyt die Hände auf dem Rücken zusammengebunden.

»Nicht doch!«, schrie Marlein. »Sie hat nichts verbrochen.«

»Hat sie wohl«, sagte der größere von ihnen.

Der Torwächter nickte zur Bestätigung. »Meine Kumpane liegen krank darnieder. Sie hat sie mit ihrem Bier vergiftet.«

Katherls Schluchzer gingen in dem Sturzbach unter, der durch Marleins Ohren rauschte.

17

»Mein Erbe steht mir zu.« Linhart schlug mit der Faust auf den Tisch, an dem er mit Gundi und Mutter saß. »Du musst es mir auszahlen!«

»Nein.« Mutter sah ihn wütend an. »Die Brauerei ist dein Erbe. Ich will, dass du bleibst.« Ihre Brust hob und senkte sich heftig.

Linhart blickte zur Decke und spürte, wie sein Zorn verrauchte. Er hatte noch nie mit ansehen können, wenn es seiner Mutter nicht gutging. »Ich kann nicht bleiben. Versteh das doch.«

»Du kannst wohl. Du willst nur nicht«, sagte Mutter.

Gundi legte die Hand auf ihren Arm. »Soll er Marlein etwa ihrem Schicksal überlassen?«

»Dass er uns unserem Schicksal überlässt, ist aber in Ordnung? Er hat gar keine andere Wahl. Wir sind seine Familie. Er muss bleiben und die Brauerei führen.«

Linhart schüttelte den Kopf. »Wendelin wird die Brauerei führen.«

»Er hat das Handwerk nicht gelernt.« Mutter schnäuzte sich in ein Tuch.

»Er wird es schnell nachholen«, sagte Gundi beruhigend. »Er ist sehr geschickt. Das hat er gestern bewiesen.«

»Linhart muss dennoch bleiben. Er ist mein einziger

Sohn.« Schon wieder quollen dicke Tränen aus Mutters Augen. Sie erhob sich vom Tisch und stürmte aus der Küche.

Der Verzweiflung nahe blickte Linhart zu Gundi. »Wenn sie mir mein Erbe nicht auszahlt, brauche ich mich bei Marlein gar nicht blicken zu lassen. Was will sie mit einem armen Schlucker, der sie nicht ernähren kann?«

Gundi hielt den Blick auf ihre Hände gerichtet. »Ich würde es ebenfalls begrüßen, wenn du bleibst. Andererseits kann ich verstehen, dass du an Marleins Seite sein willst. Die Ärmste tut mir von Herzen leid.«

»Ich liebe sie schon mein ganzes Leben lang.« Linhart wurde das Herz mit jedem Atemzug schwerer. Er sah Marlein so klar vor sich, als stünde sie neben ihm.

Gundi rückte näher zu ihm heran. »Du könntest ohne sie gar nicht sein, hab ich recht?«

»Nein, aber ich kann auch nicht als Bettler bei ihr sein.« Linhart erhob sich von seinem Stuhl. »Vielleicht überlasse ich sie wirklich ihrem Schicksal. Sie ist eine schöne Frau und wird gewiss rasch einen anderen Mann finden, der sie ernähren kann.« Linhart glaubte an seinen eigenen Worten zu ersticken.

»Willst du nun doch bleiben?«

Er zuckte mit den Schultern. »Wenn Mutter mir das Erbe nicht auszahlt, bleibt mir nichts anderes übrig.«

»Soll ich noch einmal mit ihr sprechen?«

Linhart schüttelte den Kopf. »Nein, ich frage sie selbst. Ein letztes Mal noch.«

Linhart fand seine Mutter bei den Apfelbäumen. Sie stand im Schatten unter den ausladenden Ästen und blickte verloren in die Ferne.

Der Schmerz schnitt scharf wie ein Schwert in Linharts

Herz. Er legte die Hände auf Mutters Schultern. »Auch wenn ich wieder fortgehe, bin ich nicht verloren. Sooft es geht, werde ich euch besuchen.«

Mutter schwieg.

»Aber ich kann nicht mittellos gehen, versteh das doch. Du musst mir das Erbe auszahlen. Und mir meinen Meisterbrief aushändigen. Wo hast du ihn?«

»Ich muss gar nichts.« Mutter schob seine Hände von ihren Schultern.

Er ließ den Kopf hängen. »Aber das Erbe steht mir zu.«

»Dann geh zum Rat und klag es ein.«

»Du weißt genau, dass ich das nie tun würde.«

Mutter wandte sich zu ihm um. »Bleib, Linhart. Ich flehe dich an. Soll ich denn erst deinen Vater und dann dich verlieren?«

»Ihr habt mich nicht verloren, Mutter. Außerdem könntest du auch die Brauerei verkaufen und mit mir gehen.«

Mutters Augen verdunkelten sich. »Du bist wohl nicht ganz bei Trost. Glaubst du wirklich, ich gebe mein Heim auf?«

»Bitte, Mutter. Zahl mir mein Erbe aus.« Linhart fiel auf die Knie.

»Nein.« Sie raffte ihre Röcke und rauschte davon.

Es dauerte bis zum späten Nachmittag, ehe Marlein wieder aus ihrer Starre erwachte. Den ganzen Tag über hatte sie in der Hütte gesessen und ihrer jammernden Tochter über den Kopf gestrichen. Doch davon kam Alheyt auch nicht aus dem Kerker frei. Sie würde beim Rat vorsprechen und um Alheyts Freilassung bitten müssen. Marlein beugte sich zu Katherl hinab und zog das Mädchen auf die Beine.

»Wo gehen wir hin?«, fragte die Kleine.

»Wir bitten den Rat um Alheyts Freilassung.«

Katherl rieb sich mit den Fingerknöcheln die rotgeweinten Augen. »Das ist gut.«

Als sie kurz darauf auf dem Domhof standen, fragte Marlein einen Mann nach dem Weg zum Rathaus. Das Haus der Bürger lag nahe am Rhein auf dem Alter Markt. Die Wimpel auf den Dächern flatterten wie die der umliegenden Häuser im lauen Wind. Die Händler verließen bereits ihre Buden, und Marlein beeilte sich, das Rathaus zu betreten. In der Halle trug sie einem Schreiber ihr Begehr vor und fragte ihn, an wen sie sich wenden sollte.

Der Mann trug eine Kappe, an der ein Sehglas herabhing. »Im ersten Stockwerk, hinter der zweiten Tür sitzt Ratsherr Kuckel. Bei ihm müsstest du mit deinem Anliegen vorsprechen.«

»Wird er mich denn empfangen? Ich bin nicht angemeldet.«

»Ja, er hat zufällig heute Sprechzeit für Bürgerbegehren. Im Augenblick ist er frei.«

Marlein deutete dies als ein gutes Zeichen und ging voller Zuversicht die Stiegen hinauf.

Der Herr, der ihr kurz darauf die Tür öffnete, lächelte sie freundlich an und bat sie, vor dem Arbeitspult Platz zu nehmen. Er war ein älterer Mann mit schlohweißem Haar und einem ebensolchen Bart.

Marlein holte tief Luft und erzählte ihm von Alheyts Verhaftung. »Ihr müsst wissen, sie ist schon sehr alt. In der letzten Zeit ist sie nicht mehr Herrin ihres Verstands, was schon schwer genug für sie ist. Sie wollte die Wachmänner gewiss nicht vergiften.«

Der Ratsherr nickte, zog ein Pergament aus dem Stapel

vor sich und überflog es. »Der Fall ist mir bekannt. Ich habe gleich heute Morgen davon erfahren. Sollten die Wächter nicht durchkommen, ist deine Großmutter eine Mörderin. Du weißt, was das bedeutet.«

»Der Galgen …« Marlein schnappte nach Luft.

»Richtig.«

»Und wenn sie überleben?«

»Schwer zu sagen.« Der Ratsherr legte das Pergament zurück auf den Stapel. »Vielleicht eine Geldstrafe wegen gefährlicher Bierpanscherei.«

»Und wenn sie die nicht zahlen kann?«

»Dann wird sie diese absitzen müssen.«

»Aber ihr Verstand ist ihr abhandengekommen. Könntet Ihr dies nicht berücksichtigen?«

»Doch, aber dann gehört sie ins Tollhäuschen.«

»Um Himmels willen«, stieß Marlein aus. »Dort würde sie elendig zugrunde gehen.«

»Dann weiß ich das von ihrem Verstand wohl besser nicht?«

»Nein, vergesst alles, was ich Euch erzählt habe.« Marlein erhob sich von dem Stuhl. »Ich werde für die Wachmänner beten.«

»Das wäre wohl das Beste.« Der Ratsherr erhob sich, um sie zu verabschieden.

Marlein nahm Katherl auf ihre Arme. »Darf ich in absehbarer Zeit noch einmal bei Euch vorsprechen, um zu hören, wie es den Männern geht?«

»Ja, und ich hoffe, sie schaffen es.« Der Ratsherr hielt ihr die Tür auf.

Als Marlein kurz darauf aus dem Rathaus trat, stach das Licht der untergehenden Sonne in ihre Augen. Übelkeit überfiel sie, als sie an den möglichen Tod der Männer dachte. Sie suchte die Kathedrale auf, um für sie zu beten. Das schwere Portal war jedoch verschlossen. Aber der Herr würde sie gewiss auch hören, wenn sie ihn von ihrer Hütte aus anbetete. Wenn er sie überhaupt noch anhörte. Mittlerweile zweifelte Marlein daran. Obwohl, wenn sie ehrlich zu sich selbst war, hatte sie das Beten in der letzten Zeit schlichtweg vergessen. Dabei hätte sie Gottes Hilfe wirklich bitter nötig gehabt.

Als sie in die Hütte angekommen waren, zupfte Katherl vorsichtig an Marleins Ärmel und schluchzte auf. Marlein drückte ihr einen Kuss ins Haar und wiegte sie an ihrer Brust.

»Alles wird gut, mein Mädchen.«

»Großmutter muss sterben.« Katherls Schluchzer wollten nicht verebben. »Warum kann Linhart nicht kommen und sie aus dem Kerker retten?«

»Er weiß ja nicht einmal, dass sie im Turm sitzt.« Marleins Verzweiflung vertiefte sich, doch sie wollte sich vor Katherl nichts mehr anmerken lassen. »Aber bald ist Bruder Paulus wieder da, und er wird Alheyt gewiss aus dem Kerker holen. Und irgendwann kehrt auch Linhart zurück, und wir ziehen in ein schönes Haus.«

Katherl schien sich zu beruhigen. »In ein Birnbaumhäusle?«

»Vielleicht. Vielleicht aber auch in ein Apfelbaumhäusle oder ein Beerenhäusle.« Marlein mühte sich ein Lächeln ab.

»Ja, das würde mir bestimmt auch gefallen.« Katherl steckte den Daumen in den Mund. Die Lider wurden ihr sichtlich schwer.

Marlein summte eine Melodie, bis die Kleine eingeschlafen war. Später hüllte sie sie in eine Decke und legte sich neben sie. Marlein verspürte jedoch keine Müdigkeit, denn die Sorgen wühlten sie auf. Wie sollte es nun weitergehen? Das wenige Geld, das Alheyt verdient hatte, trug diese bei sich. Wahrscheinlich hatten die Wärter es ihr längst abgenommen.

18

Linhart hätte mit dem Kopf gegen die Wand rennen können. Auch an diesem Tag hatte Mutter nicht klein beigegeben, sosehr er sie auch angefleht hatte. Sogar seinen Meisterbrief wie auch seine Geburtsurkunde hielt sie versteckt. Es machte keinen Sinn, ohne diese Dokumente nach Köln zu reisen. Was sollte er denn Marlein sagen? Dass sie sich fortan mit Betteln über Wasser halten mussten? Aber er konnte genauso wenig ohne Marlein leben. Er würde den Verstand verlieren, dessen war er sich sicher. Er betrachtete das Seil, das in dem Schuppen an der Wand hing, und schob mühevoll den Gedanken beiseite, der ihn augenblicklich überfiel.

Verzweifelt setzte er sich auf einen Strohballen und verschränkte die Hände ineinander. Vielleicht sollte er mit dem Rat sprechen, damit dieser das Kopfgeld für Marlein fallen ließ. Und wenn sich die Mitglieder nicht von ihrer Unschuld überzeugen ließen, könnte er sie vielleicht mit einer hohen Summe auslösen – die Mutter ihm für diesen Zweck jedoch niemals geben würde. Er holte tief Luft. Da spürte er eine Hand auf seiner Schulter und wandte sich um. Gundi stand neben ihm und sah ihn mitleidig an. Linhart erzählte ihr von seinem Vorhaben, den Rat aufzusuchen.

Zischend sog Gundi den Atem durch die Zähne. »Bist du

übergeschnappt? Glaubst du, der Rat kann nicht eins und eins zusammenzählen? Sie werden dich ohne mit der Wimper zu zucken in den Turm werfen.«

»Warum haben sie ein Kopfgeld auf Marlein ausgesetzt? In den Augen des Rats hat sie doch nur ihre Tochter aus dem Turm befreit.«

»Ihre Tochter ist die Brut des Dämons, mit dem Marlein gebuhlt hat. Marlein könnte die Ernte vernichten, das Vieh verzaubern und was weiß ich noch alles. Sie ist gefährlicher als ein ganzes Heer. So hat Vater es dem Rat eingebläut, bevor er gestorben ist. Und weißt du, weshalb er so maßlos übertrieben hat?«

»Damit nicht nur Marlein, sondern auch ich gefunden werde?«

»Genau. Er wollte dich wieder hier haben. Ob du es glaubst oder nicht. Er hat dich geliebt, wenn auch auf seine eigene Art.«

Linhart schmerzte Gundis Erkenntnis, die er so nicht wahrhaben wollte. »Er hat mich als seinen Besitz angesehen, der ihm abhandengekommen war. Mit Liebe hat das wenig zu tun.« Linhart pflückte einen Strohhalm von seinen Hosenbeinen.

»Sieh es, wie du willst. Aber geh um Himmels willen nicht zum Rat.«

»Glaubst du, irgendwann wird Gras über die Sache gewachsen sein?« Das Loch, das sich vor Linhart auftat, war tief und schwarz und stank nach Elend.

»Ja, wenn Marlein hier nicht mehr auftaucht, wird sie irgendwann in Vergessenheit geraten.« Gundi setzte sich neben ihn auf den Strohballen und nahm seine Hand. »Was hast du nun vor?«

Linhart starrte wieder das Seil an. »Hierbleiben. Hab ich eine Wahl?«

»Die arme Marlein. Das Schicksal meint es wirklich nicht gut mit ihr.«

Er spürte, wie die Tränen heiß hinter seinen Lidern brannten. »Vielleicht sollte ich mich als Wegelagerer versuchen. Ich könnte die Handelsstraßen nach Köln nehmen und unterwegs die Kaufleute ausrauben.«

Gundi riss vor Entsetzen die Augen auf. »Nein, Linhart. Alles, nur das nicht. Warte noch diese eine Nacht ab. Bis morgen ist mir etwas eingefallen, bei dem du nicht dein Leben riskierst.«

»Nur noch diese eine Nacht. Dann muss etwas geschehen.« Linhart erhob sich und fuhr sich mit der Hand durch das Haar.

»Du meinst das wirklich ernst mit den Raubüberfällen! Himmel, Linhart. Du wirst am Galgen enden.«

Er sah noch einmal zu dem Seil. »So oder so.«

Nachdem Linhart sich endlich zum Schlafen hingelegt hatte, plagten ihn finstere Träume, in denen ein tiefer Wald Marlein verschlang. Sie entglitt ihm für alle Zeiten.

Linhart schreckte auf und sah Gundi wie einen Geist vor sich stehen. Augenblicklich presste sie ihm die Hand auf den Mund.

»Sei leise, damit Mutter uns nicht hört«, flüsterte sie.

Linhart nickte, und sie nahm ihre Hand zurück. »Du musst von hier verschwinden. Noch heute Nacht.«

Verständnislos sah er sie an. Gundi legte das schwere Bündel neben ihn auf das Bett. »Dein Erbanteil«, raunte sie.

Linhart setzte sich auf. »Was hast du …?«

»Ich hab die Truhe aufgebrochen und deinen Anteil herausgenommen. Du musst verschwinden, bevor Mutter aufwacht!«

»Du hast es gestohlen?« Er öffnete das Säckchen und nahm eine Handvoll Goldmünzen heraus, die er durch seine Finger gleiten ließ.

»Nein, nicht gestohlen. Ich überbringe es nur dem rechtmäßigen Besitzer.« Sie zwinkerte ihm zu und zog zwei Schriftstücke aus ihrem Ausschnitt. »Das hier wirst du wohl auch brauchen, um Fuß zu fassen.«

Linhart riss die Augen auf. »Mein Meisterbrief?«

»Sowie deine Geburtsurkunde. Mutter hatte sie sorgfältig bei den Goldmünzen versteckt.« Gundi drückte ihm die Schriftstücke in die Hand. »Und nun verschwinde von hier.«

Linhart sprang aus dem Bett, klaubte rasch ein paar Kleidungsstücke zusammen und schnürte sein Bündel. Dann umarmte er Gundi. »Was wirst du Mutter sagen?«

»Lass das mal meine Sorge sein.« Die Schwester strich ihm über die Wangen. »Ich bete zu Gott, dass wir uns irgendwann einmal wiedersehen werden.«

»Das werden wir.« Linhart legte seine Hand auf ihre. »Ich danke dir von ganzem Herzen, Gundi.«

Die Strahlen der aufgehenden Sonne, die sich durch das Fenster stahlen, versprachen einen heißen Tag. Gundi schlug die Bettdecke zurück und begab sich zur Waschschüssel, um sich den verschwitzten Leib mit einem Tuch abzureiben. Gerade als sie sich ein frisches Unterkleid anzog, hallte ein spitzer Schrei durch das Haus. Gundi seufzte.

Im nächsten Moment flog die Tür auf, und Mutter stürzte schnaubend in Gundis Kammer. Ihr Hals war übersät mit roten Flecken. »Mein eigener Sohn! Mein Fleisch, mein Blut!

Dein Vater hatte recht, diese Marlein ist die Buhle des Satans.«

Gundi gab sich ahnungslos. »Was hat er denn angestellt?«

»Er ist fort! Und mit ihm einige Goldmünzen.« Mutter verengte die Augen. »Mein Sohn hat mich bestohlen. Gibt es eine größere Strafe für eine Mutter?« Sie richtete den Blick gegen die Deckenbalken, faltete die Hände und streckte sie in die Höhe. »Herr, warum erlegst du mir eine Prüfung nach der anderen auf?« Tränen rannen aus ihren Augenwinkeln.

»Gott kann nichts dafür«, sagte Gundi und suchte in ihrer Truhe nach einem Mieder. »Ich war es.«

Mutter ließ die Arme hängen und starrte sie an. »Du warst was?«

»Ich habe Linhart das Gold gegeben.« Das Mieder war vergessen, und Gundi sah ihrer Mutter fest in die Augen.

»Wie?«

»Du hast schon richtig gehört. Ich war es.« Gundi sprach die Worte laut und deutlich aus.

»Woher nimmst du dir das Recht?«, zischte Mutter.

»Woher nimmst du dir das Recht, Linhart das Erbe zu verwehren?«

»Ich handele im Sinne eures Vaters. Mehr nicht.« Sie schluchzte auf. »Mein guter Jacob. Gott hab ihn selig.«

Gundi schüttelte abfällig den Kopf. »Du hast ja keine Ahnung.« In ihr kochte der Zorn hoch. All die Jahre hatte sie die Wahrheit verschwiegen, nun glaubte sie daran zu ersticken. »Das, was er Marlein angetan hat, können wir gar nicht mehr gutmachen.«

»Die kleine Hexe hat es doch nicht anders verdient«, sagte Mutter schnippisch.

»Was? Dass Vater ihren Gemahl auf hinterhältige Weise

umgebracht hat?« Der Brocken, der all die Zeit in Gundis Hals gesteckt hatte, war nun endlich draußen.

Mutters Gesicht wurde so bleich wie Rahm. Sie verdrehte die Augen und verlor die Besinnung. Rücklings fiel sie auf das Bett. Gundi nahm das Tuch aus der Waschschüssel und rieb Mutter damit über die Stirn. Einige Sekunden später schnappte die Mutter nach Luft und riss die Augen auf.

Es dauerte wohl eine Zeit, bis sie sich wieder an Gundis Worte erinnerte. Ihre Lippen begannen zu zittern.

»Du lügst. Vater hat den Hannes nicht gemeuchelt. Er ist von Wegelagerern niedergestreckt worden.«

»Nein, ist er nicht. Ich habe es mit eigenen Augen gesehen.« Gundi legte das Tuch zurück in die Waschschüssel.

»Aber, wie? Wie ist das möglich?«

»Ich bin Vater heimlich in den Wald gefolgt. Dort habe ich gesehen, wie er hinter einem Baum versteckt dem Hannes aufgelauert hat. Als dieser dann mit seinem Fuhrwerk den Pfad entlangkam, ist Vater hinterrücks auf den Bock gesprungen und hat ihn mit einer Keule den Kopf eingeschlagen. Anschließend hat er ihm den Geldbeutel vom Gürtel geschnitten, damit es so aussah, als hätten ihm Wegelagerer aufgelauert.«

Mutter rang die Hände. »Aber warum hast du mir das nie erzählt?«

»Weil ich nicht unentdeckt geblieben bin. Vater hat mir gedroht, dass mir das Gleiche wie dem Hannes passieren würde, wenn ich nur ein Sterbenswörtchen darüber verliere. Und du kannst mir glauben, ich hatte keinen Zweifel daran, dass er mich umbringen würde.«

»Er hätte nie sein eigen Fleisch und Blut getötet!«

»Doch.« Gundi wandte den Blick ab. »Tagtäglich hat er

mir damit gedroht. Sogar die Klinge bekam ich am Hals zu spüren.«

Mutters Mund stand offen. »Er hat dich verletzt?«

»Nein, so weit ist es nicht gekommen.« Bei der Erinnerung daran begann Gundis Herz erneut zu rasen. Da ihre Beine zitterten, setzte sie sich zu Mutter auf die Bettkante. »Ich hatte viel zu viel Angst, als dass ich etwas gesagt hätte. Aber eines weiß ich: Wir können es Marlein nicht mehr gutmachen, was Vater ihrem Gemahl und ihr angetan hat.«

Mutter stierte mit glasigem Blick aus dem Fenster.

An diesem Tag gingen Marlein und Katherl auf Bettelzug. Sie setzten sich vor die Kirchen, und als die Ausbeute dort eine leere Hand war, zogen sie weiter bis zur Straße nach Aachen, wo sie die Händler anflehten, ihnen Almosen zu geben. Der Stoff von Marleins Hemd war mittlerweile so fadenscheinig, dass der halbe Ärmel aufgerissen war. Nicht einmal Nadel und Faden konnte sie kaufen, um ihn zu flicken.

Als der dritte Händler sie keines Blickes würdigte und seinen Karren an ihnen vorbeilenkte, kämpfte Marlein mit aller Kraft gegen die aufsteigende Mutlosigkeit. Sie zwang ein Lächeln auf ihre Lippen. »Die Leute sind heute wohl nicht sehr freigiebig.«

»Weshalb denn?«

»Vielleicht weil sie gestern schon reichlich gegeben haben.« Sie nahm Katherls Hand. »Sollen wir im Wald nachsehen, ob schon Beeren reif sind?«

Katherl nickte heftig und rieb sich den Bauch. »Beeren mag ich gern.«

Marlein drückte sie an sich. »Dann komm und lass uns zur Hütte gehen.«

»Wir könnten sie Beerenhäusle nennen, was meinst du?«

»Ja, das ist ein wunderbarer Name.« Marlein lachte auf. »Irgendwann werden wir es ausgebessert haben, so dass es im Winter schön warm darin ist. Dann ist es unser Heim.«

Marlein versuchte sich an den Gedanken zu gewöhnen, dass sie Linhart nie mehr wiedersehen würde. Was sollte bloß aus ihnen werden? Und was aus Alheyt? Daran durfte sie gar nicht denken. Schweigend kehrte sie mit Katherl in den Wald zurück. Als sie sich der Hütte näherten, erstarrte Marlein plötzlich. Sie sah, dass die Tür weit aufstand. Gelächter drang zu ihnen herüber. Rasch duckte sich Marlein mit Katherl hinter einen Busch.

»Was ist, Mutter?«

»Leise. Da ist jemand in unserer Hütte.«

Katherl riss die Augen auf. »Linhart?«

Ein Hoffnungsschimmer stahl sich in Marleins Herz, und sie wagte einen vorsichtigen Blick über das Buschwerk. Sie sah einen Mann mit zerlumpter Kleidung und langem zotteligem Bart. Er trug ein totes Reh auf seinem Rücken und legte es vor der Feuerstelle ab.

Katherl zupfte an ihrem Ärmel. »Ist Linhart zurück?«

»Nein. Es ist ein Wilderer.«

Der Mann, dessen Haar so rot wie Feuer war, sah zu ihr herüber. Rasch hockte sich Marlein wieder hinter den Busch und hielt den Atem an. Doch zu spät. Holz knackte, und Laub raschelte unter den Schritten, die sich näherten. Dann griff eine Pranke in ihren Schopf und zog sie auf die Beine.

»Wen haben wir denn da?« Der Mann sah sie grinsend an.

Marlein riss Katherl an sich. Sie versuchte sich aus dem Griff des Mannes zu winden, doch er ließ nicht locker. »Lasst uns in Frieden!«, keifte sie.

Der Mann gab keine Antwort und zog so sehr an ihrem Haar, dass sie ihm zur Hütte folgen musste. Verschreckt stolperte Katherl neben ihr her.

»Lasst uns in Frieden«, fauchte Marlein.

»Das geht leider nicht.« Er stieß sie durch die Tür.

In dem schummrigen Licht konnte Marlein nur die Umrisse eines weiteren Mannes erkennen, der dort stand. Düster und von der Statur eines Bären. Er hatte die Arme vor der Brust verschränkt und lehnte die Schulter gegen die Holzplanken.

»Sieh an, die Hure des Dämons.« Seine dunkle Stimme drang zu ihr herüber.

Marlein kniff die Augen zusammen. Ihr Herz raste. Sie wich zurück, doch der Mann hinter ihr stieß sie wieder einen Schritt vor. Abermals schloss sie die Augen und öffnete sie wieder. Nein, es war kein Geist, der vor ihr stand.

Brauer Jacob näherte sich ihr. »Wo ist Linhart?«

»Er ist in Ingolstadt.« Marleins Brustkorb zog sich zusammen.

Jacobs Schlag traf sie mit voller Wucht im Gesicht. Sie taumelte, fing sich dann aber wieder. Irgendwo weinte Katherl. Marlein fuchtelte mit den Armen hinter sich, neben sich, unfähig, den Blick von Jacob abzuwenden. Doch ihre Tochter war nicht greifbar.

»Wo ist er?« Brauer Jacob stierte sie an.

»In Ingolstadt. So glaub mir doch.«

»Wo ist deine Großmutter?«

»Sie sitzt auf dem Turm.« Marleins Stimme zitterte. Wo

war Katherl? Sie wandte sich um und sah, wie der Mann hinter ihr das Mädchen festhielt. Marlein stürmte auf ihn zu. »Lass sie los!«

Der Mann stieß Marlein von sich. Da spürte sie auch schon die kalte Klinge an ihrem Hals. »Verhalt dich ganz still, hörst du?«, raunte Jacob in ihr Ohr.

Er trat auf sie zu, fesselte ihr die Hände hinter dem Rücken und band das Seil anschließend um ihre Füße. Dann stieß er Marlein in die dunkelste Ecke der Hütte. Sie fiel auf ihre Decken und schrie nach Katherl.

Mit wenigen Schritten war Jacob bei der Kleinen. Er schüttelte sie und sah dabei Marlein an. »Ich glaube dir kein Wort. Wo du bist, kann Linhart nicht weit sein. Sollte er bis morgen nicht hier sein, werde ich die ganze Stadt nach ihm absuchen.« Er zog Katherl näher an sich heran. »Und damit du in der Zeit nicht abhaust, wird dein Töchterchen mich dabei begleiten.«

Marlein schrie auf. »Du musst mir glauben, er ist nach Ingolstadt gereist! Warum sollte ich dich belügen?« Sie schluckte schwer. »Bitte lass Katherl bei mir. Sie ist doch noch ein kleines Mädchen.«

»Damit du mit ihr verschwindest? Nein, ich lass mir dein Kopfgeld nicht entgehen. Das kannst du mir glauben.«

Marlein starrte ihn an. »Kopfgeld?«

Mit einem Ruck riss Jacob dem Mädchen das Tuch vom Hals und strich mit dem Daumen über das Mal. »Dämonenbuhle!«, spie er in Marleins Richtung. »Hast es mit dem Leibhaftigen getrieben. Weshalb? Wolltest du der ganzen Brauerzunft in Ingolstadt den Bierzauber auferlegen?«

»Nichts von alledem ist wahr!«, schrie Marlein. »Was habe ich dir bloß getan?«

»Meinen Brunnen vergiftet. Beim Grafen mein Bier schlechtgemacht, damit er dir deines abnimmt. Verhext hast du ihn, gib es zu!«

Zu dem Brunnen, in den Alheyt ihren Unrat geschüttet hatte, schwieg Marlein. Alles andere bestritt sie jedoch vehement. »Du hattest lediglich Angst, ich würde in deine Brauerei einheiraten. Ist es nicht so?«

Jacob lachte hämisch. »Das hätte ich zu verhindern gewusst.«

Sie kniff die Augen zusammen. »Was du ja auch getan hast.«

Jacob wandte sich ab, schob Katherl aus der Hütte und ließ Marlein allein zurück.

»Wenn du ihr etwas antust, schlage ich dir den Kopf ab!«, keifte Marlein ihm hinterher.

Sie hörte ihn erneut lachen. »Vielleicht verkaufe ich sie ja einem Hurenwirt«, rief Jacob in die Hütte.

Marlein schloss die Augen und würgte Galle. Kurz darauf roch sie den Rauch einer Feuerstelle. Neben dem Knistern vernahm sie Katherls gedämpfte Schluchzer. Marlein schrie nach Jacob.

Er tauchte mit blutverschmierten Händen vor ihr auf. »Was?«

»Lass Katherl wenigstens in der Nacht bei mir bleiben«, flehte sie.

Wortlos ging Jacob wieder hinaus. Kurz darauf stolperte Katherl in die Hütte.

»Hier hast du sie. Das Geplärre geht mir sowieso auf den Geist«, raunte Jacob.

Das Mädchen stürmte auf Marlein zu und klammerte sich zitternd an sie.

Marlein neigte den Kopf, bis ihre Lippen nahe Katherls Ohr waren. »Wenn die Männer schlafen, bindest du mich los, und dann laufen wir fort. Alles wird gut.«

Katherl nickte, und Marlein hörte, wie der Atem des Mädchens ruhiger wurde. Von der Feuerstelle her roch es nach gebratenem Fleisch. Das Lachen der Männer schmerzte in ihren Ohren.

Kurze Zeit später schloss einer der Männer die Tür und schob den Riegel davor. Marlein warf den Kopf in den Nacken und stieß einen stummen Fluch aus. Das einzige Fenster in der Hütte war zu klein, als dass sie hindurchgepasst hätte, und das halbverfallene Dach war von der Höhe her unerreichbar für sie.

In dieser Nacht bekam Marlein vor lauter Angst kein Auge zu. Dazu konnte sie durch ihre Fesseln nicht einmal den Arm um Katherl legen. Es bestand keine Möglichkeit, Brauer Jacob zu entkommen. Selbst dann nicht, wenn Katherl ihr die Fesseln löste. Sie ließ das Mädchen also schlafen und hoffte, dass Katherl wenigstens in ihren Träumen glücklich war.

Die Tür zu seiner Zelle öffnete sich, und Paulus blinzelte in den schwachen Lichtstrahl.

»Los, auf mit dir. Deine Zeit ist vorbei«, rief der Wächter mit heiserer Stimme.

Schwerfällig erhob sich Paulus vom Boden, raffte sein Bündel, das er am gestrigen Abend geschnürt hatte, und schlurfte aus der Zelle. Zurück ins Kloster konnte er nicht, das hatte der Prior ihm unmissverständlich klargemacht, bevor Paulus seine Haft angetreten hatte. Also war er ein freier Mann, der kein Obdach besaß. Aber Julianes Leben war ihm das allemal wert. Schließlich gab es noch die Waldhütte, in der er Schutz suchen konnte. Dort könnte er auch den Braubetrieb wieder aufnehmen. Gerste und Hopfen würde er dem Bauern später bezahlen, darauf ging der gute Mann sicher ein. Paulus verlor sich in Träumen, in denen er bis an sein Lebensende auf Alheyt achtgeben konnte.

Bald darauf ließ er das Hahnentor hinter sich und folgte dem Pfad, der zu dem Wald führte. Am Waldrand fand er das Fuhrwerk, das zwischen den Bäumen versteckt stand, und spürte Erleichterung. Marlein, Alheyt und Katherl waren also nicht weitergezogen.

Plötzlich hörte er Männerstimmen und sprang unvermittelt hinter das Buschwerk. Als er einen vorsichtigen Blick durch die Blätter warf, sah er einen Rotschopf und einen stämmigen Grauhaarigen daherkommen. Sie führten zwei Pferde bei sich. Und als Paulus genauer hinsah, musste er feststellen, dass ein Mädchen in ihrer Gewalt war. Er riss die Augen auf. Die Kleine war doch Katherl! Was hatte das bloß zu bedeuten? Und wo waren Marlein und Alheyt? Sie hätten doch niemals freiwillig zugelassen, dass die Männer Katherl mitnahmen.

Paulus wartete einen Augenblick, bis die Männer aus seinem Sichtfeld verschwunden waren, trat dann hinter dem Buschwerk vor und eilte zu der Hütte. Auf den ersten Blick schien diese verlassen zu sein. Neben einer erloschenen Feuerstelle lagen die Überreste eines halbausgenommenen Rehs. Ob die Männer schon länger hier hausten? Da hörte Paulus ein Wimmern, das aus der Hütte kommen musste. Er stieß die Tür auf und lugte in das Innere. Nachdem seine Augen sich an das dämmrige Licht gewöhnt hatten, erkannte er

Marlein, die gefesselt auf dem Boden kauerte. Mit langen Schritten eilte er auf sie zu.

»Was ist geschehen? Und wo ist Alheyt?«

Marlein blickte ihn mit rotgeweinten Augen an. »Brauer Jacob, Linharts Vater, hat uns gefunden und Katherl mitgenommen. Und Alheyt sitzt auf dem Turm, weil sie die Torwächter mit ihrem Bier fast umgebracht hat.«

Paulus löste die Knoten der Fesseln. »Ach, herrje! Weißt du, wo Jacob hingegangen ist?«

»In die Stadt. Er sucht dort nach Linhart.«

»Ist er denn wieder hier?« Paulus band das Seil von Marleins Handgelenken.

Sie schüttelte den Kopf. »Nein, aber Jacob glaubt mir nicht.«

»Was hat er mit Katherl vor?« Paulus ließ das Seil zu Boden fallen.

»Er nimmt sie mit, um mich davon abzuhalten zu fliehen. Und vielleicht …« Sie biss auf ihre zitternde Unterlippe.

Paulus furchte die Stirn. »Was vielleicht?«

»Er hat gesagt, vielleicht verkauft er sie an einen Hurenwirt.«

»Dummes Geschwätz!«, stieß Paulus erleichtert aus. »Nicht ein einziger Hurenwirt in der Stadt nimmt ein Mädchen von fünf Jahren auf. Gewiss wollte er dir nur Angst einjagen.«

Marlein rieb sich über die Handgelenke. »Glaubt mir, ich werde ihn umbringen.«

Ratlos sah sich Paulus in der Hütte um. »Was machen wir denn nun?«

»Ich kann auf keinen Fall fort von hier, bevor Katherl nicht zurück ist.«

»Das denke ich mir.« Paulus strich sich über das mit Stoppeln übersäte Kinn.

»Wir müssen ihnen auflauern.« Marlein ging an ihm vorbei und verließ die Hütte.

Er folgte ihr vor die Tür. »Ich glaube kaum, dass ich die beiden Männer überwältigen kann.«

Betreten blickte Marlein auf die Überreste des Rehs. »In Ingolstadt haben sie ein Kopfgeld auf mich ausgesetzt. Jacob ist ziemlich scharf darauf. Ich schätze, wenn er Linhart heute nicht findet, wird er mir Glauben schenken und bald mit uns nach Ingolstadt zurückkehren.«

»Bis dahin muss etwas geschehen sein.« Doch sosehr Paulus auch nachdachte, es wollte ihm nichts Gescheites einfallen. Den Prior konnte er nicht um Hilfe bitten, weil dieser nicht mehr gut auf ihn zu sprechen war. Und dann war da noch die Sorge um Alheyt. Doch die musste erst einmal warten, denn aus dem Turm konnte sie immerhin nicht weglaufen. »Wir sollten uns an die Büttel wenden.«

Marlein sah ihn mit starrem Blick an. »Das ist nicht Euer Ernst.«

»Aber wer sonst soll uns helfen?« Paulus dachte an den Bauern Friedel, von dem er die Gerste bezogen hatte. Er war ein schmächtiger Kerl, der ihm höchstens mit einer Mistgabel aushelfen konnte. Vielleicht würde er ihm aber auch die Sense borgen. Dann hatten sie schon zwei Gerätschaften, mit denen sie den Schurken den Garaus machen konnten. Er teilte Marlein seine Gedanken mit.

»Wo hat der Bauer seinen Hof?«

»Nicht weit von hier. Vielleicht eine Stunde Fußmarsch.«

Marlein sah ihn besorgt an. »Dann macht Euch lieber gleich auf den Weg. Wer weiß, wann Jacob zurückkehrt.«

Als Paulus kurz darauf über den nahe liegenden Acker schritt, dachte er wieder an Alheyt. Für sie konnte er wohl kaum beim Erzbischof vorsprechen, wie er es für Juliane getan hatte. Aber ihr drohte auch nicht die Todesstrafe, wenn sie den Männern nur einen Rausch verpasst hatte. Die beiden Wächter würden schon durchkommen, dessen war er sich sicher.

Ob Juliane schon die Stadt verlassen hatte? Wenigstens war ihr der Scheiterhaufen erspart geblieben. Dies war eine kleine Freude zwischen dem ganzen Elend, die Paulus für einen Augenblick zuließ. Dann nagte jedoch wieder die Sorge an ihm. Er war ein alter Mann, ob er wohl allein gegen Brauer Jacob und seine Kumpane ankam?

Bauer Friedel half ihm gern mit Sense und Mistgabel aus, aber mehr auch nicht. Warum sollte er auch sein Leben für völlig Fremde aufs Spiel setzen? So ging Paulus allein zurück zur Hütte. Auf halbem Weg kamen ihm in der Ferne Fahrende entgegen, so glaubte er zumindest. Als er sich ihnen näherte, erkannte er zu seiner Freude Juliane mit ihrer Familie. Mutter, Vater, zwei Brüder, die groß wie Bäume waren, und der bucklige Großvater begleiteten sie. Als Juliane Paulus erkannte, fiel sie ihm schluchzend in die Arme. Das einstige Strahlen in ihren Augen gab es nicht mehr. Stattdessen hatten sich trotz ihrer jungen Jahre bereits Furchen um ihr Kinn gebildet.

Die Frau des Webers strafte Paulus mit einem giftigen Blick, ihr Mann dagegen klopfte ihm wohlwollend auf die Schulter.

»Wir sind Euch zu Dank verpflichtet«, sagte er mit tiefer Stimme.

»Ohne ihn wäre Juliane gar nicht erst auf dem Turm gelandet«, keifte seine Frau.

»Nun halt endlich dein Schandmaul. Er war es nicht, der Juliane ins Stroh gezerrt hat.«

Die Wangen des Mädchens färbten sich so rot wie der Klatschmohn, der am Wegesrand blühte.

Ihre Mutter wandte sich schweigend ab und beobachtete die Vögel, die am Himmel ihre Kreise zogen. Der Weber erzählte Paulus, dass sie zu seinem Vetter nach Kerpen gehen wollten. Er war sehr zuversichtlich, dass er sich dort ebenfalls als Weber niederlassen konnte. Paulus gönnte es ihm von Herzen. Dann sprach der Weber Paulus auf die Gerätschaften an, die er bei sich trug, und Paulus erzählte ihm von der Not, in der sich Marlein befand.

Der Weber sah von einem Sohn zum anderen. »Meine Burschen, ich denke, da können wir helfen.«

Die Söhne nickten im Einklang und schlugen kampfeslustig die Fäuste in die Hände. Die Frau des Webers streckte die Arme gen Himmel, doch ehe sie in lautes Wehklagen ausbrechen konnte, bedachte der Weber sie mit einem Blick aus zusammengekniffenen Augen.

Der Weg war nicht mehr weit, und so erreichten sie zu siebt die Hütte im Wald. Erleichtert stellte Paulus fest, dass Jacob noch nicht wieder da war. So konnten sie in Ruhe ihre Positionen einnehmen. Als Paulus zu Marlein in die Hütte ging und ihr erzählte, dass er Leute zur Verstärkung hatte gewinnen können, rannen ihr Tränen der Dankbarkeit über die Wangen. Dennoch wich die Besorgnis nicht aus ihrem Blick.

»Aber Jacob hat doch Katherl in seiner Gewalt! Ihr darf dabei nichts passieren. Hört Ihr?«

Paulus nickte. »Sorge dich nicht, wir werden sie nicht gefährden.«

Marlein begrüßte die Weberfamilie, und dann hockten sie zum späten Nachmittag hinter den Büschen verteilt an dem Pfad, der zur Hütte führte.

Paulus schmerzte jeder einzelne Knochen. Endlich hörte er Stimmen. Die Söhne des Webers würden laut ihrem Plan zuerst angreifen und der Vater im Notfall den Widerstand der Männer mit seinem Dolch brechen. Paulus hingegen sollte sich vorerst zurückhalten.

Jetzt war auch das Trippeln von Hufen zu vernehmen. Vorsichtig lugte Paulus durch das Blattwerk und sah, wie Jacob und sein Gefährte an ihm vorbeiritten. Das Mädchen saß zusammengesunken vor dem Brauer und hielt sich an der Mähne fest. Davon, dass sie zu Pferde waren, hatte Marlein nichts gesagt. Das würde die Sache natürlich erschweren. Paulus hoffte, dass die Webersöhne schlau genug waren, den Plan zu ändern und zu warten, bis die Männer abgesessen waren.

Als die Männer schließlich aus seinem Sichtfeld verschwunden waren, schlich er ein Stück über den Pfad und ging hinter einem weiteren Busch in Position, von wo aus er die Hütte im Blick hatte. Die Söhne des Webers schienen sich still zu verhalten und die neue Lage verstanden zu haben. Angespannt stierte Paulus weiterhin auf die Reiter. Als sie den Eingang der Hütte erreichten, klopfte ihm das Herz bis zum Hals. Die Männer sprangen aus den Sätteln. Dann sah Paulus den älteren Sohn des Webers aus dem Gebüsch preschen. Er fackelte nicht lange und stieß dem Gefährten des Brauers die Mistgabel in den Rücken. Der Mann riss die Augen auf, stieß einen gellenden Schrei aus und ging in die

Knie. Jacob, der gerade das Mädchen vom Rücken des Pferdes hob, ließ es wie einen Sack Mehl zu Boden fallen. Katherl begann zu wimmern. Marlein schoss aus ihrem Versteck auf die Kleine zu. Gerade als sie ihre Tochter an sich reißen wollte, griff Jacob Marlein ins Haar. Er nahm den Dolch von seinem Gürtel und hielt ihr die Klinge an die Kehle.

»Keinen Schritt weiter!«, schrie Jacob.

Zu seinen Füßen schluchzte Katherl leise, rutschte zu Marlein und klammerte sich an die Mutter. Unfähig, sich zu bewegen, hockte Paulus hinter seinem Busch. Wäre Marlein doch bloß in ihrem Versteck geblieben!

In diesem Augenblick stand die Zeit still. Der Brauer starrte den Sohn des Webers an. Sein Gefährte lag bäuchlings auf den Überresten des Rehs und gab kein Lebenszeichen mehr von sich. Immer noch steckte die Mistgabel in seinem Rücken. Ohne die Klinge von Marleins Kehle zu nehmen, zerrte Jacob die kleine Katherl von ihr fort. Dann hob er Marlein hoch und warf sie auf den Rücken seines Gauls. Sie trat um sich, und versuchte wieder hinunterzukommen. Jacob fuhr mit der Klinge über ihren Rücken. Marlein riss den Kopf hoch und gab einen schrillen Schrei von sich. Blut quoll aus dem Riss ihres Hemds. Auch Katherl schrie und flüchtete sich in die Hütte. Die anderen Weber hielten sich in ihren Verstecken, obwohl nun der passende Moment gekommen wäre, Jacob mit der Sense den Kopf abzuschlagen. Paulus ballte die Fäuste und fluchte still. Wenn er doch wenigstens bewaffnet wäre!

Marlein schrie weiterhin, während Jacob ein Seil aus seiner Satteltasche nahm und ihre Hände auf dem Rücken fesselte. Als er das Seil um ihren Leib führte, um sie an das Pferd zu binden, trat der andere Sohn des Webers lautlos hinter seinem Busch hervor, holte aus und schlug dem Brauer die Sense in die Schulter. Dieser brüllte wie ein abgestochener Eber und wandte sich zu seinem Gegner um. In Windeseile tränkte sich der Ärmel seines Hemdes mit Blut. In diesem Augenblick ließ Marlein sich vom Pferd fallen und flüchtete sich zu Katherl in die Hütte.

Jacob packte den Sohn des Webers an der Gurgel und drückte zu. Trotz seiner Verletzung schien er noch die Kräfte eines Bären zu besitzen. Das Gesicht des Jungen lief rot an, und seine Augen traten aus den Höhlen. Sein Bruder eilte ihm zur Hilfe, nahm ihm die Sense aus der Hand und schlug damit gegen Jacobs Schienbeine, als wollte er Heu ernten. Der Brauer stürzte um wie ein Baum und krümmte sich vor Schmerzen. Seine Unterschenkel standen in einem unnatürlichen Winkel ab. Paulus spürte, wie sich ihm der Magen umdrehte. Nun traten auch der Weber und der Großvater aus ihrem Versteck. Paulus lief an dem stöhnenden Brauer vorbei und sah in der Hütte nach Marlein. Sie und ihre Tochter kauerten eng beieinander in der hintersten Ecke. Paulus kniete sich vor sie und strich Marlein über das Haar. Sie zitterte am ganzen Leib.

»Ich kann nicht mehr«, stieß sie heiser aus. »Wann hat das hier endlich ein Ende? Ich will doch nur in Ruhe leben.«

»Jacob wird dir nichts mehr anhaben können. Selbst wenn er seine Verletzungen überleben sollte, glaube ich kaum, dass er jemals wieder auf eigenen Füßen laufen kann.« Paulus nahm Marlein in die Arme und drückte sie an sich.

Linhart presste dem Gaul die Fersen in den Bauch. Zwei Tage war er nun unterwegs, und an diesem Tag hatte er noch keine einzige Rast eingelegt. Obwohl ihm mittlerweile die

Zunge am Gaumen klebte, schenkte er dem Durst keine Beachtung. Ein Rausch hatte ihn erfasst, der allein aus der Sehnsucht nach Marlein und dem baldigen Wiedersehen resultierte.

Am westlichen Himmel türmten sich die Wolken und kündigten ein nahendes Unwetter an. Linhart hoffte, es würde an ihm vorbeiziehen. Aber der Wind frischte auf und blies die Wolken in seine Richtung. Rasch verdunkelten sie die Sonne. Zwielicht legte sich über die Felder, und bald schon klatschen Linhart die ersten dicken Tropfen ins Gesicht. Er ließ sich jedoch von dem Regen nicht beirren und trieb sein Pferd weiter an. Plötzlich zuckte ein Blitz auf, der die Felder erhellte. Während der Donner toste, öffnete der Himmel seine Schleusen, und die Wolken spien Wassermassen auf die Erde, die den Acker augenblicklich in eine Schlammgrube verwandelten. Linharts Pferd kam ins Straucheln, und er hatte Mühe, sich im Sattel zu halten. Als er sich wieder gefangen hatte, riss er an den Zügeln und trieb dem Gaul abermals die Fersen in den Bauch. Doch statt weiterzugaloppieren, knickte das Pferd ein und fiel seitlich zu Boden. Bevor es ihn unter sich begraben konnte, rutschte Linhart aus dem Sattel. Dann endlich lichteten sich die Nebel in seinem Kopf, und seine Gedanken wurden klarer.

Er rappelte sich auf. Das Wasser tropfte von seinen Haaren und lief ihm über das Gesicht. Was hatte er seinem Pferd bloß angetan? Er beugte sich über den Kopf des Tieres und streichelte ihm die Nüstern. Das Pferd versuchte, wieder auf die Beine zu kommen, scheiterte jedoch vor Schwäche. Linhart drückte gegen den Leib, bis das Tier zitternd im Schlamm stand. Abermals zuckte ein Blitz am Himmel, dem kurz darauf ein ohrenbetäubender Donner folgte. Linhart griff nach den Zügeln und führte das Pferd behutsam zu einer Baumgruppe. Im Schutz der Buchen holte er eine Decke aus seiner Satteltasche und rieb den Leib des grasenden Tieres damit ab.

Solange sich die Sonne gezeigt hatte, war er in Richtung Norden geritten. Von den Städten hatte er sich ferngehalten, so dass er kaum wusste, wie weit er bereits gekommen war. Linhart setzte sich auf den Boden und lehnte den Rücken an den Baumstamm. Buchen sollst du suchen, und Eichen sollst du weichen. So hatte Mutter immer gesagt, wenn ein Gewitter aufgezogen war. Ein weiterer Blitz zuckte am Himmel, dem ein ohrenbetäubender Knall folgte. Linhart wähnte sich und den Gaul in Sicherheit, auch wenn durch das Blattwerk der Regen tropfte. Nichts hätte ihm an diesem Tag die Zuversicht nehmen können. Sobald sich das Gewitter verzogen hatte, würde er weiterreisen – zu Marlein und mit einem Säckchen voller Goldmünzen. Er schloss die Augen und träumte sich nach Köln, wo er mit Marlein gemeinsam Bier braute. Plötzlich schien es ihm, als würde die Luft um ihn herum knistern. An seinen Armen stellten sich die Haare auf. Es wurde taghell. Ein Knall zerfetzte ihm schier die Ohren, und eine unbekannte Kraft schleuderte ihn über den aufgeweichten Boden. Das Wiehern des Pferdes drang noch zu ihm herüber, dann wurde es dunkel um ihn herum.

19

Nachdem sich Marlein einigermaßen beruhigt hatte, folgte sie Paulus aus der Hütte. Brauer Jacob lag in seinem eigenen Blut und hatte das Bewusstsein oder vielleicht sogar schon das Leben verloren. Marlein wollte es gar nicht genau wissen. Sie wandte den Blick von ihm ab und ging zu dem Weber, der mit seiner Familie etwas abseits der Hütte stand. Gerührt bedankte sie sich bei ihm und seinen Söhnen für die Hilfe. »Ohne euch hätten meine Tochter und ich den Tod gefunden.« Sie fiel der Frau des Webers um den Hals.

Die Frau tätschelte ihr den Rücken. »Pass gut auf dich auf, Mädchen.«

Paulus bedankte sich ebenfalls bei dem Weber und seinen Söhnen. Dann zog die Familie weiter ihrer neuen Heimat entgegen.

Verloren sah Marlein ihnen nach, bis sie hinter dem nächsten Buschwerk verschwunden waren. Bruder Paulus ging vor Jacobs Leib in die Knie und betrachtete die Brust des Brauers.

»Ist er tot?«, fragte Marlein.

Paulus presste die Lippen aufeinander und schüttelte den Kopf. »Nein, noch nicht.«

»Was machen wir denn nun?« Sie stand wie versteinert da, obwohl sie nichts lieber als fortgelaufen wäre.

»Ich weiß es nicht.« Paulus erhob sich von den Knien. »Wir werden wohl hierbleiben müssen.«

»Was, wenn Jacob wieder zu sich kommt?«

»Das wird er nicht. Niemand kann ihm noch helfen. Sieh nur das ganze Blut, das er verloren hat. Nicht mehr lange, und er wird vor den Herrn treten.«

Marlein wollte nicht miterleben, wie Jacobs schwarze Seele den Leib verließ. Rasch lief sie in die Hütte und kauerte sich erneut mit Katherl in die hinterste Ecke.

Die Welt hatte sämtliche Farben verloren. Alles schien ihr nur noch trist und grau. Sie konnte sich gut vorstellen, wie Linhart in Ingolstadt auf die Rückkehr des Vaters wartete. Seine Mutter war schließlich nicht befugt, ihm auch nur einen Albus zu geben. Da es keine Möglichkeit gab, den Leichnam des Brauers nach Ingolstadt zu schaffen, würde Linhart wohl noch eine Ewigkeit warten müssen, bis die Familie den Vater für tot oder vermisst erklärte. So oder so war Linhart nun der Herr der Brauerei. Ihm blieb nichts anderes übrig, als dortzubleiben. Und sie? Sie konnte ihm nicht folgen, da ein Kopfgeld auf sie ausgesetzt war. Marlein stieß schwer den Atem aus, doch das erleichterte ihr Herz auch nicht.

Marlein strich ihrer stillen Tochter über den Kopf. Warum strafte der Herr dieses Kind mit so viel Leid? Sah er in Katherl etwa auch die Brut des Dämons? Marlein schüttelte den Gedanken ab. Wenn sie nicht aufpasste, verlor sie noch ganz und gar den Verstand. Als Nächstes ging ihr Alheyts Misere durch den Kopf. Ob die Wächter wohl noch am Leben waren? Gleich morgen früh würde sie den Ratsherrn aufsuchen und sich nach ihnen erkundigen.

Katherl blickte sie an und flüsterte: »Wir werden nie in einem Beerenhäuschen wohnen, oder?«

»Doch, mein Schatz. Das werden wir.« Marlein drückte ihr einen Kuss auf die Wange.

»Nein. Gott hat uns nicht lieb. Immer und immer wieder schickt er uns böse Menschen.« Katherl schluchzte.

»Gott schickt uns die bösen Menschen nicht. Sie sind einfach da. Weißt du, er hat allen Menschen einen eigenen Willen gegeben. Sie haben selbst entschieden, ob sie gut oder böse sind. Und böse werden die, die sich von Gott abgewendet haben, weil sie nicht mehr an seine Barmherzigkeit glauben.«

Katherl schien über ihre Worte nachzudenken, denn sie blickte stumm auf ihre Hände.

»Irgendwann wird Gott auch in unser Leben wieder Licht bringen.« Doch ihre Worte waren mit Dornen gespickt, die Marlein in den Hals stachen. Wie gern hätte sie selbst daran geglaubt, was sie gerade gesagt hatte!

Katherl zog die Nase hoch. »Vielleicht habe ich zu wenig gebetet. Fortan werde ich jeden Tag mit Gott sprechen.«

Marlein nahm Katherls Hände und legte sie aneinander. »Lass uns gemeinsam die Gebete sprechen.«

Ein schwacher Lichtstrahl stahl sich in ihr Herz. Katherl war ihre Hoffnung, ihr Glück und ihr Leben. Solange sie das Mädchen hatte, gab es keine immerwährende Finsternis für sie. Marlein faltete ebenfalls die Hände und sprach mit ihrer Tochter das Paternoster. Als sie fertig waren, betrat Paulus die Hütte.

Marlein wagte kaum, ihn anzusehen. »Ist er …?«

Paulus nickte. »Ja, er kann euch nichts mehr anhaben.«

In Marleins Ohren rauschte es. Sie hätte erleichtert sein sollen, doch das war sie nicht. Was würde Linhart sagen, wenn er wüsste, dass sein Vater wegen ihr gestorben war? Würde er Paulus und die Familie des Webers anklagen? Obwohl der Abend warm war, rieb sich Marlein fröstelnd über die Arme. »Was machen wir mit den Leichnamen?«

»Wir werden sie der Erde übergeben. Niemand darf wissen, was hier geschehen ist. Denk an den Weber und seine Söhne. Die Büttel würden sie aufgreifen und wegen Totschlags anklagen.«

»Nicht einmal Linhart soll es erfahren?«

»Auf keinen Fall. Er könnte den Tod seines Vater rächen wollen.«

Marlein schluckte an dem Brocken in ihrem Hals. Sollte Linhart zurückkehren, würde sie nie mit dieser Lüge an seiner Seite leben können. »Er wird nicht mehr zu mir kommen. Er muss nun für seine Familie, für die Brauerei da sein.« Ihre Worte klangen heiser.

»Jacob war kurz bei Bewusstsein, bevor er gestorben ist.« Paulus sog tief den Atem ein, wobei sich sein Bauch blähte.

»Was hat er gesagt?«

»Nicht viel. Aber er dachte wohl, weil ich die Kutte trage, könnte ich ihm die Beichte abnehmen.«

Marlein sah ihn fragend an. »Und?«

»Er hat deinen Gemahl getötet.«

Marlein hatte das Gefühl, die Sinne würden ihr schwinden. »Wie bitte? Aber weshalb?«

»Ich weiß es nicht, Marlein. Er hat nur gesagt, dass er ihn getötet hat. Dann ist sein Atem verloschen.«

»Es hieß doch immer, Wegelagerer hätten meinen Hannes …« Marlein schüttelte den Kopf. Mit aller Gewalt drängten die Bilder von damals in ihren Kopf. Hannes' geschundener Leib, den die fremden Männer gefunden hatten, sein Gesicht, das bis zur Unkenntlichkeit zugeschwollen gewesen war. Marlein glaubte, Galle spucken zu müssen. Sie schlug mit den Fäusten gegen die Holzplanken der Hütte, bis Bruder Paulus seine Hände auf ihre Schultern legte.

»Denk an die Kleine. Sie braucht dich«, sagte er mit ruhiger Stimme.

Marlein hielt inne. Nachdem sie tief Luft geholt hatte, wandte sie sich um und sah hinab auf ihre Tochter, die sie mit geweiteten Augen anstarrte. Katherls Lippen bebten.

Marlein ging in die Knie und schloss sie in die Arme. »Alles wird gut, vertrau mir.«

Ihre Tochter klammerte die Arme um Marleins Hals und schwieg.

Als sie sich einigermaßen beruhigt hatte, sah Marlein zu Paulus. »Wir brauchen eine Schaufel, um die Gräber auszuheben.«

Paulus betrachtete die Leichen. Ein tiefer Seufzer verließ seine Kehle. »Ich werde dem Bauern Mistgabel und Sense zurückbringen und mir eine von ihm borgen. Gleich morgen früh können wir dann die Männer bestatten.«

»Und so lange sollen sie hier vor der Hütte liegen bleiben? Glaubt mir, Paulus, dann bekomme ich heute Nacht erneut kein Auge zu.«

»Nein, wir werden sie dort hinter den Busch schaffen.«

Paulus nahm Jacobs rechten und Marlein Jacobs linken Arm. Gemeinsam zogen sie ihn hinter das Blattwerk eines Ginsterstrauches. So gut es ging, versuchte Marlein die Gedanken auszuschalten. Der Tränenschleier über ihren Augen verhinderte, dass sie dem toten Brauer deutlich ins Gesicht sehen konnte. Nachdem sie den zweiten Mann ebenfalls an diese Stelle gezogen hatten, spie Marlein hinter einem Busch Galle, bis ihr Magen nichts mehr hergab.

Linhart blinzelte in das Licht der untergehenden Sonne und versuchte sich zu erinnern, was geschehen war. Nach und nach tauchten die Bilder von dem Gewitter vor seinem inneren Auge auf. Der Blitz, und dann der Knall, der die Luft zerrissen hatte. Gleichzeitig stieg ihm der Gestank von verkohltem Holz in die Nase. Er sah zu der Baumkrone der Buche, unter der er lag. Doch sie war unversehrt geblieben. Langsam richtete er sich auf und kam mühsam auf die Beine. Als er Ausschau nach seinem Pferd hielt, sah er unweit den Baum, den der Blitz gespalten hatte. Ein schwarzes Gerippe, das aus der Baumgruppe herausstach. Linhart hielt den Atem an. Hätte er nur wenige Fuß weiter gesessen, hätte auch ihn der Blitz getroffen.

Die letzten dunklen Wolken verzogen sich in Richtung Osten, und die abendlichen Sonnenstrahlen überzogen die umliegenden Felder mit einem goldroten Schimmer. Linhart suchte mit seinem Blick die Äcker ab, doch von seinem Gaul fehlte jede Spur. Er dachte an den Inhalt in den Satteltaschen. Proviant, etwas Kleidung zum Wechseln, eine warme Decke und … Linhart wurde es heiß und kalt zugleich. Sein Erbe. Er rieb sich mit den Handflächen über das Gesicht, konnte nicht fassen, was geschehen war. Ein paar der Goldmünzen trug er in dem Beutel an seinem Gürtel bei sich. Doch den größten Teil … Verdammt! Linhart trat immer wieder gegen den Stamm der Buche. Als er seine Wut endlich daran ausgelassen hatte, stieß er schwer den Atem aus und fuhr sich mit der Hand durch das Haar. Sollte er nicht froh sein, dass Gott ihn vor dem Blitzschlag bewahrt hatte? Es waren doch nur ein paar Goldmünzen. Abermals wallte der Zorn in ihm auf. Nein, es waren nicht nur die Goldmünzen und der Meisterbrief, es war sein

Leben, das der Gaul mit sich fortgetragen hatte. Seines und das von Marlein. Den ganzen Weg nach Ingolstadt, den Streit mit seiner Mutter, Gundis Bedrängnis – all dies hätte er sich und den anderen ersparen können. Linhart trat abermals gegen den Baum, so lange, bis ihm die Zehen schmerzten. Außer Atem ließ er sich rücklings ins Gras fallen und sah in den purpurfarbenen Himmel. Die Müdigkeit floss schwer wie Blei durch seine Adern. Nach einer Weile fielen ihm die Augen zu, und er fand sich in wirren Träumen wieder.

Die Nacht hatte Marlein mit Alpträumen geplagt, in denen Jacob von den Toten auferstanden und ihr an die Gurgel gegangen war. Er hatte keine Füße mehr gehabt und war über den Boden hinweg in die Hütte geschwebt. Als Marlein erwachte, war sie in Schweiß gebadet, und der Schrei steckte ihr noch in der Kehle. Um sich zu beruhigen, strich sie der schlafenden Katherl über das Haar.

»Hast du schlecht geträumt?«, flüsterte Paulus.

Marlein blinzelte in das Zwielicht der Hütte und nickte. Jacob war tot, er konnte ihr nichts mehr anhaben. Sie fegte die Erinnerung fort und dachte an Linhart. Die Angst in ihrem Herzen wich der Sehnsucht, die sich in ihrem ganzen Leib ausbreitete. Wie sollte sie dieses Gefühl nur jemals vertreiben?

Marlein erhob sich von der Schlafstätte. Vor der Hütte atmete sie tief die kühle Luft des Morgens ein und überlegte, wie es nun weitergehen sollte. Doch der Gedanke war rasch zu Ende gedacht. Sie würde wohl bis an ihr Lebensende in dieser armseligen Hütte leben und auf die Güte der Kölner hoffen müssen.

Paulus trat hinter sie, und Marlein blickte ihn über ihre Schulter hinweg an.

»Wir werden die Männer heute beerdigen müssen«, sagte er mit belegter Stimme.

Marlein fröstelte es. Nickend strich sie sich über die Arme. Sie hatte bisher schon so viel Elend überlebt, da würde dieser Tag auch noch vorübergehen. Sie musste sich einfach mit ihrem Schicksal abfinden, denn ändern konnte sie es nicht. Aber sie konnte immerhin beten, dass die Wächter überlebten und Alheyt nicht hingerichtet wurde.

Nachdem Paulus dem Bauer Sense und Mistgabel gebracht hatte, kam er mit einer Schaufel zurück und begann auf einer Lichtung zwei Löcher auszuheben. Marlein half ihm mit Wasser aus dem nahegelegenen Bach, denn die Erde war hart von der Trockenheit der letzten Tage. Bald schon klagte Paulus über Blasen an den Händen. Marlein nahm ihm die Schaufel ab und grub weiter, bis auch ihre Hände rotgescheuert waren. Doch sie wollte Jacobs Bestattung so rasch wie möglich hinter sich bringen. Sie riss sich ein Stück aus ihrem Rocksaum und wickelte es um ihre Hände. Nachdem sie eine Zeitlang weitergegraben hatte, legte Paulus ihr die Hand auf die Schulter.

»Lass gut sein, die Gräber sind tief genug.«

Marlein legte die Schaufel zu Boden und wischte sich mit dem Ärmel den Schweiß von der Stirn. Die Zunge klebte ihr vor Durst am Gaumen. Besonders tief kamen ihr die Gräber allerdings nicht vor. Doch es war ihr inzwischen gleichgültig, ob Wölfe die Leichname holten. Wichtig war nur, ob die Toten bald der Erde übergeben wurden und sie mit der Vergangenheit abschließen konnte.

Jacobs Leib wog schwerer als ein Sack voller Steine. Marlein hatte ihn wieder an dem einen Arm, Paulus an dem anderen gefasst. So zogen sie ihn zu der Lichtung, und Marlein glaubte, das Gewicht würde ihr das Schultergelenk auskugeln. Außer Atem rollten sie Jacobs Leichnam in das Grab. Marlein schaufelte rasch die Erde auf den Leib, um sein Gesicht nicht mehr sehen zu müssen. Ihr war so übel, als hätte sie verdorbenen Fisch gegessen.

Nachdem sie sich wieder beruhigt hatte, holte sie tief Luft und sah zu Paulus.

Er nahm ihr die Schaufel aus der Hand und legte sie neben das Grab. »Setz dich einen Augenblick hin. Ich hole Wasser.«

Erst in diesem Augenblick bemerkte Marlein, wie sehr ihr die Beine zitterten. Sie blickte zu Katherl, die das Geschehen aus sicherer Entfernung beobachtete. Als die Kleine sah, dass sich Marlein auf den Boden setzte, kam sie zu ihr. Ihre Hand fühlte sich kühl auf Marleins erhitzten Wangen an.

»Er kann uns nichts Böses mehr anhaben«, sagte das Mädchen leise.

»Ich weiß.« Marlein legte den Arm um Katherls Schultern.

»Wir könnten jetzt doch wieder ins Birnbaumhäusle zurückgehen.«

Katherls flehender Blick traf sie wie ein spitzer Pfeil.

»Nein, das geht nicht. Nie mehr«, sagte Marlein schroff.

»Aber warum denn nicht?«

»Weil es nicht geht. Finde dich damit ab.«

Katherl begann leise zu weinen, und im nächsten Augenblick zerriss es Marlein schier das Herz. Sie kniete sich vor Katherl und nahm sie in die Arme. »Nicht weinen. Du weißt doch, was ich dir versprochen habe.«

»Das Beerenhäusle?«

Marlein nickte. »Ja, und wenn du ganz fest daran glaubst, werden wir irgendwann darin wohnen. Weißt du noch, wie es aussieht?«

Katherl zog die gerötete Nase hoch. »Brombeer- und Himbeersträucher wachsen bis in die Fenster hinein. Wenn ich morgens wach werde, brauche ich nur nach den Früchten zu greifen.« Sie fuhr sich mit der Zunge über die Lippen und rieb sich den Bauch.

»Wenn wir später hier fertig sind, machen wir uns auf die Suche. Wenn nicht gerade das Häusle, so finden wir vielleicht Himbeeren, die schon reif sind.«

Katherl sah zu dem zweiten Grab, das noch leer war. »Soll ich helfen?«

»Nein, Liebes. Das machen Paulus und ich schon.« Marlein strich ihrer Tochter über das Haar.

Kurz darauf erschien Paulus und reichte Marlein den Lederschlauch. Sie ließ erst Katherl trinken und leerte ihn dann selbst. Nachdem ihr das Wasser kühl die Kehle hinabgeronnen war, fühlte sie sich stark genug, den zweiten Leichnam ins Grab zu schaffen. Er wog nicht ganz so schwer wie Jacob, und bald schon hatten sie den Leib der Erde übergeben.

Bevor sich Linhart wieder auf den Weg machte, überkamen ihn Zweifel. Sollte er wirklich nach Ingolstadt zurückgehen? Was, wenn Vater gar nicht ertrunken war? Schließlich war sein Leichnam bisher nicht gefunden worden. Was, wenn Vater mittlerweile wieder in der Brauerei war? Linhart hielt in seinem Schritt inne. Es gab keine Beweise für seinen Tod. Kein Grab.

Linhart spürte, wie ihm die Furcht in den Nacken kroch. Sollte Vater wieder unter den Lebenden weilen, würde er ihn auf der Stelle totschlagen. Und Gundi würde ebenfalls mit dem Leben bezahlen, falls das nicht längst geschehen war. Er musste ihr unbedingt helfen. Linhart glaubte, in Stücke gerissen zu werden. Er ging in die Hocke und strich sich das Haar aus der Stirn. Wohin sollte er sich wenden? Wenn Gott ihm doch nur den rechten Weg zeigen würde! Wie weit war es zurück nach Ingolstadt? Wie weit nach Köln? Leere herrschte in seinem Kopf. Auf seinen Wangen spürte er die Nässe der Tränen, die ihm ungewollt aus den Augen getreten waren. Wie lange war Marlein nun schon allein in Köln? Er sah über seine Schulter hinweg über das Land. Über die Getreidefelder, die satt in der Sonne leuchteten, bis hin zum Horizont, der zu einer unscharfen grünen Kontur verschwamm. Marlein war nicht allein. Sie hatte Paulus, Alheyt und Katherl. In dem Kloster waren sie erst einmal gut aufgehoben, brauchten keinen Hunger zu leiden. Er musste sich nur vergewissern, ob Vater wirklich ertrunken war.

Die Last auf seinen Schultern wurde immer schwerer. Hatte er nicht alles hinter sich lassen wollen? Glücklich sein? Weshalb sollte sich Vaters Gefährte geirrt haben? Wenn Vater nicht in dem See ertrunken war, wo sollte er dann sein? Dann wäre er schon früher längst in die Schanz zurückgekehrt. Nein, es war so, wie es war. Vater war tot. Er brauchte nicht nach Ingolstadt zu gehen. Linhart wandte sich um. Aber was sollte er Marlein sagen, wenn er mit kaum etwas in der Tasche zu ihr zurückkehrte? Er legte den Kopf in den Nacken und blickte in den wolkenlosen Himmel, an dem ein Bussard kreiste.

Marlein versuchte, nicht auf die Blutflecken vor der Hütte zu sehen. Sie sehnte Regen herbei, der den Boden reinwaschen und damit die Erinnerung an Jacob tilgen würde.

Katherls Lippen waren tiefrot vom Saft der Himbeeren, die sie gepflückt hatten. Das Mädchen hatte gelacht, als sie einen Strauch fanden, der über und über mit reifen Beeren hing. Nun kehrten sie in die Hütte zurück, wo Paulus schon auf sie wartete. Der Bauer hatte ihm einen Kanten Brot sowie einen Krug verdünntes Bier geschenkt, den Paulus Marlein vor Freude strahlend entgegenstreckte. Sie beschloss, fortan die kleinen Augenblicke des Glücks zu genießen – selbst wenn diese nur aus einem Kanten Brot und einem Schluck Bier bestanden.

Marlein zwang sich zu einem Lächeln und ließ sich neben Paulus nieder. »Ich habe Katherl ein Beerenhäuschen versprochen.«

Paulus hob die Augenbrauen. »Linhart wird euch gewiss eins bauen.«

»Linhart kommt nicht zurück.« Marlein schüttelte den Kopf und blickte ins Leere. »Nun, da sein Vater tot ist, wird er in der Brauerei gebraucht. Ihr glaubt doch nicht, dass er Mutter und Schwester dem Schicksal überlässt. Nein, dazu ist er viel zu gewissenhaft.«

Schwer stieß Paulus den Atem aus. »Er liebt dich, Marlein. Ich kann mir nicht vorstellen, dass er dich einfach im Unklaren lässt.«

Marlein zuckte mit den Schultern und kämpfte gegen das Brennen in ihren Augen an. »Ihm bleibt ja keine andere Wahl. Köln und Ingolstadt liegen nicht in einer Gasse nebeneinander. Ein Bote wird mich nicht finden, falls er mir Nachricht schicken sollte.«

»Da er nicht weiß, was geschehen ist, wähnt er dich wohl immer noch im Kloster der Lungenbrüder. Auch wenn der Prior nicht mehr gut auf mich zu sprechen ist, werde ich gleich morgen einmal nachfragen, ob ein Schreiben für dich eingetroffen ist.«

Marlein sträubte sich gegen den Gedanken, dass sie dann endgültig die Wahrheit erfahren würde. Sie presste die Lippen aufeinander und schnaubte. »Lasst es gut sein, Paulus. Ich weiß auch so, wie er sich entschieden hat. Lieber erkundigen wir uns morgen, ob die Wächter noch am Leben sind. Linhart ist weit fort, aber Alheyt uns nahe.«

Paulus kräuselte die Stirn. »Die Männer werden schon überleben.« Seine Stimme brach.

Marleins Herz wog immer schwerer. Sie rückte näher an Paulus heran und lehnte den Kopf an seine Schulter. Warum nur hatte sie nicht besser auf Alheyt aufgepasst?

Als Marlein am nächsten Morgen die Augen aufschlug, verspürte sie wieder diesen klebrigen Klumpen der Sorge in ihrem Bauch, der auch nach unzähligen Gebeten nicht verschwand. Sie erhob sich von der Schlafstätte und beschloss, Paulus in die Stadt zu begleiten. Wie konnte sie untätig hier herumsitzen? Marlein holte Wasser am Bach und schürte vor der Hütte ein Feuer. Leider gab es nichts, was sie in dem Wasser zu einem Brei hätte kochen können, nicht einmal eine Handvoll Mehl. Marlein hob die Maischepfanne vom Boden auf und betrachtete sie. Ihr Blick wanderte in die Hütte zu Paulus, der gerade erst langsam die Lider hob. Neben ihm lag Katherl noch in tiefem Schlaf. Marlein drehte und wendete die Maischepfanne in ihren Händen. Sie musste wieder Bier brauen – koste es, was es wollte. Sie musste ihr Leben finden, einen Neuanfang beginnen.

Sie hatten noch das Fuhrwerk. Aber was nutzte es ihr ohne Gaul? Sie konnte es verkaufen und von dem Erlös Gerste, Hopfen und weitere Gerätschaften anschaffen. Sie sah wieder zu Paulus, der sich nun aufrichtete und mit den Fingerknöcheln über seine Augenlider rieb.

»Wisst Ihr jemanden, dem ich das Fuhrwerk verkaufen könnte?«, rief Marlein in die Hütte.

»Dir auch einen guten Morgen«, knurrte Paulus.

»Verzeiht, aber mir schwirren gerade die Gedanken wie wild durch den Kopf.« Marlein band sich ein Tuch um die Hände und nahm den Kessel mit dem kochenden Wasser von der Feuerstelle.

»Mein Freund, der Bauer Friedel vielleicht«, sagte Paulus. Seine Stimme klang noch rau vom Schlaf. Er senkte den Blick und strich die Knitterfalten seiner Kutte glatt.

Marlein dachte einen Augenblick lang nach, ob sie es wirklich wagen sollte, das Fuhrwerk zu verkaufen. Doch es wäre das Beste für sie alle. »Ich werde Euch zum Kloster begleiten.« Sie schüttete etwas von dem heißen Wasser in einen Bierkrug und reichte ihn Paulus. »Danach erkundigen wir uns beim Rat nach den Wächtern, und am Nachmittag suchen wir den Bauern auf.«

Paulus nickte nur und nahm ihr den Krug aus der Hand. Marlein füllte einen zweiten Becher für Katherl, die gerade den Kopf aus der Decke hob. Das Haar stand ihr wirr vom Kopf ab, und die Augen des Mädchens schimmerten wie kleine Perlen.

Marlein ging zu ihr in die Hütte und reichte ihr den Becher. »Hier, das wird deinen Bauch wärmen.«

Katherl umklammerte den Becher mit beiden Händen. »Ist Linhart zurück?«, fragte sie, ohne den Blick zu heben.

Marlein verspürte wieder dieses schmerzhafte Ziehen in ihrem Leib. »Nein, Liebes. Du weißt doch, er bleibt sicher in Ingolstadt.«

Das Mädchen nippte an dem Becher und gab ihn Marlein zurück.

»Du musst ein wenig mehr trinken.« Sie hielt ihrer Tochter das Gefäß an die Lippen, doch das Mädchen schüttelte den Kopf.

»Morgen werden wir zum Kloster gehen und sehen, ob Linhart uns eine Nachricht geschickt hat.« Marlein entwirrte mit den Fingern Katherls Haar.

»Vielleicht will er, dass wir in die Schanz kommen«, sagte das Mädchen. »Vielleicht ist ja alles wieder gut, und wir können zurück in unser Birnbaumhäusle. Ich vermisse Edi und Nyß. Du auch?«

Marlein wurde der Hals eng. »Ich vermisse sie auch, sehr sogar.«

20

Allmählich begannen sich Wendelins Wangen zu runden, und auch am Leib setzte er wieder Fleisch an. Gundi verbrachte gern die Zeit mit ihm und suchte oft seine Nähe. Lange war sie nicht mehr so unbeschwert gewesen wie jetzt in seiner Gegenwart. Wenn sie ihm die Braugeheimnisse verriet, waren sie beide oft so ausgelassen, dass Gundi der Bauch vor Lachen schmerzte. Wenn sie morgens erwachte, dachte sie an Wendelin und freute sich darauf, wieder in seiner Nähe sein zu dürfen. Seit er da war, schienen ihr die Tage in der Brauerei heller geworden zu sein.

An diesem Morgen zeigte sie Wendelin, wie das Grünmalz in der Pfanne gedarrt wurde. Wendelin lächelte, neigte den Kopf zur Seite und sah ihr tief in die Augen. Gundi verlor sich in seinem Blick, wurde still und vergaß die Welt um sie herum.

»Du bist mir wahrlich eine gute Meisterin«, sagte er.

»Das will ich hoffen.« Ein Heer von Ameisen schien durch Gundis Leib zu wandern. Irritiert wandte sie den Blick wieder zu dem Grünmalz, nahm den Holzwender und rührte damit in der Pfanne.

Wendelin legte seine Hand auf ihre und folgte ihren Bewegungen. Seine Berührung sandte eine wohlige Wärme durch ihre Finger, die bis in ihr Herz kroch. Nie hatte sie einem Mann gegenüber ein derartiges Gefühl verspürt. Sie sah wieder auf. Wendelin lächelte sanft, während seine Augen wie Seide schimmerten. Verlegen strich er sich mit der freien Hand die Locken zurück, die ihm jedoch gleich wieder in die Stirn fielen.

Gundi pustete sie aus seinen Augen und lachte. Zu ihren Füßen krabbelte der kleine Georg, zog sich an ihren Beinen hoch und krähte unverständliche Worte. Nun lachte auch Wendelin. Er ließ Gundis Hand los und hob den Jungen auf seine Arme.

»Hast du verstanden, was er gesagt hat?«, fragte Wendelin sie.

»Nein. Du etwa?«

Er nickte. »Er hat gefragt, ob du die Frau seines Vaters werden willst.«

Gundi riss die Augen auf. »So? Hat er das?«

Wendelin neigte den Kopf. »O ja. Ich hab es genau gehört.«

In diesem Augenblick hielt das Glück Einzug in Gundis Herz, und sie wusste, dass sie Wendelin ganz und gar liebte.

»Na, wenn das so ist …« Sie hielt die Lippen an das kleine Ohr des Jungen und flüsterte die Antwort.

»Was hast du gesagt?«

»Frag ihn. Er kennt die Antwort.« Sie zwinkerte dem Jungen zu.

Wendelin hob die Augenbrauen und sah seinen Sohn an. »Was hat Gundi gesagt?«

Das Kind brabbelte unverständliche Worte und winkte mit der Hand.

Ein Lächeln huschte über Wendelins Lippen. Er strich Gundi über die Wange. »Du machst mich zum glücklichsten Mann auf Erden.« Sein Gesicht näherte sich dem ihren. Er sah ihr tief in die Augen, schloss die Lider und küsste sie.

Wie Marlein schon vermutet hatte, gab es im Kloster keine Nachricht von Linhart. Der Prior, der gerade eben noch grimmig dreingeschaut hatte, sah sie nun mitleidig an. Sein Zorn über Paulus' Vergehen schien ein wenig verraucht zu sein. Marlein wusste nicht, ob sie traurig oder erleichtert sein sollte. Die Nachricht, dass Linhart in Ingolstadt bliebe, wäre endgültig gewesen. Keine Nachricht hingegen ließ alles offen. Vielleicht kam er ja doch noch zu ihr zurück. Obwohl sie sich nicht mehr an die Hoffnung klammern wollte, konnte sie sich nicht dagegen wehren, an Linharts Liebe zu glauben.

Sie holte tief Luft und sah den Prior an. »Wenn Linhart zurückkehrt, sagt Ihr ihm dann, dass ich in einer Waldhütte nahe der Straße nach Aachen lebe?«

»Ja, sicher.« Der Prior strich nervös über die Holzmaserung der Tischplatte.

Paulus, der die ganze Zeit kein weiteres Wort als das des Grußes gesagt hatte, erhob sich von seinem Stuhl. »Gehab dich wohl, Prior«, sagte er mit frostiger Stimme und verließ die Schreibstube.

Kurz darauf ging Marlein neben Paulus die Schildergasse entlang. An ihrer Hand bestaunte Katherl das Treiben der Handwerker, die auf den Dächern der Häuser herumkletterten und Dachschindel ausbesserten.

Paulus führte Marlein und Katherl über den Domhof hinunter zum Rhein, wo die Schiffe im Hafen anlegten. Von dort aus gelangten sie zum Rathaus, dessen hoher Turm über den Alter Markt ragte.

Ratsherr Kuckel empfing sie mit einer grimmigen Miene.

Bei seinem Anblick schlug Marlein das Herz bis zum Hals hinauf, denn sie befürchtete das Schlimmste. Dann erfuhr sie jedoch, dass seine Laune nicht dem Zustand der Wächter zuzuschreiben war, da es den Männern seit dem gestrigen Abend wieder besser ging. Der Ratsherr klagte lediglich über Kopfschmerzen, die er auf das warme Wetter schob. Erleichtert atmete Marlein auf.

»Und was ist nun mit Alheyt?«, fragte sie.

»In einer Vorverhandlung wurde die Strafe von fünf Gulden festgesetzt. Entweder sie zahlt oder sitzt die Strafe im Turm ab. Das Urteil ist zwar noch nicht offiziell gesprochen, aber es wird sich nichts daran ändern. Da bin ich mir sicher.«

Obwohl Marlein damit gerechnet hatte, seufzte sie. »Wie lange muss sie denn dann ausharren?«

»Pro Gulden ein halbes Jahr.«

Marlein sah den Herrn entsetzt an. Auch wenn ihre Rechenkünste bei weitem nicht reichten, um den gesamten Zeitraum der Strafe zu erfassen, wusste sie, dass Alheyt so schnell nicht mehr die Sonne sehen würde. »Ach, werter Herr, könnt Ihr denn nicht ein Auge zudrücken?«

»Das liegt nicht in meinem Ermessen. Dafür sind die Richter zuständig. Und wenn du ehrlich bist, musst du zugeben, dass deine Großmutter froh sein kann, wenn sie mit dieser Strafe davonkommt. Schließlich hätte sie fast zwei Männer umgebracht.«

Marlein presste die Lippen aufeinander, bevor sie geräuschvoll Atem holte. »Unbeabsichtigt, wie ich es Euch schon gesagt habe.«

»Dummheit schützt vor Strafe nicht.« Der Ratsherr zuckte mit den Schultern. »In drei Tagen wird das Urteil verkündet.

Die Sitzung ist öffentlich. Du kannst also deiner Großmutter zur Seite stehen.«

Das Herz kein bisschen leichter, verabschiedete sich Marlein von dem Ratsherrn. Auf dem Alter Markt stach ihr das Licht der Sonne in die Augen und sie blinzelte. Dann sah sie über ihre Schulter zu Paulus, der hinter ihr hertrottete. Sie blieb stehen und wartete, bis er zu ihr aufgeschlossen hatte. »Glaubt Ihr, wir können den Richter um Milde bitten?«

Paulus ließ die Schultern hängen. »Alheyt ist keine Städterin. Was interessiert den Richter da unser Gewinsel um Gnade?«

Katherl zupfte an Marleins Röcken. »Muss Großmutter nun für immer auf dem Turm bleiben?«

»Nein, nicht für immer. Aber eine ziemlich lange Zeit.« Betrübt strich Marlein ihrer Tochter mit dem Handrücken über die bleiche Wange.

»Können wir sie nicht befreien? Linhart hat das bei mir doch auch geschafft.« Das Mädchen schmiegte das Gesicht an Marleins Hand.

»Wir sind nicht so stark wie Linhart. Und wir kennen die Wächter nicht, um sie zu bestechen.«

»Die arme Alheyt. Es schmerzt mich so sehr, sie auf dem Turm zu wissen«, sagte Paulus wehleidig.

Katherl ließ nicht locker. »Aber wir könnten doch betteln, bis wir genügend Münzen zusammen haben. Oder etwa nicht?«

»Ach, Kind«, sagte Paulus. »Und wenn du dein ganzes Leben bettelst, wirst du die Gulden nicht zusammenbekommen.« Er schüttelte den Kopf. »Verdammt, Alheyt wird das nächste Jahr gewiss nicht überleben, wenn sie auf dem Turm sitzt. Ich werde sie nie wiedersehen.«

Nachdem sie eine Weile lang geschwiegen hatten, setzten sie ihren Weg fort und verließen die Stadt durch das Hahnentor. Auf der Straße nach Aachen blickte Marlein über die Felder und hoffte wider alle Vernunft, Linhart zu entdecken. Doch da war kein Punkt in der Ferne, der sich ihr näherte. Außerdem müsste er ja durch das südliche Tor kommen. Sie atmete mehrmals hintereinander tief ein und aus, um wieder einen klaren Gedanken fassen zu können.

Als sie den Waldrand erreichten, schob Paulus die tiefhängenden Äste zur Seite, die Linharts Fuhrwerk schützten. Rasch überprüfte er die Achsen und die Räder. »Wenn es immer noch dein Wille ist, gehe ich zu Bauer Friedel und frage ihn, ob er es kaufen will.«

Marleins Magen krampfte sich zusammen. In diesem Augenblick kam ihr der Verkauf des Fuhrwerks einem Verrat an Linhart gleich. Ihr Herz wollte ihn nicht aufgeben und lieber weiterhin glauben, dass er zu ihr zurückkehrte. »Nein, lasst uns noch warten«, sagte sie mit erstickter Stimme und ging mit Katherl zu der Hütte.

Am nächsten Morgen stand Marlein beizeiten auf und weckte Katherl. Noch ganz verschlafen blieb das Mädchen wortkarg und ließ sich anstandslos das Haar entwirren.

Bruder Paulus blinzelte in den frühen Morgen und sah zu ihr herüber. »Du bist schon auf?«

Marlein nickte. »Ja, ich gehe in die Stadt.«

»Was willst du dort?«

»Um Almosen betteln und beim Ratsherrn nachfragen, ob ich Alheyt wenigstens einen Besuch abstatten kann. Begleitet Ihr mich?«

Plötzlich rannen dicke Tränen über Paulus' Wangen. Seine Brust bebte. »Ich gehe mit dir.«

»Weshalb weint Paulus?«, fragte Katherl nun.

»Wegen Großmutter. Er vermisst sie.« Marlein drückte ihre Tochter an sich.

Katherl schmiegte sich in Marleins Arme. »Ich vermisse sie auch. Gestern Abend habe ich ganz fest für sie gebetet. Glaubst du, Gott wird mich erhören?«

Mit dem Schicksal hadernd hob Marlein die Schultern. Gott meinte es zurzeit nicht gerade gut mit ihnen. Weshalb sie seinen Zorn auf sich gezogen hatten, war ihr jedoch schleierhaft. »Gewiss wird er dich erhören.« Wenn schon sie die Zuversicht verloren hatte, sollte wenigstens Katherl ihre behalten.

Als sie kurz darauf in der Stadt vor der Kirche des Heiligen Martin saßen, zeigten sich die Kölner abermals nicht von ihrer großzügigen Seite. Nicht ein Pfennig fand den Weg in Marleins offene Hand, die sie von sich gestreckt hatte. Als ein Fuhrwerk, beladen mit Bierfässern, an ihr vorbeirollte, hielt sie es vor dem Portal des Gotteshauses nicht mehr aus. Sie sprang auf und sah dem Gefährt hinterher. Auf dem Bock saß ein Brauer nebst seiner Frau. Marlein dachte an Linhart und wie sie auf ihrer Flucht ebenfalls neben ihm gesessen hatte. Sie dachte an die Hoffnung, die er mit ihr geteilt hatte, und an die wohlige Wärme, die durch ihre Adern geflossen war, als sie ihn gespürt hatte. »Zuversicht«, sagte sie leise.

»Was meinst du?«, fragte Bruder Paulus.

»Wenn ich die Zuversicht verliere, heißt das, ich habe mich selbst aufgegeben.«

»Das ist wohl wahr.« Er nickte und starrte vor sich hin.

»Ich will mich nicht aufgeben. Ich bin noch so jung. Vielleicht suche ich mir eine Anstellung. Ich könnte als Magd dienlich sein.«

»Mit einem Kind am Bein?« Paulus runzelte die Stirn.

»Vergiss es. Das macht erst Sinn, wenn Katherl mit anpacken kann.«

Marlein erhob sich. »Lasst uns wenigstens beim Ratsherrn nachfragen, ob wir Alheyt besuchen dürfen.«

Mutter sah immer noch aus, als würde sie die Nächte in der Folterkammer verbringen. Ein Seufzer nach dem anderen entrang sich ihrer Kehle, während sie das fette Schweinefleisch in Würfel schnitt. Gundi hingegen hatte sich noch nie in ihrem Leben so leicht gefühlt. Es schien ihr, als sei ein ganzes Gebirge von ihrem Herzen gefallen. Sie nahm die nächste Rübe und schnitt sie in feine Streifen. Dabei kreisten ihre Gedanken ununterbrochen um Wendelin. Sie war Linhart so dankbar, dass er ihn mitgebracht hatte!

»Was lächelst du vor dich hin?«, fragte Mutter mürrisch.

Gundi legte das Messer zur Seite. »Bald sind wir all unsere Sorgen los.« Obwohl sie und Wendelin ausgemacht hatten, dass er erst bei Mutter um ihre Hand bitten würde, konnte sie die frohe Kunde nicht länger für sich behalten.

»Die Sorgen los? Wie soll das geschehen? Ich bin die Witwe eines Mörders, und mein Sohn hat mir den Rücken zugekehrt. Das wird für immer so bleiben.« Mutters Stimme erstickte in Tränen.

»Vater hat den Hannes auf dem Gewissen, nicht du.« Gundi wischte sich die Hände an einem Tuch ab.

»Ich habe ihn aber stets unterstützt.«

»Du wusstest doch gar nichts von dem Mord.« Gundi sah sie finster an. »Weshalb kasteist du dich bloß immerfort selbst? Die Vergangenheit lässt sich nicht ändern. Von nun an wird alles besser.« Sie versuchte, Mutter mit einem Lächeln aufzumuntern.

Doch diese wandte den Blick ab. »Wie soll alles besser werden? Ich habe meinen Sohn für immer verloren.«

»Du redest, als wäre Linhart tot.« Gundi schüttelte den Kopf. »Das ist er nicht. Und wenn du endlich deinen Frieden mit ihm und Marlein schließt, werde ich dir auch verraten, wo sich die beiden niedergelassen haben.«

Mutter riss die Augen auf. »Du weißt, wo er hingegangen ist?«

»O ja, das weiß ich ganz genau. Aber wie gesagt, auf Marlein ist ein Kopfgeld ausgesetzt, und ich werde den Teufel tun und dir bei deiner feindseligen Gesinnung verraten, wo sie ist.«

Mutter klammerte sich an ihren Arm. »Sag mir, wo sie sind! Ich schwöre bei Gott, dass ich Marlein nicht verraten werde. Wie könnte ich das, wo ich in ihrer Schuld stehe?«

Gundi sah sie skeptisch an. »Würdest du sie besuchen wollen?«

»Ja, sicher.« Mutter nickte heftig.

»Gut, warten wir ab, ob du morgen noch derselben Meinung bist.« Gundi sah zur Tür, wo Wendelin gerade eintrat. Lachfältchen hatten sich um seine Augen gebildet, und er zwinkerte Gundi zu.

Sie verspürte wieder dieses warme Kribbeln in ihrem Bauch, und als er ihr mit einem Blick andeutete, was er vorhatte, nickte sie wortlos. Schließlich gab es keinen Grund mehr zu warten.

Wendelin trat zu Mutter und verbeugte sich vor ihr. »Werte Frau Schäffer, ich bin Euch unendlich dankbar, dass Ihr mich in Eurer Brauerei aufgenommen habt. Wie Ihr wisst, habt Ihr mich und meinen Sohn vor dem Bettelstab gerettet.«

Mutter sah ihn fragend an. »Blieb mir eine andere Wahl?«

Gundi fand diese Antwort ziemlich schnippisch, behielt dies jedoch für sich. Ihr Herz klopfte heftig, während sie auf Wendelins weitere Worte wartete.

»Werte Frau Schäffer«, fuhr er fort, »ich will Euch jedoch nicht nur meinen Dank aussprechen.«

Mutter hob die Augenbrauen. »Sondern?«

Er atmete tief ein und langsam wieder aus. »Werte Frau Schäffer, ich möchte bei Euch um Gundis Hand anhalten.«

Mutter schnappte nach Luft und griff sich ans Herz. »Das … das kommt nun aber plötzlich.«

Gundi schenkte Wendelin ein aufmunterndes Lächeln. Dann sah sie wieder zu ihrer Mutter. »Gibst du uns deinen Segen, oder willst du, dass ich als alte Jungfer ende?«

Schwer atmend setzte Mutter sich auf einen Stuhl. »Ich weiß ja, dass du längst schon verheiratet sein müsstest. Aber Wendelin ist nun mal kein Braumeister.«

»Was er aber noch werden wird«, konterte Gundi.

»Wenn die Zunft ihn überhaupt aufnimmt …« Mutter sah besorgt drein.

»Das wird sicher geschehen. Wir sind eine angesehene Familie in der Schanz. Gibst du uns nun deinen Segen?«

»Ja, natürlich. Mir bleibt ja gar nichts anderes übrig, wenn ich dich nicht auch noch verlieren will.« Erneut sammelten sich Tränen in Mutters Augen. »Wenn das Trauerjahr vorbei ist, könnt ihr heiraten.«

Gundi verzog den Mund. »Weshalb so lange warten? Ich trauere nicht. Und du solltest es auch nicht tun.«

»Bitte, Gundi, kannst du mir nicht wenigstens einen Schritt entgegenkommen? Es schickt sich nicht, so bald nach dem Tod deines Vaters ein frohes Fest zu feiern. Lass uns wenigstens seinen Ruf wahren.«

Auch wenn ein ganzes Jahr Gundi wie eine Ewigkeit vorkam, sah sie ein, dass es wirklich kein gutes Licht auf sie werfen würde, wenn sie vorzeitig heiratete. Schweren Herzens gab sie nach.

Auch an diesem Tag war Linhart nicht gekommen, obwohl der Juli schon begonnen hatte. Marlein nahm Katherl an die Hand und verließ mit ihr den Wald. Sehnsüchtig blickte sie über die Felder, die von der Abendsonne vergoldet wurden.

Neben ihr wischte sich Katherl mit dem Handrücken über die Nase. »Ich wünsche mir so sehr, dass du bald wieder lachst.«

Sie hatte recht. Es war nicht richtig, ihrer Tochter gegenüber so sauertöpfisch zu sein. Marlein lächelte leicht. »So in etwa?«

»Nein, ein richtiges Lachen. Nicht so ein trauriges.« Katherl sah sie ernst an. »Du hast doch gesagt, dass wir bald in einem Beerenhäusle wohnen werden. Außerdem bete ich jeden Tag, dass Großmutter wieder freigelassen wird. Da musst du doch nicht mehr traurig sein.«

Marlein strich ihr über das Haar. »Stimmt. Ich verspreche dir, bald wieder mehr zu lachen.« Wie sie das jedoch fertigbringen sollte, wusste sie nicht. Sie vermisste Linhart so sehr und fürchtete Tag für Tag den Hunger, den sie leiden mussten. Am meisten machte es ihr zu schaffen, dass Katherl zusehends magerer wurde. Ihre einst so vollen Wangen waren bereits eingefallen, und ihre Augen lagen in tiefen Höhlen. Gab es etwas Schlimmeres für eine Mutter, als nicht für das eigene Kind sorgen zu können? Marleins Bauch krampfte sich zusammen.

Sie ließ den Blick noch einmal in die Ferne schweifen und

machte sich dann wieder auf den Weg zur Hütte. Im nächsten Moment hörte sie plötzlich vom Feld her das Schlagen von Hufen. Marlein erstarrte und umklammerte Katherls Hand so fest, dass die Kleine aufschrie. Marlein ließ sie los und sah zu ihrer Tochter. »Hörst du das auch?«

»Was denn?«

Bevor sie ihrer Tochter antworten konnte, raschelte schon das Laub hinter ihr. Marlein wandte sich um. Für einen Augenblick vergaß sie alles um sich herum, atmete nicht mehr – und fand sich in Linharts Armen wieder.

Marlein spürte sofort wieder die Vertrautheit und glaubte, vor Freude zerspringen zu müssen. Unaufhörlich rannen ihr Tränen der Erleichterung über die Wangen.

Linhart nahm ihr Gesicht in die Hände. Sein Kuss war fordernd und leidenschaftlich. Marlein erwiderte ihn und presste ihren Leib an den seinen. Nie wieder würde sie ihn gehen lassen! Sie glaubte, ihr Herz würde vor Freude in tausend Stücke zerspringen.

Linhart ließ endlich von ihren Lippen ab und sah ihr fest in die Augen. »Wie habe ich dich vermisst …«

Marlein schluckte schwer. »Und ich dich erst.«

Linhart hob Katherl auf seine Arme und sie gingen gemeinsam zu der Hütte.

Als Linhart Bruder Paulus allein dort vorfand, sah Linhart Marlein fragend an. »Wo ist Alheyt?«

Ohne seine Hand loszulassen, erzählte sie ihm in knappen Worten, was geschehen war. Sie schloss mit den Worten: »Die Zeit ohne dich kam mir unendlich vor. Aber sag, wie erging es dir in Ingolstadt?«

Linhart wandte den Blick zu seinem Pferd. »Vater ist tot, und Mutter wollte mir das Erbe nicht auszahlen. Gundi hat es mir dann heimlich zugesteckt. Auf dem Weg hierher hat mein Pferd jedoch nach einem Gewitter das Weite gesucht, so dass ich glaubte, das Gold wäre verloren.«

Marlein schlug das Herz bis zum Hals. Wie konnte er von Jacobs Tod wissen?

»Wie durch ein Wunder habe ich das Pferd allerdings wiedergefunden, und nun bin ich hier.« Linhart strahlte heller als ein Osterfeuer.

Marlein wechselte Blicke mit Paulus, der Reisig vor der Hütte auftürmte. Sein Rücken versteifte sich.

Fröstelnd rieb sich Marlein über die Arme. Zögernd sagte sie: »Linhart … dein Vater war hier. Er hat nach dir gesucht und wollte mich nach Ingolstadt bringen, wo sie ein Kopfgeld auf mich ausgesetzt haben.«

Irritiert sah er sie an. »Wann soll das gewesen sein? Das geht nicht. Vater ist bei der Suche nach mir ertrunken.«

»Doch, Linhart. Vor etwa einer Woche war er hier. Nun liegt er dort drüben begraben.« Sie zeigte auf die Baumgruppe.

Linhart erstarrte. »Was ist geschehen?«

»Paulus und ein paar andere Männer haben ihn überwältigen können. Dein Vater und sein Kumpan sind an den Verletzungen gestorben.«

Linhart sah zu Paulus. »Ihr habt ihn getötet?«

»Es blieb uns nichts anderes übrig. Er hatte Katherl in seiner Gewalt«, sagte Marlein. Sie spürte, wie ihre Beine zitterten.

Mit einer fahrigen Handbewegung strich sich Linhart das Haar aus der Stirn. »Er hat seine gerechte Strafe bekommen.«

»Es war keine Strafe, sondern Notwehr.« Marlein nahm

Linharts Hand. »Ich kann verstehen, wenn du uns nicht verzeihen magst.«

»Es gibt nichts zu verzeihen.« Er ließ ihre Hand los und setzte sich zu Paulus an das Feuer, dessen Flammen sich an den Hölzern hinaufzüngelten.

Katherl ließ sich neben Linhart nieder und legte ihre kleine Hand auf seinen Oberschenkel. »Hast du uns etwas zu essen mitgebracht?«

Linhart nickte und erhob sich wieder. Dann holte er einen Laib Brot aus seiner Satteltasche und teilte ihn unter ihnen auf. »Mehr habe ich leider nicht, da die Läden in der Stadt bereits geschlossen waren.«

Hastig stopfte sich Katherl das Brot in den Mund.

Marleins Kehle war wie zugeschnürt. Keinen einzigen Bissen würde sie hinabbekommen. Sie reichte Katherl ihr Stück Brot, doch das Mädchen schüttelte den Kopf.

»Du musst auch essen.« Katherl nickte heftig, um die Ernsthaftigkeit ihrer Worte zu untermalen.

Marlein legte das Stück Brot in ihren Schoß und sah zu Linhart, der seines ebenfalls reglos in der Hand hielt. Ob er ihr wirklich je verzeihen könnte?

Linhart erhob sich und holte ein Säckchen aus der Satteltasche. »Wie hoch ist die Strafe, die Alheyt zahlen muss?«, fragte er, während er das Lederband löste. Sein Gesicht schien wie in Stein geschlagen.

Marlein schien es plötzlich, als würde ihr jemand den Hals zuhalten. Sie sprang auf und rannte in den Wald. Als die Bäume dichter wurden, lehnte sie sich gegen den Stamm einer Kiefer und ließ ihren Tränen freien Lauf. Gab es irgendwo auf Erden einen selbstloseren Menschen als Linhart? Wie hatte sie nur schlecht über ihn denken können?

Denken können, er würde nicht zu ihr zurückkehren? Das würde sie sich nie verzeihen.

Sie hörte ein Rascheln und das Knacken von Ästen. Dann stand Linhart vor ihr.

»Warum läufst du vor mir fort?« Sein Blick war unendlich traurig.

»Ich laufe nicht vor dir, sondern vor mir selbst davon.« Marlein hielt sich die Hände vors Gesicht. Er sollte sie nicht weinen sehen.

»Weshalb? Wegen Vaters Tod brauchst du dich mir gegenüber nicht schuldig zu fühlen.«

Sie sah ihm fest in die Augen und holte tief Luft. »Er hat meinen Hannes auf dem Gewissen. Wusstest du das?«

Linhart riss die Augen auf. Sein Kiefer mahlte.

»Er hat den Mord an Hannes in seiner letzten Stunde Paulus gebeichtet.«

Linhart schlug mit der flachen Hand gegen den Baumstamm neben ihm. Dann fuhr er sich fahrig durch das Haar. »Verdammt! Ich hatte keine Ahnung davon, du musst mir glauben!«

»Ich glaube dir«, sagte Marlein leise. »Aber das ist es nicht … Ich schäme mich.«

»Wofür?« Sichtlich irritiert blickte Linhart sie an.

»Weil ich an deiner Liebe gezweifelt habe.«

Linhart strich mit der Hand über sein unrasiertes Kinn. »Das kann ich dir nicht einmal verdenken. Nachdem der Gaul durchgegangen war, befand ich mich fast schon wieder auf dem Heimweg. Was sollte ich denn hier bei dir, ohne mein Erbe?«

»Glaubst du wirklich, ich habe es nur auf das Gold abgesehen?« Marleins Bauch krampfte sich zusammen.

»Nein, aber ich hatte geschworen, für dich zu sorgen.«

Sie schüttelte den Kopf. »Du bist ein dummer Junge, Linhart. Ich würde selbst in Armut an deiner Seite leben. Weißt du, was ich festgestellt habe?«

Er sah sie fragend an und schüttelte den Kopf.

»Ich habe festgestellt, dass die Sehnsucht nach dir mehr geschmerzt hat als der Hunger in meinem Bauch.«

Seine zitternden Lippen verzogen sich zu einem schiefen Grinsen. Im letzten Licht der Dämmerung sah Marlein, wie seine Augen leuchteten. Sie hob die Arme, legte die Hände um sein Gesicht und zog ihn zu sich hinab. Als sich ihre Lippen berührten, kroch endlich die Sonne zurück in ihr Herz.

Am nächsten Morgen erwachte Marlein in Linharts Arm. Auch Katherl hatte sich an sie geschmiegt. Wie lange hatte sie nicht mehr sorgenfrei in das Licht des neuen Tages blinzeln können?

Vorsichtig schälte sie sich aus der Decke und ging zum Bach, um sich dort zu erfrischen. Als sie kurz darauf mit bloßen Füßen im Wasser stand, schlossen sich von hinten zwei Arme um sie. Marlein senkte die Lider und atmete Linharts Duft ein. Dann wandte sie sich um und küsste ihn. Seine Hände glitten tiefer und suchten den Weg unter ihre Röcke. Linhart bedeckte ihren Hals mit Küssen, strich ihr über die entblößten Oberschenkel und entfachte damit eine flammende Leidenschaft in ihr. Die Sehnsucht nach Nähe überfiel Marlein mit solch einer Heftigkeit, dass sie sich an ihn presste. Sie spürte seine Männlichkeit, die sich ihr hart entgegendrängte. Linhart löste mit flinken Fingern die Schnüre seiner Bruche. Marleins Beine zitterten, und sie verlor auf den glitschigen Steinen unter der Wasseroberfläche den

Halt. Linhart fing sie auf und trug sie zum Ufer, wo er ihr das Kleid über den Kopf zog. Als sie vor ihm im Gras lag, streichelte er jede Stelle ihres Leibs. Marlein schloss die Augen und genoss seine Liebkosungen. Sie spürte seinen warmen Atem, der über ihre Wangen strich. Seine Lippen berührten ihre Lider und huschten über ihre Nase, bis er sie endlich wieder küsste. Als er dabei behutsam in sie eindrang, pulsierte das Blut heiß wie Feuer durch ihre Adern. Fordernd hob sie den Unterleib und gab sich seinen Stößen hin. Sie war nicht mehr Herrin ihrer Sinne, wollte ihn tiefer und tiefer in sich spüren, das Glück ganz in sich aufnehmen und nie wieder loslassen. Sie spürte nur noch Linhart und ein schier grenzenloses Verlangen nach ihm. Vor ihren Augen tanzten Sterne, die mit einem Mal zersprangen und auf sie herabregneten. Linhart bäumte sich schwer atmend auf und ergoss sich in ihr. Er zitterte am ganzen Leib, ehe er sich auf die Seite drehte und sie fest in seine Arme schloss. Sie spürte seinen raschen Herzschlag an ihrer Wange.

»Du bist mein Leben«, sagte er mit atemloser Stimme.

»Ich liebe dich, Linhart.« Marlein schmiegte sich tiefer in seine Arme. »Nie mehr will ich ohne dich sein.«

»Das wird auch nicht passieren. Ich habe Ingolstadt für immer den Rücken gekehrt. Meiner Mutter werde ich wohl nicht mehr unter die Augen treten können.«

»Was hast du nun vor?« Schweren Herzens löste sich Marlein aus seiner Umarmung und zog sich ihr Kleid über. Sie hatte Sorge, dass Katherl oder Paulus bald nach ihnen suchten.

Linhart schloss die Schnüre seiner Bruche. »Als Erstes werde ich dir ein üppiges Mahl vorsetzen.« Sein Blick glitt über ihre Hüften. »Ganz mager bist du geworden.«

»Was ist mit Alheyt? Ich kann nicht verlangen, dass du deine Gulden für sie hergibst.«

Linhart runzelte die Augenbrauen und erhob sich von dem Waldboden. »Ich kann meine Münzen für das hergeben, was mir wichtig ist. Und das ist erst einmal Alheyts Freiheit.«

21

Es dauerte bis zum späten Nachmittag, ehe die Wächter Alheyt endlich aus dem Kerker entließen. Marlein hatte beim Rat die Strafe gezahlt, da Linhart dort vorerst nicht mit Alheyt in Verbindung gebracht werden wollte. Dies würde seiner Zukunft als Brauer in der Stadt wohl nicht sonderlich zuträglich sein. Abgemagert und stumm wie ein Fisch würdigte die Alte Marlein keines Blickes, als diese sie vor dem Frankenturm in die Arme schloss. Die Strafe, die Linhart bezahlt hatte, war fast ein Viertel seines Erbes gewesen – Gulden, die er gebraucht hätte, um eine eigene Brauerei eröffnen zu können. Doch statt Bedauern über den Verlust zu zeigen, empfing er die Frauen vor der Hütte mit einem zufriedenen Lächeln.

»Wie kann ich dir das je zurückzahlen?« Marlein schob ihre Hand in seine.

Linhart schüttelte nur leicht mit dem Kopf. »Du gibst mir mehr, als ich mir je erträumt habe.«

Kurz darauf gingen sie gemeinsam erneut in die Stadt und kauften auf dem Alter Markt zwei Hühner, die sie am Abend über dem Feuer brieten. Der Duft weckte wohl Alheyts Lebensgeister, denn sie begann von ihrer Zeit im Turm zu erzählen. Doch es waren nicht die vergangen Tage, die sie erwähnte, denn sie brachte weiterhin das Hier und Jetzt mit ihrer Kindheit durcheinander. Als Tränen über ihre faltigen Wangen rannen, schloss Paulus sie in seine Arme und sprach ihr Mut zu.

»Es ist vorbei. Wir sind zusammen und werden dies bis ans Ende unserer Tage bleiben«, sagte er.

»Wie seid ihr dem Turm damals entkommen?«, fragte Marlein nach.

»Irgendwann steckten sie uns ins Armenhaus, wo wir erst einmal blieben und von einem Priester den Teufel ausgetrieben bekamen. Als unsere Eltern während einer Hungersnot unser Kostgeld nicht mehr zahlen konnten und auch das Essen im Armenhaus immer knapper wurde, brachte der Geistliche uns wieder nach Hause. Anscheinend befand er, dass der Teufel zu diesem Zeitpunkt von uns gelassen hatte.« Paulus sog tief den Atem ein.

Schweigend strich Marlein über Großmutters Rücken. Eine Weile später sah sie, wie sich eine Gestalt der Hütte näherte, und erhob sich von der Feuerstelle. Als der Mann nähertrat, erkannte sie den Prior und erschrak heftig. Gewiss kam Christopherus, um Paulus wieder ins Kloster zu holen.

Mit versteinerter Miene sah Paulus über Alheyts Kopf hinweg zu dem Prior. Schließlich ließ er Alheyt aus seinem Arm und trat zu Christopherus. Stumm sah er ihn an.

»Sei gegrüßt, mein Freund«, sagte dieser.

Paulus hob eine Augenbraue. »Sagtest du gerade Freund?«

Der Prior nickte. »Ja, ich will Frieden mit dir schließen.«

»Aus welchem Grund? Stehst du dem Tod nahe?«

»Nein, das ist es nicht.« Ein verhaltenes Lächeln huschte über die Lippen des Priors. »Ich vermisse unsere Gespräche, unsere Abende beim Bier und ganz besonders dich.« Er holte tief Luft. »Komm zurück ins Kloster.«

»Du meinst, du nimmst mich wieder im Orden auf?«

Marlein sah zu Alheyt. Die Augen zu Schlitzen verengt, stierte sie den Prior an. »Mein Wölflin geht nirgends hin«, polterte sie.

Paulus wandte sich kurz zu ihr um, sah dann aber wieder den Prior an. »Sie hat recht, ich kehre nicht ins Kloster zurück.« Seine Gesichtszüge wurden weicher, und er lächelte. »Aber ein Freund will ich dir bleiben.« Er legte die Hand auf Christopherus' Schulter und zog den Prior in seine Arme. Als sie sich kurz darauf voneinander lösten, lud Paulus ihn ein, mit ihnen zu speisen. Dann gesellte er sich wieder zu Alheyt und legte den Arm um ihre Schulter.

Alheyt sah zu ihm auf. »Willst du mich nun doch noch zu deiner Frau nehmen?«

Paulus blies den Atem aus vollen Wangen. »Wenn du dann endlich ruhiger wirst …«

Fröhlich klatschte Katherl in die Hände. »Dann werden wir alle zusammen im Beerenhäusle wohnen.«

Marlein sah zu Linhart, der nachdenklich eine Falte in seinen Beinkleidern glättete. Das Beerenhäusle und die eigene Brauerei waren erst einmal in weite Ferne gerückt. Marlein rutschte näher zu ihm heran und nahm seine Hand.

»Woran denkst du?«, fragte sie ihn leise.

»Daran, wie es nun weitergeht. Als Erstes werde ich morgen bei der Zunft um Aufnahme bitten.«

»Hast du deine Geburtsurkunde dabei?«

»Ja, sicher.«

Plötzlich sprang Paulus auf. »Mir kommt gerade eine Idee! Es gab einen Brauer in der Stadt, der vor nicht allzu langer Zeit ohne Erben gestorben ist. Sein Betrieb samt Wohnhaus am Quatermarkt steht zum Verkauf.« Er kratzte sich den

Kopf und kniff die Augen zusammen. »Peter war sein Name, wenn ich mich recht erinnere. Peter Sonnemann.«

»Hinterließ Sonnemann keine Witwe?«, fragte Linhart nach.

»Doch, schon. Aber die Frau wollte zu ihrer Familie nach Lübeck ziehen.«

Linhart kratzte sich das Kinn. »Ist es ein großer Betrieb?«

»Geht so.« Paulus neigte den Kopf und küsste Alheyts Scheitel.

Beim Anblick ihres seligen Lächelns wurde es Marlein ganz warm ums Herz. »Wie hoch ist der Preis?«

»Das weiß ich nicht. Der Verkauf liegt in der Hand der Zunft.« Paulus wandte sich wieder an Linhart. »Du könntest dich danach erkundigen.«

Linhart seufzte. »Das mache ich, obwohl ich kaum glaube, dass mein Erbe dafür reichen wird.«

»Es gibt genug Geldverleiher in der Stadt«, sagte Paulus. »Mit deinen Referenzen werden sie dir gewiss etwas geben. Hinter deinem Namen steht ein hervorragendes Bier.«

Linhart verzog das Gesicht zu einer säuerlichen Miene. »Es widerstrebt mir, mich mit dem Schäffbräu zu verbürgen.«

Marlein drückte seine Hand. »Es ist dein Erbe, genau wie das Gold.«

In dieser Nacht träumte Marlein wieder einmal von Brombeerbüschen, die ein Gemäuer hinaufwuchsen. Als sie erwachte, fielen ihr wieder Katherls Worte über Gott und das Gebet ein. Marlein hielt die Augen geschlossen und dankte dem Herrn für seine Güte.

Linhart war schrecklich aufgeregt, als Marlein ihm den Kragen zurechtrückte. Er würde sein Leben in die Hand nehmen, ganz ohne die Hilfe seines Vaters. Er würde Marlein ein guter Mann sein. Immer dafür sorgen, dass sie und Katherl mit vollen Bäuchen zu Bett gingen. Er lächelte und gab Marlein zum Abschied einen Kuss. Ehe sie ihn gehen ließ, umfasste sie seine Hand und drückte sie zärtlich. Dann stellte sie sich auf die Zehenspitzen.

»Ich bin stolz auf dich«, flüsterte sie ihm ins Ohr.

»Bald bekommst du dein Beerenhäusle. Das verspreche ich dir.« Linhart küsste Marleins Stirn, nahm den Lederbeutel mit den Goldstücken sowie seine Dokumente und ritt in die Stadt.

Wie Paulus ihm gesagt hatte, befand sich das Zunfthaus der Brauer in der Schildergasse unweit des Klosters. Er brauchte nur nach dem Haus Mirweiler fragen, das jedem Bürger der Stadt bekannt war. Schon bald stand Linhart vor einem Steinhaus mit einem traufseitigen Stufengiebeldach und hohen Fenstern im ersten Stockwerk. Er klopfte an die Tür und hoffte, den Zunftmeister zu so früher Stunde schon anzutreffen. Wie sich kurz darauf herausstellte, war der Meister noch beim Frühmahl, aber Linhart wollte geduldig warten, bis er eintraf.

Die Zeit verging nur zäh. Als der Zunftmeister endlich erschien, bat er Linhart in sein Schreibzimmer, wo er sich als Arnulf Heynstatt vorstellte. Er war ein freundlicher Herr mit einem glattrasierten Kinn und vollem Haar. Linhart erzählte ihm von der Brauerei des Vaters und dem Schäffbräu, das sich in Ingolstadt großer Beliebtheit erfreute.

»Ich kenne das Schäffbräu«, sagte Heynstatt. »Ich war beim Grafen von Neuburg zu Besuch, als dein Vater es anpries. Es war nicht schlecht. Ich würde sogar sagen, mir mundete es ausgezeichnet. Aber der Graf konnte sich nicht recht dafür entscheiden, denn wie er mir erzählte, war ihm kurz zuvor ein Stachusbräu angepriesen worden, das ihm fast noch besser geschmeckt hat. Für welches Bier sich der Graf letztendlich entschieden hat, weiß ich allerdings nicht. Ich glaube, er wollte sich noch anderweitig umsehen.«

Linhart holte tief Luft. Das war also der Grund, weshalb sich Vaters Hass gegenüber Hannes ins Unermessliche gesteigert hatte. »Ja, das Stachusbräu kenne ich. Meine zukünftige Frau ist die Tochter des Eustachius Roesen und Witwe seines Nachfolgers.«

Die Augen des Zunftmeisters erhellten sich. »Na, das ist doch wunderbar. Da haben sich wohl zwei hervorragende Biere vereint.« Er lachte.

Linhart entrollte seinen Meisterbrief und legte ihn vor dem Zunftmeister auf das Schreibpult. »Werter Herr Heynstatt, ich bitte Euch um die Aufnahme in die Kölner Brauerzunft. Ich bin hierhergereist, um mir mit meinem Erbe eine neue Existenz aufzubauen.«

»Weshalb bist du denn nicht in Ingolstadt geblieben? Floriert die Brauerei deines Vaters etwa nicht?«

Linhart verschwieg ihm Vaters Tod. Was ging es den Meister auch an? »Doch, sicher. Aber unsere Familie ist sehr darauf bedacht, unser Bräu im Reich bekannt zu machen.«

»Ein Bräu aus dem Herzogtum Bayern soll in Köln Einzug halten?« Der Zunftmeister hob eine Augenbraue – etwas zu spöttisch, wie Linhart fand.

»Köln gehört zu den größten Handelsstädten. Es wäre vielleicht von Vorteil, den Kaufleuten und Reisenden aus dem Süden ein Bräu anzubieten, das sie an die Heimat erinnert.«

Heynstatt lachte laut auf, wobei sein Kehlkopf hüpfte. »An dir ist ein wahrer Geschäftsmann verlorengegangen.« Amüsiert stieß er den Atem aus. »Aber soll ich dir mal etwas sagen? Du gefällst mir, Junge.« Er nahm Linhart den Meisterbrief aus den Händen und studierte ihn. »Kannst du die Aufnahmegebühr bezahlen?«

»Ja, sicher.« Linhart verspürte ein wohliges Ziehen im Bauch. Dann erkundigte er sich nach der Brauerei am Quatermarkt, die zum Verkauf stand.

Auch hier gab der Zunftmeister ihm bereitwillig Auskunft und nannte ihm sogar einen Geldverleiher, von dem er das fehlende Kapital bekommen konnte.

Als Linhart kurz darauf wieder in den Sonnenschein trat, glaubte er vor Glück zerspringen zu müssen.

Mit bangem Herzen wartete Marlein auf Linharts Rückkehr. Nach allem, was geschehen war, konnte sie nicht so recht glauben, dass ihr das Glück nun hold sein würde.

Paulus legte die Hände von hinten auf ihre Schultern. »Nun sorge dich nicht länger. Alles wird gut.«

Marlein wandte sich um und sah ihn an. »Wollt Ihr wirklich bei Alheyt bleiben?«

Paulus lächelte. »Sicher. Sie wird immer meine Alheyt sein. Auch wenn ihr Verstand schwindet, bleibt doch ihr Herz am gleichen Fleck. Und geneckt haben wir uns früher auch schon, das kannst du mir glauben.« Paulus grinste wie ein Lausbub. »Dazu braucht Alheyt ihren Verstand nicht.«

»Wölflin!« Großmutters Stimme hallte aus der Hütte. »Hast du heute Morgen etwa das Grünmalz ausgeschüttet?«

Paulus runzelte die Stirn. »Hatten wir welches?«

Ein Lächeln huschte über Marleins Lippen. »In der Vergangenheit schon. Für Alheyt war das wohl in der Frühe.« Sie hob die Schultern und wandte den Blick wieder den Pfad entlang. Da sah sie Linhart, der auf seiner Fuchsstute herangeritten kam. Ihr Herz überschlug sich beinahe.

Abermals hallte Alheyts Stimme aus der Hütte. »Wölflin, komm sofort her!«

Paulus wandte sich um und eilte zu Großmutter. Marlein dankte es ihm, da sie froh war, die nächsten Augenblicke mit Linhart allein sein zu können. Als er endlich die Hütte erreicht hatte, sprang er rasch aus dem Sattel. Marlein versuchte, in seinem Gesicht zu lesen, was geschehen war. Da sah sie das Leuchten in seinen Augen und spürte, wie auch ihr Herz zu strahlen begann. Schweigend griff Linhart in die lederne Tasche und hielt ihr die geschlossene Hand hin. Als er sie öffnete, hatten reife Brombeeren seine Finger schwarz gefärbt.

22

Der Juli des Jahres 1516 neigte sich mit einer Gluthitze dem Ende zu. Marlein lockerte die gewässerte Erde an der Hauswand und grub die Wurzeln der Setzlinge ein. In Gedanken sah sie im nächsten Sommer Brombeeren, Himbeeren und Johannisbeeren an dieser Stelle in der Sonne leuchten – genau wie es sich Katherl gewünscht hatte. Das Wohnhaus der Brauerei würde ihr Beerenhäusle sein.

Marlein erhob sich von den Knien und wischte sich die Hände an den Röcken ab. Dann schweifte ihr Blick über den Quatermarkt, über den Linhart gerade ihr Fuhrwerk lenkte. Von weitem sah Marlein die Säcke mit Gerste und die leeren Fässer, die er geladen hatte. Sie lief ihm entgegen und half ihm, die Ware in die Braustube zu bringen.

»Lass uns gleich beginnen«, stieß sie aufgeregt hervor, als alles am richtigen Platz stand. Sie hob den Deckel von dem Maischbottich, gab Wasser und die Gerste hinein.

Linhart wischte sich mit einem Tuch den Schweiß von der Stirn. »Wie sagtest du, soll unser Bräu heißen?«

»Katharinenbräu.« Marlein nahm einen Holzlöffel und rührte in dem Kessel.

»Ich wäre eher für Schanzbräu.«

»Das halte ich für keinen gelungenen Namen«, sagte die Stimme einer Frau.

Erschrocken wandte sich Marlein um. Ihr Herzschlag setzte für einen Augenblick aus, und der Holzlöffel fiel in die Maische.

»Gundi!«, rief Linhart. Dann erstarrte er. »Mutter?«

In Marleins Ohren rauschte das Blut. Ehe sie einen klaren Gedanken fassen konnte, stürmte sie aus der Hintertür der Braustube, klomm die Leiter zum Heuboden hinauf und riss Katherl aus ihrem Spiel. »Wir müssen fort von hier!«, stieß sie atemlos aus.

Ihre Tochter sah sie mit großen Augen an. »Aber …«

»Komm schnell!« Marlein zerrte am Arm des Mädchens, das augenblicklich zu weinen begann.

»Ich will aber nicht weg.«

»Nun sei nicht so stur.« Marlein stieg vor ihr ein Stück die Leiter hinab und streckte ihr die Hand entgegen. »Wir müssen fort! Bitte, Katherl.« Das Herz schlug ihr bis zum Hals hinauf. Bald würden die Schergen sie holen kommen. »Wir müssen verschwinden. Komm!« Ihre Stimme wurde schrill.

Aber Katherl drückte nur ihre Lumpenpuppe an sich und starrte sie regungslos an.

Außer sich vor Angst kletterte Marlein wieder auf den Heuboden, griff nach den Schultern ihrer Tochter und schüttelte das Mädchen. »Wir müssen fort! Verstehst du nicht?«

»Marlein? Bist du hier?«, rief Linhart von unten.

Katherl schluchzte laut auf.

»Katherl? Marlein? Seid ihr dort oben?«

Es war vorbei. Marlein schloss die Augen und holte tief Luft. Linharts Mutter hatte herausgefunden, wo sie lebte. Sie würde auf dem Scheiterhaufen landen.

Die Sprossen der Leiter knarrten. Marlein fiel auf die Knie, drückte Katherl an sich und vergrub ihr Gesicht in dem Haar des Mädchens. Hinter ihr raschelte das Heu.

»Was ist denn in dich gefahren?«

Marlein blickte über ihre Schulter. Bleierne Resignation überfiel sie. »Wie konnte deine Mutter uns finden? Hast du ihr verraten, dass wir in Köln sind? Dann ist ihr das Kopfgeld wohl nun gewiss.«

»Sie ist nicht hier, um dich zu verraten. Sie ist hier, weil sie dich um Verzeihung bitten will.«

Ungläubig sah Marlein ihn an. »Das sagt sie doch nur.«

Linharts flehender Blick durchbohrte sie. »Nun lass sie nicht warten und komm.« Er streckte die Hand nach ihr aus.

Marlein erhob sich von den Knien und folgte ihm mit zittrigen Beinen die Leiter hinab.

In der Braustube sah Linharts Mutter sie aus rotgeweinten Augen an. Nachdem sie Marlein alles erklärt hatte, schnäuzte sie sich in ein Spitzentuch. »Ich habe von alldem nichts gewusst. Du musst mir glauben! Ich schäme mich so für Jacob.«

Marlein schwindelte es so sehr, dass sie sich an einem Regal festhalten musste.

Im nächsten Augenblick trat Gundi zu ihr und nahm sie in die Arme. »Ich habe es mit ansehen müssen.« Sie erzählte ihr, was Jacob ihr angedroht hatte, sollte sie je ein Wort über das Geschehene verlieren.

»Er hat seine Strafe bekommen.« Marlein sah zu Linhart, der den Zeigefinger auf seine Lippen legte.

»Sicher hat er das«, krähte Alheyt dazwischen. »Dafür habe ich schon mit meinem Nachttopf gesorgt.«

Linharts Mutter wandte sich zu ihr um. »Also doch! Wusste ich doch, dass du deine Finger im Spiel hattest.«

Linhart stellte sich zwischen die beiden. »Das ist jetzt unwichtig.«

»Allerdings«, sagte Marlein und sah Alheyt hinterher, die aus der Braustube schlich. »Sie weiß nichts von Jacobs Meuchelmord. Und das ist auch gut so. Ihr Verstand würde das nicht mehr verarbeiten können.«

Linharts Mutter trat zu Marlein und legte die Hand auf ihren Arm. »Ich will das alles hinter mir lassen und dich nach deiner Hochzeit mit Linhart als meine Tochter annehmen. Würdest du mir das zugestehen?«

Marlein holte tief Luft. »Ja, sicher.« In diesem Augenblick ahnte sie, dass die andere nicht wusste, was wirklich mit Jacob geschehen war.

Für einen Lidschlag senkte Linhart den Blick zu Boden. Dann sah er sich unsicher um. »Mutter, Gundi, ich muss euch etwas zeigen«, sagte er mit zittriger Stimme.

»Was denn?« Ängstlich blickte seine Mutter ihn an.

»Warte hier, bis ich das Pferd vor das Fuhrwerk gespannt habe.« Er verließ die Braustube, in der sich bedrücktes Schweigen ausbreitete.

Marlein rieb sich über die Arme und sah zu Boden. Obwohl sie wusste, was Linhart vorhatte, schwieg sie. Instinktiv sah sie sich nach Katherl um, doch das Mädchen war nicht in der Braustube. Marlein eilte vor die Tür, wo Linhart gerade den Gaul vor das Fuhrwerk spannte. Abermals schnürte ihr die Angst die Kehle zu. »Du kannst ihr nicht die Wahrheit sagen«, flüsterte sie. »Sie wird mich an den Galgen bringen und Paulus ebenfalls.«

»Das mache ich auch nicht.« Linhart hob den Blick und sah in die Braustube. »Verlass dich auf mich.«

»Was willst du ihr erklären?«

Seine Stimme klang erstickt. »Dass ich Vater getötet habe.«

Marlein schmiegte die Wange an seine Brust und schloss die Augen. »Gott steh dir bei.«

Linhart strich ihr über das Haar. »Er wird mich auch weiterhin nicht im Stich lassen.«

Der Herr ließ ihn nicht im Stich, wohl aber seine Mutter, die so überstürzt mit Gundi wieder abreiste, wie sie aufgetaucht war. Linhart wandte den Blick von dem Reisewagen, der in der Gasse eine Staubwolke hinterließ. Sein Kehlkopf stach spitz hervor, als er schweigend schluckte.

Marlein legte die Hand in seine und sah ihn an. »Wenn die Zeit ihre Wunden geheilt hat, wird sie dir verzeihen.«

»Das meinte Gundi auch.« Er holte tief Luft.

Marlein spürte das Gewicht auf seinen Schultern, als läge es auf ihren. »Was hast du nun vor?«, fragte sie leise.

Linhart mühte sich ein Lächeln ab. Er strich ihr mit zittrigen Fingern eine verirrte Strähne hinter das Ohr. »Endlich das umsetzen, wovon ich schon so lange träume.«

»Und das wäre?« Marlein legte die Hand auf seine Brust und spürte sein Herz, das genauso heftig schlug wie ihr eigenes.

Sein Blick wurde sanft. »Dich heiraten.«

Der darauffolgende Oktober verwöhnte sie immer noch mit Sonne, und die Bäume standen weiterhin in dunklem Grün. Während Linhart die Fässer vom Karren lud, die er beim Binder erstanden hatte, lockerte Marlein mit einer Harke die Erde in dem kleinen Garten neben der Braustube. Hinter ihr lachte Katherl laut auf, und Marlein wandte sich um.

Alheyt, die sich mittlerweile für eine Königin hielt, thronte inmitten des Hofs auf einem Strohballen und klatschte in die Hände. Um sie herum sprang Paulus, so behände, wie seine alten Knochen es zuließen. Dabei jonglierte er mit Bällen und sang fröhliche Lieder. Alheyt hatte ihn wohl zu ihrem Hofnarren erkoren.

Marlein lächelte und schüttelte den Kopf. Auch wenn der Verstand der Alten von Tag zu Tag mehr schwand, behielt sie ihren Frohsinn. Von einer Heirat zwischen ihr und Paulus war keine Rede mehr, denn das Versprechen hatte Alheyt mittlerweile vergessen.

Marlein lehnte die Harke an die Hauswand und begab sich zu Linhart in die Braustube.

Als er sie sah, ließ er von den Fässern ab, die er gerade auftürmte, und lächelte. »Und? Bist du aufgeregt?«

»Ein wenig schon.« Marlein dachte an den morgigen Tag, an dem sie vor den Traualtar treten sollte. Das Mahl war so gut wie vorbereitet, denn sie erwarteten nur wenige Gäste. Den Zunftmeister nebst seiner Frau und Prior Christopherus hatten sie eingeladen. Ansonsten gab es noch kaum jemanden in der Stadt, den sie näher kannten.

Marlein nahm das Fläschchen mit dem Johanniskrautöl in die Hand und betrachtete es gedankenverloren. In der Schanz wäre die Tafelrunde wohl weitaus größer ausgefallen. Wohl kaum ein Weib aus ihrer Zeche wäre der Hochzeitsfeier ferngeblieben.

»Du siehst betrübt aus.« Linhart schob ihren Zopf zur Seite und hauchte ihr einen Kuss in den Nacken.

»Nein, das bin ich nicht.« Sie stellte die Flasche zurück ins Regal. Dann wandte sie sich zu Linhart um und legte die Arme um seinen Hals. »Meinst du nicht, die Würze könnte etwas Johanniskraut vertragen?«

»Wohl eher nicht.« Linhart zwinkerte ihr zu. »Du weißt doch, das Reinheitsgebot.«

Marlein schmiegte die Wange an seine Brust und lauschte seinem Herzschlag. »Gebote verderben den Spaß.«

Eine vertraute Stimme sagte von der Tür her: »Na ja, manchmal schützen sie auch vor Dummheiten.«

Marlein wirbelte herum und sah Nyß durch den Türrahmen treten. Edi folgte ihr und trug ein Fässchen unter dem Arm. Marlein stürmte auf sie zu und schloss die Freundin in die Arme.

»Uff, du erdrückst mich ja!« Nyß stöhnte auf.

»Wie schön, dass du da bist. Aber woher weißt du …?«

»Von ihr.« Sie zeigte mit dem Daumen hinter sich.

Marlein glaubte an ein Trugbild, als sie nun Linharts Mutter und Gundi entdeckte. Ohne ein Wort der Begrüßung stürmte Linharts Mutter an ihr vorbei, um zu ihrem Sohn zu gelangen. Gundi, die den kleinen Georg auf dem Arm trug, schüttelte den Kopf. Neben ihr strahlte Wendelin über das ganze Gesicht.

Durch Marleins Kopf wirbelten die Gedanken. Das Mahl, das sie vorbeireitet hatte, würde nie und nimmer für alle reichen. Sie starrte Nyß an. »Warum wusste ich nichts von eurem Besuch?«

Hinter ihr gab Linhart einen erstickten Laut von sich und schnappte geräuschvoll nach Luft. Marlein wandte sich um und sah, wie er sich aus dem Griff seiner Mutter wand. »Weil … weil es eine Überraschung werden sollte«, krächzte er und rieb sich dabei über den Hals.

Marlein stemmte die Hände in die Hüften und kniff die Augen zusammen. »Ich denke, wir sollten uns unterhalten.« Mit langen Schritten ging sie auf ihn zu. Als sie ihn von seiner Mutter fortzog, herrschte plötzlich eine beklemmende Stille in der Braustube. Selbst Nyß hielt den Mund und ließ sie ungehindert durch die Tür gehen.

Als Marlein kurz darauf in dem kleinen Garten Linharts Gesicht mit beiden Händen umfasste, rannen Tränen des Glücks über ihre Wangen. »Ich freue mich so, aber weshalb hast du mich im Unklaren gelassen? Wie soll ich sie nur alle verköstigen?«

Linhart legte seine Hände auf ihre. »Glaubst du wirklich, daran hätte ich nicht gedacht?« Er grinste breit. »Lass es einfach auf dich zukommen. Es ist alles organisiert.«

Die Trauung verbrachte Marlein wie in einem Rausch – sie wusste nicht, ob vor Glückseligkeit oder von dem Bier, das sie mit ihren Gästen am Abend zuvor noch getrunken hatte. Wahrscheinlich lag es an beidem. Ein neuer Priester vollzog die Zeremonie in Sankt Aposteln, denn Pater Stephan war laut Paulus nach Lübeck versetzt worden. Als sie die Kirche verließen, verflog der Rausch allmählich.

Nun stand sie hier inmitten ihrer Hochzeitsgesellschaft in der Schildergasse und ließ sich von Linhart die Augen verbinden. Es war wohl einer der letzten warmen Tage des Oktobers und die Luft schwer vom Dunst der Stadt. Marlein hörte Hufgetrappel, und kurz darauf half Linhart ihr auf ein Gefährt. Es dauerte eine Weile, bis auch all ihre Gäste darauf Platz genommen hatten. Der Wagen ruckelte über die holprigen Straßen. Marlein vernahm das Wiehern von Pferden, das Geschrei der Kinder in den Gassen, keifende Marktweiber und Hundegebell. Doch bald wurde die Luft klarer, und die Geräusche der Stadt verklangen. Marlein umklammerte Linharts Hand. Nyß plapperte unentwegt über die vielen

Gotteshäuser der Stadt und wie schön doch die Trauung gewesen war.

Dann kam der Wagen endlich zum Stillstand. Röcke raschelten, das Gefährt schwankte, und Linhart zog Marlein auf die Beine. Sie spürte seine Hände an ihrem Hinterkopf.

»Darf ich endlich sehen, wo wir sind?«

Die Augenbinde löste sich und fiel ihr vom Gesicht. Marlein blinzelte in die Sonne. Als ihre Augen sich an die Helligkeit gewöhnt hatten, sah sie die Wogen des Rheins silbern in der Sonne glitzern. Die Äste der Trauerweiden bogen sich am Ufer und tauchten ihre Spitzen in den Fluss. In der sattgrünen Aue standen Bänke um eine Tafel herum, die sich unter den üppigen Braten und den vielen Schalen bog. Ein Fiedler setzte zum Musikspiel an. Linhart half Marlein von dem Wagen und führte sie zu der Tafel.

Marlein legte die Hand auf ihre Brust, um ihren Herzschlag zu beruhigen. »Das ist wunderschön. Wie bist du darauf gekommen?«

Linhart lächelte sanft. »Das erste Mal, als wir hier gesessen haben, warst du nicht gut auf mich zu sprechen. Erinnerst du dich?«

»Natürlich. Weil du mir verschwiegen hast, dass Alheyt eine Beutelschneiderin ist.« Marlein musste bei diesen Worten lachen.

»Ich finde, dieser Platz ist viel zu schön, um ihn mit schlechten Erinnerungen zu behaften. Dies soll immer unser Fleckchen Erde sein. Und wenn du schlimmes Heimweh hast, führe ich dich hierher.«

»Und wenn du noch schlimmeres Heimweh hast, braue ich dir Dollbier.« Paulus war neben sie getreten.

Alheyt schlug ihm mit ihrem Taschentuch aus Spitze auf

den Arm. »Untersteh dich. Oder glaubst du, ich will noch einmal aus der Stadt gejagt werden? Jetzt, wo ich gerade zur Kaiserin gekrönt wurde. Nee, hier aus Frankfurt gehe ich nicht mehr fort.«

Paulus duckte sich. »Muss doch keiner von meinem Hausbräu erfahren.«

»Wir sind in Köln«, berichtigte Marlein die Alte.

»Und? Hab ich etwas anderes behauptet?« Alheyt stapfte zu der Tafel und ließ sich am Kopfende nieder, wie es sich für eine Kaiserin gehörte.

Paulus grinste breit, zwinkerte Linhart zu und schlenderte ebenfalls zum Tisch.

Prüfend sah Marlein zu Linhart und neigte den Kopf. »Was hat er vor?«

Linhart blieb stumm und starrte in die Luft.

»Du weißt, was du mir geschworen hast. Keine Lügen und keine Verschwiegenheit.«

Er nahm sie in den Arm und hauchte einen Kuss auf ihre Wange. »Er hat noch ein Fässchen von seinem Klosterbräu auftreiben können. Wenn der Zunftmeister die Tafel verlassen hat, werden wir es öffnen.«

Marlein stöhnte auf. »Gott bewahre! Du brichst doch nicht etwa mit dem Reinheitsgebot? Gerade du?«

Linhart nahm sie an den Händen und sah ihr tief in die Augen. »Nur an diesem einen Tag will ich das Reinheitsgebot vergessen. Heute will ich einfach nur der Mann an deiner Seite sein.«

Danke

Wieder ist eine Geschichte geschrieben, die mir großen Spaß gemacht hat. Das liegt wohl auch an den Menschen, die mich bei der Entstehung begleiten. Dafür bedanke ich mich ganz herzlich bei meiner Lektorin Louisa Pagel sowie dem ganzen Team von Ullstein für die Betreuung und Gestaltung meiner Bücher. Ebenso danke ich Gisela Klemt für ihre Hilfe bei der abschließenden Überarbeitung der Romane.

Mein Dank gilt auch meiner Agentin Anna Mechler, die mich nun schon so viele Jahre auf freundschaftliche Weise begleitet.

Ganz besonders aber möchte ich mich bei meinem Mann und meinem Sohn bedanken. Auch bei diesem Buch durfte ich erfahren, wie sehr die beiden mir den Rücken stärken. Sie sichern mir die Ruhe und die Kraft, die ich brauche, um in meine Geschichten zu versinken. Wenn ich wieder einmal in einer anderen Welt verweile, lächeln sie gelassen über meine geistige Abwesenheit. Ich danke euch vielmals für die Liebe und die Harmonie, die ihr mir schenkt. Ohne euren felsenfesten Halt würde ich meine Romane nie zu Papier bringen können. Was wäre ich ohne euch?